ALLIANCE INDÉCENTE

CRYSTAL KASWELL

Traduction par

ANGELIQUE MOREAU

Traduction par

VALENTIN TRANSLATION

Alliance indécente

Écrit par Crystal Kaswell.
Traduction par Angelique Moreau et Valentin Translation.
Couverture par Hang Le.

Du même auteur

Français

Dirty Rich

Contrat indécent - Blake

Accord indécent - Nick

Alliance indécente- Shep

Désir indécent - Ian - bientôt disponible

Anglais

Inked Hearts

Tempting - Brendon

Hooking Up - Walker

Pretend You're Mine - Ryan

Hating You, Loving You - Dean

Breaking the Rules - Hunter

Losing It - Wes

Accidental Husband - Griffin

The Baby Bargain - Chase

Inked Love

Faking It - Forest

The First Taste - Holden

Sinful Serenade

Sing Your Heart Out - Miles

Strum Your Heart Out - Drew

Rock Your Heart Out - Tom

Play Your Heart Out - Pete

Sinful Ever After – series sequel

Just a Taste - *Miles's POV*

Dangerous Noise

Dangerous Kiss - Ethan

Dangerous Crush – Kit

Dangerous Rock – Joel

Dangerous Fling – Mal

Dangerous Encore - series sequel

Standalones

Broken - Trent & Delilah

Come Undone Trilogy

Come Undone

Come Apart

Come To Me

Chapitre Un

Jasmine

Je ne devrais pas être là.

Ce chapitre de ma vie est derrière moi. C'est terminé. Il peut bien croire ce qu'il veut.

Certes, on ne s'est pas échangé plus de deux phrases durant les cinq années qui viennent de s'écouler, mais je sais toujours comment Shepard Marlowe opère.

Ça émane de l'immeuble tout entier. Ça exsude du panneau argenté rutilant. Du tapis gris et propre. Des murs en verre.

La seule chose qui l'inspire est l'argent.

La réceptionniste tapote sur son casque-micro, mettant une conversation en attente.

— Si vous voulez bien me suivre, Mademoiselle Lee.

Elle se redresse et me précède dans un couloir très animé jusqu'au bureau qui fait l'angle.

— Puis-je vous offrir à boire ? me demande-t-elle avant de me faire le détail des boissons caféinées.

Je hoche la tête au hasard. Je n'ai pas besoin de caféine,

je tremble déjà, puis je préfère le thé. Mais j'ai besoin de quelque chose pour m'occuper les mains.

Quelque chose qui m'empêchera de le toucher.

Ça fait très longtemps que je ne l'ai pas vu en vrai, et plus encore depuis que j'ai entendu sa voix, humé son savon, senti la douceur de ses lèvres.

Mais il n'y a pas de douceur dans ses lèvres. Plus maintenant.

Je m'assieds dans le fauteuil en cuir cossu. Je croise les jambes, lisse ma jupe.

Elle ne convient pas. Elle est trop serrée, trop ordinaire. Elle manque cruellement de sophistication.

La plupart du temps, ma tenue de travail, un chemisier boutonné, une jupe droite, des escarpins confortables, me fait songer à un bouclier.

C'est d'autant plus le cas aujourd'hui, en sachant qu'il sera bientôt là.

Mon cœur bat la chamade.

Ma tête me crie de prendre mes jambes à mon cou, de partir avant qu'il ne soit trop tard.

Mais mon corps ?

Il est loin de partager ma prudence.

Je croise les jambes dans l'autre sens, puis les décroise. J'essaye d'entretenir des pensées terre à terre.

Peine perdue. Les souvenirs envahissent mon esprit.

Ses lèvres sur mon cou. Ses mains sur ma taille. Sa voix dans mes oreilles.

C'est tellement bon avec toi.

La porte s'ouvre, attirant mon attention.

Je me tourne, m'attendant à voir son assistante ou bien un avocat.

Mais c'est lui.

—Jasmine.

Sa voix est aussi froide que ses yeux bleu clair. Il me

considère avec une vague familiarité, comme si j'étais une collègue qu'il n'avait pas croisée depuis plusieurs années. Une collègue qu'il trouve irritante.

— Je suis content que tu aies pu venir.

Je me mords la lèvre afin de ne pas lui répondre sèchement.

Il entre dans la pièce, mais ne s'assied pas, puis vient se camper près du grand fauteuil en cuir à côté du mien.

— Je n'étais pas certain que tu fasses le déplacement.

Ses yeux rencontrent les miens. C'est un regard différent de ceux qu'on s'échangeait quand on était gamins. Ce garçon, dans le temps, était gentil, aimant, doux.

Mais cet homme…

Il est froid, rageur et blessé.

Seigneur ! Ses yeux sont toujours aussi bleus. Tellement beaux. Mais cette froideur…

Elle me serre le cœur.

J'essaye de soutenir son regard, de trouver quelque chose à dire. Quelques mots banals pour le convaincre que je suis prête à tout entendre. Quoi que ce puisse être.

Mais rien ne vient.

Son regard est trop intense. Il faut que je détourne la tête. Vers le tapis propre. Le tissu souple du fauteuil. Le cuir verni brillant de ses chaussures.

Enfin, la porte s'ouvre. Son assistante, elle a un prénom, mais pour le moment, je n'arrive même pas à me souvenir du mien, entre, tenant deux minuscules tasses de café entre les mains.

— Mademoiselle Blackstone sera bientôt là.

Elle pose les deux tasses sur le luxueux bureau en chêne, nous salue du menton et s'éclipse.

Elle est partout et nulle part à la fois. Elle ne s'impose jamais, est toujours amicale, toujours souriante. Des compétences que je reconnais, vu que je les maîtrise depuis des années.

Des compétences dont j'aurais grand besoin présentement.

J'avale une petite gorgée. Un espresso savoureux. Du lait crémeux. Une note de douceur. Mais pas assez pour émousser l'amertume.

Shepard me regarde avec une très légère pointe de curiosité.

Il veut quelque chose.

Je ne devrais pas être là. Ça résonne à nouveau dans mon esprit, mais il est trop tard. Mon corps vibre déjà. Il l'appelle à grands cris, se remémorant chaque baiser, chaque caresse, chaque union.

Je croise et recroise les jambes. Ça ne fait rien pour apaiser l'envie qui me saisit au plus profond de moi, mais ça attire son regard.

Ses yeux se posent sur ma peau mate.

Il déglutit fort, puis se raidit.

— Je suis en pause-déjeuner.

Je ne sais pas vraiment ce qu'il veut. Seulement qu'il sait qu'il va l'obtenir. Ce qui est ridicule. C'est lui qui m'a fait du mal. Pourquoi pense-t-il que j'ai envie d'avoir quoi que ce soit à voir avec lui ?

— Je n'ai pas beaucoup de temps, poursuit-il.

Je sais pourquoi. C'est parce que c'est de l'argent. Toujours l'argent…

Tous les hommes avec lesquels je travaille pensent que le monde tourne autour d'eux. Et c'est plutôt vrai.

La famille de Shep était déjà riche quand on était gosses. Alors aujourd'hui ?

Aujourd'hui, il possède la moitié de Manhattan.

Il peut me détruire rien qu'en claquant des doigts.

Alors je n'avais pas d'autre choix que de venir.

Shepard s'assied face à moi. Il croise les jambes, calant une cheville sur son genou. Puis il se penche légèrement vers moi. Assez pour que je puisse sentir son savon.

Crémeux. Parfumé. Luxueux.

Il a tout d'un homme d'affaires distingué. Un costume bleu marine, une cravate turquoise, des chaussures de ville marron.

Mais il reste un léger vestige du garçon que j'aimais au fond de ses yeux bleu clair.

— J'ai une proposition à te faire, dit-il d'une voix égale.

Je fais semblant que ma boisson m'intéresse davantage que lui.

— Ah oui ?

Sa voix s'adoucit très légèrement.

— J'ai besoin d'une épouse.

— Une épouse ?

Mon cœur fait des bonds dans ma poitrine, mettant en sourdine mes pensées.

— Tu as besoin d'une épouse ?

Je répète ses paroles, les comprenant encore moins.

Il a vingt-cinq ans. Il possède la boîte d'informatique la plus courtisée du marché. Tout en lui parle de pouvoir, d'argent, de contrôle.

Il est terriblement riche et incroyablement beau.

Il a le corps d'un nageur olympique. Le visage du prince charmant. Certes, Shepard a des côtés repoussants, mais ces tares sont dissimulées sous la surface.

Elles sont…

— J'ai besoin de toi, Jasmine, dit-il. J'ai besoin que tu deviennes mon épouse.

Chapitre Deux

Shepard

Jasmine bascule contre le dossier de son fauteuil. Elle pince les lèvres. Elle porte la tasse de café à ses lèvres.

Elle avale une petite gorgée.

Son rouge à lèvres, rouge et pulpeux à me faire tourner la tête, ne laisse pas de marque sur le verre. C'est le genre de maquillage qui ne coule pas. Il ne tachera pas ma peau.

Pourquoi boit-elle un macchiato ? Elle a horreur du café et ne perd jamais l'occasion de vanter la supériorité du thé.

C'est une femme intelligente. Elle fait peut-être ça pour me torturer, pour que je passe l'intégralité de notre entretien à me demander si son rouge à lèvres laissera des traces sur mon sexe.

Ou alors… c'est possible que je ne connaisse pas la femme qu'elle est devenue.

Cette pensée me noue l'estomac. Mais je n'ai pas le temps de m'y attarder.

Je n'ai vraiment pas le temps de songer à ce désir profond qu'elle ressent pour moi.

C'est écrit partout sur son visage. Dans la rougeur de ses joues. Les mouvements de sa poitrine. Le frissonnement de ses cuisses.

Putain ! Ces cuisses…

Ça fait bien trop longtemps qu'elles ne m'ont pas encadré le visage, qu'elle n'a pas été sous moi, à me griffer la peau, à m'implorer.

Tu devrais pourtant savoir, Princesse, que je ne montre jamais la moindre pitié.

J'essaye de me concentrer sur mon espresso, mais il n'est pas aussi intéressant que ses yeux en amande.

Elle se tourne légèrement vers moi. Termine sa boisson. Repose la tasse sur l'immense bureau.

Il est en chêne luxueux… et à la bonne hauteur pour la culbuter et lui faire l'amour jusqu'à lui faire perdre la tête.

Bon sang. Il faut que j'arrive dominer ces pulsions, peu importe le temps qui s'est écoulé. Peu m'importe que j'aie désespérément besoin d'éradiquer ces pensées.

Je ne vais pas laisser mon sexe diriger cette conversation.

Peu m'importe qu'elle soit la plus belle femme au monde. Peu importe qu'elle soit la seule femme que je désire.

Présentement, je n'ai pas le choix.

J'ai besoin de conquérir son cœur avant que trente jours ne soient écoulés.

Ou bien de convaincre le monde entier qu'elle est amoureuse de moi. Sans quoi ce bâtard me prendra tout ce qui compte pour moi.

Lentement, elle lisse sa jupe droite.

— *Tu sais ce que j'en pense, Shepard.*

Elle fait référence à l'ultimatum qu'elle m'avait posé voilà six ans.

— Effectivement.

— Pourquoi crois-tu que je vais t'épouser ?

— Le traitement de ton père ne doit pas être donné.

La santé de son père fait naître une lueur d'inquiétude dans ses yeux sombres… ou alors c'est peut-être le fait que je sois au courant.

— Je m'en occupe.

— Je sais combien tu gagnes.

Et dans le quartier où elle réside, c'est à peine suffisant pour couvrir un loyer et les dépenses courantes.

— Je m'en occupe.

— Ce n'est pas suffisant.

— Notre assurance…

— Ne sois pas ridicule, dis-je en me tournant vers elle. Ne joue pas à ce jeu-là, Jasmine.

J'en ai un bien meilleur, Princesse. Où je donne les ordres et tu obéis. Retire ta culotte. Je veux te voir jouir.

— De quel jeu parles-tu ?

Sa voix et sa posture se font plus dures. Elle croise les bras, serre les pieds l'un contre l'autre.

— Ne prétends pas que tu ne fais pas passer ta famille en premier.

— Juste parce que tu…

— Tu ferais n'importe quoi pour lui.

— Pas n'importe quoi.

Elle me regarde, me défiant de m'exprimer clairement, de faire d'elle une prostituée, de lui offrir de l'argent en échange de son corps.

Ce qui est ridicule ; je ne lui manquerais jamais de respect de la sorte.

— Je ne te paye pas pour coucher avec moi.

— Tu ne me payes pas, point barre, Shep.

Elle prend son sac à main, se relève, se dirige vers la porte.

— Je pars…

— Un million de dollars.

Ça la fait piler net.

— Un million de dollars ?

— Oui.

— Et si j'en veux deux ?

— C'est négociable.

— Pourquoi pas dix ? Ou vingt ? Tant qu'on raconte des balivernes…

— On va s'arrêter à sept chiffres.

— Pourquoi veux-tu…

Je ne peux pas l'expliquer. C'est déjà assez difficile d'y penser.

— Tu as besoin de cet argent.

— J'ai de l'argent.

— Pas suffisamment.

Je me redresse, plaçant mon corps entre elle et la porte.

Merde, elle est aussi belle que la première fois que je l'ai embrassée.

Mais elle n'est plus une jeune fille innocente. Elle n'est plus pleine d'espoir, d'amour, de passion.

La vie nous a heurtés de façon différente, mais nous sommes encore là, tous les deux. Brisés. Blasés. Dissimulés derrière des masques.

Il faut que je lui retire le sien.

La façon dont son corps réagit au mien… La rougeur qui se répand jusqu'à sa poitrine, ses doigts qui s'enfoncent dans ses cuisses, ses cheveux qui retombent sur ses joues…

Elle en a envie. Une partie d'elle, du moins. Même si le reste de sa personne refuserait à jamais de l'admettre.

Ses yeux rencontrent les miens. Un courant passe entre nous. Un souvenir de ce que nous avions autrefois.

Puis elle fait un pas en arrière, secoue la tête et répète son affirmation.

— Tu ne peux pas m'acheter.

Elle tourne les talons et sort du bureau.

Mais nous savons tous les deux que ce n'est qu'une question de temps.

Elle ne me donnera peut-être pas son cœur de bonne grâce.

Mais elle le fera.

Pour le reste, c'est à moi de jouer.

Chapitre Trois

Jasmine

Le temps que je me glisse dans mon fauteuil ergonomique super coûteux, je suis l'image même de l'assistante sûre d'elle et qui se maîtrise parfaitement.

Qui ne se laisse pas démonter, la jupe sans un faux pli, le sourire facile.

Mon cœur bat tellement vite que je parviens à peine à entendre mes pensées, mais j'arrive à donner le change.

Cela fait maintenant cinq ans que je suis assistante de direction. Depuis que j'ai abandonné mes études pour soutenir ma famille.

Ce n'était pas ce que voulait mon père, mais je n'avais pas vraiment le choix.

J'ai travaillé dans une demi-douzaine de bureaux. Certains sont très calmes. Je reste assise, attendant qu'on me convoque, toujours prête, mais rarement nécessaire.

Mais ici, je suis occupée. M. Billings est un investisseur. Il est toujours entre deux rendez-vous, à demander des informations sur une société ou bien à planifier un voyage à l'étranger.

Il emmène son assistante personnelle en voyage. Elle a vu la plupart des grandes villes de la planète, même si elle affirme qu'elle passe le plus clair de son temps à récupérer du décalage horaire dans des salles de conférence.

Je ne devrais pas lui envier sa vie. Certes, autrefois, je voulais voir du pays. Je voulais davantage que le minuscule appartement que je partageais avec ma famille à San Francisco. Je voulais défier les attentes de mes parents. Je voulais entrer dans une industrie créative et non terre à terre.

Mais c'était avant la mort de ma mère.

Avant la maladie de mon père.

Avant que payer les factures ne devienne mon plus gros défi.

À présent, je veux simplement survivre. Tout le reste est superflu.

Quand j'étais encore au lycée, j'avais du temps pour moi. J'étudiais suffisamment pour réussir en classe, je travaillais au restaurant de ma tante et j'avais décroché le rôle principal dans la pièce de l'école.

Mes parents ne voyaient pas d'inconvénient à ce que je passe l'après-midi avec Shepard.

Et puis on est passés aux soirées et aux week-ends. Et enfin tous les dimanches.

J'avais cru qu'ils protesteraient, l'école était plus importante que les garçons, mais ils avaient vu quelque chose qui m'avait échappé.

Une autre porte qui donne sur la réussite.

À l'époque, il ne croulait pas sous le fric. Il était simplement le fils d'une famille à succès. Et le mec le plus doué en maths de notre lycée privé super cher (que je fréquentais grâce à une bourse).

Il était intelligent, drôle, très direct et mignon, d'une façon qui n'appartenait qu'à lui.

C'est difficile de se l'imaginer ainsi, à présent.

C'est difficile de s'en souvenir.

Je jette un regard rapide à mon téléphone portable. L'assistante de son avocat m'a envoyé les détails de notre entretien par email.

Aucune touche personnelle.

Aucun signe de faiblesse.

Mais là, sur la photo dissimulée dans un vieux dossier, il y a nous au bal de promo.

Il passe le bras autour de ma taille avec un sourire charmeur et une lueur dans ses yeux bleus.

Et moi, dans une robe rouge assortie à sa cravate, j'ai du mal à rester debout sur des talons inconfortables, mais je déborde de joie.

Il était tellement charmant.

Nous étions tellement heureux. Oui, on était des gamins avec des rêves plein les yeux et des voitures pourries.

Ou peut-être que c'était seulement moi. J'ai toujours su que Shep dissimulait une part d'ombre, même avant de le rencontrer. Au lycée, il avait la réputation de broyer du noir et de taper des crises de colère.

Il était doux avec moi. La plupart du temps. Mais parfois…

Il se mettait en colère sans raison particulière, ou alors il m'évitait pendant des journées entières. Puis il revenait comme si de rien n'était. Comme si on avait passé tout ce temps à être fou amoureux. Il dérobait également l'alcool de ses parents. Quand il y avait une fête, il ne partait pas avant d'être ivre mort.

Puis ça a cessé d'être occasionnel. C'est devenu constant.

Il buvait. Beaucoup.

Je pensais que c'était ça. Son unique secret. Il ne voulait pas que je sache qu'il perdait pied. Il ne voulait pas admettre qu'il perdait le contrôle.

Mais maintenant…

Je n'en suis plus aussi certaine.

Maintenant, Shep est sobre.

Mais cette part d'ombre est toujours là. Elle affleure à la surface. Plus puissante que jamais.

Et voilà qu'il veut que je devienne son épouse.

Non, qu'a-t-il dit exactement ?

Il a *besoin* que je sois sa femme.

Mais pourquoi ? Ça fait un an qu'il est sobre. Il a eu toutes les occasions du monde de venir me parler, s'excuser, m'inviter à dîner.

Pourquoi ressent-il soudainement le besoin de m'épouser ?

À LA SECONDE OÙ J'AI TERMINÉ MON TRAVAIL, JE PRENDS le métro jusqu'à l'hôpital.

Les heures de visite touchent à leur fin, mais personne ne m'empêche de me rendre directement dans la chambre de mon père.

Il me regarde avec son sourire las habituel.

— Jasmine, ma belle, ne t'inquiète pas pour moi.

Il m'appelle par mon prénom américain, à présent. Il le fait depuis que j'ai commencé à sortir avec Shep.

— Je ne m'inquiète pas.

Mais c'est un mensonge, et il secoue la tête pour me signifier si, bien sûr.

Je pose mon sac sur le fauteuil noir en laine qui gratte. Puis j'étends mon manteau par-dessus. Nous sommes en mai. Le temps se réchauffe, mais le ciel demeure imprévisible. Parfois, des nuages gris cèdent la place au soleil. Régulièrement, ils déversent des trombes de pluie.

— Tu travailles trop, me gronde mon père.

— Seulement autant que toi à l'époque.

— Il est dix-neuf heures. Tu as dîné ?

— Je mangerai chez moi.

— Tu as perdu trop de poids. Tu as besoin de manger, dit-il en désignant la cafétéria.

— Sans quoi je ne vais pas trouver de mari convenable ?

Il affiche un léger sourire.

— C'est ce que ta mère aurait dit.

— Et elle aurait eu tort. Tout le monde est mince, à New York.

— Les hommes ont besoin de quelque chose à quoi se raccrocher.

— Je ne veux pas en parler.

J'apprécie ses intentions, il faudrait bien que je mange, mais je n'ai pas besoin que quelqu'un me fasse des réflexions sur mon corps, et particulièrement pas mon père. Beurk.

Il change de tactique.

— Je comprends. Tu as des goûts de luxe. Elle cuisinait vraiment bien, après tout.

Son regard se fait flou. Lointain. Comme s'il était perdu dans les souvenirs qu'il a de Maman.

— Rien ne peut égaler sa nourriture. Mais tu as ça en toi, toi aussi. Tu peux apprendre. Si tu cuisines. Et si tu manges.

Je ravale un souvenir. Penser à Maman rend mon père heureux, mais pour moi, c'est différent. Ça me fait trop mal.

— Tu as assez de choses à lire ?

J'observe la chambre à l'ameublement spartiate. Elle est autant décorée que le règlement de l'hôpital l'autorise, avec le bouddha que Maman gardait sur sa commode, une seule photo de notre famille dans un cadre, une pile de thrillers historiques bon marché… mais elle reste stérile.

Sans la moindre chaleur.

— Largement, répond-il.

Il désigne le livre posé sur son plateau.

— Mariah m'a apporté ça, hier.

Il appelle l'infirmière par son prénom.

— Son mari lui a vanté cet auteur. Il dit que c'est le prochain Dan Brown.

Il secoue la tête comme pour dire dans ses rêves.

— Rien sur Léonard de Vinci ?

Il rit et se lance dans un autre de ses discours sur l'intelligence et la majesté d'Anges et Démons.

C'est aussi familier que le thé que je bois tous les matins. C'est drôle, parce que je l'ai entendu tellement souvent. Parce que mon père y croit vraiment.

Je ris avec lui. Puis on passe au chef-d'œuvre suivant de Dan Brown.

Pendant un moment, j'oublie tout de ma journée, de la proposition étrange de Shepard, de la raison pour laquelle on a cette conversation dans un hôpital.

Puis une femme vêtue d'un tailleur bon marché entre dans la pièce et se force à sourire.

— Mademoiselle Lee, il faut qu'on discute.

L'inquiétude s'empare des traits de mon père.

Je me force à rester impassible afin de le convaincre que tout va bien. C'est faisable, n'est-ce pas ?

Je croise les doigts pour que nous ne soyons pas complètement et totalement dans la mouise.

Chapitre Quatre

Jasmine

La responsable du service des aides financières remonte ses lunettes sur son nez.

— *On a envie de vous aider. Vraiment. Mais nous n'avons pas le budget pour en faire davantage.*

— *Bien entendu.*

— *C'est toujours expérimental. Les assurances ne payeront pas. Et nous faisons déjà au mieux de nos capacités.*

Je pince les lèvres, invoque mon sourire amical d'assistante de direction.

Elle a de bonnes intentions. Elle est forcée d'annoncer de mauvaises nouvelles tous les jours, toute la journée. Alors oui, elle laisse ses sentiments en dehors de ça.

Le pronostic de mon père est mauvais. Si on ne fait rien, il mourra avant la fin de l'année.

C'est ce qu'affirme la science médicale normale.

Au point où nous en sommes, ou bien on essaye au moins de réduire ses douleurs, ou alors on opte pour un traitement expérimental.

C'est nouveau, pas vraiment éprouvé, cher.

Bien entendu, l'assurance refuse de couvrir les dépenses.

— Merci.

J'utilise ma voix d'assistante. Neutre. Calme. Je m'en occupe immédiatement, Monsieur.

— C'est notre dernière requête.

Elle place le papier sur son porte-documents et désigne la phrase surlignée. Si on traduit le jargon légal, ça signifie : désolé, vous l'avez dans l'os, Trong Lee va mourir.

— Le Dr Rodriguez vous verra quand même, mais il aura besoin d'un acompte.

— D'accord.

— C'est faisable ?

Elle pose son porte-documents et en prend un autre, avec une facture. Le total est souligné d'un cercle rouge.

— Vingt pour cent ?

Vingt pour cent d'une somme importante… reste une somme importante. Des dizaines de milliers de dollars. Des dizaines de milliers de dollars que je ne possède pas.

— Je suis certaine qu'il n'annulera pas votre rendez-vous avant lundi, dit l'administratrice. Mais il aura besoin de l'acompte avant la fin de la journée.

— Je comprends.

Son expression se radoucit pendant une seconde. Elle me pose la main sur l'épaule.

— Tout va bien se passer, Mademoiselle Lee. Vous allez vous en sortir.

Elle m'adresse un léger sourire, puis tourne les talons et regagne son bureau.

J'ai envie de la croire.

Mais je ne vois pas comment je vais m'en sortir.

À FORCE, J'AI PRIS MES HABITUDES. JE RESTE JUSQU'À CE

qu'une infirmière me demande de partir. Je prends le métro jusqu'à notre appartement de Flushing. Je prépare un dîner rapide. Le sauté de la veille avec du riz blanc tout chaud.

C'est triste de préparer du riz pour une seule personne. La portion la plus petite est déjà trop importante. C'est comme si le cuiseur à vapeur me narguait.

Seule, à nouveau. Ton père rentrera-t-il un jour ? Inviteras-tu jamais une autre personne ici ?

J'essaye de faire taire cette voix en empilant la portion tout entière sur mon assiette. Mais ça résonne toujours dans ma tête pendant que je trie le courrier.

Seule, à nouveau.

Avec Papa à l'hôpital, on se débrouille seulement avec mon salaire.

Je gère bien mon argent. Très bien. Mais je ne peux pas faire des miracles. Même si j'utilise tout mon crédit, ça ne suffira pas à couvrir le traitement de mon père.

Je fais les comptes une dizaine de fois. Puis une dizaine de fois encore.

Je peux peut-être réduire mes dépenses téléphoniques ou ma facture d'électricité. Ou bien je pourrais habiter chez une amie. Sauf que toutes mes amitiés ont pris le large. Je n'ai jamais le temps de prendre des nouvelles. Toute demande, à l'heure actuelle, serait une imposition.

J'organise les factures en une rangée bien nette et j'empile les publicités en tas. Puis je dispose les magazines sur la table basse. Je ne sais pas qui a contracté ces abonnements à *Cosmopolitan* et *The Economist*, mais ils forment un contraste saisissant.

Trente nouvelles façons de donner du plaisir à votre homme.

Devinez quoi : notre monde part en vrille. Quoi de neuf ?

À l'instant même, je ressens tout ça au plus profond de moi.

Mon monde est en train de s'écrouler.

À moins que quelqu'un m'aide, je suis perdue. Et Shep est le seul à me le proposer.

C'est là, dans l'enveloppe brune posée entre les magazines.

Mon prénom est inscrit au feutre noir.

C'est l'écriture de Shepard.

Pas celle de l'assistante de son avocat. La sienne.

Je défais le trombone et sors une pile de papiers agrafés.

Un papier plié en deux glisse d'un document légal.

Un mot. De lui.

Il a quelque chose à dire.

Connaissant Shepard, ce n'est pas :

Je suis désolé ; c'était malpoli. Je sais, il y a six ans, tu as fini par en avoir marre et tu as dit : « Je ne peux plus continuer, Shep. Je t'aime, mais je ne peux pas rester avec toi si tu continues de boire. C'est fini. Si tu n'entres pas en cure de désintoxication dès demain, je pars. Je te quitte et je ne reviendrai plus jamais ».

Je sais. Le lendemain, tu es partie, et j'ai continué de boire. Mais je peux t'expliquer. J'étais un gamin. Je n'avais que dix-neuf ans. J'étais trop bête pour vraiment réaliser ce que nous avions.

Je peux t'expliquer pourquoi. Voilà un an et demi, quand mon frère m'a fait du chantage et s'est servi d'une clause écrite en toutes petites lettres dans le contrat qui disait « deviens sobre ou tu perds la boîte », je suis entré en cure. Il existe une très bonne raison pour laquelle j'ai préféré l'alcool à toi. Puis l'argent à l'alcool. Ce n'est pas que j'aime l'argent plus que je t'ai jamais aimée. Ce n'est pas que l'argent est la seule chose qui existe dans le trou noir qui me sert de cœur.

Je suis vraiment désolé. J'aurais dû t'écrire dès ma sortie de cure. M'excuser. M'assurer que tu allais bien, en devant survivre à New York toute seule.

J'aurais dû t'écrire quand ton père est tombé malade. Proposer mon soutien. Ou au moins envoyer une carte pour lui souhaiter un prompt rétablissement.

Je suis désolé de ne pas l'avoir fait. Je suis désolé si tu as eu l'impression de ne pas être suffisante.

Je suis désolé que ton amour n'ait pas été suffisant.

Je prends une inspiration sifflante. J'essaye de ne plus songer à cette situation. Quelle qu'elle soit…

Peu importe à quel point je déteste Shepard…

Pour l'heure, j'ai besoin de son aide.

Et il a raison. Ma fierté ne vaut pas plus que la vie de mon père.

J'ouvre la lettre.

Une somme à sept chiffres. Le reste est négociable.

Shep

Chapitre Cinq

Shepard

Jasmine : J'ai des conditions.

Mon corps se fait léger. Ma tête se remplit de l'image de ses doigts qui pianotent sur son téléphone portable. Ses lèvres rouges s'ouvrent avec un soupir. Ses cheveux sombres tombent sur ses épaules.

Elle veut l'argent.

Non, c'est pire pour elle. Elle a besoin de cet argent. Si ce n'était qu'une envie, celle d'avoir un plus bel appartement ou de jolies choses, elle ne m'accorderait pas une seule seconde de son temps.

Mais sans mon argent, elle est dans la mouise.

Et j'en ai à foison.

Cela étant, d'autres hommes ont de l'argent. Beaucoup d'autres hommes. Et qui ne voudrait pas d'elle ? Qui ne souhaiterait pas lui offrir le monde entier ?

Il faut que je lui fasse rapidement ma demande, avant que quelqu'un d'autre ne saute sur l'occasion.

Avant que je perde tout espoir de remporter ce putain de jeu.

Shep : Passe à mon bureau.

Jasmine : Nous sommes en pleine nuit.

Shep : Il est vingt-trois heures quinze.

Jasmine : Je dois être au travail à huit heures demain.

Shep : Tu sais que ce n'est pas vrai.

Jasmine : Quelle est l'adresse ?

Shep : Je t'envoie une voiture.

Jasmine : Et tu sais déjà où j'habite…

Est-ce qu'elle sourit ou bien lève les yeux au ciel ? Je ne sais plus. Je ne sais plus la lire comme je le faisais autrefois.

Elle déteste le fait d'avoir besoin de moi. Ça, je le comprends.

Par le passé, je détestais le besoin que j'avais d'elle. Même lorsque je l'aimais. Ça me rendait trop vulnérable.

Les faiblesses sont exploitables.

Je ne peux plus me le permettre.

Seulement…

Je n'ai pas vraiment le choix.

Shep : Mon chauffeur sera là dans dix minutes.

Merde, j'ai besoin d'un verre. Quelque chose de vieilli et de fort. Un bourbon tellement sucré qu'il a le goût du miel.

Je m'accroche à ce souvenir alors que j'envoie un message à mon chauffeur. Puis il répond qu'il est en route. Elle sera là, dans mon bureau, dans moins de vingt minutes.

Elle vit au plus profond du Queens. Ce n'est pas un quartier plaisant. Ce n'est pas assez bien pour elle.

Elle devrait être ici.

Elle devrait être nue sur le canapé.

Elle devrait gémir mon nom.

Mes paupières se ferment. Je pense à elle. Un souvenir lointain. Nous deux, dans la chambre. Ses mains sur mon cou. Sa voix dans mon oreille. Tu es sûr que ça ne va pas faire mal ?

Des pas. Cette voix puissante. Mon sang qui se glace.

Je ne veux plus penser à elle. Je ne veux plus songer à cette époque de ma vie. Elle est un point de lumière, mais l'obscurité est d'un noir d'encre.

C'est une mauvaise idée. Elle est trop proche de ces souvenirs. C'est trop dur de garder le contrôle.

Seulement, je n'ai pas le choix.

Si je n'arrive pas à la convaincre de m'épouser, je perds tout.

Non, c'est pire. J'ai besoin de plus que sa main. J'ai besoin qu'elle tombe amoureuse de moi.

Si ça rate, ce connard l'emportera à nouveau.

C'est hors de question.

Bien sûr, il l'a choisie, elle. Bien sûr, il en a fait une condition non négociable.

Ce serait plus facile avec quelqu'un d'autre. Avec quelqu'un qui confondrait la sécurité, l'argent ou le plaisir charnel avec l'amour.

Une femme qui serait assez intéressante pour discuter un peu, baiser de temps en temps, puis se dire adieu et ne plus y penser.

Je n'ai pas vraiment été un moine. Oui, je buvais beaucoup. Selon tout mon entourage, j'avais un problème. Je n'étais certes ni heureux ni équilibré. Mais je tenais la route.

Quand mon frère m'a forcé à aller en cure, il m'a ôté tout ça. J'ai eu besoin d'un remplacement. Les cigarettes me rappelaient des choses mauvaises. Le café n'était pas suffisant.

Il n'est plus resté qu'une chose.

Une femme sous mes ordres, se pliant à mes moindres désirs, m'implorant de la faire jouir.

C'était ma seule façon de conserver l'impression de tout contrôler.

C'est toujours ma seule façon de me sentir aux commandes.

J'ai baisé avec beaucoup de femmes, une fois sorti de ma cure. Trop pour les dénombrer. Cela n'a jamais rien signifié pour elles ni pour moi. On se retrouvait, on baisait, puis on se séparait.

Puis je suis allé à New York et j'ai revu Jasmine et…

Je n'ai plus pu. Mon corps a refusé. Il ne désirait qu'elle.

Il ne veut qu'elle.

Ma raison est plus sage que ça.

Mais mon cœur…

Il ne reste rien. Seulement cet espace vide dans ma poitrine.

Elle est probablement en train de penser la même chose. Elle est assise à l'arrière de ma limousine, se demandant si ça sert à quelque chose d'implorer ma pitié.

Dans des circonstances différentes, j'aurais payé pour le traitement de son père. Je me serais assuré que quelqu'un s'occupe d'elle.

Mais présentement, je n'ai pas ce luxe.

Il faut que je parvienne à la convaincre, à n'importe quel prix.

Encore pire, je dois rester sobre pendant toute cette opération.

Rien pour émousser mes pensées ou ma douleur. Ou bien cette voix dans ma tête qui me rappelle exactement à quel point j'étais impuissant.

Ça ne sert à rien de rêver d'un bourbon.

Jasmine a éclairci sa position voilà six ans. Quand elle m'a posé cet ultimatum, j'ai cru qu'elle bluffait.

J'ai fait ce que j'ai toujours fait durant les négociations. Je l'ai défiée.

Mais elle ne bluffait pas. Elle est partie.

Je respecte le fait qu'elle n'ait pas manqué à sa parole. Mais je ne lui pardonne pas.

Jasmine : C'est vraiment trop.

Elle est en route. Elle est presque là. Quasiment dans cet espace qui n'appartient qu'à moi. Le seul endroit qui a du sens.

Travailler est facile. C'est un ensemble de règles qu'on peut manipuler. Des conditions pour obtenir la victoire.

Aucune subjectivité. Aucune interprétation. Aucune quête de vérité.

Maman parlait tout le temps d'art et de vérité. Pendant très longtemps, j'ai cru que cela avait une importance. Mais à présent…

Il n'y a qu'une seule chose qui compte.

Que Jasmine Lee devienne ma femme.

L'ALERTE DE MON CHAUFFEUR FAIT VIBRER MON téléphone. Elle est en bas.

Dans le vestibule.

Au bureau des gardiens.

Dans l'ascenseur.

Mon regard se déplace vers la carafe posée sur la table en verre. De l'ambre sombre. Presque aussi sombre que ses yeux.

Seulement, ce n'est pas du whisky pour me réchauffer la gorge.

C'est du thé glacé.

C'est une idée de Lock. Son véritable nom est Aalock Oza, mais je l'appelle Lock ; d'autant qu'il joue le rôle de garant de ma sobriété.

Il trouve que c'est adorable. Ça le fait ricaner à chaque fois. Il dit qu'il a toujours voulu un nom qui corresponde à sa personnalité, et pas un prénom qui signifie « lumière ».

Je respecterais davantage sa façon de ne pas se laisser désarçonner si ça ne me rendait pas la vie aussi difficile.

Il y a du whisky dans le placard. Le placard fermé. Tout mon personnel a la clé. Ils ont tous la même clause dans leur contrat. S'ils m'autorisent à boire, ils perdent leur poste.

C'est à mon frère que je le dois. C'est lui qui m'a fait du chantage pour que j'entre en cure l'année dernière.

Je devrais peut-être le remercier. Jasmine n'est ici que parce que je suis sobre. Il faut que je trouve le moyen de traverser cette épreuve.

Je me sers un putain de verre de thé glacé. Il est trop chaud. Trop insipide. Trop aigre.

Maman aimait le thé, mais pour ma part, je n'en ai jamais compris l'intérêt. Le café est plus fort, plus savoureux, plus puissant. Je n'ai pas besoin d'une douce méditation. J'ai besoin d'une dose de punch pour me secouer.

Quelque chose de puissant pour m'engouffrer.

Un Darjeeling trop infusé à température ambiante…

Ça ne me soulage pas.

L'ascenseur bipe. Ma bouche se dessèche. Puis ma gorge. C'est à cause du thé. Pas du bruit de ses pas.

Le claquement de ses talons. Un petit coup à la porte.

— *Entre.*

Je pose mon verre sur la table, glisse mes mains dans mes poches.

Jasmine s'avance à l'intérieur. Elle referme la porte derrière elle.

Elle porte les mêmes escarpins que plus tôt dans la journée et une robe rouge moulante qui souligne les moindres centimètres de son corps gracieux.

Sa poitrine se soulève brusquement quand elle inspire. Le pendentif entre ses seins accroche la lumière. C'est moi qui lui ai offert. Pour son seizième anniversaire.

Elle l'a gardé durant tout ce temps. Elle veut me faire savoir qu'elle l'a gardé durant tout ce temps. Ça doit signifier quelque chose.

Je me plonge dans ses yeux sombres, essayant de trouver la raison. Je n'y parviens pas. Elle est trop rigide, trop blessée, trop inflexible.

Ça n'ira pas. J'ai besoin d'avoir le dessus.

Ce n'est certes pas juste, mais présentement, je n'ai pas le luxe d'avoir l'esprit sportif.

— Tu veux t'asseoir ? dis-je en désignant le canapé en cuir placé contre le mur.

Son regard se pose sur le verre vide. Puis sur la carafe de liquide ambré. Et enfin sur moi. Elle hausse un sourcil. Vraiment ?

— Tu en veux ?

Elle me répond d'un rire.

— On va commencer comme ça ?

— Tu en veux ?

— Oui.

Je lui verse un verre.

Ses doigts frôlent les miens quand elle l'accepte.

Puis elle le porte à ses lèvres.

Cette fois, son rouge à lèvres laisse une trace. Le rebord du verre devient écarlate.

Elle ferme les paupières tout en sirotant. Puis elle les ouvre brusquement, une lueur de surprise au fond des prunelles.

— Oh.

Une fois encore, je lui fais signe de s'asseoir.

Cette fois, elle s'exécute.

— Je n'aurais pas dû présumer de quoi que ce soit.

Je m'assieds à côté d'elle et place ma main sur la sienne.

— Je sais ce que tu penses de moi.

Elle plisse le front puis laisse tomber le verre dans ma paume avant de remettre les mains sur ses cuisses.

— Je n'épouserai pas un alcoolique.

— C'est compris.

— C'est tout ? C'est compris ?

Je hoche la tête.

Elle me regarde dans les yeux.

Je lui rends son regard.

— Il y a six ans…

— Tu m'as prouvé à quel point ça compte pour toi.

Le pli de son front s'adoucit, et elle baisse les yeux à terre.

— Alors pourquoi n'as-tu pas… non, ça ne fait rien. Tu es sobre, maintenant.

Je hoche la tête, même si ce n'est pas une question.

— Depuis combien de temps ?

— Ça fait treize mois.

Je suis sorti de désintox l'année dernière. Ça fait un an que je suis à New York. Mais je lui ai à peine parlé.

— Félicitations.

La fierté se fait entendre dans sa voix, à peine perceptible.

— C'est vraiment un exploit.

— Je ne vais pas te lancer le cliché qu'il faut prendre les choses un jour après l'autre.

— Une femme après l'autre, d'après ce que j'ai entendu dire.

— Tu as entendu dire des choses ? lui demandé-je.

— On parle beaucoup de toi.

— Et que racontent les gens ?

Elle baisse la garde. La tension dans ses épaules s'apaise. Elle me jette ce regard qui signifie vraiment ? Un classique quand on était enfants. Quand elle n'arrivait pas à croire à toutes ces choses que faisait ou achetait ma famille.

— J'en déduis que tu habites dans une grotte.

— Le lit de paille est particulièrement confortable.

— Et ça t'ébouriffe les cheveux.

Elle fait semblant de me retirer quelque chose des cheveux.

Je me recule instinctivement.

Elle baisse les yeux.

— Oh, je…

Mince. J'ai dépassé ce stade. Vraiment.

— C'est bon.

— Tu ne veux pas que je fiche ton style en l'air ? me dit-elle.

J'acquiesce, mais l'atmosphère reste pesante. Toute cette tension. Je me suis reculé quand elle a essayé de me toucher. Je vais proposer de la baiser passionnément, mais je me recule quand elle essaye de me toucher.

Je suis certain qu'elle ne comprend pas.

Même moi, je comprends à peine. Non, absolument pas, en fait. Mais je n'ai pas le luxe d'essayer de comprendre.

Elle lisse sa robe.

— Tu es sobre.

— Oui.

— Et tu vas rester sobre.

— Oui.

— Pendant combien de temps ?

— On va essayer de dire toute la vie.

— Non.

Elle presse ses paumes contre ses cuisses.

— Pendant combien de temps veux-tu qu'on reste mariés ?

Je ne peux pas me borner à un mois. Ou même une année. J'ai besoin d'espace pour m'exprimer.

Elle veut que ce soit facile. Elle veut oublier les six dernières années. L'ultimatum. Les mois qui l'ont précédé.

Je me tourne vers elle.

Elle frissonne quand mes genoux frôlent les siens. Elle en a envie aussi. Elle veut mon corps sur le sien, mes lèvres sur sa peau, mes mains entre ses jambes.

— Jusqu'à ce que je décide d'annuler, dis-je.

— Pour toujours ?

— Oui.

— Alors tu… tu penses que c'est ce qui va se produire ? Je vais voir ton compte en banque et tomber amoureuse ?

— Tu connais déjà l'étendue de mon compte en banque.

— Ta…

Elle désigne mon entrejambe du regard.

— Mon sexe.

Elle rougit.

— Et tu t'attends à ce que je… ?

— Je ne te paye pas pour coucher avec moi.

Elle me regarde avec cette même expression qui dit vraiment ? Elle veut rester informelle, prétendre que ça n'a pas d'importance.

Une partie de moi le comprend. Mais l'autre…

— Je ne te paye pas pour ton corps, Jasmine.

— Tu me payes pour dormir dans ta chambre et dans la foulée…

— Non. Je ne te toucherai que si tu me le demandes.

Et je n'invite personne dans ma chambre.

— Ça n'arrivera pas.

— Pas avant que tu en aies tellement envie que tu te retrouveras à genoux, me priant de te donner mon sexe.

Je glisse ma jambe entre les siennes.

Elle gémit quand mon genou frôle l'intérieur de sa cuisse.

— Je ne le ferai pas.

— Si.

— Non. N'y compte pas.

— Bon, disons ça. Simplement pour arrêter d'en parler.

Elle le fera, mais ça ne sert à rien d'en parler maintenant.

— Alors je ne te toucherai pas.

— Tu ne peux pas être avec quelqu'un d'autre, dit-elle.

— Toi non plus.

— Alors on va simplement… ne pas coucher du tout.

— Si c'est ce que tu veux.

Je garde une voix ferme. Mais elle crie on sait tous les deux ce que tu veux.

— Une vie entière sans sexe ?

— Tu as une limite de temps ?

— Trois mois.

— Pour deux millions de dollars ?

— Un, dit-elle en déglutissant fort. Trois mois pour un million de dollars. Et tu payes le traitement de mon père. Tout de suite.

— Deux ans.

Elle secoue la tête.

— Trois mois.

— Un an.

Ses yeux rencontrent les miens.

— Et tu couvres son traitement dès aujourd'hui ?

— Tu emménages dans mon appartement demain.

Ses yeux se remplissent de surprise.

— Demain ?

— Je demanderai à mon équipe de te trouver une robe. On s'organisera pour se marier le plus tôt possible.

— Je choisis ma propre robe.

— Bien sûr.

— Tu peux faire des pieds et des mains pour la faire commander en urgence, mais c'est moi qui décide de mon apparence…

— Je vais engager une styliste personnelle.

Elle pince les lèvres.

— Pour te conseiller. La décision ultime te revient.

— Et le mariage en lui-même ?

— Tu penses à quelque chose ?

— Mon père… Je ne veux pas qu'il sache pourquoi. Je veux qu'il croie qu'on…

— Bien entendu.

C'est mieux pour moi. Quand les gens font semblant, ils commencent à y croire.

— Si tu parviens à convaincre mes collègues.

Elle écarquille des yeux surpris. Soudain, son visage exprime la réalisation que j'ai besoin de tout ça autant qu'elle.

— Je vais demander à un avocat de lire le contrat, poursuit-elle.

— Il y a des dizaines d'avocats, dans ton bureau.

— C'est bon, s'ils ont accès à ces informations ?

— Ça ne sera pas spécifié.

Je lisse mon pantalon, laisse le revers de ma main frôler sa cuisse.

Elle inspire profondément.

— Qu'est-ce qui sera spécifié ?

— Ce sera un contrat prénuptial standard. Au bout d'un an de mariage, tu auras un million de dollars, puis un supplémentaire tous les ans. Jusqu'à ce qu'on arrive à dix ans ; alors tu auras vingt-cinq pour cent de tout ce que j'aurai gagné au cours de la décennie.

— Et c'est censé m'appâter ?

— C'est une assurance.

Je pose la main sur sa cuisse.

Ses jambes s'écartent. Ses yeux suivent le mouvement. Elle regarde ma main comme si elle la suppliait de s'avancer, mais elle ne dit rien.

— Pourquoi ?

— L'assurance n'a pas de but précis.

Elle me regarde dans les yeux.

— J'ai besoin d'une autre clause.

Je lui fais signe de poursuivre.

— Tu dois rester sobre. Sans quoi j'ai les dix millions.

— D'accord.

— D'accord ? C'est tout ?

Tout est contenu dans sa voix. Pourquoi n'as-tu pas fait ça pour moi ?

— Tu en veux davantage ?

— Non. Dix millions suffiront.

— J'ai ma propre clause, dis-je.

Elle soutient mon regard.

— Tu ne me tromperas pas, dis-je.

— Je ne ferai jamais une chose par…

— Quand même, rétorqué-je.

— C'est valable pour toi aussi. Et j'en veux davantage.

La colère filtre dans sa voix. Elle essaye de rester calme, d'utiliser ce ton affreux et faux d'assistante personnelle. Mais elle n'y parvient pas entièrement.

— Vingt millions.

J'affiche un léger sourire.

— Vingt millions, dis-je en lui tendant la main.

— C'est tout ? Je peux t'épouser la semaine prochaine, t'envoyer une prostituée et rentrer chez moi avec vingt millions de dollars.

— Si tu penses que ça va marcher, tu peux essayer.

Ses yeux restent collés aux miens.

— Tu vas m'expliquer pourquoi ?

— Non.

— Et si j'en fais une condition ?

— Tu ne le feras pas.

Je lui rends son regard. C'est fini. Nous y sommes presque. Je n'ai qu'à la pousser encore un peu. Je sors mon téléphone portable pour composer un email. Puis je le place dans sa main.

Elle écarquille les yeux tout en le lisant.

— Tu vas vraiment…

— Je peux le faire tout de suite, Jasmine. Je peux effacer tous les problèmes dans ta vie. Tu n'as besoin que de dire oui. Dis que tu vas m'épouser.

Chapitre Six

Jasmine

J'ai des papillons dans le ventre. J'y suis. C'est le moment où je vais sceller mon destin.

Ou je perds mon père.

Ou je perds ma liberté.

Non, ce n'est qu'un an. Trois cent soixante-cinq jours. J'ai survécu dix mois à ce travail. J'ai survécu un an avec un boulot à temps plein tout en poursuivant mes études.

Certes, j'ai fini par craquer. J'ai abandonné l'université pour trouver un meilleur salaire, pour que je puisse soutenir mon père. Mais j'ai survécu à ça aussi.

Peu importe ce qu'il pense, et honnêtement, je n'en suis plus certaine. Mais je suis faite pour survivre.

Je pourrai supporter ça aussi. Bon sang, je serais prête à subir le pire pour avoir un soupçon de chance de sauver mon père.

Quoi que cela m'en coûte.

— *D'accord.*

Je lui tends la main.

Shepard la serre avec une poigne de fer.

— *Je t'enverrai les papiers demain.*

Je hoche la tête.

— *Et le traitement de mon père.*

— *Bien entendu.*

Il brandit son téléphone. Un transfert depuis son compte en banque. Une somme à six chiffres pour le traitement de Trong Lee.

La fin du poids qui me pesait sur les épaules.

Un espoir…

— *On fait ça en premier.*

J'affermis ma poigne. C'est censé être un signe de force, mais mon corps se fait des idées. Mes doigts fondent entre les siens. Mon cœur s'emballe. Mon sexe se contracte.

Il a raison.

J'ai envie de lui.

Je me tiens à moins d'un mètre de lui, je sens son shampooing, je ressens le pouvoir à l'état pur qui émane de ses yeux bleus…

Je le désire tellement que je peux à peine le supporter.

Mais j'en suis capable.

Alors je le regarde finaliser la transaction. Puis je lui serre à nouveau la main.

— *Merci.*

— *Lock va te reconduire chez toi.*

C'est trop tard pour prendre le métro, les rames ne passent plus qu'une ou deux fois par heure. Avant d'avoir reçu cet argent, je ne peux pas me permettre un taxi ou un Uber. Et je ne vais pas marcher dans ces chaussures.

Je devrais être reconnaissante qu'on me reconduise, et je le suis.

Mais ce n'est pas comme si je l'avais demandé. C'est lui qui l'a ordonné.

Pendant l'année qui va suivre, je vais être à lui. Je vais devoir poser, me soumettre, brider ma volonté.

Mon père va s'en sortir.

Cela vaut bien des millénaires sous la coupe de Shepard.

— Merci.

Je lui adresse mon meilleur sourire clientèle.

Il perce à jour sa fausseté et fronce les sourcils.

J'ai des cartes à jouer. Pas beaucoup, mais j'en ai quand même.

UNE FOIS RENTRÉE CHEZ MOI, J'ENFILE MON PYJAMA, JE me prépare une tasse de camomille, je vérifie mon portable.

Même si tout est fermé, c'est là. Shep a dû faire jouer ses contacts, sans doute. Je pensais qu'il était riche et puissant avant, même lorsqu'il était ado, mais maintenant ?

Il possède tout.

Tout le pouvoir du monde.

Le pouvoir de me détruire en un instant.

Seulement, il ne peut pas. Il a besoin de moi. Je ne sais pas pourquoi, je sais seulement que c'est le cas.

Je relis le message.

Paiement reçu. Trong Lee entamera le traitement lundi.

C'est fait.

Papa a une chance de s'en sortir. Pour de bon.

Un poids est retiré de ma poitrine. Mes membres se font plus légers. La tension dans mon ventre s'apaise.

Ça va aller.

Il y a un espoir.

Un espoir pour qu'il s'en sorte.

Chapitre Sept

Jasmine

Malgré mon manque de sommeil, je me rends au travail. C'est une belle journée. Le ciel est bleu clair, le soleil brille, les fleurs sont en bourgeon.

C'est le printemps à New York. C'est magnifique. Pourquoi ne m'en suis-je jamais rendu compte ?

J'entre dans le vestibule de l'immeuble où je travaille. Il est rempli d'hommes et de femmes en costumes et tailleurs. Les talons de marque claquent sur le carrelage. Les conversations tournent autour de contrats et de projets pour le week-end.

C'est vendredi, après tout. Généralement, je sais mieux où j'en suis. Le week-end me donne l'opportunité de voir mon père. Parfois, je peux même le faire sortir de l'hôpital pendant quelques heures. On peut aller au parc. Ou bien se promener au bord de l'eau. Ou aller à ce restaurant de Chinatown qu'il aime.

Ça fait tellement longtemps.

Les voix se mélangent pendant le trajet en ascenseur. Jusqu'au vingt-huitième étage.

Le bureau n'est qu'à moitié plein. Tous les assistants sont là, à leur bureau, s'installant, passant des appels, vérifiant des emplois du temps.

Je tourne à gauche à l'extérieur de la salle de conférence aux murs de verre. Je me rends d'un pas vif à mon bureau, qui se trouve à l'extérieur d'un plus grand bureau qui fait l'angle.

Mais il est vide.

Le cadre avec la photo de ma remise des diplômes au lycée, le coffret à thé que Maman aimait, le petit bouddha doré assorti à celui dans la chambre de Papa…

Tout a disparu.

Le bureau est déjà vide. Plus d'ordinateur, de dossiers, de stylos. Plus rien.

Je m'approche afin d'inspecter les dégâts.

La table a été nettoyée. Elle est déjà sèche.

On a déjà effacé tous les signes de ma présence.

— Oh, mon Dieu, Jasmine ! Je suis vraiment désolée. J'ai essayé de lui dire que ce n'était pas bien, mais tu sais comment il est.

Amanda, l'assistante personnelle de M. Billings, se dirige vers moi. Elle pose la main sur mon épaule.

Je me tourne, rompant le contact.

Elle pose la main sur son cœur, affiche un air désolé. Ses yeux bleus se remplissent de sympathie. Mais il y a autre chose. Une lueur de contentement.

Un certain… enthousiasme.

— Je sais que perdre son travail est difficile. Mais tu dois être super contente. Une aventure tumultueuse avec ton ex. Et maintenant, tu te maries ! Pourquoi ne m'as-tu pas dit que tu connaissais Shepard Marlowe ?

Je désigne mon bureau vide.

— M. Billings est en colère que tu ne le lui aies pas dit.

— Ça ne le regarde absolument pas.

Elle émet un rire moqueur.

— Tu es fiancé à un concurrent.

Shep n'est pas à proprement parler un concurrent. Certes, il possède une partie d'une boîte d'investissement, mais ils se concentrent sur le développement d'applications vendues à des sociétés, pas sur la technologie destinée à la consommation courante.

— Sérieusement, Jasmine. C'est tellement romantique. Quand l'as-tu revu ?

Elle me retouche l'épaule, cette fois un peu plus doucement.

— Quand as-tu compris ? Tu l'as regardé dans les yeux et tu es tombée amoureuse ?

— Quelque chose comme ça.

— Je ne m'étais pas rendu compte qu'il était tellement beau. Ces yeux… Est-il aussi intense qu'il semble l'être ?

Elle arque un sourcil, pour que je comprenne qu'elle parle de sexe.

Je me sens rougir. La chaleur descend le long de mon corps, centimètre par centimètre. J'essaye de la contenir, de faire en sorte que mes pensées demeurent dans des endroits plus sains. Mais je n'y parviens pas.

Ses mains sur mes cuisses.

Ses lèvres sur mon cou.

Son sexe qui me pénètre profondément.

Shep était toujours prévenant, attentif, brillant. Mais j'avais l'impression qu'il contenait quelque chose.

Qu'il se retenait.

Qu'il refusait de partager avec moi une partie de lui.

À l'époque, je n'avais pas remarqué. Mais depuis que j'ai été avec d'autres hommes…

Seigneur, ça fait longtemps ! Trop longtemps. Je pense toujours à lui, parfois. Très souvent. À son toucher ferme. Sa posture assurée. La façon dont sa voix se faisait basse et autoritaire.

Ça me faisait peur, à l'époque.

Mais maintenant…

Je suis terrifiée de l'envie que je ressens d'entendre à nouveau ce ton.

— Oh, mon Dieu, il l'est ! s'écrie-t-elle.

Puis elle regarde autour d'elle, car les autres assistants se sont tournés vers nous. Elle baisse d'un ton.

— Je suis désolée. Je sais que ce n'est pas le moment idéal. Mais vraiment, Jasmine. C'est fantastique !

Elle tend les bras, m'offrant une étreinte.

— Je suis tellement contente pour toi !

Je la laisse me serrer contre elle.

— Les choses s'arrangent, alors ? Je pense que tu vas connaître de grandes choses.

Elle est bien la seule.

Je néglige la boîte qui contient les dossiers. Je mets tout dans mon sac à main d'imitation de marque. Celui que Papa m'a acheté pour mon anniversaire, il y a deux ans.

Il rayonne toujours de fierté à chaque fois qu'il le voie. Il me rappelle encore la bonne affaire qu'il avait faite à Chinatown. La façon dont il a réussi à faire baisser le prix de cinquante à vingt-cinq dollars.

Certes, il n'est pas vraiment de bonne qualité. Les surpiqûres sont de travers. Une couture se détache. Le rouge s'estompe.

Mais ça reste mon sac préféré. Je l'aime pour l'amour qu'il représente. Je l'aime plus que j'aurais aimé l'original.

Tout y rentre. Je n'ai pas grand-chose. Quelques photos, du thé oolong, un set de toilette, du maquillage, des sous-vêtements de rechange. Pour les soirées qui se prolongent… pas pour des nuits illicites.

Maintenant que Shep…

Mon corps vibre en pensant à ses mains fermes. À cette voix basse dans mon oreille, qui me murmure des promesses sulfureuses.

Je vais te faire mettre à genoux, Jasmine. Je vais te faire m'implorer de te donner mon sexe.

Comment quelque chose d'aussi déplacé peut-il être excitant ?

Il ne va pas me forcer à demander.

Il ne va pas me forcer à l'implorer.

Il ne va certainement pas me faire mettre à genoux.

Non que je…

Enfin… J'en ai envie aussi. Le sentir dans ma bouche, ses mains dans mes cheveux, son grondement bas quand il jute…

Hum…

N'y pensons plus. Peu m'importe à quel point le sexe avec Shep me manque. Ou le sexe tout court. Je ne suis vraiment pas prête à l'implorer.

J'inspire par le nez, mais ça ne rafraîchit pas mes joues. J'ai chaud de partout.

Et je lui ai demandé de faire semblant devant les autres. Il va m'embrasser, me toucher, me tenir dans ses bras…

Il va me tuer. Le désir que je contiens va finir par me tuer. Je vais être la première personne à mourir de frustration sexuelle.

Mais au moins, je partirai en beauté !

J'émerge du bâtiment, je suis sur le trottoir. Il n'est pas bondé, puisqu'on est légèrement après l'heure de pointe, mais il y a quand même beaucoup d'animation. Des escarpins et des chaussures de ville claquent sur le trottoir. Le soleil réfléchit sur les immeubles en verre, rendant le sol d'une blancheur éblouissante.

— *Mademoiselle Lee ? me demande une voix sensuelle.*

Je me tourne et vois l'assistant de Shep, Aalock. Il préfère qu'on l'appelle Lock. C'est un Indien avec un accent britannique, un costume sophistiqué et de magnifiques yeux bruns.

Je ne sais pas ce qui est le plus sexy : sa voix ou ses épaules larges. J'essaye de me raccrocher à ça, de remplir mon esprit de l'image de ses mains sur ma peau, de sa voix dans mes oreilles, de son corps sur le mien.

Ça ne marche pas.

J'en reviens à Shepard.

Mes cuisses se serrent.

— M. Marlowe m'a prévenu.

Il désigne la voiture derrière lui. Ce n'est pas la limousine de la dernière fois, mais une luxueuse voiture de sport. Le genre de jouet qui correspond parfaitement à Shep.

— Aimeriez-vous que je vous reconduise chez vous ?

— Chez moi ?

— Vous pouvez aussi nous donner la clé. J'ai une équipe prête à déménager vos affaires au penthouse de M. Marlowe. Nous nous apprêtons à faire refaire votre chambre.

Il m'ouvre la portière.

— Il y a déjà une chambre meublée, mais pour être honnête, poursuit-il en regardant ma tenue, ce n'est pas votre style.

— Mon style ?

— Vous êtes une belle femme, Mademoiselle Lee. Moderne. M. Marlowe… il avait des projets différents, pour cette pièce en trop.

J'arque un sourcil.

Lock éclate d'un rire chaleureux, puissant.

— Il ne vous connaît pas aussi bien qu'il le croit, n'est-ce pas ?

— Vous avez le droit de dire ça ?

Il mime le geste de fermer une fermeture éclair sur ses lèvres.

— J'ai une idée, dit-il en me tendant la main.

Je la prends.

Lock prend mon manteau et me fait faire le tour de la voiture pour me faire monter sur le siège passager.

— Dites-moi ce que vous aimeriez avoir dans votre chambre, et je vous emmènerai quelque part où vous pourrez trouver tout ça.

— Et si je souhaite aller chez Ikea ?

Il enclenche ma ceinture de sécurité, referme la portière et va s'asseoir de son côté.

— Mademoiselle Lee, j'apprécie déjà votre compagnie, mais je ne vous permettrai pas de faire entrer Ikea dans notre maison.

— Vous avez quelque chose contre les Suédois ?

— Seigneur, non ! On a tous envie d'aller là-bas pour manger ces horribles boulettes de viande.

— Elles sont meilleures qu'elles en ont l'air.

— Dieu merci, je suis végétarien.

Il secoue la tête.

— Ils ont des boulettes végétariennes.

Il adopte un air d'horreur feinte.

— Mademoiselle Lee, je vous en prie, épargnez-moi cette douleur. Ne me dites pas que vous souhaitez un style moderne à la Ikea.

Il prononce ces mots comme s'il avait envie de lever les yeux au ciel.

Je ne peux m'empêcher de rire. Certes, il travaille pour Shep, mais il est drôle. Chaleureux. Gentil. Et, en tant que manager de la vie personnelle de Shep… il travaille pour moi aussi, apparemment. Ou du moins, il le fera bientôt.

— Vous avez autre chose à l'esprit ?

— Bien entendu, ma chère.

Il tourne la clé et allume le moteur.

Bon sang, elle a un tigre sous le capot. Ça fait longtemps que je ne me suis pas retrouvée à l'avant d'une voiture, et plus encore depuis que j'ai conduit pour la dernière fois. Je prends toujours le métro. À moins d'être en retard ou de devoir me déplacer alors que les rames tournent au ralenti.

— Si vous n'êtes pas certaine, je connais l'endroit idéal. Ça vous correspond parfaitement.

— Comment le savez-vous ?

— Faites-moi confiance. J'ai du flair pour ces choses-là.

On se dirige directement vers un magasin de meubles près de Manhattan. Je n'en ai jamais entendu parler, mais c'est parfait. Exactement mon style.

Je choisis un lit, un bureau, une commode. Des cadres pour des posters que je n'ai pas encore achetés.

Le décorateur discute d'une palette de couleurs, d'un thème, d'une ambiance. J'énumère quelques mots à la mode. Lumineux, vibrant, vivant.

Un endroit qui est excitant, mais sûr. Un endroit qui est à moi. Un endroit rempli des choses que j'aime.

Du thé, ma famille, des films classiques, des icônes de Broadway.

Lock écoute la conversation. Il me propose d'acheter des billets pour Shepard et moi. Pour ce soir.

C'est gentil, mais je ne peux pas dire oui pour l'instant. Je ne peux pas encore accepter de passer du temps supplémentaire avec lui. C'est déjà suffisant de vivre dans son appartement, à son service, pour une raison qu'il ne peut pas expliquer.

Shepard a beaucoup de qualités, mais pas la patience. Même s'il attendait d'être sobre, il a eu une année entière. Il a eu suffisamment d'opportunités.

Il était à New York durant tout ce temps. Certes, on n'a pas parlé, mais nos regards se sont croisés. J'ai senti toute cette histoire tacite passer entre nous.

S'il avait envie de prouver qu'il pouvait le faire, afin d'avoir une sorte de pouvoir sur moi, pour me reconquérir…

Il l'aurait fait voilà longtemps.

Ça doit être autre chose.

Oui, j'ai besoin d'argent, maintenant plus que jamais. Mais j'en avais aussi besoin le mois dernier et le mois d'avant. Je ne pense pas qu'il ait attendu le bon moment, c'est-à-dire que je sois assez désespérée pour accepter sa proposition.

Je suis peut-être naïve ou aveuglée par mes souvenirs. Ou alors, je suis une imbécile.

Mais je pense qu'il y a du bon en lui. Je pense qu'il veut ce qu'il y a de mieux pour moi.

Je termine ma conversation avec le décorateur. Puis je laisse Lock me ramener au penthouse de Shepard.

C'est un nouvel immeuble dans un quartier embourgeoisé. Hell's Kitchen. Très loin à l'ouest, le long de l'Hudson.

On se gare dans un parking souterrain à côté de trois autres voitures qui appartiennent à Shepard. C'est la couleur qui les trahit. Rouge vif.

Sa couleur favorite sur moi. La couleur de tout ce qu'il possède.

Je devrai m'y habituer.

Un million de dollars pour acheter un an de ma vie.

Alors, quand j'entends sa voix dans l'intercom à l'extérieur de l'ascenseur, je me prépare.

Il veut quelque chose de moi.

Il y a peut-être quelque chose que je peux lui donner.

Mais il n'aura pas mon amour.

Il n'est pas à vendre.

Chapitre Huit

Jasmine

La lumière filtre à travers les larges fenêtres. Elle se reflète sur le carrelage brillant. Les murs propres. Les meubles luxueux.

Un canapé en cuir avec des angles arrondis. Une longue table en cerisier. Des lustres aux détails étincelants.

Et Shepard, debout au milieu de la pièce, vêtu d'un costume gris sophistiqué.

Il est vraiment beau. Il l'a toujours été, mais à présent qu'il est plus grand et plus costaud, c'est un vrai canon.

— Jasmine.

Il prononce mon prénom comme si j'étais sa voiture favorite. Quelque chose qu'il adore. Une possession qu'il adore.

— Je t'en prie, assieds-toi. Nous avons beaucoup de choses à nous dire.

Il adresse un signe du menton à Lock.

Celui-ci le comprend immédiatement.

— Je vous laisse.

Il se penche et se déplace sur le plancher uni, le long du couloir, jusqu'en bas de l'escalier en spirale.

Cet endroit est beau. Moderne et antique à la fois. Comme un château remis au goût du jour. Au début, je n'avais pas cru Lock. Je n'arrivais pas à croire que Shep puisse vivre dans un endroit qui possède un charme rustique. Mais c'est pourtant vrai.

— Tu veux quelque chose à boire ? demande-t-il en désignant le plateau doré posé sur la table.

Il y a deux tasses à café remplies d'un liquide sombre.

— Tu vas le préparer toi-même ?

C'est difficile de s'imaginer Shepard préparant son propre thé. Il a un chauffeur, que diable ! Quand a-t-il songé à faire bouillir de l'eau pour la dernière fois ?

— Je peux appeler Lock, si tu penses qu'il fera un meilleur boulot que moi.

— Il est anglais.

— J'ai préparé quelque chose pour toi.

— Toi personnellement ?

— Je l'ai commandé.

Il prend sa tasse de café et avale une gorgée.

— Je n'ai jamais su pâtisser, ajoute-t-il.

— Ni cuisiner.

Il se contente de sourire.

— C'est important de connaître ses forces et ses faiblesses.

— Ainsi que ses ennemis ?

— Oui.

Sa voix est neutre. Comme si c'était évident. Comme si tout le monde le savait.

— Tu préfères toujours l'oolong ?

— Je me contenterai de n'importe quoi.

— Vraiment ?

Sa voix se fait un peu plus basse, un peu plus dure.

— C'est important ?

— Oui.

Shep place sa tasse en céramique sur le plateau. Puis il se rapproche de moi et pose sa paume sur mon poignet.

— Je sais que ce n'est pas ce que tu veux, Jasmine. Ce n'est pas non plus une circonstance idéale pour moi.

Ça devrait rendre les choses plus claires, mais ça ne le fait pas. Pourquoi m'a-t-il demandé de l'épouser, et a déboursé une somme faramineuse à cet égard, si ce n'est pas ce qu'il veut ?

Je le regarde dans les yeux, essayant de déceler ses motivations, mais ils sont toujours vraiment profonds et impénétrables.

Comment peuvent-ils rester d'un bleu aussi clair alors que ses intentions sont troubles ?

Mon Dieu, ses yeux sont magnifiques ! J'ai envie de m'y plonger. De les regarder se remplir de joie, de plaisir, d'autorité.

Tu vas m'implorer de te donner mon sexe.

Je déglutis fort.

— Tu vas apaiser nos circonstances embarrassantes avec du thé ?

— Je sais que je ne peux pas contenter tous tes besoins. Mais tu vas devenir ma femme. Je vais prendre soin de toi.

— Le thé n'est pas le véritable amour.

— Ce n'est pas ce que Maman disait.

Mon cœur se serre pour lui. Et pour moi aussi. On sait tous les deux ce que cela fait de perdre une mère jeune et d'avoir du mal à se relever après. « Que dirait Olivia ? » J'ai un peu connu sa mère. C'était une femme extraordinaire. Même durant sa maladie, elle était pleine de vie. Une artiste qui voyait la beauté partout.

— Jasmine ?

Sa voix s'adoucit alors qu'il fait courir son pouce sur mon avant-bras.

Ce contact est réconfortant. Trop réconfortant. Et trop familier. Il est une personne différente, maintenant.

Ce n'est plus le garçon que j'aimais. Et je ne suis plus la fille qu'il a aimée non plus.

Cette fille avait de grandes ambitions. Elle avait des rêves. À présent, mon plus grand rêve est de voir survivre mon père.

Je ne suis pas sûre de pouvoir avoir ça, mais il pourra m'accompagner à l'autel. C'est au moins quelque chose.

C'est même beaucoup.

« Que dirait Olivia ? »

Je laisse ma main retomber sur le côté de mon corps.

Il regarde notre contact se briser, mais ne le mentionne pas.

— Le thé est du soleil dans une tasse.

Je ne peux pas m'empêcher de sourire.

— Que ta journée soit terrible ou géniale, tout ira mieux avec une tasse de thé.

Je hoche la tête.

— Allons, ne fais pas la moue, dit-il, imitant toujours sa mère. Tu vas te choper des rides.

Un rire m'échappe. Je me rappelle quand elle le lui disait. Elle plaisantait toujours à moitié.

— Elle avait raison.

— Je ne vois pas la moindre ride.

Est-ce aussi évident que ma vie est plus triste qu'heureuse ?

— À propos du thé. Ça rend vraiment la journée meilleure.

— S'il te plaît.

Il désigne la table d'un geste.

Je m'assieds près du plateau de café. Il me remercie d'un hochement de tête, termine la dernière gorgée de café et emporte le plateau dans une autre pièce. Je pense que c'est la cuisine.

Je m'occupe en observant la pièce. Les murs viennent d'être repeints en écru et sont couverts de tableaux modernes. J'en reconnais un qui était dans sa maison de San Francisco. Il est de sa mère.

Ils sont tous de sa mère. Des formes abstraites aux couleurs vives. Quelque part, elle raconte une histoire ou invoque une émotion avec seulement un triangle bleu sarcelle et un cercle vert clair.

Comment est-ce possible ?

L'art graphique n'est pas mon domaine d'expertise. J'essaye d'en apprendre davantage afin de comprendre les coups de pinceau et les styles, mais ça ne vient pas naturellement.

Mes parents m'ont toujours poussée vers les maths et les sciences. Ils voulaient mieux pour moi qu'une carrière de couturière ou de propriétaire de restaurant. Je n'ai jamais compris pourquoi c'était un destin aussi terrible. Tante Mai travaille énormément, mais elle aime son restaurant. Et il lui appartient. C'est elle qui décide constamment.

Mais je ne les ai pas défiés. Comme une gentille fille vietnamienne, j'avais de bonnes notes partout. Je trouvais les sciences difficiles. Les maths aussi, même si Shep m'aidait. Cela dit, pour l'anglais, cela me venait naturellement.

Mes parents vantaient mes compétences linguistiques. Je ne ressemblais pas à une enfant d'immigrés. Je m'exprimais avec le vocabulaire typique d'une ado américaine normale. Non, d'une ado américaine intellectuelle et bien éduquée.

Je n'ai jamais demandé si je pouvais suivre une carrière d'actrice ou d'écrivaine. Je savais que c'était hors de question.

Certes, j'avais réussi à les convaincre que le club-théâtre était une bonne idée. Ça faisait bien sur les candidatures pour l'université, et ça m'aidait à maîtriser la langue, mais je savais que ça passait au second plan. Après la chimie et les maths avancées.

Aujourd'hui… j'utilise mes compétences en mathématiques tous les jours. Celles en anglais aussi. Et celles d'actrice me sont utiles également. Je sais comment feindre un sourire.

Pendant un moment, je me suis autorisée à croire que c'était possible. Que je pourrais participer à une pièce d'un théâtre locale une fois que ma carrière en statistiques serait sur les rails. Que je pourrais écrire durant mon temps libre. Ou, au moins, que je pourrais prendre le temps de voir toutes les pièces qui se jouaient. San Francisco n'est pas franchement réputé pour son théâtre, mais se caractérise par son avant-gardisme. On y trouve du stand-up, du burlesque, des drag-queens.

Mais maintenant…

Je ne sais pas quoi penser, honnêtement. M. Billings a été un connard de me renvoyer, mais je suis certaine que tout autre dirigeant dans cette branche aurait fait pareil.

Si je veux travailler, je dois partir dans une autre direction.

Shep m'offre un endroit où vivre. Il paye pour le traitement de mon père. Ça couvre toutes mes dépenses courantes. Je n'ai pas besoin de travailler. Mais la perspective de ne plus travailler ?

Au plus profond de moi, je trouve ça déplacé.

Toute ma vie, j'ai travaillé. J'ai étudié. J'ai essayé de réussir.

Et je suis censée passer l'année qui vient allongée sur ce beau canapé en cuir, à boire du thé et à manger des biscuits ?

Je suis certaine que ça sera agréable pendant quelques jours. Quelques semaines même. Mais après ?

Je ne vois pas comment j'occuperai mes journées. L'idée d'avoir du temps libre est trop éloignée de moi.

Avoir du temps pour me relaxer, pour se concentrer sur moi-même sans avoir le traitement de Papa qui me pèse sur les épaules.

Qu'est-ce que ça ferait ?

Je ne sais pas. Honnêtement, je n'en sais rien.

Un bruit de pas attire mon attention.

Shepard revient dans la pièce principale, un plateau antique argenté entre les mains. Il brille et vient d'être poli. Il est probablement en argent véritable.

Il le pose sur la table, puis en retire une théière blanche immaculée et deux mugs assortis. Puis une petite assiette de scones et de confiture de framboise.

— Key me dit que les saveurs sont complémentaires.

Il désigne l'épaisse confiture rouge.

— C'est en rapport avec la complexité de ce mélange d'oolong et du mariage des goûts acides et sucrés.

La vulnérabilité s'infiltre dans sa voix.

— Key ?

— Ma cheffe. Considère-la comme la gouvernante de cette demeure.

— Ton personnel s'appelle Lock et Key ?

— Ils trouvent ça hilarant, dit-il en poussant l'assiette vers moi.

Ça lui importe de voir si je vais accepter le thé et les pâtisseries qu'il m'offre. Ça lui importe, que cela me plaise ou non.

— Merci.

Mon estomac gronde alors que j'étudie les scones. Ils sont parsemés de petits morceaux de fruits. Des fruits rouges.

Il me tire une chaise.

Je suis adossée au canapé en cuir. Je devrais aller m'asseoir, accepter son cadeau. Ça a l'air délicieux, et je meurs de faim. Honnêtement, avoir parlé d'Ikea m'a donné une forte envie de manger de la confiture aux airelles.

Je suis certaine que l'idée horrifierait Shep autant que Lock. Je suppose que cela horrifierait la plupart des gens normaux.

Ikea ne se distingue pas vraiment par sa nourriture délicieuse. C'est plutôt qu'elle est étonnamment bon marché.

Mais Shep ? « Normal » ? C'est une pensée comique.

Depuis combien de temps ce terme ne s'est-il pas appliqué à lui ?

— Jasmine ?

Il soulève la théière et verse le liquide ambré dans une tasse, puis dans l'autre.

Bon sang, ça sent vraiment bon ! Cela étant, mes jambes demeurent pressées contre le canapé en cuir. Je n'y arrive pas encore. Je n'y arrive tout simplement pas.

Puis son ton devient bas et profond.

— Assieds-toi, ordonne-t-il.

Mes jambes bougent d'elles-mêmes. Avant que je ne puisse me contrôler, je suis sur la chaise, les mains repliées sur mon giron, les cuisses tremblantes. Redis quelque chose comme ça. Tout de suite. Je t'en prie. Mais rends-le beaucoup, beaucoup plus sulfureux.

Le tremblement dans mes mains s'apaise alors que je prends ma tasse. Ce ne sont que du thé et des scones. Rien de plus. Ça ne signifie pas que j'apprécie le fait qu'il essaye de m'acheter.

— Merci.

J'avale une longue gorgée d'oolong. Il est bon. Floral et sucré. Légèrement acide.

— Je t'en prie, dit-il en me regardant dans les yeux. Ce n'est pas parfait.

— C'est bon.

— Alors, ce n'est pas parfait.

— Un peu trop infusé.

J'avale une autre gorgée. La note acide est plus discernable la deuxième fois. Le thé est l'une de mes pauses favorites. Dix minutes qui n'appartiennent qu'à moi. Dix minutes pour préparer un breuvage délicieux, me plonger dans sa chaleur, laisser le réconfort me remplir le ventre.

— La prochaine fois, je le ferai moins chauffer.

— C'est peut-être la durée d'infusion.

Il acquiesce d'un hochement de tête et brandit l'assiette de scones pour me demander si j'en veux un.

Je suis tentée de dire non pour voir s'il va quand même m'en offrir un, mais mon corps répond à ma place. Mon estomac gronde.

Il sourit à moitié alors qu'il place un scone sur mon assiette.

— Merci, dis-je de ma voix d'assistante.

Il fronce les sourcils, mais se passe de commentaires. Il me regarde simplement couper mon scone et le tartiner de confiture de framboise.

Hum. C'est parfait avec le thé. La douceur de la confiture et le goût savoureux du scone font ressortir les arômes mielleux du thé. Je pousse un grognement alors que j'avale.

— C'est bon ?

— Oui, merci.

Il plisse davantage le front.

— Ne fais pas ça.

— Quoi donc ?

— Te servir de ce ton-là.

— De quel ton ?

J'essaye de rester le plus neutre possible.

— Celui-là. Comme si tu étais une assistante qui doit gérer un employeur difficile.

— Et comment décrirais-tu notre arrangement ?

Il fronce les sourcils.

— Je suis ici. Si tu veux que je sois contente d'être là…

— Si tu ne veux pas rester ici, ta chambre est par là.

Il désigne le couloir, comme si son offre était motivée par la générosité.

— C'est censé t'attirer mes faveurs ?

— Non.

Il avale une longue gorgée de thé, puis pose sa main sur la table.

— Je veux simplement dire que tu n'es pas obligée de rester assise ici avec moi.

— Et si j'ai envie de rester assise ici toute seule ?

— Tu peux me demander de partir.

— Vraiment ?

— Oui.

Sa voix posée se fait alors tremblante.

— Même si je préférerais que tu n'en fasses rien.

— Ah oui ?

— J'apprécie ta compagnie.

La surprise me donne un coup dans le ventre. Quoi ? Il apprécie ma compagnie ? Je ne m'attendais pas à ce genre de sincérité de la part de Shep.

— Oh.

— Je vois que je n'ai pas besoin de te demander si tu le savais.

Ses yeux se posent sur mes lèvres. Il me regarde boire une autre gorgée de thé.

— Je sais que tu n'as pas une très bonne opinion de moi.

— Certes.

C'est une façon de tourner les choses.

— Je ne vais pas te demander de me pardonner.

— Je ne le ferai pas.

Peut-être que s'il s'excusait… s'il se mettait à genoux et m'implo-

rait. Papa dit que le pardon est bon pour l'âme. Que s'accrocher à son ressentiment, sa frustration et sa colère ne fait que blesser la personne qui les ressent. Mais Papa n'a jamais eu maille à partir avec Shepard Marlowe.

Il hoche la tête pour dire je sais.

— Je ne vais pas essayer d'effacer le passé. Mais je vais te demander de me donner une chance.

— Tu achètes mon temps ?

— Oui. Je vais essayer de rendre toute cette histoire aussi agréable pour toi que possible.

— Mais tu ne veux même pas me dire pourquoi !

Son regard se dirige vers la fenêtre à notre droite. La lumière vive de l'après-midi. Le soleil qui brille sur l'Hudson.

— J'aimerais que les choses soient différentes, mais elles ne le sont pas. Bon. Il faut qu'on parle de ce soir.

— De ce soir ?

— Ton père. On va se rendre à l'hôpital dans une heure et demie, dit-il en jetant un œil à sa montre.

Je déglutis fort.

— Qu'est-ce qu'on va lui dire ? Comment va-t-on le convaincre que c'est réel ?

Chapitre Neuf

Shepard

Ses yeux sombres se remplissent de surprise. Elle soutient mon regard pendant un moment, puis elle baisse les yeux vers son thé. Elle contemple le liquide comme s'il contenait les réponses à tous les mystères de l'univers.

— *Je comprends que cela te mette mal à l'aise.*

J'avale une autre gorgée. Je laisse le breuvage réchauffer mes lèvres et ma gorge. Ce n'est pas du bourbon, mais sa présence me réconforte d'une tout autre façon.

C'est Jasmine. Un après-midi tranquille avec du thé fumant et une conversation sincère. On a passé un millier de dimanches paresseux comme celui-ci.

Les dimanches étaient agréables. Ma mère et mon beau-père allaient bruncher en ville et visiter des galeries d'art. C'était le seul jour où je pouvais me détendre. Le seul jour qui était facile.

Et voilà que je repense à ce connard. C'est parce qu'elle est là. Parce que ces souvenirs d'elle lumineux sont entourés d'un océan d'obscurité.

Il n'est pas trop tard pour tout annuler. Pour lui verser l'argent que je lui ai promis et la laisser vivre sa vie.

Mon ventre se serre.

Mon cœur refuse. Je ne sais pas comment c'est possible, puisqu'il ne s'est pas manifesté depuis des années, mais c'est vrai.

— Je suis désolé. Pour ton père.

Le poids sur ma poitrine s'alourdit. C'était horrible de voir ma mère tomber malade. De la voir perdre son étincelle de vie. Avant de mourir, elle était tellement faible qu'elle parvenait à peine à tenir sa fourchette. Elle pouvait à peine sourire.

Si elle avait appris la vérité…

Je suis content qu'elle soit morte en croyant que quelqu'un s'occuperait de moi. Je suis content qu'elle soit morte heureuse. Si je pouvais offrir à Jasmine le même réconfort…

Elle ne veut pas l'entendre. Elle ne veut pas affronter la possibilité que son père meure.

Je le comprends.

Je ne lui souhaite pas de connaître cette douleur. Si je pouvais y faire quelque chose, je le ferais. Mais il n'y a rien à faire. Je suis impuissant.

— Merci.

Sa voix suinte de douleur, mais son expression reste calme. Je perçois toute cette émotion qui tourbillonne sous la surface.

Son visage ne laisse rien paraître. C'est impressionnant.

Certes, elle était une actrice douée, quand nous étions au lycée, particulièrement pour son âge. Mais elle exprimait tout sur son visage. Au théâtre et dans la vie.

Les choses ont manifestement changé.

— Pas besoin d'expliquer à quel point c'est effrayant, dit-elle en avalant une autre gorgée avant de pousser un léger soupir. Et que nous n'avons pas vraiment le temps d'y songer.

— Est-ce qu'il va bien ?

Je fais semblant de ne pas posséder toutes ces informations. Les soignants sont sous-payés, particulièrement par rapport au coût de la vie à New York. C'est triste à dire, mais j'ai facilement réussi à trouver une source.

— Aussi bien que possible. Mais…

Elle rompt un morceau de son scone et le place sur sa langue. L'espace d'un instant, ses paupières se ferment et ses traits se détendent. Puis elle déglutit, et sa douleur revient.

— Il t'a toujours apprécié.

— C'est le succès de mes parents qu'il appréciait.

— Oui, mais c'est la même chose. Une bonne famille, de bonnes manières, un bon futur. Tous les traits nécessaires chez un mari.

— Être un bon père ?

Ses yeux se remplissent de surprise.

— On n'en a jamais parlé.

— On était jeunes.

— J'aimerais que les choses soient différentes… J'aimerais qu'il puisse rencontrer son petit-fils.

Mon sexe gémit. Une pulsion primaire de transmettre mes gènes. Mais avec toutes ces conneries dans ma tête… Je ne peux pas y penser.

— C'est ce que tu veux ?

Sa tension s'apaise suffisamment pour qu'elle me décoche un regard qui veut dire sérieusement ?

— Être enceinte et élever un enfant ne font pas partie de notre accord.

— Non, ce sont des avantages.

Elle affiche un demi-sourire.

— Je ne pense pas que tu seras capable de vaincre mon stérilet. Je veux dire…, poursuit-elle en rougissant. On ne va pas coucher ensemble, alors ce n'est pas la peine d'en discuter.

— On verra.

Elle s'éclaircit la gorge.

— Non.

— Je suis sain.

— Quoi ?

— Je n'ai pas de MST…

— Ce n'est pas ça. On ne le fera pas, c'est tout, dit-elle en s'éclaircissant la gorge.

— Tu as été testée ?

— Oui. Et je suis saine aussi. Mais peu importe.

Sa rougeur s'accroît.

— D'accord. On ne le fera pas. Mais si on le fait… on n'aura pas besoin d'utiliser de capote.

Sa rougeur se répand à sa poitrine.

— Je suppose que c'est vrai.

— À moins que tu n'aies envie du contraire.

— Non. Je préfère… sans. Mais peu importe. On ne le fera pas. Ça n'arrivera pas, rajoute-t-elle en s'éclaircissant à nouveau la gorge.

Elle avale une autre bouchée du scone. Puis une autre. Elle mâche et déglutit un petit peu trop vite et s'étouffe.

Elle est nerveuse. Elle n'arrive pas à se convaincre elle-même.

Elle n'y arrivera pas. Elle en est incapable. Il y a certaines choses dans la vie qu'on ne peut pas nier. Son désir pour moi, par exemple.

Je mords dans un petit bout de pâtisserie. Ça a le goût de la farine, du beurre, des fruits frais. C'est fait maison. Cher. Cela dit, tout ce que je mange est cher et fait maison. Key est là pour s'en assurer.

Je suis certain que Lock l'a engagée simplement parce qu'elle s'appelle Key. Il aime ce jeu de mots.

Je ne vais pas m'en plaindre. C'est une cuisinière de talent. La maison est impeccable. Elle reste pendant les heures de travail. Elle s'éclipse le reste du temps. Elle explique rarement ses déplacements et ne cherche pas à s'informer sur les miens.

Elle a le sens de la discrétion.

Tous ceux que j'engage comprennent la discrétion. C'est essentiel.

Pendant un moment, je laisse mes yeux se fermer. J'essaye de me concentrer sur le scone feuilleté. Mais c'est peine perdue ; ça ne m'intéresse pas.

La nourriture ne m'a jamais intéressé. Il n'y a rien d'attrayant dans des cuisines ou des saveurs différentes. La nourriture est comme les vêtements. Un besoin que je remplis pour pouvoir passer à autre chose.

Autrefois, j'aimais bien marier le vin à des pâtes, le bourbon à un steak, la tequila à des tacos.

Mais avec de l'eau, du café et du thé ? Peu m'importe.

Seulement, maintenant, alors que je regarde Jasmine tenter de dissimuler son désir derrière sa pâtisserie…

J'apprécie. La confiture acide, le thé sucré, la pâtisserie feuilletée. Quelque chose change alors que je la regarde. Quand je vois ses yeux se remplir de plaisir et que j'entends ce gémissement s'échapper de ses lèvres.

C'est plus facile de faire l'expérience de ces petits plaisirs.

Elle termine la dernière bouchée, puis la dernière gorgée de son thé. Elle contemple la tasse vide comme si elle aurait aimé qu'elle se remplisse à nouveau.

Son regard accroche le mien, et elle affiche un air penaud.

— Je peux en préparer plus, lui proposé-je.

— Non.

Elle pousse sa tasse devant elle et pose les mains sur ses genoux.

— On sera bientôt partis. À moins que tu n'aies un hélicoptère qui nous permettra d'éviter la circulation durant l'heure de pointe ?

— Et si c'était le cas ?

— On te laisserait utiliser l'héliport de l'hôpital ?

— Si je leur propose une donation assez importante.

Elle se contente d'émettre un petit rire.

— C'est probablement vrai. Où garerais-tu un hélicoptère ? demande-t-elle en parcourant l'appartement du regard.

— Dans un héliport.

— Tu en as un dans ton sous-sol ?

— Que ferait un hélicoptère au sous-sol ?

— Une sorte de caverne secrète, comme Batman ?

Je ne peux m'empêcher d'éclater de rire.

— *Je n'ai pas d'hélicoptère au sous-sol. Mais je peux en faire venir un à la plateforme située sur la trentième rue.*

Elle regarde par la fenêtre, essayant de repérer l'endroit. Ce n'est qu'à une vingtaine de pâtés de maisons au sud, mais ce n'est pas visible. Nos fenêtres donnent à l'ouest. Depuis cet angle, il est difficile de voir quoi que ce soit à part l'Hudson et le New Jersey sur l'autre rive.

— *Il faut que tu t'approches davantage de la fenêtre pour le voir.*

— *Tu ne vas pas vraiment faire ça.*

Je n'en avais pas l'intention, mais elle a raison…

— *C'est la manière la plus rapide.*

— *L'hôpital te laissera-t-il vraiment… ?*

Elle me regarde comme si elle essayait de déterminer si je suis sérieux ou non.

— *Tu plaisantes ?*

Je n'en suis pas certain. Ça fait longtemps que je n'ai pas plaisanté avec qui que ce soit. J'essaye de hausser les épaules.

Elle lève un sourcil, n'y croyant pas vraiment.

— *Le métro sera bondé dans une heure.*

Cette fois, c'est à mon tour de dresser un sourcil.

— *Quoi ? Trop riche pour prendre le métro ?*

— *Et si c'était le cas ?*

— *Ça prendra moins de temps que de rester coincés dans la circulation.*

— *Certes, mais on peut faire plein de choses à l'arrière d'une limousine.*

Je laisse ma voix retomber.

Elle fait semblant de ne pas comprendre le sous-entendu, mais rougit quand même.

— *J'y penserai.*

— *Ou bien l'hélicoptère.*

— *Ou bien l'hélicoptère, oui.*

Son regard se pose sur la théière.

— *Je vais en préparer plus.*

— Non, laisse-moi faire.

C'est une bonne idée. Elle sera plus à l'aise si c'est elle qui prépare le thé. Et elle…

Mince, je ne sais pas comment j'avais réussi à la convaincre de m'aimer, la première fois. C'était il y a un million d'années, avant que tous ces non-dits nous pèsent.

Comment suis-je censé m'y prendre, à présent qu'elle me déteste ?

Je me redresse, lui tends la main. Quand elle la prend, je la guide jusqu'à la cuisine.

Elle est ébahie par la pièce spacieuse.

La cuisine est immense, selon les standards new-yorkais, avec un style rare dans cette partie de la ville. La plupart des immeubles ont des cuisines modernes et utilitaires, toutes en inox et avec des appareils à haute pression.

Cette cuisine est un endroit que Maman aurait aimé, avec son carrelage blanc et noir, ses larges fenêtres, ses casseroles et ses poêles accrochées au-dessus de l'évier en céramique.

Jasmine se dirige droit vers la bouilloire électrique. Elle la remplit d'eau et règle la température à quatre-vingt-dix degrés. Puis elle cherche quelque chose sur le plan de travail.

— Ne me dis pas que tu as jeté les feuilles.

— Elles ont été utilisées.

Elle secoue la tête.

— C'est meilleur à la seconde infusion.

Son regard se pose sur les placards.

— Parfois, à la troisième ou quatrième. Et pour les thés verts, à la cinquième ou même la sixième, avec une aussi petite théière. C'est la manière chinoise de préparer le thé. Moins d'eau, mais plus d'infusions.

Je hoche la tête, comme si je comprenais la nuance.

— Les feuilles libèrent leurs arômes en infusant. Elles ont des saveurs différentes à chaque fois.

Je désigne le placard de droite.

Elle se met sur la pointe des pieds pour l'ouvrir et tend la main vers une boîte à thé qu'elle ne parvient pas à trouver.

— Ici.

Je place mon corps derrière le sien. Pendant un moment, je la sens contre moi, je sens toute sa chaleur et sa douceur. Puis elle se décale pour que je puisse attraper la boîte.

Ma main frôle la sienne quand je la lui tends.

Sa poitrine rougit. Elle bégaye quelque chose, puis s'affaire à verser des cuillerées de thé dans la théière en céramique.

— En réalité, c'est conçu pour du thé noir.

— Vraiment ?

Elle hoche la tête.

— Idéalement, il te faut un gaiwan ou au moins un petit pot en céramique. C'est plus facile, si tu veux faire plusieurs infusions.

Je sais jongler avec les chiffres dans un contrat à vingt milliards de dollars. Mais là, je n'ai aucune idée de ce qu'elle me raconte.

Elle me rend mon regard.

— Tu sais quoi ? J'ai une idée.

— Ah oui ?

— Mon père a un service dans sa chambre d'hôpital. Demande-lui de t'expliquer. Il va adorer.

Ses lèvres se courbent en un sourire à peine discernable.

— Ça le passionnera tellement qu'il ne pensera pas vraiment à demander pourquoi je n'ai pas parlé de toi.

— Il va le faire ?

— Poser des questions ?

La bouilloire l'interrompt. Elle n'attend pas que je lui réponde et poursuit tout en remplissant la théière d'eau chaude.

— Bien entendu. Je le vois plusieurs fois par semaine. Davantage, si c'est possible.

— Tu lui parles de ta vie ?

— Je n'ai pas grand-chose à raconter.

— Pas d'hommes riches qui se disputent ton attention ?

J'essaye d'adopter un ton détaché, mais je n'y parviens pas entièrement. Je déteste la savoir avec quelqu'un d'autre. N'importe qui.

Mon frère…

Ils étaient très amis quand on était enfants. Il était cool et un peu plus âgé. J'avais toujours peur que les femmes le remarquent.

Jasmine le voyait simplement comme un ami. Mais quand il a déménagé à New York, il lui a offert un travail. Ils ont travaillé ensemble pendant un an. Ils ont eu toutes les occasions du monde.

Il soutient qu'il ne s'est rien passé. Il affirme qu'il n'est pas intéressé. Mais il dit beaucoup de choses.

Je ne lui fais plus confiance depuis longtemps.

— Certains, répond-elle.

Elle me regarde brièvement et remarque ma jalousie. Ça la fait sourire.

— Rien de comparable au harem que tu t'es constitué.

— Je n'ai pas de harem.

— Simplement un nombre important de femmes disponibles qui se jettent dans ton lit.

— Et tu es restée célibataire pendant tout ce temps ?

Elle repose la bouilloire et se tourne vers moi. Elle étudie mon expression comme si c'était la dernière main de poker dans un tournoi aux enjeux extraordinaires.

— Non.

Mon sang bat plus vite. C'est ridicule. Ça fait six ans. Bien sûr, elle a couché avec quelqu'un d'autre. Mais l'entendre le dire directement est différent.

— Il y a eu plusieurs hommes.

Je déglutis fort.

— Je me souviens à peine de certains. Et l'un d'eux… bon, je suis certaine que mes histoires pâlissent comparées aux tiennes. Ta réputation te précède, dit-elle en s'éclaircissant la gorge.

— Vraiment ?

— As-tu toujours été… curieux ?

Elle essaye de rester détachée, mais son corps trahit son intérêt. Sa poitrine se soulève violemment lorsqu'elle inspire profondément. Ses doigts se referment sur le carrelage du comptoir. Son regard passe sur mes lèvres, mes épaules, mes mains, mon sexe.

— Pas toujours.

Mes yeux caressent son corps. Ça me fait déjà de l'effet de remarquer son intérêt. Ça me rend déjà fou.

— C'était encore nouveau, à l'époque. Je ne m'en étais pas vraiment rendu compte.

— Oh.

Elle se tourne vers son thé pour dissimuler sa rougeur.

— Ça se comprend, ajoute-t-elle.

— Ce n'est pas ma seule façon de jouer.

Je me rapproche légèrement afin de pouvoir baisser la voix.

— Mais c'est ma préférence. Si tu es curieuse…

— On ne va pas coucher ensemble, tu te rappelles ?

— Je me souviens de ce que tu m'as dit.

Elle verse du thé dans deux minuscules tasses en céramique. Elles ont une teinte cuivrée assortie au pot. Et elles sont petites, comme deux verres à cocktails.

— Je ne pense pas qu'on va en parler à mon père.

Sa main frôle la mienne quand elle me tend la tasse.

— Quoique… ça pourrait le distraire des autres questions…

— Il est au courant pour les autres hommes ?

— Euh…, commence-t-elle en avalant une petite gorgée. Pas récemment. Je me suis centrée sur des choses plus faciles. Principalement Dan Brown, précise-t-elle avec un rire naturel. Je ne comprends pas pourquoi il ne cesse de lire et relire ses livres, et pourtant… Il les adore.

La popularité de Dan Brown est incluse dans la très longue liste de choses que je ne comprends pas.

Ça serait plus facile de dresser une courte liste des choses que je comprends.

Les négociations. Les avantages de l'alcool. Comment faire jouir Jasmine.

— Je crois… qu'on n'a pas besoin de raconter un gros bobard, dit-elle. On pourrait dire qu'on a repris contact et qu'on a eu…

— Une romance éclair ?

— Un hélicoptère compte-t-il comme un éclair ?

Je ne peux m'empêcher de rire. J'avais oublié à quel point elle est drôle.

Je sirote mon thé. Celui-ci est meilleur, plus sucré. Et de savoir que c'est elle qui l'a préparé, ça me réchauffe plus que tout.

— On peut lui dire la vérité, dis-je. Que je t'ai fait une proposition que tu n'as pas pu refuser.

Elle hausse un sourcil dubitatif.

— Pour un rendez-vous.

— Notre discussion à ton bureau était un rendez-vous ?

— On a bu un verre.

Elle rit sans conviction.

— Pourquoi pas ?

— Je t'ai fait une proposition que tu as été incapable de refuser. Puis une chose en a entraîné une autre, et j'ai su que je devais te posséder. J'ai su que je devais te demander ta main.

Elle y réfléchit pendant un moment puis acquiesce.

— Comment tu t'y es pris ?

— Comme ça.

Je repose ma tasse et tire un écrin de ma poche.

Elle écarquille les yeux quand j'ouvre le couvercle.

— Shep, il est énorme.

— Ça ne te plaît pas ?

Elle regarde fixement la bague. Elle est parfaite pour elle. Une émeraude antique insérée entre deux joyaux plus petits.

On appelle ça une bague d'éternité. Un joyau pour le passé, un pour le présent, un pour le futur.

Le sentimentalisme est un autre élément de la longue liste de choses que je ne comprends pas.

Mais ça la touche.

Elle ne veut pas se laisser aller devant une bague. Elle ne veut pas la contempler avec émerveillement. Elle ne veut pas soupirer quand je la lui passe au doigt.

C'est pourtant ce qu'elle fait.

Puis elle me regarde comme si elle avait réellement envie de m'épouser. Et pendant un doux moment, je me rappelle comment c'était avant. Je repense à un dimanche après-midi tranquille, la serrant dans mes bras sur le canapé, lui murmurant des promesses coquines à l'oreille.

Avant que ce bâtard ne vienne tout gâcher.

Il ne va pas gâcher ça.

Je m'abreuve de son sourire jusqu'à ce qu'elle finisse par s'en rendre compte, puis je lui prends la main en lui souriant aussi.

— Tu es prête à ce que nous affrontions le monde comme un couple de jeunes fiancés ?

— Et toi ?

Non, mais il faudra que ça fasse l'affaire.

Chapitre Dix

Jasmine

Mince ! Il ne plaisante pas.

Lock nous dépose devant le parc au bord de l'eau. Pile au moment où un hélicoptère amorce sa descente.

Le courant d'air s'engage dans mes cheveux, mon manteau, ma robe. C'est comme si on était dans un film. Un couple qui quitte la ville à toute hâte.

Shepard me regarde avec un sourire arrogant. Il me tend la main, me fait signe de passer en premier.

L'espace d'une seconde, je revois le garçon dont je suis tombée amoureuse voilà tant d'années. Un garçon confiant, avec une soif de vivre aussi développée que son ego. Avec cet émerveillement et ce charme qui le définissaient.

Ces qualités ne semblaient pas si juvéniles à l'époque, je n'avais que quatorze ans, mais elles le sont à présent.

Cette partie de lui est-elle toujours là ? Il est difficile d'imaginer Shepard regarder quoi que ce soit avec émerveillement. Mais je discerne pourtant cette lueur dans ses magnifiques yeux bleus.

Il me regarde comme si j'étais la chose la plus intéressante de l'univers. Comme si j'étais une île inconnue qu'il souhaite explorer.

Mon cœur s'emballe alors que je prends sa main et le suis vers l'hélicoptère.

Le pilote m'aide à gravir les marches pour monter dans le petit habitacle.

Shepard place un casque sur mes oreilles. Immédiatement, le vrombissement assourdissant de l'hélice est mis en sourdine.

La voix du pilote émerge des haut-parleurs. Une voix profonde avec un accent britannique.

— Vous devez être Jasmine, dit-il en se tournant pour me serrer la main. Je suis Ian. Un ami de votre fiancé, précise-t-il en adressant un clin d'œil à Shepard. Félicitations, d'ailleurs.

Shepard lui décoche un regard complice.

— Bon, accrochez vos ceintures, les amis. Ça ne serait pas bon de mourir avant votre lune de miel.

Son sourire illumine ses yeux sombres. Des yeux magnifiques.

Il est grand, large d'épaules et musclé. La peau sombre. Des cheveux courts. Un sourire conquérant.

J'essaye de fermer les yeux et de l'imaginer sur moi, sous moi, derrière moi.

Mais rien n'y fait ; mon esprit revient toujours à Shepard.

Puis l'hélicoptère se met en mouvement, et mes pensées se dissipent. C'est vraiment…

Ouah !

Je cherche à me raccrocher à quelque chose. J'agrippe la main de Shep.

Mes yeux rencontrent les siens.

Ses prunelles bleues sont toujours pleines d'émerveillement, mais elles sont également réconfortantes. Son contact me réconforte aussi.

Je lui presse la main. Il me la serre un peu plus fort. Juste assez pour que je sache qu'il est là. Juste assez pour que je me sente en sécurité.

Je déteste le fait que son contact me fasse me sentir en sécurité, mais c'est pourtant le cas.

L'hélicoptère s'élève lentement. Puis on avance au-dessus de la ville.

C'est une vue différente. Le sommet des gratte-ciel. Les jardins sur les toits. Les gens qui boivent dans un bar situé sur un balcon.

Ce n'est pas comme dans un avion. On est moins haut. Les gens ne ressemblent pas à des fourmis. Les voitures n'ont pas la taille de jouets. Mais elles sont quand même lointaines. Plus petites. Comme si elles n'avaient pas la moindre importance. Comme si on était tellement haut au-dessus de tout que rien n'avait plus d'importance.

Shepard me désigne notre droite.

C'est beau. Le soleil disparaît à l'horizon, striant le ciel d'orangé, baignant l'Hudson de sa luminosité.

Le pilote fait quelques commentaires sur la ville et la vue, mais je n'y prête aucune attention. Je me concentre simplement sur la luminosité orange du crépuscule qui se reflète sur le sourire de Shep.

C'est un si joli sourire qui m'a vraiment manqué. Lui m'a manqué aussi. Ainsi que la personne que j'étais en sa compagnie.

Mais c'était il y a une éternité.

Et c'est…

L'hélicoptère fait un bond en avant. Shep me serre un peu plus fort la main. Le pilote explique que c'est normal. Tout va bien. Ce ne sont que des turbulences.

Je me force à ne pas penser à l'accident d'hélicoptère

dans cet épisode de *Jurassic Park*. Lequel c'était ? Et quand ai-je trouvé le temps de le voir ?

Papa voulait le voir. À cause des dinosaures et des paysages hawaïens. Et ne serait-ce pas fantastique de vivre là-bas un jour, sur une île où on ne penserait qu'à contempler les vagues ?

Ou peut-être n'est-ce que moi ? Je n'en suis pas certaine. Nous ne savons pas surfer, l'un comme l'autre. On a même rarement été à la mer. Une ou deux fois chaque été, si sa santé le permettait. Et dernièrement…

Je peux peut-être l'emmener à Montauk en train. Le littoral est magnifique.

Ou on pourrait peut-être y aller dans un satané hélicoptère.

Mon cœur bat dans ma poitrine. On est si haut. J'ai l'impression que c'est tellement dangereux !

Je devrais être morte de frousse, mais je ne le suis pas. La sensation est enthousiasmante.

Nouvelle.

Quand ai-je ressenti ce genre d'excitation pour la dernière fois ? Je n'en suis pas certaine. Je ne sais pas ce que je suis en train de faire ni ce que je vais dire à mon père.

Je ne suis sûre que d'une chose : je veux que cette sensation se prolonge, et Shep est le seul qui puisse me la donner.

Chapitre Onze

Jasmine

Et bientôt, on atterrit sur le toit de l'hôpital.

Ian nous dit au revoir et aide un urgentiste à grimper dans l'hélico. Apparemment, c'est un collègue de Shepard qui effectue des missions de sauvetage durant son temps libre.

Un autre homme riche qui a le monde à ses pieds.

Je suppose que je ne peux pas me permettre de juger. Ce mec fait du volontariat durant son temps libre. Certes, son volontariat nécessite d'avoir un max de fric, mais il sacrifie tout de même son temps personnel.

Je ne peux pas dire la même chose de moi.

Autrefois, je rêvais d'être bénévole pour des productions théâtrales locales. Ou même de donner des cours de théâtre à des lycéens. Mais je n'ai jamais eu le temps. Ou les compétences.

Ça fait une éternité que je n'ai pas lu une pièce, et encore moins joué.

Comment pourrais-je enseigner les bases à un gamin de treize ans alors que je les maîtrise à peine moi-même ?

Je crois que l'occasion vient de se présenter. Je suis inemployable dans le monde de l'investissement. Et dénicher un autre emploi me prendra un peu de temps… ne serait-ce que pour trouver une autre branche dans laquelle mon statut de future Mme Shepard Marlowe ne me portera pas préjudice.

Ou peut-être devrais-je suivre l'exemple d'Amanda, l'assistante de M. Billings. Tomber amoureuse de cette vie de luxe. Passer mes journées à préparer du thé et à suivre des cours particuliers de théâtre. Passer mes soirées à voir toutes les pièces de la ville. Et pendant que j'y suis, pourquoi ne pas me rendre à Londres, une fois par an, pour assister à quelques productions dans le West End ?

Shep n'a qu'à claquer des doigts pour trouver un hélicoptère. Et un billet d'avion pour Londres en première classe n'est rien pour lui. Ce n'est d'ailleurs probablement pas suffisant pour lui. Il exigerait certainement d'avoir un jet privé.

C'est ridicule. Mais c'est encore plus ridicule de nier qu'il est riche.

Si Papa savait que je refusais la générosité de Shep, il secouerait la tête. *On a des ressources limitées dans la vie, Jasmine. Tu dois en tirer parti tant que tu en as l'occasion.*

C'est futé. Plus futé que de laisser ma fierté gouverner mes décisions. Ce n'est pas tant pour l'argent de Shepard. J'ai les papiers pour le prouver.

Et maintenant…

J'inspire profondément. J'affiche mon meilleur sourire.

Ça ne va pas. Ça fait trop service clientèle. *Trop « je ne vais pas te permettre de me souffler dans les bronches ».*

C'est mon père. Je ne veux pas lui mentir.

Je ne suis peut-être pas ravie de mes circonstances

actuelles, mais je suis contente que Shep paye pour le traitement de mon père. Ça compte. C'est énorme.

J'essaye de me concentrer sur le poids qui ne me pèse plus sur les épaules. Encore plus fort, peut-être : ce nœud coulant qui a quitté mon cou.

La capacité à pouvoir respirer de nouveau.

Je prends la main de Shep et le suis le long du couloir jusqu'à la chambre de Papa qui fait l'angle.

— J'y vais en premier pour expliquer la surprise.

Shepard acquiesce.

J'inspire profondément. J'exhale pour chasser la tension de mes épaules. Le traitement de Papa est payé. C'est tout ce qui compte. C'est la seule chose qui compte. Je tourne la poignée.

— Bonjour.

Papa rayonne quand j'entre dans la chambre.

— Jasmine. Tu es en avance, aujourd'hui.

— Tu ne veux pas me voir ?

— Mariah m'a promis qu'elle m'achèterait du thé dans cette boutique de la rue.

Il désigne la boîte en métal dans le coin, près de la statue de Maman.

— Je n'ai plus d'oolong.

Il m'adresse ce même sourire chaleureux. Un souvenir heureux. Il est tellement positif, même après tout ce qu'il s'est passé.

— Elle n'est pas aussi jolie que ta mère, mais elle est ravissante.

— Mais elle ne porte pas une alliance ?

— J'ai quand même ma chance.

— Tu es son type, lui dis-je en riant malgré moi.

Je désigne la pile de romans historiques, tous d'occasion, fournis par le mari de Mariah… Parce qu'on ne peut pas se permettre d'acheter de nouveaux livres.

Quoiqu'à présent… je peux acheter des livres neufs à mon père. Un de ces livres reliés qui se vendent au prix exorbitant de vingt dollars et quelques. Et tant que j'y suis, je peux acheter un de ces thés trop chers qu'on vend au café-librairie.

Je peux probablement acheter le café tout entier.

Ou du moins, je peux réserver un goûter luxueux pour deux personnes dans un hôtel qui coûte plusieurs centaines d'euros la nuit.

Ma poitrine se réchauffe quand j'y pense. C'est une bonne nouvelle. Pour lui. Pour nous. Peut-être pas pour moi. Mais ça va. C'est un sacrifice que je suis prête à faire.

— J'ai quelque chose à te dire, dis-je.

— Tu as enfin fini le Da Vinci Code ? demande-t-il en souriant. Jasmine, je suis tellement fier de toi. Tu vois enfin la lumière.

— Non.

Mon rire est naturel. J'approche une chaise de son lit et m'y installe.

— J'ai toujours du mal.

Il secoue la tête.

— Un jour, tu comprendras que c'est génial.

— Un jour.

J'ai le temps, maintenant. Je peux lire n'importe quoi. Tout. Je peux me bâtir une bibliothèque de romans historiques. Ou de romances particulièrement sulfureuses. Ou de classiques littéraires. Ou toutes les pièces en langue anglaise.

— J'ai été occupée.

Il me fait taire d'un geste de la main.

— Tu es toujours occupée. Tu travailles trop.

— En fait…

Je me mords la lèvre, essayant de trouver la meilleure manière de tourner la chose. Une version avec le moins de mensonges possible.

— J'ai passé du temps à autre chose.

Cela retient son attention.

— Un vieil ami.

Je désigne la porte et hausse la voix pour que Shep puisse m'entendre.

— Entre.

Shepard ouvre la porte et s'avance.

— M. Lee, c'est bon de vous revoir.

Il s'approche assez du lit d'hôpital pour serrer la main de Papa.

Celui-ci me regarde bizarrement, mais il la lui serre quand même.

— Vous aussi, Shepard.

Il braque son attention sur lui.

— Ça fait quelque temps que je n'ai pas eu de vos nouvelles. Et ce que j'ai entendu n'était pas vraiment flatteur.

— Certes.

Shepard hoche la tête. Sa voix s'adoucit, se fait même penaude.

— Votre fille et moi ne nous sommes pas séparés dans les meilleures conditions. C'était ma faute. Je ne me rendais pas compte qu'elle était prête à aller aussi loin pour les gens qu'elle aime.

Papa hausse un sourcil en me regardant. De quoi est-il en train de parler ?

Ce n'est pas facile à dire. Et je ne suis vraiment pas prête à aborder le thème de l'alcoolisme de Shepard.

Papa est vieux jeu sur ce genre de points. Il ne croit pas à l'addiction et à la sobriété. Si on boit trop, on apprend la responsabilité et on arrête de boire. Point final.

Les cures et les addictions sont des problèmes de gamins blancs pourris gâtés.

Et c'est…

Certes, c'est souvent vrai, mais l'addiction ne fait aucune discrimination. On connaît beaucoup de gens qui aimeraient bénéficier d'un programme à douze étapes. Mais pour un immigrant typique bosseur, les seuls problèmes qui comptent sont pratiques…

Ça peut être bien, sous certains aspects. Ça nous empêche de nous prendre trop au sérieux. Mais ça nous dénie également nos émotions. La tristesse n'est pas autant un problème que la pauvreté.

Et les armes pour s'en sortir ?

On ne parle pas de thérapie, de traitement médical ou même d'acupuncture. On n'en parle pas, c'est tout.

J'ai porté cette souffrance toute seule pendant un long moment. Je me suis occupée de tout pendant un long moment. Ça ne me fait pas vraiment grand-chose, mais je suis fatiguée.

Je suis lasse de faire semblant qu'il n'y a pas de trou dans mon cœur.

— Ça va, ma chérie ? me demande mon père en posant sa main sur la mienne. Tu as encore sauté le dîner ?

— Il est tôt.

Ou du moins plus tôt que lorsque je lui rends habituellement visite.

Il secoue la tête et désigne Shepard.

— Allez-vous faire entendre raison à ma fille ? Elle ne mange jamais assez. Elle devient trop mince.

Shep sourit.

— Elle me paraît belle.

— Mais elle n'est pas mince ?

Les yeux de Shep passent sur mon corps. C'est rapide. Trop rapide pour que Papa le remarque. Mais c'est évident qu'il m'imagine nue.

— Je vais m'assurer qu'elle mange tout à l'heure, répond-il en souriant. Elle ne prend pas toujours soin d'elle-même.

Papa acquiesce pour dire que c'est vrai.

— Cela dit, elle sait faire du thé.

— Ce qui me fait penser, dis-je en m'éclaircissant la gorge. Shep ne sait absolument pas préparer le thé. Il a jeté les feuilles de Gaba oolong après la première infusion.

Papa secoue la tête pour signifier que c'est horrible.

— Je pensais que tu pourrais lui montrer comment on fait. Donne-lui peut-être une petite leçon, dis-je. Fais-moi confiance. Il en a besoin.

Shepard éclate de rire. Il joue à la perfection le rôle du petit ami aimant. Ou peut-être est-ce ce qu'il ressent. Ce genre d'échange familial lui manque peut-être.

Il n'a plus que son beau-père, à présent, et j'ai entendu dire qu'ils ne se parlent plus. D'ailleurs, c'est difficile d'imaginer ces deux hommes avoir ce genre de conversation décontractée.

— Tu ne me dis toujours pas pourquoi tu as emmené ton ex-petit ami me rendre visite, dit Papa. Je suis peut-être vieux et malade, mais je ne suis pas bête. Je ne pense pas qu'il soit là par hasard.

Il se tourne vers moi, scrutant mon visage à la recherche d'une explication.

— Ça fait longtemps.

— Oui, dis-je.

— Mais ça fait quelque temps qu'il est à New York, dit Papa.

Je ne cherche pas à dissimuler ma surprise.

— Ma chérie, comme je l'ai dit, je ne suis pas bête. Je lis les journaux, dit Papa. Et Nick me rend toujours visite de temps en temps.

Le sourire de Shep disparaît. Il est toujours en colère contre son frère. Pour la cure ou bien pour le fait de l'avoir menacé de lui prendre la boîte ? Ou alors parce qu'il pense que j'ai couché avec Nick ?

Je devrais lui expliquer que non, je ne l'ai pas fait, et je ne le ferai jamais. Je devrais éradiquer ces peurs. Mais il y a quelque chose en moi qui refuse de le faire. Quelque chose qui désire sa jalousie.

J'ai passé l'année précédente à écouter les rumeurs qui le liaient à des mannequins. Alors lui peut passer quelques semaines à se demander si son frère m'a fait connaître l'extase.

Cela dit… D'après ce que j'ai entendu dire, Nick possède le même goût que lui pour la domination. Il avait essayé d'être discret, quand il couchait avec une stagiaire à Odyssey, Mais il ne l'était pas autant qu'il le pensait.

Nick et Lizzy sont ensemble, maintenant. Ils sont heureux. Ils sont même fiancés. On se parle régulièrement. Parfois, on dîne tous les trois. Je les aime comme ma famille, mais c'est difficile d'être en leur compagnie. De le voir, du moins. Il me rappelle Shep. Il me rappelle tout ce que j'ai perdu.

Bon…

— Je ne savais pas que Nick te rendait visite. C'est gentil de sa part.

Je replie ma main droite sur la gauche. Papa n'a toujours pas remarqué ma bague. Ou peut-être n'a-t-il simplement rien dit. Il est généralement observateur pour ce genre de choses.

— Quand l'as-tu vu pour la dernière fois ? lui dis-je.

— Il n'a pas mentionné Shepard, dit-il en haussant un sourcil. C'est parce qu'il n'est pas au courant ?

— On a gardé le secret, dit Shepard.

Il vend la chose avec un grand sourire. Il est l'image même du petit ami heureux.

— Il faut admettre que je suis vénal. J'ai accaparé le temps de votre fille.

— Il est vénal.

Je ne peux qu'acquiescer.

Shep me décoche un regard complice, et son sourire se fait naturel et même taquin.

— Ça me gêne de le faire aussi maladroitement, mais j'aimerais vous faire une requête.

— Le thé ? demande Papa en arquant un sourcil. Je peux vous enseigner, mais il y a certaines choses qu'on apprend ici.

Il presse la main sur son cœur.

— On apprend à le ressentir. On apprend par la répétition. C'est comme de jouer d'un instrument. Il ne suffit pas de simplement suivre une recette. Il faut laisser tout ça vous pénétrer jusqu'à la moelle.

Shep se contente de sourire.

— Je vois de qui tient Jasmine.

— Venez ici.

Papa se rassied. Il désigne la bouillotte électrique dans le coin. On l'a apportée en douce ; on n'a pas le droit. Il a eu la permission parce qu'il prépare du thé vert à Mariah pendant ses pauses.

Mince, il a peut-être sa chance, en fait. Mariah et son époux sont peut-être un couple moderne et ouvert. Ou alors, ils sont comme Shep et moi, mariés pour une autre raison.

Enfin, on ne l'est pas encore. Et… oh mon Dieu ! Je ne suis quand même pas en train de penser que mon père est capable de coucher avec une femme mariée en relation libre ! Certes, je veux qu'il soit heureux et qu'il tourne la page, mais qu'on m'épargne les détails !

En plus, il mérite mieux que d'être simplement l'amant.

Je veux dire…

Euh…

J'essaye de mesurer l'atmosphère de la pièce alors que Papa explique à Shepard les étapes de la préparation de l'oolong.

Shep est tout oreille. Il hoche la tête même lorsque Papa se lance dans des apartés sur les montagnes de Chine ou raconte que Maman buvait une tasse avant de dîner, absolument chaque jour. Il étudie la façon dont Papa prend une cuillerée de thé, tient la théière, verse le liquide.

Ils terminent la première infusion, et il me tend une tasse.

Je la soulève.

— Santé !

Je trinque avec Shep puis avec mon père.

Les yeux de Papa restent braqués sur moi. Il sait qu'il se passe quelque chose. Il sait que quelque chose est différent.

Mais il va peut-être gober toute l'histoire. C'est plus facile de convaincre quelqu'un de quelque chose qu'ils sont décidés à croire. Et il veut me voir heureuse. Il veut savoir qu'il y a quelqu'un pour s'occuper de moi.

Il veut m'accompagner jusqu'à l'autel et rencontrer ses petits-enfants. Il veut croire que c'est possible.

J'avale une gorgée de thé.

— Il est bon.

Parfaitement infusé. Fort mais pas âcre. Shep apprend vite, et Papa aime enseigner.

— Parlez-moi des infusions multiples, demande Shep. Votre fille s'est montrée assez poétique à ce sujet.

— C'est de lui que je le tiens.

J'avale une autre gorgée, la laisse réchauffer ma poitrine. Je fais semblant de croire à cette ruse.

— Oui, c'est vrai, sourit Papa. La plupart des thés tolèrent des infusions répétées. Certains ne sont pas faits pour. Voici la manière typique de préparer le thé.

Il désigne le gaiwan, une petite tasse avec un couvercle, qu'il retire.

— On utilise plus de thé et moins d'eau afin de pouvoir effectuer plus d'infusions. Parce qu'à chaque fois qu'on ajoute de l'eau au thé, les feuilles s'ouvrent un peu plus.

Il désigne les feuilles qui se déploient.

Shepard hoche la tête pour dire qu'il a compris.

— Elles offrent une saveur différente. Regardez.

Il verse le thé dans un petit verre en retenant les feuilles avec le couvercle, puis il tend le récipient à Shep.

Celui-ci avale une longue gorgée.

— C'est plus sucré.

— Et à présent, les feuilles sont encore plus ouvertes, alors on goûtera encore plus de leur saveur. Ça demande de la patience et de l'amour, pour arracher la moindre note de saveur au thé, mais ça en vaut la peine.

Papa me regarde. Il est en train de sous-entendre quelque chose. Ça concerne bien plus que le thé.

Mais je ne comprends pas ce qu'il veut dire.

— C'est vrai.

Je termine ma tasse. Je la lui tends pour qu'il puisse la remplir à nouveau.

Shep avale une longue gorgée et repose sa tasse.

— Ma mère disait toujours que le thé est du soleil dans une tasse.

— Olivia était une femme extraordinaire. Je suis désolée que vous l'ayez perdue, dit Papa.

— Merci, répond Shep en hochant la tête.

Pendant une seconde, sa face s'effrite. La tristesse filtre dans son regard. Ses lèvres se pincent. Puis il se force à sourire.

— Elle disait que c'était comme l'amour. Si on est patient et qu'on traite l'autre personne correctement, elle vous donnera tout son bonheur. Si on ne lui donne pas ce dont elle a besoin, elle sera amère et aigrie.

Papa acquiesce. C'est vrai.

— C'est pour ça que je suis là, M. Lee. Je déteste devoir vous brusquer, mais il le faut.

Shep se tourne vers moi et tend la main.

— Je sais que j'aurais dû vous demander en premier, mais je vous le demande maintenant.

Il me fait signe de placer ma main dans la sienne.

Je m'exécute.

Papa remarque la lumière qui se reflète sur le gros joyau.

— J'aimerais vous demander la main de votre fille, dit Shep. Je souhaiterais votre accord. Me permettez-vous d'épouser Jasmine ?

Chapitre Douze

Jasmine

— Laissez-moi un moment pour parler avec ma fille en privé.

Papa se tourne vers moi avec un air compréhensif.

C'est drôle. J'ai passé tellement de temps à essayer de le protéger ! À essayer de lui dissimuler la terrible vérité. J'en avais presque oublié ce que cela fait d'avoir quelqu'un qui me protège.

— Bien sûr.

Shepard me presse la main et m'attire légèrement plus près de lui. Puis il se penche et pose ses lèvres sur les miennes.

Mon corps réagit immédiatement. L'électricité court dans mes veines, se rassemble entre mes jambes. Un panneau en néon clignotant affiche les mots Moi – posséder – Shepard.

Il est assez lumineux pour trôner à Times Square.

Et il serait assez sonore pour être capable d'y retenir l'attention des passants.

Bien entendu, Shepard peut se permettre ce genre de choses.

Combien coûterait une demande en mariage sur un panneau publicitaire, annonçant son amour, informant le monde qu'elle est à moi ?

Je me recule avec un soupir et me concentre sur le goût de l'oolong. Sans succès. Je peux toujours sentir son goût, et j'en veux plus. Mon corps tout entier en souhaite plus, à grands cris.

Mes joues rougissent. Ma poitrine aussi. Je rabats mes cheveux derrière mon oreille, affiche mon meilleur sourire. C'est censé paraître réel, pour que Papa ne pose pas de questions.

— Je vais trouver quelque chose à manger, dit Shepard.

— Et emmenez-la dans un endroit bien, après, dit Papa. Vous pouvez vous le permettre.

Je ne peux m'empêcher de rire. Shep aussi. Puis Papa. C'est naturel. Comme au bon vieux temps.

Shep nous fait signe de prendre notre temps et sort de la pièce.

Papa me fait signe de me rapprocher. Il allume la bouilloire réglée sur quatre-vingt-dix degrés et soulève le couvercle du gaiwan.

Il se concentre sur la préparation de l'oolong, versant l'eau, remuant les feuilles, filtrant le thé, laissant mon anxiété s'accroître. Il faisait pareil quand j'étais plus jeune.

Ça marchait vraiment bien. Il arrivait toujours à tirer de moi une confession. Bon, je ne faisais pas grand-chose qui en nécessitait vraiment une. J'ai toujours été une fille modèle. J'ai toujours su ce qui était attendu de moi. Mes parents n'ont pas quitté le Vietnam pour que je gâche mon potentiel.

— Papa…

J'essaye de lui adresser mon meilleur sourire d'assistante, mais il est terrible.

Et il voit à travers immédiatement.

J'étais actrice, non ? C'était certes au lycée, mais c'était quelque chose. Je trouvais le moyen de croire à mes paroles. Je trouvais la motivation de mon personnage.

J'en suis toujours capable.

Alors pas de sourire d'assistante. Pas de fausseté. Seulement la réalité.

Shepard me rend la vie plus facile. Je vais emménager dans un appartement magnifique à une dizaine de pâtés de maisons de la rivière.

Une vue magnifique. Beaucoup de thé. Un canapé en cuir confortable.

Et du temps. La seule ressource que je n'ai pas eue depuis très longtemps. La seule ressource qui n'est pas renouvelable. La seule ressource à laquelle je me suis raccrochée.

C'est tout ce que je souhaite ; passer plus de temps avec Papa. C'est la plus belle occasion qui se présente à moi. Même si le traitement ne fonctionne pas, j'aurai du temps.

Plus de temps avec lui.

— J'aurais dû t'en parler plus tôt, dis-je.

Il ne répond pas. Il se contente de me donner une tasse et me fait signe de boire.

Je lui obéis. La troisième infusion est meilleure. Mais elle provoque également ma culpabilité.

Est-ce quelque chose qu'on enseigne à l'école, au Vietnam ? Ou bien est-ce un truc que les parents apprennent durant le voyage vers l'Amérique ? Ou peut-être au restaurant de tante Mai ? Ou au bureau de Papa ? Au temple où il prie ? Il n'était pas vraiment religieux, avant la mort de Maman.

Hum…

— Je voulais dire quelque chose.

J'essaye de trouver la vérité dans mes paroles. Je voulais lui expliquer à quel point la situation était désespérée. Combien d'heures je travaillais. À quel point j'étais dépassée. Mais je ne voulais pas l'inquiéter. Il a tant fait pour moi. Il a abandonné une vie tout entière. Une longue semaine de travail n'est rien, en comparaison.

— Mais je ne voulais pas que tu te tracasses.

Il émet ce petit toussotement que les parents font toujours.

— Les choses ne s'étaient pas bien terminées entre nous. Je sais que je ne t'avais pas fait part des détails, mais je voyais bien que tu n'approuvais pas.

Il émet un nouveau toussotement plus sonore et plus bas.

— Je ne savais pas si c'était par rapport à ma décision ou bien si tu n'approuvais pas son comportement. Je sais que tu penses que j'ai réagi de façon excessive en déménageant à New York, mais ça n'avait rien à voir avec Shep.

Ce n'était qu'une partie de ma motivation.

— Je voulais être ici. Pour aller à Columbia.

Pour m'éloigner de tout ce qui me rappelait ma mère. Pour essayer de remplir ce vide dans mon cœur.

Je ravale les mots qui me remontent dans la gorge. Je ne parviens toujours pas à parler de Maman. Je ne parviens pas à m'avouer à quel point elle me manque.

Je me tourne vers Papa et essaye de déchiffrer son expression.

C'est l'expression typique qu'ont les parents pour dire j'attends.

Je m'éclaircis la gorge.

Il émet un autre toussotement qu'il étire, afin d'exprimer juste une note de contrariété.

— Pour être honnête, la première fois que je l'ai vu ici, j'ai su… qu'il m'avait manqué et que je l'aimerais toujours. J'ai essayé de le nier, j'ai essayé de croire à autre chose. J'étais trop fière pour l'admettre. Je n'ai pas commis d'erreur. J'avais raison de partir. Mais les choses ont changé. J'ai besoin de lui.

Papa me regarde fixement.

Je veux boire mon thé, mais ma tasse est vide.

Papa la prend, la remplit et me la rend.

Je la vide d'un seul trait. Mince, c'est chaud.

J'essaye d'attendre qu'il réponde, ou même qu'il se remette à toussoter. Mais il n'y a rien.

Quand je ne peux plus le supporter, je pose ma tasse sur la table et le regarde dans les yeux.

— Tu voulais dire quelque chose ?

— Est-ce qu'il te rend heureuse ?

— Quoi ?

Sa voix se radoucit. C'est le ton paternel dont il se servait quand je me cachais sous mon lit, terrifiée par les orages.

— Est-ce qu'il te rend heureuse ?

— Est-ce que Shep me rend heureuse ?

Je répète cette question sans y penser. C'est absurde. Depuis quand Papa a-t-il intégré ces valeurs américaines ?

— Que veux-tu dire ?

— Jasmine, ma chérie, c'est une question simple. Est-ce qu'il te rend heureuse ?

Mais…

Je…

Il…

Quoi ?

De toutes les questions qu'il aurait pu poser, c'est la dernière à laquelle je m'étais attendue. J'inspire profondément et ressasse ses paroles. Shep me rend-il heureuse ?

Il le faisait, autrefois. Mais maintenant ? Je connais à peine l'homme qu'il est devenu. Je n'ai eu que les dernières vingt-quatre heures. Cette étrange proposition. Ce trajet en limousine. Cette discussion à son bureau. Ce défi sulfureux. *Tu vas m'implorer de te donner mon sexe.*

Mon sexe me taraude. Ce n'est vraiment pas le moment, et ce n'est pas ce dont Papa voulait parler. Mais c'est quelque chose qui me manque. Quelque chose dont j'ai besoin.

Il y a eu d'autres hommes. J'ai essayé d'avoir des relations, depuis Shep. Il y a eu un garçon, durant ma deuxième année d'université. Un artiste qui voyait la beauté du monde. Il m'emmenait voir des musées et des spectacles, et me donnait l'impression d'être une sorte de déesse de la créativité, même lorsque je lisais des répliques de débutants.

J'ai cru que je l'aimais.

Puis Papa est tombé malade, la vie est devenue plus

difficile, et il n'a pas su gérer. Ou bien je l'ai repoussé. Je n'en suis plus certaine.

Même lorsque les choses allaient bien, quand je pensais que je l'aimais…

Il manquait toujours quelque chose. Le sexe était agréable. Mais il n'y avait rien de plus.

Je ne tremblais pas comme je le faisais en entendant la voix de Shep.

Ce n'est pas ce que me demande mon père, mais c'est ma réponse la plus sincère.

— *Oui.*

Je laisse mon esprit se repasser les souvenirs de la voix profonde de Shep. De son sourire arrogant. De son incapacité à préparer du thé.

— *Tu en es certaine ?*

Shep ne m'a peut-être pas encore rendue heureuse. Et oui, je vais toujours lui en vouloir de cette obligation. Mais je peux peut-être apprécier les avantages. Me concentrer sur les problèmes qu'il a résolus. Ce n'est pas une définition conventionnelle du bonheur, mais c'est déjà quelque chose.

— *Oui.*

— *Alors je suis heureux pour toi.*

Après avoir parlé un moment des vertus du mariage, de l'engagement et des petits-enfants (je devrais attendre, mais pas trop longtemps), Papa rappelle Shep dans sa chambre. Il lui fait promettre de s'occuper de moi.

Le sourire de Shep est tellement large que je crois presque qu'il est sincère. Il rayonne. Il joue à la perfection le rôle du petit-ami parfait.

Puis quand on quitte la pièce, quelque chose change. Il glisse son bras autour de ma taille. Il m'attire un peu plus près de lui.

Mon cœur bat la chamade. Son contact est réconfortant, et c'est terrifiant.

Je veux déjà son amour.

Mais j'ai un an devant moi. Je dois survivre une année sans tomber amoureuse de lui.

Il n'a pas d'amour à me donner. Il l'a prouvé voilà six ans.

J'essaye de répéter ce mantra alors qu'on rentre en voiture. C'est une limousine, cette fois, pas l'hélicoptère, mais c'est quand même rapide.

New York est magnifique, la nuit. L'illumination de la ville rend les étoiles invisibles, mais elle adoucit également le ciel. Elle lui donne une teinte de bleu qui n'existe qu'ici.

La découpe des immeubles se profile.

Seigneur, comme j'aime cette ville ! Je sais que je ne devrais pas, en tant que Californienne d'origine. Je devrais détester la neige et l'humidité. Je devrais me plaindre de la pollution et trouver San Francisco largement supérieur.

Mais je ne peux pas. J'aime New York. J'aime le tumulte, l'attitude directe des gens, les possibilités sans fin.

Ça m'a toujours plu, mais je n'y ai pas pensé depuis très longtemps. J'ai été tellement occupée, tellement distraite, tellement dépassée.

Je menais une existence banale. Mon boulot dans le quartier de la finance. Le métro jusqu'à la chambre d'hôpital de Papa. Trois arrêts supplémentaires suivis par la longue marche jusqu'à mon appartement. Puis je recommençais.

Maintenant que j'ai le temps…

Je ne peux pas vraiment appeler ça « liberté », mais je dois admettre que j'ai des possibilités.

Je laisse mon esprit flâner vers un passé plus facile. Un thé au jardin japonais de San Francisco. Un tour en vélo sur le Golden Gate. Un dîner à Japantown, dans ce restaurant indien hors de prix.

Shep qui rit de ma réaction paniquée à une dose trop épicée. *Je croyais que tu étais capable de supporter les épices les plus fortes.*

Un cours de théâtre au lycée. Mon prof qui applaudit mon monologue, qui s'émerveille de la nuance que j'ai apportée au personnage.

On entre dans le garage. On prend l'ascenseur jusqu'à l'étage de Shep. C'est le penthouse, même si ce sont techniquement les deux étages supérieurs. Le dernier n'est accessible que par l'escalier en spirale.

Ça fait vraiment penser à un château moderne.

De là, tournée vers l'Hudson, j'en oublie presque que je suis dans la ville la plus peuplée du pays. J'en oublie presque que je n'ai pas le choix, dans toute cette histoire.

Shepard accroche son trench-coat à un portant près de la porte. C'est le seul indice de ses origines franciscanaises. Ou peut-être ai-je regardé *Sueurs Froides* trop souvent…

Les trench-coats ne viennent-ils pas de Londres ? Beaucoup de gens en portent, là-bas. Au début du printemps, quand le temps est froid et pluvieux, ils font parfaitement l'affaire.

Il appuie sur un interrupteur. Un lustre coûteux s'illumine.

On entend des pas dans la cuisine.

— C'est vous, M. Marlowe ? La future Mme Marlowe est-elle avec vous ? demande une voix féminine.

Elle me rappelle celle de Shep. Elle est stricte, sans fioriture.

— Oui, mais je vais me retirer pour la soirée, dit-il en me saluant du menton. Key va s'occuper de toi.

Key va s'occuper de moi ?

— Lock s'occupe des choses à l'extérieur de la maison. Key gère la maison.

Il désigne la lumière qui provient de la cuisine.

— Elle te préparera ton dîner. Ou bien, si tu préfères, on peut commander quelque chose.

Il se tourne alors vers Key, sort du couloir et entre dans le salon.

— C'est moi qui offre, bien sûr.

Key, une femme d'une trentaine d'années vêtue d'une robe cintrée et coiffée d'un chignon blond, lui adresse un sourire ironique.

— Bien sûr, M. Marlowe. Je sais que vous êtes capable de vous occuper de votre fiancée.

Elle se tourne vers moi.

— M. Marlowe vous a-t-il fait faire une carte de crédit ?

— Pas encore.

Il se tourne vers moi.

— Demain, après avoir signé les papiers.

Elle hausse un sourcil. Elle n'est pas comme Lock. Il affiche une certaine joie espiègle. Comme lorsque Shep était jeune. Elle ressemble plus à Shep tel qu'il est maintenant. Elle remet en cause ses intentions, ses compétences, son droit de respirer le même air qu'elle.

— Les papiers ?

— Un contrat prénuptial.

Il contre son objection de la main.

— Je sais ce que vous en pensez.

— Ça ne vous plaît pas ? lui demandé-je.

Ça ne correspond pas à l'image que j'ai d'elle. Je sais qu'on vient à peine de se rencontrer, mais elle me semble avoir l'esprit pratique, raisonnable. Un homme qui possède la fortune de Shep serait idiot de ne pas signer de contrat prénuptial.

— Certaines choses n'ont rien à voir avec l'argent.

Elle dit bonsoir à Shep d'un geste du menton.

— Mais c'est le choix de M. Marlowe. Il me paye pour cuisiner, pas pour parler de sa vie amoureuse.

— Ce n'est pas ça qui vous arrête, la taquine Shep.

— Je ne peux pas m'en empêcher. Vous me donnez trop de fil à retordre.

Il y a une légère note de taquinerie dans sa voix.

Il ricane.

— Vous et Lock…

— Aalock (elle l'appelle par son nom en entier) et moi devons bien trouver le moyen de nous distraire.

— Vous distraire et perdre de l'argent ? demande-t-il en haussant un sourcil.

— On ne joue jamais de l'argent.

Son sourire est presque coquin. Puis il disparaît, et elle reprend son sourire d'assistante qui dit je suis à votre disposition.

— De quoi avez-vous envie, Mademoiselle Lee ?

— Jasmine, je vous en prie, dis-je. Ce qui est le plus facile.

— Allons, Mademoiselle… Jasmine. Ce qui est le plus facile est toujours ce que vous souhaitez. Si vous êtes trop fatiguée pour y réfléchir, laissez-moi faire. Mais s'il y a quelque chose que vous préférez, je le préparerai.

— Peut-être du poisson grillé…

Un des plats habituels de Maman qui ne remplira pas mon estomac de douleurs et de nostalgie.

— Bien sûr, dit-elle en tournant vers Shep. Vous êtes certain de ne pas vouloir vous joindre à nous ?

— Envoyez la nourriture dans ma chambre.

Il me regarde, mais il ne s'approche pas.

— Je vais te prendre rendez-vous. À mon bureau. Demain, première heure.

— Non. Envoie-le à mon avocat. Je m'en occuperai chez lui.

Je pince les lèvres. Il part déjà.

Que se passe-t-il ? Il a essayé de me convaincre de l'adorer toute la journée, et à présent que j'ai véritablement besoin d'un peu de réconfort, il s'en va.

Peut-être… si je lui demande… si j'admets que je suis terrifiée à l'idée de me réveiller et d'apprendre que mon père n'est plus là.

J'essaye de trouver les mots, mais j'en suis incapable. C'est peut-

être à cause de ma fierté, ou alors de tout l'espace entre nous. C'est peut-être l'incapacité de lui faire confiance après tout ce qui s'est passé.

— Bonne nuit, Shep.

Je me tourne vers Key.

Elle me fait signe de m'asseoir à la table du salon. Elle explique qu'elle m'amènera du thé. Si j'aime cuisiner, c'est bien, mais elle ne tolérera aucune interférence.

Alors, je m'assieds et la laisse me préparer une tasse de thé au gingembre. Il est bon. Corsé. Du gingembre frais bouilli assez longtemps pour extraire la moindre note de saveurs.

Le dîner qu'elle prépare est fantastique. Presque aussi bon que ceux de Maman. Il n'y manque que l'ingrédient principal : l'amour.

Je crois que je devrai m'y habituer. Un million de dollars m'ont acheté une année sans amour. Ce n'est pas le pire destin du monde.

Main pour le moment, dans ce grand salon, toute seule, avec ce secret qui me pèse…

Pour l'instant, j'ai l'impression que ça l'est.

Chapitre Treize

Shepard

J'ai beau avoir passé toute la nuit avec mon avocat à essayer de trouver une faille dans le contrat de ce bâtard, je relis la paperasse une fois de plus.

Les termes sont clairs.

Trente jours pour remporter le cœur de Jasmine. Pour convaincre un conseil d'administration que je suis un homme sain et normal capable d'amour.

Parce que ce bâtard sait qu'il a détruit tout ça pour moi. Et il veut me punir de m'être libéré de son emprise.

Bien entendu, c'est là le problème.

Le conseil est composé de cinq hommes. L'un d'entre eux est ce bâtard qui tire les ficelles. L'autre est son laquais.

Ce qui signifie qu'il y a trois hommes qui ont besoin de croire que Jasmine et moi sommes fous amoureux l'un de l'autre. Pire encore, il faut qu'ils la trouvent assez charmante pour voter en ma faveur.

Ils sont du genre à écouter leurs pairs. Si on convainc le reste du monde, on les convaincra eux.

Sinon…

Je ne peux pas considérer cette option.

Ça n'a rien à voir avec le contrat. Ce n'est pas le fait de perdre la société que j'ai construite à partir de rien. Ce n'est même pas une question d'argent.

Il faut que je batte ce bâtard qui tire les ficelles. Il n'a pas le droit de me contrôler. Il n'a pas le droit de l'emporter. Pas à nouveau.

Je fourre les papiers dans le tiroir du bas de mon bureau. Puis je tourne la clé. Personne d'autre, et je suis sérieux, ni mon frère, sa fiancée, mes assistants ou bien Jasmine, ne devra en entendre parler.

C'est assez que l'avocat soit au courant.

C'est suffisant qu'il existe.

J'inspire en serrant les dents. Je remets ma cravate droite. Je lisse ma veste.

Je suis épuisé. Le café ne me suffit pas, mais c'est tout ce que j'ai pour le moment.

Je passe devant le bureau de mon assistante et me rends droit dans la cuisine au milieu du bureau. Il est tôt, et je m'attendais à être seul, l'aube teinte toujours le ciel en orange, mais je ne le suis pas.

Ian est dans son bureau, à son ordinateur. Voilà quelques mois, j'aurais été certain qu'il était en train de travailler, mais récemment, il a avoué être tombé amoureux d'une amie en ligne. Ou plutôt, une obsession virtuelle serait une meilleure façon de décrire la chose.

Il suit sa vie de loin. Elle ne sait pas qu'il existe.

Il jure que ça n'a rien à voir avec son apparence ou son désir de la posséder. Il jure qu'il est simplement intéressé par elle en tant qu'artiste. Écrivaine. Érudite cultivée. Quelque chose dans ce genre.

Qui est capable de suivre toutes les aventures d'Ian ?

Cela étant, je ne crois pas être bien placé pour lui faire

la morale sur le fait de mentir. Et puis, je n'en ai pas envie. Je comprends la façon dont le monde fonctionne. Les gens bien, qui jouent selon les règles, perdent.

Les gens qui sont prêts à faire le nécessaire…

Ce sont eux qui l'emportent.

S'il la désire, il doit trouver le moyen de la posséder. À n'importe quel prix. Je ne vais pas remettre en question son obsession. Je dois déjà gérer la mienne.

Ses yeux s'écartent un instant de l'écran et se posent sur moi. Il arque un sourcil. *Il y a du grabuge…* puis il secoue la tête.

J'essaye de l'ignorer alors que je prépare un macchiato. Ce n'est pas ma préférence habituelle, je prends plutôt mon espresso avec un soupçon de sucre et sans lait, mais j'ai eu envie de cette boisson depuis que j'en ai vu une entre les mains de Jasmine.

J'ai envie de goûter à tout ce qui a touché ses lèvres.

Mince… pourquoi est-ce que j'essaye de me comporter comme un gentleman ? Elle a envie de moi. Elle s'est pratiquement jetée dans mes bras, dans la limousine.

Je devrais me comporter comme une personne normale. L'attirer sur mes genoux et l'embrasser.

Mais je ne suis pas une personne normale.

Certes, je pourrais la plaquer sur le siège en cuir, lui faire lever les bras au-dessus de la tête et l'embrasser jusqu'à ce qu'elle gémisse contre ma bouche.

Bon sang… je perds le fil de mes pensées.

La machine à café ronronne, et l'on entend quelques gouttes régulières. Puis des pas.

La voix profonde d'Ian. Cet accent britannique qui crie *je vaux mieux que vous et je suis plus sophistiqué.*

— *Bonjour.*

Ou alors, c'est moi qui suis de mauvaise humeur et qui refuse d'entendre son opinion concernant ma relation.

— Tu arrives super tôt.

— C'est pour moi ?

Il retire le macchiato de la machine à café et le porte à ses lèvres.

— Je ne trouve toujours pas ça bon.

Il me le rend.

Mais je ne veux pas de quelque chose qu'il a bu. Je n'ai pas la phobie des microbes. C'est une question de principe.

Je commence à en préparer un autre.

Il rit. Il avale une autre gorgée et tire la grimace.

— Quelque chose te tracasse ?

— Effectivement. Quelqu'un m'a volé mon macchiato.

Son ricanement bas remplit la pièce. Il n'est pas vraiment jovial, mais il n'est pas non plus coincé. Il dépense son argent pour voyager en hélicoptère, faire des sauts en avion ou bien surfer sur la côte nord.

Ian porte un short de surf aux motifs hawaïens. Ça me fait rire, et pas parce qu'il est noir, parce qu'il est britannique.

Key dit qu'il ressemble à une version plus jeune et plus riche d'Idris Elba.

Cela dit, Key aime m'irriter avec ces comparaisons.

— Toujours de mauvaise humeur, Shep ?

Il place la tasse quasiment pleine dans l'évier et remplit la bouilloire électrique d'eau.

— Devrais-je changer et boire du thé ? lui demandé-je.

— Bien sûr. Mais je sais que ta mère avait déjà essayé de te convaincre.

— Du soleil dans une tasse.

— Et ta fiancée ?

Il appuie sur ce dernier mot comme s'il trouvait difficile à croire que je puisse avoir une fiancée.

— Ne me dis pas que tu donnes dans les stéréotypes.

— Le thé est la boisson la plus populaire au monde.

Il brandit une boîte d'English Breakfast.

— Bien sûr, aux États-Unis, vous n'avez toujours pas oublié la Boston Tea Party.

— *Certes pas.*

Il aborde le sujet qui me concerne.

— *Ça s'est fait vite.*

— *Certes.*

— *Étonnamment vite.*

— *Et ton amie ? dis-je en désignant son ordinateur. Tu fais toujours semblant d'être quelqu'un que tu n'es pas ?*

— *C'est plutôt à moi de te le demander.*

— *Oui, je fais semblant d'être un humain fonctionnel.*

Il éclate de ce rire qui signifie je sais que tu croies faire de l'humour mais pas du tout.

— *Comment va ton frère ?*

— *Bien, d'après ce que j'ai entendu dire. Tu as besoin d'aide pour un problème technique ? Je suis certain qu'il saura t'aider, quand il arrêtera de baiser sa fiancée assez longtemps pour te venir en aide.*

— *Ça fait trop longtemps ? demande-t-il avec un sourire entendu. Ça m'est arrivé aussi, ajoute-t-il en regardant l'ordinateur. J'ai eu des occasions, mais elles ne sont pas aussi intéressantes qu'une femme qu'on ne peut pas posséder.*

— *C'est ma fiancée !*

— *Oui.*

— *On est heureux.*

— *Elle sait que tu n'es pas amoureux d'elle ?*

J'ai une boule dans le ventre. Ce n'est pas aussi simple. Je ne suis pas capable d'aimer qui que ce soit. Sans quoi, ce serait elle.

— *C'est toi, qui es soudain le spécialiste en matière de relations ?*

— *J'en ai suffisamment, dit-il en ricanant. Même si elles ne durent pas.*

— *Moi aussi.*

— *Certes, mais tu es plus discret.*

Bien entendu, ses goûts sont légendaires. Des femmes jeunes qui ne connaissent pas encore le sexe. Il leur fait découvrir toutes sortes de choses, puis s'en sépare. Il est très clair sur les règles, mais quelque chose me dit que les femmes s'attendent à ce qu'il les oublie et que leur histoire ne prenne pas fin au bout de soixante jours.

Je devrais peut-être lui demander conseil. Il parvient à faire tomber les femmes amoureuses de lui, même sans le vouloir.

Cela dit, c'est la même chose pour moi. Et ce sont toujours les femmes qui sont le moins sensibles. Celles qui ne peuvent pas voir ne serait-ce qu'un soupçon de l'homme que je suis derrière les cicatrices.

— La réunion se tiendra dans combien de temps ? demande-t-il.

— Quel est le rapport ?

— C'est à toi de me le dire.

Suis-je vraiment si transparent ?

— Vingt-huit jours.

— Un timing intéressant.

Parfois, je déteste avoir des associés. Ils apprennent des choses qu'ils ne devraient pas savoir.

Ian est un génie en ce qui concerne les informations. Il peut découvrir n'importe quoi, n'importe où.

Il a découvert ça.

Il ne connaît pas toute l'histoire, mais il en sait bien trop.

— Qu'as-tu fait à Lucien pour autant le courroucer ? demande-t-il. Ou bien est-il autant un bâtard qu'il en a l'air ?

— C'est un bâtard.

— Il te mène la vie dure rien que pour le fun ?

— Quelque chose comme ça.

Il secoue la tête.

— C'est répugnant.

L'eau émet de la vapeur, et il la verse sur les feuilles.

Ça me fait penser à Jasmine. Cela dit, tout me fait penser à elle.

— Je ne te reproche pas de jouer le jeu. Parfois, c'est amusant, pour voir si on peut gagner.

Il repose la bouilloire électrique à sa place.

Je hoche la tête, comme si c'était ma seule raison.

— Cela dit, parfois… parfois, c'est mieux de s'en aller. Parfois, c'est la seule façon de l'emporter.

— Je vais garder ça à l'esprit.

Je n'ai pas besoin d'une leçon de stratégie. Même si je sais qu'il ne pense pas à mal.

— Regarde-nous. Deux hommes riches qui se préparent leurs propres boissons. Qui l'aurait cru ?

— C'est vrai.

— Si tu as besoin de mon aide…, dit-il en brandissant sa tasse. Ou bien d'un autre voyage en hélico.

— Merci.

Ces mots me viennent difficilement. Je n'offre ma gratitude à personne, et certainement pas à quelqu'un d'aussi arrogant qu'Ian.

Mais il a raison sur un point : je ne convaincrai personne avec cette histoire de romance éclair. J'ai besoin d'en changer. Et je sais comment.

J'ai simplement besoin de son aide.

— Pour être franc, j'en aurais besoin.

Il hausse un sourcil.

— Je t'écoute.

Ça ne va pas être joli joli, mais ça va marcher.

Il n'y a pas d'alternative.

Chapitre Quatorze

Jasmine

Nous y sommes.

Mon destin est résumé en dix pages et une ligne en pointillés. Un an de mariage. Pas de relations avec d'autres hommes, en public ou en privé. Rien qui puisse ressembler à une aventure. Pas de baisers sur la bouche ni de dîners collés serrés.

Durant cette année, je resterai à l'entière disposition de Shepard, vingt-quatre heures sur vingt-quatre, sept jours sur sept. S'il sollicite ma présence, je devrai être là. S'il insiste pour que je reste dans ma chambre, je resterai dans ma chambre. S'il me demande de danser devant ses collègues…

Non, je ne suis pas vraiment obligée de danser. Simplement d'être présente, de jouer le rôle de l'épouse aimante, de garder secrets les termes du contrat.

À la moindre erreur, je perdrai mon million.

Pis encore, je perdrai cette nouvelle condition que je l'ai obligé à rajouter hier soir.

Tant que je resterai avec Shep, il payera pour le traitement de mon père à la maison, dans notre appartement du Queens. J'aurais voulu l'installer chez Shep, on ne peut pas dire qu'il n'a pas la place, mais c'est trop risqué. Je risque de craquer et de tout lui déballer.

Nous y sommes.

Trois cent soixante-cinq jours pour un million de dollars.

J'appose ma signature sur la ligne en pointillés. L'espace d'une seconde, j'ai l'impression qu'on me retire un poids de la poitrine. Je goûte enfin à la liberté. J'entends une fanfare jouer.

Puis un coup à la porte retient mon attention. C'est l'assistant de Shepard, Lock.

Que me veut-il ?

Mon avocat lui fait signe d'entrer. Il s'avance avec une expression décidée.

— Mademoiselle Lee, dit-il en me tendant la main. Comment allez-vous ce matin ?

Il me tend autre chose. Un thermos.

— Key a préparé ceci avant que je parte. C'est censé conserver sa chaleur pendant douze heures, mais je n'en suis pas convaincu.

— Merci.

C'est là, mon nom sur la ligne en pointillés, la notarisation, la signature de l'avocat. Je suis officiellement à lui.

— Êtes-vous venu jusqu'ici simplement pour m'apporter du thé ?

— J'aurais préféré, Mademoiselle Lee, dit-il.

— Jasmine, je vous en prie.

Il acquiesce d'un hochement de tête.

— J'aurais préféré, Jasmine. Malheureusement, j'avais prévu de prendre un après-midi de congé et de faire chauffer la carte de crédit de votre fiancé pour aller boire le thé au champagne le plus cher de la ville, mais ça doit attendre.

J'aime sa façon de penser.

Je serre la main de mon avocat avec un merci rapide, puis je me relève et vais rejoindre Lock à la porte.

Il sourit en me tendant le thermos.

— Votre fiancé a prévu quelque chose pour le dîner. Il a besoin que vous achetiez une robe.

— Qu'est-ce qui ne va pas avec celle-ci ?

Je lisse ma jupe crayon. Elle n'a rien de particulier, mais elle est relativement professionnelle. Je crois que ça répond à ma question.

J'ai l'air d'une assistante. Et quel homme voudrait dîner avec sa secrétaire ? Ça renvoie une mauvaise image. Même pour Shep.

Il vaut mieux que je ressemble à une femme décorative.

— Je crois, murmure-t-il en se penchant vers moi, que l'idée est de parader votre ravissante silhouette.

Oh… Bien sûr.

— Rendre les autres hommes jaloux.

Il secoue la tête pour montrer qu'il trouve ça bête.

— Vous êtes une femme ravissante. Je comprends cette impulsion.

Je suis un objet qu'il souhaite faire parader. Et il peut me dire quoi porter. Tant de termes amusants, dans notre accord ! Ça ressemble bien à Shep, de rendre ce million de dollars aussi douloureux que possible.

— D'accord.

— Les hommes…, dit-il en haussant les épaules comme pour dire qu'est-ce que vous voulez y faire ? J'ai pris rendez-vous dans un magasin que vous allez adorer. À moins que vous ne préfériez trouver quelque chose vous-même.

Malgré son ton amical, son implication est claire. Je devrai accepter son aide. Je devrai l'autoriser à me vêtir correctement, afin de satisfaire Shep.

Je suppose que j'aurais dû m'y attendre. Il est tellement spécifique à propos de sa maison, de son bureau, de ses costumes, de sa voiture. Alors pourquoi pas avec sa future épouse ?

La modération fait-elle partie du vocabulaire de Shepard ? La subtilité ? La tempérance ?

Nous sommes à New York. Il est possible de trouver des vêtements magnifiques et uniques dans cent endroits différents, dans toutes les gammes de prix imaginables.

À Chinatown, on trouve des imitations, dans le Village, de superbes pièces vintage et à Brooklyn, des robes à la mode.

Et ici, dans cette boutique exclusive de Soho, ce sont des robes de créateurs qui se chiffrent à des milliers de dollars.

Y a-t-il vraiment des gens qui sont prêts à débourser une telle somme pour une robe qu'ils porteront… quoi ? Trois fois ? C'est ridicule. Ma nature frugale me crie de chercher de meilleures affaires en ligne. Cette robe sur un présentoir est magnifique, avec son corsage en forme de cœur, sa couleur violette profonde et sa jupe façon sirène, mais ça ne vaut pas…

Mince, c'est vraiment le prix ? J'ai soudain la tête qui tourne, et mes genoux s'entrechoquent.

— *Jasmine.*

Lock me rattrape avant que je n'aie le temps de m'évanouir.

— *Ne me dites pas que Key a mal préparé le thé.*

Un rire m'échappe. Il est doué pour son travail. Si l'on considère qu'une partie de son travail est de vérifier que la future épouse ne fasse pas de faux pas.

— *Non, il était parfait, quoique chaud. J'ai un peu chaud.*

— *Je vais vous chercher de l'eau ? propose-t-il.*

J'accepte d'un hochement de tête.

— *Faites le tour. La gérante est dans l'arrière-boutique. Elle nous retrouvera bientôt. Si vous avez besoin d'aide.*

Si j'ai besoin d'aide… ou bien si je choisis quelque chose qui n'est pas au goût de Shep.

J'ai du mal à m'imaginer qu'il puisse se préoccuper du style de robe que je porte. Certes, ses intentions sont toujours mystérieuses et vagues, mais depuis quand est-il à cheval sur la mode ?

Je fais rapidement le tour de la boutique. Elle est d'une taille relativement normale, pour le centre-ville. Elle est petite, mais reste ouverte et dégagée. Un podium trône en son centre, et des portants sont parfaitement organisés le long des murs. Les robes sont classées par créateur.

Il n'y en a pas assez pour les trier par couleur, par style ou par taille. Aucune femme ne veut porter la même robe qu'une autre. C'est l'embarras ultime.

Qu'est-ce que cela fait d'avoir des problèmes aussi triviaux ?

Je ne devrais pas me moquer, je sais. Je ne suis plus une perdante qui a du mal à joindre les deux bouts. Je fais déjà partie de l'élite. Je ne devrais pas juger.

Mais c'est difficile de se sentir tolérante avec le montant des étiquettes qui m'entourent.

Cette robe est magnifique, en mousseline imprimée noire et rose foncé, mais elle couvrirait deux mois de dépenses. Le loyer, la nourriture, l'eau, l'électricité.

Deux mois de première nécessité ou bien une robe pour une soirée.

Mais je ne suis plus une assistante aux finances précaires. Je suis la fiancée d'un homme riche. Et dans un an, je serai millionnaire.

Un million ne signifie plus autant qu'avant, particulièrement dans une ville aussi chère, mais ça veut dire que je n'aurai plus jamais à m'inquiéter de payer mon loyer.

Je ne dînerai plus jamais d'un sandwich à la confiture et au beurre de cacahouète parce que je ne peux pas me permettre de faire les courses.

Je ne camperai plus jamais devant un magasin de vêtements de marques la veille des soldes parce que mes tenues de travail sont usées jusqu'à la corde.

Rien ne me fera plus jamais défaut.

Du moins en matière de biens matériels.

Ça devrait me rendre heureuse, me détendre ou quelque chose dans ce genre, mais c'est trop étrange. Toute ma vie, on m'a appris à faire le bon choix, à dénicher de bons plans, à être frugale.

Comment puis-je mettre cinq mille dollars dans une robe ? Même si c'est l'argent de Shep…

Je parcours les portants du regard pour trouver quelque chose de moins cher. Là. Une robe couleur corail qui fait distinctement penser à Marilyn Monroe. Elle ressemble à celle qu'elle portait dans Comment épouser un millionnaire. C'est approprié. Et le film a un message dont j'ai besoin.

Pourquoi une femme n'aurait-elle pas le droit de désirer un mari riche ? Pourquoi cela serait-il déplacé, si c'est acceptable pour un homme de souhaiter avoir une belle femme ?

Ce n'est ni mon style ni ma couleur, et elle ne flattera pas ma silhouette. Et il me manque assurément le charme effervescent de feu Marilyn. Mais j'aime l'idée d'invoquer son sourire facile et son rire adorable.

Ça n'est absolument pas moi. Mais être quelqu'un qui peut rire, battre des paupières et rester au-dessus de tout ? C'est ce que je souhaite atteindre. La seule chose que je veux ; c'est-à-dire, en plus de la santé de Papa. Une façon de survivre à cette année sans me laisser affecter.

Je vérifie les tailles et sélectionne la mienne, une plus petite et une plus grande, puis je cherche une cabine. Je remarque une femme souriante vêtue d'un costume de créateur.

— Vous devez être Mademoiselle Lee.

Elle appuie sur le mademoiselle, comme si le fait que je ne sois pas encore mariée à Shep avait son importance.

— Je suis Alexa. Je comprends que vous avez besoin d'aide pour trouver une robe pour ce soir.

— Je vais essayer celle-ci.

Son front se plisse pour dire elle ne va pas, puis elle reprend son sourire d'assistante habituelle.

— Vous devriez, mais si vous voulez bien me permettre, je vais choisir plusieurs choses qui seront mieux assorties à votre look.

— Mon look ?

— Vous êtes plutôt hiver. Ce rose n'est pas ce qu'il y a de pire. Il est assez saturé, mais il est terriblement léger… et chaud. Je vous vois plus dans un style hivernal chaud. Je parie que vous seriez magnifique en rouge écarlate.

D'accord… cette terminologie des saisons est vaguement familière. Ma tante Quyen était obsédée par ça, fut un temps. Elle disait toujours qu'elle était plutôt « printemps », mais personne ne le voyait parce que tout le monde pense que les femmes asiatiques sont plutôt « hiver ». Mais elle trouvait que le jaune lui allait bien, et seules les femmes printemps sont aussi rayonnantes en jaune.

C'est vrai que le jaune lui va bien. Elle porte des styles particuliers, mais elle a toujours la couleur parfaite pour sa tenue.

Ce concept des saisons a peut-être sa part de vérité. Ou alors Shep veut me voir dans quelque chose de discret et d'assujetti.

Certes, une robe ne peut pas vraiment être assujettie, mais est-ce qu'il va vraiment avoir le dernier mot à propos de ma tenue ?

C'est étrange, même pour lui. Les vêtements ne l'intéressaient pas. C'était sa mère qui choisissait les siens, quand il était petit. Mais maintenant ?

Je parie qu'il a quelqu'un pour décider de sa garde-robe tout entière. Je parie qu'il a quelqu'un pour s'occuper de sa lessive, de ses chaussettes, de sa coiffure.

Si j'étais moins entêtée, j'admettrais qu'il a toujours l'air bien mis et super sexy. J'admettrais que la personne qui s'occupe de son apparence est un génie.

Mais je suis entêtée. Et d'ailleurs, je n'ai pas envie d'abandonner cette façon de m'exprimer. Même si on n'a jamais eu beaucoup d'argent pour les vêtements, j'ai toujours trouvé le moyen de faire preuve d'un peu de flair.

— J'aimerais essayer celle-ci, répété-je.

— Bien sûr.

Elle ne m'emmène pas dans une cabine d'essayage, mais me désigne le podium placé au centre de la pièce.

— Avez-vous besoin d'un soutien-gorge spécial ? Cette robe a un bustier intégré ; vous n'en avez pas besoin. Mais certaines femmes préfèrent.

Je vais devoir me changer ici, en plein milieu de la pièce, sur un véritable podium.

— Ne vous inquiétez pas. M. Oza va rester dans le bureau jusqu'à ce que je l'appelle.

Elle dissimule sa bouche de la main et murmure dramatiquement :

— Au tout début, j'ai pensé qu'il préférait les hommes, puisque c'est le cas de la plupart des hommes qui viennent ici de leur plein gré.

Faire une course pour Shepard rentre-t-il vraiment dans la catégorie « de son plein gré » ? Je n'en suis pas certaine. Mais je ne vais pas la corriger.

Sa voix adopte un ton qui ne peut que signifier : ce que je vais vous dire est tellement scandaleux que vous feriez mieux de vous préparer.

— Mais manifestement, il préfère n'importe qui.

Elle fait un geste qui signifie : ça n'arrive qu'à New York.

— Je viens de San Francisco, dis-je.

Il y a des fêtes nudistes au moins une fois par mois au Golden Gate Park. New York est peut-être une ville qui contient plus d'habitants, mais elle n'est pas comparable à San Francisco en matière de communauté gay.

Elle rit comme pour dire alors vous comprenez.

Pas exactement, mais je vois ce qu'elle veut dire.

Je vais essayer cette robe. Devant elle. J'en suis capable.

Elle fait rouler un portant vers nous et me prend les trois robes des mains avant d'en retirer une du cintre.

— Quand vous voulez, ma chère.

Elle désigne le podium, puis une chaise sur laquelle je peux poser mes vêtements.

Bon, je suppose que je ne peux plus repousser la chose. Je retire mes chaussures et déboutonne mon chemisier. Puis la jupe. Le soutien-gorge.

Mes sous-vêtements sont en coton bon marché, de couleur noire passe-partout. Ça ne va pas avec l'atmosphère luxueuse du lieu. Mais je suis sûre que Shep va bientôt changer ça.

Je n'aime pas lui donner raison, mais bon sang ! Quand j'imagine la soie et la dentelle ! Ses mains sur ma culotte. Ses doigts qui courent sur mon sexe, appuyant sur le tissu soyeux…

Mince. Ce n'est pas le bon moment, même si je palpite de désir. Une nouvelle fois.

J'essaye de me concentrer sur Alexa qui m'aide à enfiler la robe. C'est un peu compliqué, entre le bustier à baleines et la jupe moulante.

Elle referme le zip et ajuste le haut. Puis elle me tourne vers le miroir à trois panneaux.

— Qu'en pensez-vous, ma chère ?

Elle me dit d'attendre un moment, puis elle se dirige vers un présentoir à chaussures.

— Quelle pointure ?

— Quarante.

Elle hoche la tête et prend une paire de sandales argentées aux semelles rouges. Des Louboutin. Elles se chiffrent à plusieurs centaines de dollars. Parfois presque un millier.

— Elles ne sont peut-être pas idéales pour cette tenue, mais elles nous donneront une idée du drapé.

— D'accord.

— C'est pour la prochaine.

Elle les pose devant moi et se place à mon côté. Même si elle est sur le sol et moi sur le podium, elle est presque à ma hauteur. Elle est plus grande que moi et porte des talons.

— Qu'en pensez-vous ?

— Elle est ravissante.

— Oui, elle est ravissante.

Je contemple mon reflet. La robe est belle et, pour une fois, mes seins ont l'air d'exister. Le tissu rose les moule parfaitement. Ça me donne une silhouette pulpeuse.

Mais j'ai vraiment l'air d'aller au bal de promo… pendant les années quatre-vingt. Ou bien à une fête d'Halloween. Ça ne me correspond absolument pas.

— Peut-être quelque chose de plus sombre, suggère-t-elle. Ça serait ravissant.

Elle retire du portant une robe noire. C'est un fourreau simple avec un haut licou et une jupe unie.

— Ou bien quelque chose de plus osé. J'ai exactement ce qu'il faut.

Son sourire s'élargit, son visage rayonnant d'anticipation.

Elle se dirige vers un portant situé à droite et en tire une robe d'une teinte de rouge profond. Le décolleté est plongeant… particulièrement plongeant. Et la jupe est légèrement fendue.

Ça crie femme décorative. Ou peut-être : je vais t'arracher cette chose et te faire l'amour sauvagement.

Oublions la femme décorative, je vais passer directement à la promesse sulfureuse de Shep.

Je ne te toucherai pas tant que tu ne seras pas à genoux, à m'implorer de te donner mon sexe.

Je m'imagine ses yeux qui pétillent. Je peux sentir ses mains courir sur le décolleté profond. Je sens son érection contre mes fesses alors qu'il me serre contre lui.

— Mademoiselle Lee, dit Alexa. Laquelle aimeriez-vous essayer en premier ?

— La noire.

Je ne vais pas coucher avec Shep. Non ! Ça va rendre les choses encore plus compliquées, et elles le sont déjà suffisamment.

Alexa m'aide à retirer la robe rose, puis à enfiler les chaussures de marque. Puis la robe noire. Puis à monter sur le podium.

Mon reflet me coupe le souffle. Certes, je n'ai ni le maquillage ni la coiffure qui rehausseraient la majesté de la robe, mais je ressemble quand même à une princesse. Élégante, belle, riche.

— Magnifique.

Elle presse ses mains l'une contre l'autre.

— Peut-être avec un chignon.

Elle monte sur le podium pour se placer derrière moi et rassemble mes cheveux en un chignon de fortune.

— Vous avez les cheveux courts, mais on peut faire avec.

— On ? demandé-je.

— Shepard nous a fourni une équipe. Vous allez partir déjeuner, puis on s'occupera du maquillage et de la coiffure. Ensuite, vous irez dîner avec votre fiancé. C'est un événement important. Pour les affaires. Plusieurs de ses collègues seront présents.

Elle ajuste les bretelles.

— Est-ce qu'on essaye la rouge ou bien vous êtes décidée pour celle-ci ?

— Oui, on peut l'essayer.

Je la laisse m'aider à retirer ma robe et à enfiler l'autre.

Punaise ! Mes yeux descendent immédiatement vers ma poitrine. Puis vers mes jambes. J'ai l'air d'une Bond girl, mais grâce au tissu luxueux et à ma poitrine… euh… moins que généreuse, j'ai l'air plus classe que cagole.

Je devrais invoquer Marylin. Rester au-dessus de tout ça. Rire et battre de la main d'un mouvement canaille.

Je ne devrais pas le laisser m'affecter.

Mais ce n'est pas ce que je désire.

Je veux rendre Shep fou. Autant qu'il me rend folle.

Cette robe fera l'affaire.

— Celle-ci, dis-je en hochant la tête. Elle est parfaite.

Elle pousse un petit rire.

— Je suis certaine qu'elle plaira aussi à M. Marlowe.

Elle a un ton entendu, comme si elle était certaine que la robe allait se retrouver sur le plancher de la limousine à la seconde où on serait seuls.

Et, euh…
Elle a en partie raison.
Je vais lui fourrer cette image dans le crâne.
Je vais le rendre fou.
Je vais le forcer à me supplier.

Chapitre Quinze

Shepard

— Tu es certain que tu n'es pas amoureux d'elle ? demande Ian en secouant la tête d'un air goguenard. Sinon, si ça ne te fait rien, je…

— Bas les pattes.

Il me signale d'un ricanement que je prends la mouche trop vite et lève son verre pour trinquer.

— Est-ce que ça ne porte pas malchance ?

Je lève mon verre d'eau minérale pétillante. D'autres gens opteraient pour des boissons plus intéressantes, du Champomy, du thé glacé ou des cocktails sans alcool (au nom si approprié, des « mocktails », qui tourne en dérision ceux qui essayent d'en boire)… Mais pourquoi m'embêter ? La seule chose qui tolère la comparaison avec l'alcool est le café.

— Seulement si c'est de l'eau plate.

Il trinque son verre contre le mien. Son bourbon sec oscille. Il préfère généralement le gin-tonic, mais cet endroit ne sert pas de bon tonic. Et, bien sûr, il me teste en consommant ma boisson attitrée.

Mes yeux se posent sur Jasmine quand elle entre dans la pièce.

Tous les yeux se posent sur elle. Elle retient l'attention générale.

Bon sang ! Quelle robe !

Présentement, Ian ou n'importe qui d'autre peuvent bien boire ce qui leur chante. Je n'ai envie que de lui écarter les jambes et de la faire jouir.

Il avale une longue gorgée.

— Tu ne la mérites vraiment pas.

Pour la première fois depuis une éternité, je suis à peine intéressé par l'alcool qui se trouve à un mètre de moi.

Je ne pense pas au goût du bourbon sur mes lèvres.

Le goût de son sexe est bien plus intéressant.

Je la désire toujours. Et, selon mon thérapeute (une autre condition d'un accord passé avec un membre de ma famille, même si cette fois, c'est mon frère le responsable), j'ai complètement remplacé l'alcool par le sexe. Or, peu importe la puissance de mon désir de tout contrôler, ça ne remplacera jamais mon envie de boire.

Elle est toujours présente, dans un coin de mon esprit.

Seulement, à présent, elle ne l'est plus.

Pour l'instant, je n'ai qu'une seule chose en tête.

Jasmine.

Elle s'arrête à l'accueil, désigne notre table du doigt.

Son regard accroche le mien en travers de la pièce. Elle lève son sac, un accessoire noir minuscule avec un fermoir argenté, puis le colle contre sa poitrine, défiant mes yeux de suivre le mouvement.

Ils n'ont pas besoin d'encouragement. Sa robe est ouverte quasiment jusqu'au nombril. Elle est en soie délicate qui caresse son corps élancé et dévoile des pans entiers de peau délicatement bronzée.

Elle se tourne, adressant une remarque à l'agent d'accueil. Je ne sais pas ce que c'est. Je ne sais même plus comment je m'appelle.

La robe est décolletée dans le dos. Elle descend jusqu'au sommet de ses fesses potelées, puis se drape sur ses jambes élancées.

Mon regard reste braqué sur elle alors que l'hôte la guide vers notre table. Bon sang, la façon dont le tissu découvre sa cuisse quand elle marche ! La fente est très haute. Assez pour que je sois capable de la faire jouir ici même, sous la table.

Je devrais la pousser jusqu'au point de bascule et la laisser en suspens. Je devrais la punir de me lancer un défi. Je devrais même détester ça.

Et pourtant non, j'adore. C'est la Jasmine que je connais. La fille qui désarme les gens d'un sourire afin qu'ils remarquent à peine sa nature indépendante et défiante.

Elle joue à la fille gentille en surface, mais au-dessous…

Elle joue en dessous de la ceinture avec moi. Ce qui signifie que je peux lui rendre la pareille.

Mon sang migre vers la partie inférieure de mon corps. J'avale une autre gorgée d'eau pétillante. Je la posséderai plus tard. C'est comme si elle avait pratiquement admis ses intentions.

Elle veut jouer à ce petit jeu ? Elle veut me défier comme je l'ai défiée ?

Cela signifie qu'elle veut me faire craquer, elle veut que je la supplie de me laisser la toucher.

Je ne le ferai pas, mais ce sera amusant de la regarder essayer.

— Mademoiselle Lee, la salue Ian en se redressant et en lui tendant la main. Ravi de vous revoir.

Elle la lui serre.

— Moi aussi.

Puis elle pose son sac sur la table et se tourne vers moi.

— C'est uniquement nous trois ?

— Non, répond Ian. Un collègue doit nous rejoindre.

Il jette un œil à sa montre de luxe.

— Il est en retard, d'ailleurs.

Puis il se tourne vers moi.

— Tu ne vas pas aider ta fiancée à s'asseoir ?

— Merci, mais je peux me débrouiller.

Jasmine fait le tour de la table et vient rejoindre la chaise placée à côté de moi.

Je me redresse pour l'assister.

— Non. Laisse-moi faire.

Je lui prends la main et lui tire sa chaise.

— Tu es belle.

— Merci, dit-elle en braquant ses yeux sombres sur les miens. La journée a été longue, entre les essayages, la coiffure et le maquillage.

Elle lève la main vers sa tête et tapote son chignon recherché, puis son ornement.

— Je ne suis pas certaine de vouloir faire tout ce cinéma à chaque fois qu'on ira dîner, mais c'était une bonne expérience.

— Oh ? m'interrompt Ian. Vous n'aimez pas vous faire bichonner.

— Bichonner ? Si. Mais pas que quelqu'un me tire les cheveux…

— Ça me paraît plutôt agréable, dit Ian.

Elle rit d'un air entendu, mais je ne sais pas si c'est sincère ou non.

— Certes. Ça l'est, dit-elle en me regardant, arquant un sourcil.

Je sens mes bourses se contracter.

— C'est vrai que c'est bien, mieux que ce qu'on a fait aujourd'hui : c'étaient plutôt des pinceaux à maquillage et des bigoudis. J'apprécie le résultat final, mais c'est une vraie corvée pour y parvenir. Je préfère que les choses restent plus pratiques.

— Ce qui n'est pas pratique est parfois amusant, dit-il.

Ses yeux restent braqués sur les miens.

— Parfois, oui.

Je pose la main sur sa taille. Présentement, je ne pense plus ni à Ian ni à convaincre Jeff. Je ne pense qu'à son corps contre le mien.

Ce qui est une très mauvaise nouvelle.

Il faut que je reste concentré sur mon objectif.

J'ai besoin de l'emporter.

Mon corps ignore mes protestations. Sans y penser, je la serre fort contre moi. Son pelvis contre le mien, mes mains sur ses hanches, sa poitrine qui se gonfle quand je respire.

Elle lève les yeux vers moi.

J'arrache mon regard de ses seins. Bon sang ! J'ai vraiment envie d'écarter sa robe. J'ai besoin de la voir, de la sentir, de la goûter.

Tout de suite.

Son expression se fait curieuse, incertaine. Puis elle accepte son désir. Ou peut-être le fantasme. La mascarade.

Mes yeux se ferment.

Je l'attire dans un baiser lent et profond. Mes lèvres contre les siennes.

Elle fond contre moi. Lentement. Ses lèvres sensuelles s'ouvrent pour laisser entrer ma langue. Elle gémit contre ma bouche, m'invitant dans son corps.

Ce n'est qu'un baiser. Pour sauver les apparences. Mais je le ressens partout.

Elle se recule avec un soupir enivrant. Vrai ou faux ? Je ne suis pas sûr. Je suppose que ça ne compte pas. Tant qu'elle parvient à convaincre ce bâtard.

C'est tout ce qui devrait compter.

J'aide Jasmine à s'asseoir, puis je l'imite.

Ian me félicite du regard, et je le fais s'arrêter d'un geste de la main. Certes, je l'ai invité ici pour qu'il me prête main-forte. Mais son arrogance ne m'aide pas vraiment.

— Quelque chose à boire ? propose Ian alors que le serveur passe près de nous. Une autre tournée, lui dit-il. Et pour Mademoiselle ?

— De l'eau minérale, merci, répond-elle en posant les yeux sur mon verre.

— Ce n'est pas nécessaire, dis-je.

— Peu importe.

Elle remercie le serveur du menton et braque son attention sur Ian.

— Est-ce un dîner entre amis ou bien pour le travail ?

— Je ne suis pas certain que votre fiancé ait des dîners entre amis. Plus maintenant.

Il fait référence à ma réputation de tombeur.

Jasmine se contente de hausser les sourcils.

— Oui. Je suppose que j'accapare tout son temps libre.

— Ce n'est pas difficile de comprendre pourquoi, répond-il en avalant une autre gorgée. Belle, intelligente et aguerrie aux vols en hélicoptère. Le pack complet.

— Qu'est-ce qui vous fait penser que je suis intelligente ? demande-t-elle en riant.

— Votre robe, dit-il.

— Vraiment ? Cette robe ? répète-t-elle d'un air curieux. Ce n'est pas la réaction à laquelle je m'attendais.

— Ne vous inquiétez pas. Je suis vraiment distrait. Et M. Pace le sera autant. Vous comprenez pourquoi Shep vous a conviée pour ce dîner. Vous utilisez vos atouts à votre avantage d'une façon qui ne mettra pas à mal le fragile ego masculin. C'est intelligent, achève-t-il en levant son verre pour trinquer à sa santé.

Cette fois, elle rit plus fort. Assez pour que ses seins tressautent. Par magie, le tissu de sa robe reste collé à sa peau.

— Je suppose que c'est une manière de tourner les choses.

— Si vous étiez fiancée à quelqu'un de légèrement plus tolérable, vous seriez vraiment un génie, dit-il. Ou au moins à quelqu'un qui préfère le thé.

— Le bon goût n'est pas universel.

Elle se tourne vers le serveur qui dépose notre deuxième tournée. Une autre bouteille de Perrier. Un autre bourbon pour Ian.

Et le verre de Jeff Pace.

— Un vin blanc.

Le serveur désigne l'entrée alors que M. Pace s'avance à l'intérieur.

C'est un homme plus âgé. Ça lui va bien, mais il ne fait pas vieux beau (du moins, pas selon Key). C'est plutôt façon grand-père. Des cheveux gris bien coupés, un costume sophistiqué qui dissimule son ventre, une expression sévère.

Il n'est pas un saint, mais pas non plus une canaille. Je le saurais. J'ai demandé à Ian de trouver du linge sale chez tous les membres du conseil. On a trouvé bon nombre de choses habituelles, des aventures, des enfants secrets avec des femmes de chambre, des appartements pour leur maîtresse, des ados en cure de désintox, mais rien dont on puisse se servir comme arme.

Du moins, pas avec le risque que ce bâtard découvre mon histoire de chantage et fasse circuler les photos. Si on l'attrape, il sera mis au ban de toutes les communautés respectables, jeté en prison et restera à jamais une honte.

Mais ces photos seront vues. Tout le monde connaîtra la terrible vérité. On me prendra en pitié. On parlera à mots couverts de toutes les choses horribles que j'ai subies.

Ça ne doit jamais arriver.

En plus, je sais comment fonctionne ce monde-là. Il trouvera le moyen de publier ces photos sans se dévoiler. Il trouvera le moyen de déshonorer la mémoire de ma mère, de faire la nique à mon frère et de détruire ma vie.

Une fois de plus.

Il n'arrête jamais. C'est intolérable.

Mon regard se pose sur le bourbon d'Ian. Sur le vin blanc. Sur Jasmine. Elle reste plus intéressante que la boisson.

Et j'ai toujours plus envie d'elle que d'un verre d'alcool. Mais je veux trop de choses. Pas simplement ses lèvres douces contre les miennes. Sa robe retroussée autour de sa taille, ses mains attachées derrière son dos, ses yeux remplis du désir d'être soumise.

Elle en a envie aussi. Je ne sais pas si elle s'en rend vraiment compte, mais c'est vrai.

— M. Marlowe, M. Hunt, c'est toujours un plaisir.

Il avance le bras, et Ian et moi nous redressons pour lui serrer la main. Puis Jeff regarde Jasmine. Enfin… sa poitrine, mais je ne peux pas le lui reprocher.

— Vous devez être la future Mme Marlowe.

— En effet.

Elle se redresse et lui tend la main.

Tout à son honneur, il la serre au lieu de lui faire un de ces baise-mains ridicules. Ou bien de tenter une embrassade dans le seul but de sentir son corps délicat contre le sien.

— Jeffery Pace, mais la plupart des gens m'appellent Jeff.

— Ravie de vous rencontrer, Jeff, dit-elle.

— M. Marlowe semble particulièrement enthousiaste à propos de vos fiançailles.

— On ne peut pas vraiment le lui reprocher, ricane Ian. Moi aussi, je ferais pareil, à sa place.

— Vous souhaitez vous caser ? demande Jeff.

Le regard de Jasmine se pose sur la main gauche de Jeff. Elle observe son alliance et m'interroge du regard.

Implicitement, je comprends ce qu'elle me demande. Est-il le genre d'homme qui croit vraiment en l'amour et la fidélité, ou bien un type qui perçoit le mariage comme une simple transaction et un symbole de statut social ?

La vérité est entre les deux, d'après ce que j'en sais. Comme beaucoup d'hommes riches, Jeff a eu des aventures, mais il est également dévoué à sa femme et à ses enfants. Il a envoyé toutes sortes d'emails à sa dernière maîtresse, une femme de vingt-cinq ans sa cadette, bien sûr, lui racontant à quel point il aime sa femme et qu'il ne ferait jamais rien qui puisse lui causer la moindre souffrance.

Elle est peut-être au courant, ou alors, elle s'en fiche. Elle a peut-être ses raisons.

Ce n'est pas comme si j'étais en mesure de promettre à Jasmine une vie remplie d'amour. Mais je condamne quand même les décisions de Jeff.

Il a une femme dévouée et un cœur capable d'aimer. Il devrait être fidèle.

Il devrait être honnête.

Je suis un hypocrite, certes, mais je m'en fous royalement.

Je hoche la tête pour lui dire que c'est à peu près ce à quoi elle devrait s'attendre.

Elle sourit d'un air entendu. Puis elle rejoint la conversation, demande quel est le type de femmes qu'Ian préfère.

Jeff rit doucement, et je l'informe de la réputation d'Ian auprès des femmes inexpérimentées.

Elle ouvre de grands yeux et regarde Ian comme si elle ne savait pas quoi penser de lui. Ou peut-être joue-t-elle son rôle : la fiancée dévouée, qui ne peut simplement pas imaginer son futur mari passer son temps avec un homme aussi débauché.

La conversation passe alors au niveau professionnel. Une fois encore, elle est parfaite et pose des questions comme si les détails l'intéressaient. Ils ne sont cependant pas intéressants pour la plupart des non-spécialistes. Une somme colossale pour une fusion d'entreprises. Le conglomérat qui possède la boîte a toutes sortes d'exigences.

— Oui, parfois, nos accords contiennent des conditions étranges.

La phrase de Jeff raccroche mon attention.

— Particulièrement en ce qui concerne un des membres du conseil, dit-il en me regardant. Il aime tester les gens, afin de voir jusqu'où il peut pousser.

— Comment cela ?

Jasmine se penche, intriguée. C'est peut-être un mensonge… ou alors, elle perçoit qu'il y a là une part de vérité.

Ian s'éclaircit la gorge.

— Des choses typiques. Un petit séjour en cure. Des vacances qui passent à la trappe. Vous connaissez les gens riches. Ils aiment bien montrer qu'ils ont du pouvoir.

— Oui, dit-elle. Je connais le genre.

— Il y a eu des conditions étranges. Certaines très exigeantes, parfois. La plupart des gens ne jouent pas à ce jeu-là. Ils passent à autre chose. Mais certains acceptent, dit-il en me regardant. Ça ne me plaît pas. La vie est trop courte.

— C'est vrai, dit Ian. C'est vrai.

— Mais je suppose que certaines personnes ont vraiment envie de l'emporter, dit Jeff en levant son verre. Et manifestement, ça marche bien aussi.

— Quoi ?

Jasmine fait de son mieux pour dissimuler sa curiosité, mais elle n'y parvient pas vraiment.

— Une de ses dernières tentatives. J'en ai été informé aujourd'hui. C'est vraiment bête. J'ai vraiment envie de vous en raconter davantage, mais je suis tenu au secret, je le crains, dit-il.

— Bien sûr.

Jasmine affiche un sourire discret, puis me regarde, m'interrogeant du regard.

— Si vous voulez bien m'excuser, Messieurs. J'ai besoin d'aller me repoudrer le nez.

— Bien entendu, dit Jeff.

Je me redresse et aide Jasmine à se relever.

Ses doigts s'attardent sur mon poignet quand elle reprend son sac. Puis elle s'éloigne de la table et disparaît à l'angle de la pièce dans le couloir où se trouvent les toilettes et le vestiaire.

Mon cœur s'emballe. Mes pensées se mettent à hurler. Ce bâtard est toujours là. Il est partout.

Il gâche toujours tout.

— Pardonnez-moi.

Je n'attends pas qu'ils me répondent et me dirige vers les toilettes. Je tourne à l'angle du couloir, vers l'endroit sombre et tranquille.

Le poids du mur est réconfortant, mais ce n'est pas suffisant. Je n'arrive pas à contrôler mes pensées.

J'ai besoin d'un verre, ou bien d'une femme sous moi. De Jasmine sous moi.

Je vide l'air de mes poumons pour reprendre mon équilibre mental.

Puis la porte des toilettes pour femmes s'ouvre, et Jasmine émerge dans le couloir. Elle me regarde droit dans les yeux.

— Ça va ?

— Non.

— Est-ce qu'il…

Je ne vais pas répondre à cette question. Je ne peux pas penser à cette question. Je ne peux pas penser. Point barre.

— Tu portes cette robe pour moi ?

— Je ne sais pas ce que tu veux dire.

Elle feint la pudeur et s'écarte de la porte, venant se placer contre le mur, près de moi.

Je laisse ma main frôler son poignet.

— Si, c'est vrai.

— Shep…

— Dis-moi d'arrêter.

Ses yeux trouvent les miens.

— Si tu veux que j'arrête, dis-moi d'arrêter…

— Je croyais que tu n'allais pas me toucher avant que je te supplie.

— Suis-je en train de te toucher ?

Elle désigne mon poignet.

Je hausse un sourcil dubitatif.

Elle m'imite.

Je retire ma main. Elle a raison. Les règles sont les règles. Et présentement, j'ai besoin de règles.

— Tu me défies.

— Je ne sais pas de quoi…

— Si, Princesse.

Ce surnom lui dilate les paupières.

— Tu sais parfaitement ce que tu fais. Mais tu ne me connais plus. Tu ne sais pas à quel point ce jeu est dangereux.

— Je suis capable de gérer.

Sa voix adopte ce ton fier et défiant. Elle se croit capable de me gérer. Elle pense qu'elle peut me défier et s'en tirer à bon compte.

Elle a tort.

— Tu ne connais pas l'homme que je suis devenu. Tu ne vois pas à quel point j'aime quand c'est brutal.

Je me rapproche assez près pour pouvoir sentir son shampooing.

Ses yeux se remplissent d'intérêt.

— Brutal, comment ?

Je ne lui réponds pas. Je ne la touche pas non plus. Pas encore.

— C'est ce que tu veux, Princesse ? Tu veux le découvrir ? Tu veux que je t'ordonne de te mettre à genoux ici même et d'ouvrir ta jolie bouche pour que je puisse la baiser ?

Elle inspire un grand coup, et sa poitrine tressaute. Sa peau passe du rose au rouge.

— Ou peut-être veux-tu que je te bloque les mains au-dessus de ta tête ? Que je te plaque contre le mur pour que tu ne puisses pas résister quand je te fendrai en deux ?

— Je…

— Qu'est-ce que tu veux, Princesse ?

J'en ai assez de jouer. Je vais la posséder. Comme je viens de le dire.

— Oui ou non ? Tu veux jouir ?

Chapitre Seize

Jasmine

Tu veux jouir ?

Mon sexe se contracte. Mes lèvres s'écartent. Mes doigts se referment autour de ma minaudière.

Mon corps crie oui, oui, oui ! Plus, plus, plus.

Je veux tout ce qu'offre Shep. Tout. D'un coup. Je veux ses mains sur mes poignets. Je veux son corps qui s'enfonce contre le mien. Je veux qu'il me donne des ordres sulfureux.

Quelque chose en moi se réveille. Une partie de moi qui a cherché de l'attention pendant très, très longtemps. Je n'ai jamais joué à ce genre de jeu. Je me suis à peine autorisée à y penser, et seulement après avoir entendu toutes ces rumeurs concernant Shep.

Et même alors, je ne pensais qu'à lui. Je me demandais ce qu'il désirait à présent. S'il avait toujours eu une envie de contrôle. S'il voulait m'attacher à son lit.

Certes, songer à ses mains sur mes poignets faisait se contracter mon sexe, mais je me suis dit qu'il y avait une autre raison. Les souvenirs de lui. La solitude.

Tout sauf le désir d'être dominée.

Je suis une femme indépendante. Une femme indépendante venant d'un pays qui se trouve toujours sous la coupe d'un régime impérialiste. Dans un endroit où tout le monde considère que les femmes asiatiques sont des maniaques du sexe ou des femmes d'intérieur dociles.

Je ne peux pas souhaiter ça. Ça va à l'encontre de tout ce en quoi je crois.

Pourtant, j'en ai envie.

Là, tout de suite, avec ses yeux bleus braqués sur moi, et sa voix si basse et profonde…

Présentement, j'en suis sûre. Ce n'est pas par simple curiosité. Ce n'est pas à cause du souvenir de Shep me prenant ma virginité.

C'est le feu dans ses yeux. La menace dans sa posture. La force dans sa voix.

Je veux qu'il me domine. J'en ai tellement envie.

— Oui, dis-je dans un souffle.

Est-ce raisonnable ou bien insensé ? Est-ce mieux de le laisser souffrir de ce désir réprimé ou bien d'obtenir ce que je veux ?

Se retenir est entêté. Mais céder…

— Viens ici.

Ses doigts se referment autour de mon poignet. C'est un contact différent que d'habitude. Plus dur. Agressif. Terriblement sexy.

Il me serre fort tout en ouvrant la porte coupée du vestiaire. Il me traîne quasiment à travers puis me plaque contre le mur.

Puis il me lâche, ferme les deux panneaux de la porte et tourne la serrure.

On se trouve dans une petite pièce avec un portant argenté quasiment vide. Nous sommes en mai, et la journée est particulièrement chaude. Peu de gens laissent des manteaux.

Cela dit…

— Est-ce que quelqu'un travaille ici ?

— Tu vois quelqu'un ?

Il parcourt le petit espace du regard. Il est plus petit que son bureau. Mais ça ne veut pas dire grand-chose. Le bureau de Shep est immense.

Un employé n'aurait pas la place de s'y dissimuler.

— Non.

— Tu aimerais qu'il y ait quelqu'un ? demande-t-il en glissant la main dans la poche de son pantalon. Tu aimerais que quelqu'un te voie jouir ?

Mes veines palpitent de désir. Ça a l'air tellement chaud quand il le dit comme ça. Est-ce que je désire quelqu'un d'autre ?

— Peut-être. Mais je veux… je veux que tu regardes.

Ses pupilles se dilatent.

Son expression se transforme en quelque chose de primaire et de prédateur, comme s'il était un loup et moi un petit agneau effrayé.

Mais je n'ai pas l'impression d'être une proie, plutôt celle d'être une sacrée déesse.

— Ils nous attendent à table.

— Alors il faudra qu'on se dépêche.

J'inspire profondément, et ma poitrine se soulève.

— Est-ce que tu portes quelque chose, là-dessous ?

— Oui.

— Enlève-le.

Je hoche la tête et pose mes mains sur mes hanches. La fente de ma robe. Elle est assez haute pour que je n'aie aucun mal à glisser ma main en dessous afin de trouver les contours de mon string noir lisse. Alexa avait insisté pour que je porte quelque chose sans coutures.

Je le fais descendre jusqu'à mes genoux.

Shepard reste dos au mur.

— Entièrement.

— Aide-moi.

Il secoue la tête.

— Qu'est-ce que j'ai dit, Princesse ?

— Que tu ne me toucheras pas tant que je ne serai pas à genoux, à t'implorer de me donner ton sexe.

Sur le moment, ça m'avait paru absurde, mais maintenant, je ne tiens plus. Mon corps crie tout de suite.

Il acquiesce.

— Pas du tout ?

— Tu veux jouir sur ma main, princesse ?

— Oui.

Ce n'est pas une supplique. Je ne l'implore pas. C'est un simple fait.

— Sur mon sexe ?

Je hoche la tête.

— Mes lèvres ?

— Oui, dis-je.

— Oui, Monsieur, me corrige-t-il.

C'est absurde. Il veut que je l'appelle Monsieur. C'est complètement ridicule. Mais c'est également la chose la plus excitante que j'ai jamais entendue. Le mot sort de mes lèvres sans le moindre égard pour mes inhibitions.

— Oui, Monsieur.

— Pas encore.

Il caresse mon corps du regard. Mes yeux, mes lèvres, mes épaules, ma poitrine, ma taille, mon pelvis. La culotte sur mes chevilles.

— Même si tu te mets à genoux et m'implores de baiser ta ravissante petite bouche.

Mince.

— D'abord…

Il se rapproche, met un genou en terre et tend la main vers moi. Mais il ne me touche pas et ses doigts se posent sur ma culotte. Il la fait descendre sur mes pieds sans toucher ma peau.

— Lève ton pied.

Je m'exécute.

Il retire le string.

— L'autre.

Je lui obéis à nouveau.

Il retire mon sous-vêtement et le glisse dans sa poche.

— Tu n'en auras plus besoin, Princesse.

Il se redresse et fait un pas en arrière pour se plaquer contre le mur. Sa posture forte et autoritaire crie : je te donnerai ce que tu désires quand j'aurais décidé que tu en as vraiment envie.

Mon corps crie oui, plus, tout, maintenant, s'il te plaît. Je peux à peine le supporter. J'essaye de me raccrocher quelque part, mais le portant est au milieu. Entre mes chaussures et mes jambes tremblantes, j'ai besoin de toute ma concentration pour parvenir à rester debout.

— Remonte ta jupe, ordonne-t-il en désignant la fente. Je veux te voir.

Avant que mon cerveau ne puisse formuler la moindre objection, mon corps lui obéit. Mes mains se précipitent vers la fente de ma robe. Je la remonte sur ma cuisse, de plus en plus haut…

— Arrête.

Ses yeux se posent sur ma peau exposée, sur le sommet de ma cuisse, le contour de mon pelvis. Il ne peut pas encore voir mon sexe.

— J'arrête ?

Il hoche la tête.

— Mets la main sur ta cuisse.

— La même ?

— Oui.

Ma main frôle la soie fraîche de ma robe. En comparaison, ma peau est bouillante. Ou bien est-ce simplement Shep…

— Plus haut.

Je remonte encore un peu la main.

— Plus haut.

Je m'exécute à nouveau.

— Jusqu'à ce que tu sentes une légère pression.

— Oui.

— Oui ?

— Oui, Monsieur.

Ce son fait pulser mon sexe. Ça sonne juste sur mes lèvres. Et cette autorité dans son regard…

Bon sang ! Mes paupières se ferment. Je suis trop tendue. J'en ai trop envie.

Je remonte ma main encore plus haut. Jusqu'à ce que j'y sois presque.

La respiration de Shep se fait de plus en plus épaisse.

De plus en plus haut…

J'y suis. Je gémis quand mon doigt frôle mon clitoris. Mon corps est impatient, et ma main a sa volonté propre. Elle presse de plus en plus fort, jusqu'à ce qu'elle trouve la pression dont j'ai besoin.

— Regarde-moi, Princesse.

J'ouvre les paupières pour le regarder. Ses yeux bleus sont braqués sur les miens. Ils exigent la moindre parcelle de mon attention, de mon plaisir, de mon obéissance.

Ça ne devrait pas me faire me consumer, et pourtant…

Présentement, je ne pense pas à ce que je devrais faire ou ne pas faire.

Je ne songe qu'à obéir à ses ordres.

C'est étrange, enivrant, excitant.

Mais plus que tout, c'est libérateur. À l'instant, peinant à rester debout dans ce minuscule vestiaire, les yeux braqués sur l'homme qui possède le pouvoir de me détruire…

À l'instant, je ne suis pas une femme sous contrat qui lutte pour garder la tête hors de l'eau.

À l'instant, je suis purement un être de plaisir.

— C'est comme ça que tu te touches ? demande-t-il. Tes doigts sur ton clitoris ? Ou bien tu les enfonces profondément entre tes cuisses ?

— La première option. Généralement.

— Montre-moi.

— Oui…

Je le regarde dans les yeux, et cette fois, j'ajoute sans qu'il ait besoin de me le rappeler :

— Oui, Monsieur.

Je soutiens son regard alors que je trace des cercles autour de mon clitoris.

Les lourds pans du vêtement s'enroulent autour de mon bras, ajoutant un poids, tentant sans y parvenir de rafraîchir ma peau.

Il ne voit pas ce que je fais, mais il ne regarde pas mon pelvis. Il regarde mon visage. Regarde mon expression changer comme si j'étais Mona Lisa. Ou, connaissant Shep, comme si j'étais une série de zéros à la fin d'un immense chèque.

Présentement, je suis la seule chose qu'il désire, et il est la seule chose dont j'ai envie, et rien d'autre ne compte.

Je soutiens son regard alors que je raffermis mon contact. La tension augmente rapidement. Tout ce plaisir qui palpite à travers mon corps converge vers mon sexe. Il se tend de plus en plus.

J'ai du mal à garder les yeux ouverts. Son regard est trop intense. Je suis trop proche de l'orgasme.

Je ne me souviens pas de la dernière fois que j'ai ressenti autant de désir. Pas avec quelqu'un d'autre. Pas toute seule.

Je me touche souvent. Parfois, je pense même à lui.

Mais ce n'est pas comme ça.

C'est tout autre chose. Sa présence rend tout plus précis.

L'intensité dans son regard. Ses lèvres écartées. Son érection dans son pantalon.

Il me désire tellement. Mais il est si calme et patient. Il attend. Il regarde. Il m'observe comme si j'étais son film préféré.

J'en ai envie. J'ai envie de descendre sa braguette, le débarrasser de son caleçon et refermer les doigts autour de son sexe.

Je veux le caresser jusqu'à ce qu'il jouisse dans ma main.

Plus encore, je veux qu'il me plaque contre le mur et m'ordonne de le serrer fort afin qu'il puisse baiser ma main.

Qu'il m'ordonne de me mettre à genoux pour qu'il puisse jouir dans ma bouche.

Qu'il m'ordonne de me mettre à quatre pattes pour qu'il puisse…

Oh… Encore un frôlement de doigt, et je jouis. Mes paupières se ferment pendant une seconde. Elles auraient envie de rester fermées, mais mon corps a davantage envie de suivre ses ordres.

J'ouvre lentement les yeux. Toute cette tension dans mon sexe est tellement exacerbée que c'en est douloureux. Puis elle se dénoue.

Une vague de plaisir me parcourt. Mes mains tremblent, mes genoux s'entrechoquent, mes orteils se recroquevillent.

Mon monde devient blanc, rien qu'une lumière éblouissante, rien que le bonheur le plus pur de l'univers.

— Tu es belle.

La voix de Shep est un grondement bas. Elle exprime tout à la fois l'autorité, le défi et l'appréciation. Il fait un pas vers moi et place sa main sur mes hanches, m'empêchant de m'écrouler.

Puis il referme les bras autour de moi, et je fonds contre son corps.

Il me serre fort pendant un long moment, puis m'aide à me redresser, lisse ma robe, presse ses lèvres contre les miennes.

Ce n'est pas un baiser de comédie. Ce n'est pas un baiser amical. C'est un besoin pur et viscéral.

De mon corps ? De mon obéissance ? De mon amour ?

Je n'en suis pas certaine. Je ne sais pas vraiment ce que je lui offre quand je lui rends son baiser. Seulement que je le veux entièrement.

Il s'écarte avec un soupir capiteux.

— Je vais retourner à notre table le premier. Attends une minute, puis rejoins-moi.

— Ils sauront…

— Ça te dérange ?

Ça devrait peut-être, mais non… Je secoue la tête.

— Petite coquine, sourit-il.

Ça devrait peut-être me déranger aussi, mais non. Ça me donne simplement encore plus envie de lui.

Comment puis-je être pleine de désir et satisfaite à la fois ? Ça défie l'entendement. Cela dit, Shep l'a toujours fait.

Je le laisse ouvrir la porte et quitter la pièce. Puis je lisse ma robe, vérifie ma coiffure et mon maquillage dans la salle de bains et me lave les mains.

J'avais tort pour la robe. C'est moi qui suis folle. Mais j'avais tort de m'inquiéter.

Je vais relever son défi.
Je vais me mettre à genoux et l'implorer.
Mais ce n'est pas une bataille perdue. C'est une victoire.
Je vais obtenir ce que je veux.
Je vais avoir absolument toutes les choses dont j'ai envie.

Chapitre Dix-Sept

Jasmine

Le pas assuré, un sourire subtil, une expression naturelle. Je lisse ma robe, tiens ma minaudière contre ma hanche. J'avance d'un air détaché, comme si je m'étais attardée dans la salle de bains pour me remettre du rouge à lèvres et pas dans le vestiaire pour me masturber.

Des yeux se posent sur moi. Des gens me regardent. Il y a quelque chose dans ma posture, mon sourire, ma coiffure un peu malmenée. Quelque chose qui me trahit.

Les gens sont-ils au courant ? Est-ce que c'est important ?

Je suppose que c'est mieux comme ça pour Shepard. Ça ajoute de la crédibilité à toute cette comédie du grand amour.

Voilà. Je m'approche de la table. J'essaye d'adopter une expression détachée.

Shep ne cherche pas à dissimuler son sourire satisfait. Il

pourrait tout aussi bien crier *Eh oui ! J'ai couché avec ma fiancée !*

— Il y avait du monde ?

Ian dévisage Jeff en arquant un sourcil. Le restaurant n'est pas très animé, et plus de la moitié des personnes présentes sont des hommes. C'est évident qu'il n'y avait pas la queue.

L'expression de Jeff se fait contemplative, et il émet un petit hum. Pas comme celui de mon père, mais qui veut plutôt dire oh, c'est une situation délicate.

C'est étrange. Jeff me donne l'impression d'être exactement le genre de mec qui s'éclipse en douce pour des aventures illicites. Est-ce qu'il juge réellement Shep pour ça ?

Non, ce n'est pas un regard de jugement, mais plutôt de curiosité. Comme s'il ne savait pas vraiment que croire.

Euh…

C'est étrange.

Il doit y avoir une raison à ce dîner. Une raison pour laquelle on a rejoint Jeff et Ian, et pas seulement Ian. Shep ne m'avait pas demandé de me faire belle pour monter dans l'hélico d'Ian.

Certes, les circonstances ne s'y prêtaient pas, mais il ne m'avait fourni aucune instruction ou mise en garde. Il n'essaye pas de convaincre Ian de quoi que ce soit.

Jeff, d'un autre côté…

Je note dans un coin de mon esprit de rechercher des informations sur Jeffery Pace pour découvrir sa véritable relation avec Shep. Il est membre du conseil d'une boîte que Shep veut acheter. Ou veut vendre. Ou bien il veut acheter quelque chose qu'il vend. Ça doit être ça.

Le timing est trop suspect. Ça doit avoir quelque chose à voir avec son plan.

Ou alors je cherche la petite bête là où il n'y en a pas ! Shep n'a pas besoin d'une raison élaborée pour faire un deal avec moi. Il existe beaucoup de raisons qui justifieraient un mariage.

Ça élèverait son statut social, mettrait un terme aux rumeurs concernant ses activités personnelles et ferait de lui un homme normal, aux valeurs familiales.

L'opportunité de m'avoir sous sa coupe…

Ma tête me fait mal. Je m'assieds et sirote un autre verre d'eau minérale. Je me concentre sur le dîner. Un steak grésillant assaisonné de chimichurri et d'oignons confits. Des betteraves au goût acidulé accompagnées d'un fromage de chèvre crémeux et de pistaches savoureuses. Un gâteau au chocolat généreux avec des framboises fraîches.

Une théière de thé noir parfaitement infusé pour accompagner le tout. Un Russian Caravan qui fait ressortir toute la complexité du gâteau au chocolat.

Et avec assez de caféine pour me tenir éveillée toute la nuit.

J'écoute machinalement la conversation alors qu'on termine le dessert. Les hommes parlent affaires. Jeff dit quelque chose de déplacé, mais qui, dans sa tête, était probablement bien intentionné, sur le fait qu'il préfère les femmes qui mangent, et pas celles qui sont trop minces.

Immédiatement, le visage de Shep se remplit de fureur, d'une colère profonde que je reconnais à peine. Ça devrait me terrifier, et ça le fait en partie. Mais il y a une autre partie de moi qui se réjouit, est flattée… excitée, même.

Je place ma main sur la sienne et le retiens d'un geste. Ce n'est rien. Ça n'en vaut pas la peine. J'entends pire tout le temps.

Les hommes pensent qu'ils ont le droit d'émettre des commentaires sur le corps des femmes. Particulièrement des femmes qui travaillent pour eux. Particulièrement des femmes de couleur qui travaillent pour eux.

— Est-ce que ça signifie que vous allez payer le traiteur à notre mariage ?

Je souris d'un air serein, comme si je trouvais sa blague vraiment amusante.

Jeff se contente de rire.

— Non, mais j'ai une meilleure idée. Vous a-t-on déjà fait visiter une chocolaterie ?

Shepard hausse un sourcil interrogateur. Puis il se tourne vers Ian pour lui demander son soutien, mais le charmant Britannique se contente de hausser les épaules.

— Je peux organiser ça quand vous le voudrez. Avant le mariage. Pendant le voyage de noces. Avez-vous déjà visité Paris, Jasmine ? demande-t-il.

Mon cœur fait un bond en pensant à la Ville lumière.

— Jamais.

— Je crois que Londres vous plairait plus, honnêtement, dit Ian. Je sais que je suis partial, mais entre le thé et le théâtre…

Le théâtre dans le West End. Je hoche involontairement la tête.

— Ça me plairait.

— Est-ce que tu viens d'inviter ma fiancée à Londres ? demande Shep.

— Il faut bien que quelqu'un le fasse, répond Ian en regardant Jeff. Vous proposez Paris. Je propose Londres. Qu'est-ce que tu vas sponsoriser, Shep ? Rome ? Madrid ? Un endroit où le café est aussi noir que ton âme ?

Mon rire est sincère. Naturel. J'aime bien Ian. Il connaît Shep. Il sait comment le faire réagir. Il devine qu'il y a quelque chose qui n'est pas commun dans notre histoire.

Je ne sais pas ce qu'il sait exactement, mais c'est assez qu'il nous aide à convaincre Jeff, pas à se battre pour la vérité.

— Arrête un peu, dit Shep. Aucun café au monde n'est aussi sombre que mon âme. Mais je ne m'attends pas à ce que tu t'y connaisses en café.

Ian lève sa tasse de thé comme pour porter un toast.

Je lève la mienne pour trinquer.

Shep secoue la tête pour dire qu'il nous trouve ridicules. C'est mignon. Aimant. Comme si on était un vrai couple lors d'un dîner entre amis.

— *Ça sonne tout à fait comme une invitation à Hawaï, dit Ian. Vous pouvez faire le tour de toutes les îles pour trouver du café Kona qui soit aussi sombre que l'âme de votre fiancé.*

— *Je ne peux pas vous contredire ; c'est impossible.*

Mes yeux rencontrent ceux de Shep. Seigneur, c'est difficile de le regarder après ce qu'il s'est passé. Je palpite toujours.

— *Mais ça serait amusant d'essayer.*

— *Réfléchissez-y, Jasmine, m'interrompt Jeff. Marcus et moi possédons des usines partout dans le monde. Il a insisté pour vous faire faire une visite à tous les deux. À nos frais. Réfléchissez à l'endroit où vous aimeriez aller.*

Je pense que c'est l'un des avantages d'épouser un homme riche. J'ai le monde à mes pieds. Il faudra que je m'y habitue.

Après dîner, on rentre à l'appartement de Shep en taxi, apparemment, il a donné leur soirée à Lock et à Key. Apparemment, il voulait de l'intimité chez lui.

— *Ils ne vivent pas avec toi ? lui demandé-je.*

— *Key a une chambre, si, dit-il. Mais elle aime bien sortir aussi.*

— *Vraiment ?*

C'est difficile de m'imaginer son assistante guindée en train de se lâcher sur la piste de danse. Cela dit, je suis sûre qu'on aurait du mal à m'imaginer en train de me toucher dans un vestiaire. Du moins, les gens qui me voient dans mon rôle d'assistante.

— *Oui, elle aime le jazz. Pourquoi ? Tu aimerais assister à un concert ?*

Ses yeux croisent les miens. Sa voix reste curieuse, comme s'il était vraiment intéressé par ce que je ressens pour le jazz. Comme s'il souhaitait vraiment trouver une activité qui me fera plaisir.

— Peut-être. Je ne peux pas dire que j'en connaisse beaucoup sur le genre.

Ou sur la musique en général. J'ai grandi en écoutant les tubes favoris de Papa et Maman. Ils s'exposaient constamment à la culture américaine, afin de se sentir mieux assimilés. Le neuf comme le vieux. Quelque part, ça finissait toujours par être un mélange des Beatles, des Beach Boys et de musique disco.

Beaucoup, beaucoup de disco.

Sérieusement, on pourrait ouvrir une piste à rollers avec tous les tubes disco que Papa possède.

— Papa écoute principalement ABBA, dis-je.

— Vraiment ? Tu l'as emmené voir Mamma Mia ?

— Oui.

Je souris en me remémorant notre emplacement bon marché. C'était la première fois, la seule fois, que je l'avais vu aussi captivé par la scène. Je suis certaine 'qu'il ne s'agissait que des chansons les plus connues, mais c'était quand même génial qu'on soit connectés par quelque chose que j'aimais aussi profondément.

— Il a adoré. Les films aussi. Le premier. Le second lui a moins plu. Il voulait de nouvelles chansons. Même s'il a aimé le cadre. Il a été surpris que la Grèce soit aussi belle.

— Vraiment ?

— Il vaut que tu voies le film pour comprendre. Il y a du soleil, de la mer et des maisons blanches magnifiques. Comme si la Grèce était l'endroit le plus heureux, le moins compliqué et le plus sûr du monde.

— Le film t'a plu ?

Il m'aide à descendre de voiture. Pendant un moment, nous sommes sur la rue, devant son appartement, durant une belle soirée du mois de mai. L'air est toujours chaud. La brise est légère. Elle a même l'odeur du printemps.

Pendant un moment, nous sommes un couple normal, qui revient à la maison après un rendez-vous, prêt à nous adresser un dernier baiser d'au revoir.

Puis je veux prendre ma clé et me rends compte que je n'en ai pas. Je quitte toujours l'appartement quand il le permet et revient quand il donne le feu vert.

Ça ne peut pas être une négligence. Il est plutôt en train de me tester. De me laisser lui prouver que je suis capable de me débrouiller avec seulement une certaine mesure de liberté avant qu'il ne m'en offre plus.

Je me tourne vers le ciel. Il est d'un bleu typique de New York. Une teinte remarquable qui n'existe qu'ici. La pollution lumineuse émousse les étoiles, mais elle rend le ciel tellement beau.

— Ça ne te fait rien si je fais un petit tour ? demandé-je.

J'ai envie de dire peu importe ce que tu penses, je marche où je veux, mais c'est un luxe que je ne possède pas. Je ne vais certainement pas cracher dans la soupe.

Si j'étais la seule concernée, avec mes besoins, mon désir d'avoir un endroit où dormir, je l'aurais peut-être fait.

Mais Shep paye pour le traitement de Papa à la maison. Papa a Mariah pendant trois gardes par semaine. Un soignant, qui aime sans doute Dan Brown moins qu'elle, veille sur lui le reste du temps.

Il est en sécurité. C'est tout ce qui compte.

Je désigne la rivière, qui n'est qu'à une dizaine de pâtés de maisons d'ici.

— J'ai besoin de m'éclaircir la tête.

Son regard passe lentement sur moi.

— Tu ne devrais pas porter une tenue comme ça toute seule aussi tard dans la soirée.

— C'est un quartier huppé.

— Peu m'importe. Ça ne me plaît pas.

Mes joues s'enflamment. Ma poitrine aussi. Je ne devrais pas apprécier qu'il se montre aussi protecteur envers moi. Je devrais trouver ça contrariant. Brimant.

C'est typique de Shepard de prendre soin de ses possessions.

Mais je veux simplement qu'il s'occupe de moi.

Je veux qu'il rugisse de jalousie.

Je veux qu'il soit furieux à l'idée que d'autres hommes puissent me toucher.

— Tiens.

Je prends son manteau et l'enfile sur mes épaules. Il est trop chaud, bien trop chaud, mais il remplit son office et me couvre bien.

Ses yeux croisent les miens.

— C'est ce que tu aimes, une promenade seule tranquille ?

— Oui.

— Tu peux avoir le balcon pour toi toute seule.

— Ça ne change rien.

Il hoche la tête d'un air compréhensif.

— Pense à ce que Jeff a dit.

— Quoi ?

— Il dira que le voyage n'est que pour nous. Puis il se pointera à l'usine comme par hasard. Ou bien il enverra Marcus. Jeff paraît nous croire, mais Marcus se laisse impressionner moins facilement.

Il y a autre chose en jeu. Quelque chose qu'il ne me dit pas. Mais je sais que je ferais mieux de ne pas lui poser la question.

— D'accord.

— J'ai vu certaines de ses usines. Elles sont intéressantes, mais pas plus que n'importe quelle chocolaterie de Brooklyn. Si tu souhaites en visiter une plus tôt, ça peut s'arranger.

— C'est bon.

— Il faut qu'on accepte son offre et qu'on traite ça comme le cadeau qu'il envisage.

— On va aller à Madrid ?

— Je ne sais pas si tu trouveras beaucoup de thé, à Madrid. Mais la paella compensera peut-être.

Ma poitrine se réchauffe. Il veille sur moi. Il me protège. Mais il me traite également comme une prisonnière.

Je ne sais que croire.

Je répète mon mantra. *Papa va bien. Papa va bien. Papa va bien.*

C'est tout ce qui compte.

— Je suppose qu'il n'appréciera pas si on demande à visiter sa chocolaterie de Brooklyn ? demandé-je.

— C'est peu probable, effectivement. Mais on verra.

— Bon…

— Je crois que tu aimerais Paris. Même si…

— Il n'y a pas de bon thé là-bas non plus ?

— D'après ce que j'ai entendu dire, dit-il en me tendant la main. Tu es sûre que tu ne veux pas monter tout de suite ?

Il y a quelque chose dans ses yeux, comme s'il m'implorait de rester.

Pas pour le sexe et l'obéissance.

Mais pour la compagnie, le confort.

Ce qui fait que mes pensées se mettent à tourbillonner plus vite.

C'est étrange. Déroutant. J'ai besoin de réfléchir. Toute seule.

— Oui. Merci.

— Tu peux ouvrir la porte toute seule.

Il tire une clé de sa poche et la plaque dans la paume de ma main.

— Referme la porte derrière toi. Et laisse-la sur la table du salon.

Alors il est effectivement au courant que je n'ai pas de clé. Et il veut que ça reste comme ça.

— Ça serait plus facile si j'avais une clé.

— Attends encore quelques jours.

Je crois que c'est un compromis. C'est bizarre. Mais je respecte sa prudence. Enfin, presque…

— Merci.

— Bonne nuit, Jasmine.

— Bonne nuit.

Je le regarde entrer dans l'immeuble. Puis je me tourne vers la rivière et vais chercher un peu de compréhension.

Qu'est-ce que Shep veut de moi ?

Pourquoi fait-il tout ça, en fait ?

Chapitre Dix-Huit

Shepard

Je la regarde s'éloigner depuis le balcon.

Elle a raison. C'est un quartier sûr. Et c'est statistiquement peu probable qu'elle se fasse agresser par un inconnu. Le véritable danger réside à l'intérieur du foyer. Les gens qu'on connaît, qu'on aime, en qui on a confiance…

Ce sont les gens qui nous font du mal.

Je le sais mieux que quiconque.

Mais je la regarde quand même jusqu'à ce que sa silhouette disparaisse. Elle *est* en sécurité. Il y a une puce dans mon téléphone. Et une autre dans mon manteau.

Ça fait des années qu'elle vit à New York, dans un quartier bien pire que celui-ci.

Malgré tout, je n'arrive pas à me concentrer sur mon travail. Mes pensées s'entrechoquent jusqu'à ce que j'entende la porte s'ouvrir.

Ses pas se rapprochent. Le claquement de ses talons. Puis le bruit feutré de ses pieds nus.

Jeff croit que nous sommes amoureux. Du moins, il y croit assez pour voter en ma faveur. Mais il essaye également de trouver l'occasion de me donner en pâture aux autres membres du conseil.

Un par un, jusqu'à ce qu'on arrive à celui que j'ai le moins envie de voir.

Je crois que je ne pourrai pas y couper. À un moment donné, je finirai bien par me retrouver face à ce bâtard. À un moment donné, je devrai garder mon calme alors qu'il se réjouira du pouvoir qu'il exerce sur moi.

Il ne votera pas en ma faveur si je ne me soumets pas à lui. Mais je n'aurai pas besoin de son vote si j'arrive à convaincre la moitié du conseil.

Un membre de remporté.

Encore trois.

Ça devrait me réconforter, et c'est le cas, à un certain degré. Mais cette putain de voix…

Je peux toujours entendre ce bâtard.

J'ouvre la porte, sors dans le salon.

Jasmine est assise à la longue table, ses lèvres rouges refermées sur un verre d'eau, le visage curieux.

— Comment était ta balade ?

J'essaye d'adopter un ton tranquille. Neutre. Libre de l'influence de ce bâtard.

— Chaude, répond-elle en désignant le portemanteau placé contre le mur. Je ne sais pas si tu en auras besoin avant l'automne, mais il est là, si tu veux.

— Tu es à l'aise dans cette robe ?

— Plus que je l'aurais cru.

Ses yeux descendent le long de mon corps et viennent s'arrêter sur mon pelvis.

— Pourquoi me demandes-tu ça ?

Elle me défie à nouveau.

Mais cette fois, je n'ai plus la patience.

— Enlève-la.

Elle écarquille les yeux.

— Je…

— Je t'ai dit de l'enlever. Ne me force pas à te le redemander.

Chapitre Dix-Neuf

Shepard

Elle se redresse, tend la main vers sa fermeture éclair, la fait descendre le long de son dos.

D'un mouvement rapide, la robe tombe à ses pieds.

— *C'est cinq mille dollars de soie. On devrait l'accrocher à un cintre.*

Elle fait un pas vers moi.

Puis un autre.

Ce n'est pas ce à quoi je m'attendais.

— *Tu vas me rappeler que je suis censée t'implorer ?*

Sa voix est pleine de défiance. Elle veut être punie pour son insolence. Ce n'est pas ma préférence habituelle, mais puisque c'est Jasmine…

Je perds le fil de mes pensées. Je devrais faire plus attention. Prendre plus de temps pour limiter les conditions de notre accord. Mais j'ai besoin de tout ça. D'elle. Immédiatement.

— *Assieds-toi.*

Elle s'exécute.

Je me dirige vers elle et me mets à genoux afin de l'aider à remettre ses escarpins. Le droit, puis le gauche.

Elle tremble quand mon doigt frôle sa cheville. Je laisse ma main errer à l'arrière de son mollet.

Je sais que je triche, mais je suis trop impliqué pour respecter les règles.

— On va dehors.

J'ai envie de le faire à l'air libre. Là où l'on court le risque d'être vus.

Je vais sur le balcon et lui fais signe de me suivre.

Elle vient. Elle regarde ses pieds, comme si elle était surprise qu'ils se déplacent. Puis son regard remonte et vient accrocher le mien. Elle le soutient alors qu'elle réduit la distance entre nous.

C'est une belle nuit. Chaude, claire, avec ce bleu typique de New York. Elle est à peine assez sombre pour qu'on puisse la qualifier de nuit.

La rivière est visible d'ici. Elle reflète la lumière de la lune, projetant des rais subtils sur l'intégralité de Hell's Kitchen.

Illuminant sa peau mate.

Elle est tellement belle. Sur ses talons, elle n'est que légèrement plus petite que moi. Nos corps sont quasiment alignés.

Si je la retournais, la plaquais contre le mur…

L'angle est parfait. Je devrais la surprendre. Je devrais la prendre tout de suite.

Mais elle n'est pas prête pour ça. Nous avons à peine discuté des conditions.

— Tu n'as jamais joué avant, dis-je.

— J'ai lu des trucs.

Sa posture reste fière. Elle est nue, et je suis entièrement habillé, mais elle se tient comme si c'était elle qui avait toutes les cartes en main. Ça lui vient naturellement.

— Certaines personnes préfèrent utiliser un système de signalisation rouge, jaune, vert. Je préfère un mot de sécurité.

Elle hoche la tête.

— Tu sais ce que c'est ?

— Je ne suis pas née de la dernière pluie.

— Ça semble facile, mais parfois, quand les gens sont pris dans le scénario, ils ne veulent pas s'en servir. Ou bien ils ont trop peur. C'est trop. Trop réel.

Voilà que j'y repense. Encore. Comme d'habitude. Ce rappel que je suis malade de jouer à ce genre de jeux. Mais c'est la seule chose qui fonctionne.

— Je ne joue généralement pas des scénarios non consensuels.

Elle ouvre de grands yeux.

— C'est une demande commune.

— Je ne pense pas… Ce n'est pas pour moi.

— J'ai besoin de savoir que tu es prête à utiliser un mot de sécurité. Que tu te sens assez confiante.

— Comment suis-je censée le savoir ?

Je crois qu'il faut que je la teste. Ça fait longtemps que je ne l'ai pas fait avec quelqu'un d'inexpérimenté. Et encore plus longtemps que je l'ai fait avec quelqu'un… Non, je n'ai jamais joué avec quelqu'un avec qui j'ai couché normalement. Quoi que « normalement » veuille dire.

— Je vais commencer doucement.

— Je n'ai pas besoin qu'on commence doucement.

— De quoi as-tu besoin ?

— Je n'y ai jamais vraiment réfléchi.

— Mais tu as aimé ce qui s'est passé dans le vestiaire ?

— Oui.

Il hausse un sourcil.

— Oui, Monsieur, dit-elle en faisant un demi-pas vers moi. J'ai aimé toutes tes idées aussi.

— Je pensais ce que j'ai dit.

Elle inspire profondément, et sa poitrine se soulève. Elle me regarde fixement, me défiant d'élaborer.

— Je ne te toucherai pas tant que tu ne m'auras pas imploré.

— Tu peux définir « toucher » ?

— Non.

— Ou « implorer » ?

— Non.

— Alors c'est seulement selon tes conditions personnelles.

— Nos conditions. Mes limites. Tes limites. Tout se bornera à ces limites.

Elle hoche la tête. Après des années passées à travailler dans le monde de la finance, elle comprend les contrats.

— Quelles sont tes limites ?

— C'est toujours moi qui initie.

Elle acquiesce.

— Tu ne me toucheras que si je te l'ordonne.

— À n'importe quel endroit.

— À n'importe quel endroit.

Je me mords la langue, espérant qu'elle ne me demande pas d'expliciter. Beaucoup de femmes le font. Les plus enthousiastes comprennent immédiatement. Elles aiment l'idée de s'abandonner complètement. Les autres trouvent cela étrange. Elles ont l'habitude que les hommes les supplient elles de les toucher. Elles n'ont pas l'habitude de devoir le mériter.

— Quand on joue ou tout le temps ?

C'est une bonne question.

— Quand on joue. En présence d'autres personnes…

— On fait semblant ?

— Oui.

Son expression se fait curieuse, mais elle hoche quand même la tête.

— Ce sont toutes tes conditions ?

— Tu suis mes ordres. C'est ce que tu veux ?

Elle retient son souffle.

— Je crois. Je n'ai jamais fait ce genre de choses, mais le concept m'attire.

— C'est bien.

Mes yeux descendent vers ma poitrine. Mince, j'aurais probable-

ment dû attendre pour lui ordonner de se déshabiller. Il y a tellement de choses que j'ai envie de lui faire.

— Ça paraît égoïste. Je suis certaine que tu me trouves égoïste. Je le suis peut-être. Mais pas maintenant. Je peux te cerner et m'assurer de te donner ce dont tu as besoin.

Elle acquiesce, compréhensive.

— Quelles sont tes limites ? demandé-je.

— Je n'y ai jamais réfléchi.

— Tu aimerais être attachée ?

Ses yeux rencontrent les miens.

— Oui.

— Giflée ?

— Pas sur le visage.

— Tu es prête à ramper ?

— Ramper ? Pourquoi est-ce que je ramperais ?

Je vais trop vite pour elle. Il y a tellement de choses qu'elle ignore.

— Pour prouver ton obéissance.

Ses pupilles se dilatent.

— Peut-être.

J'ai besoin de lui expliquer simplement, dans des termes plus familiers.

— Est-ce qu'il y a quoi que ce soit que tu n'aimes pas ?

— Rien qui puisse laisser des marques.

C'est intelligent. Je hoche la tête.

— Je ne suis pas certaine de tolérer la douleur.

— Tu ne l'es pas ? Ou bien tu n'en es pas sûre ?

— Ça ne m'intéresse pas pour le moment. Mais je n'ai jamais essayé.

La douleur n'est pas ma méthode préférée, mais j'hésite tout de même à la mettre de côté. Je veux nous garantir le plus d'options possible. Je veux le plus possible d'elle.

— Je m'assurerai que ça reste léger, dis-je en jetant un coup d'œil à sa poitrine. Tu aimes l'autorité.

Elle ne me suit pas vraiment.

— M'appeler Monsieur, suivre mes ordres, prouver que tu es une gentille fille ?

Cette expression lui fait écarquiller les yeux.

— Ou alors tu es une petite coquine ? Tu aimerais que je te donne la fessée si tu te comportes mal ?

— Peut-être, oui, dit-elle en inspirant profondément.

Mon sexe me crie de passer à l'action. La plupart des femmes sont comme ça. Elles aiment être gentilles, mais elles adorent se dévergonder. Et je bande déjà assez fort pour transpercer mon pantalon.

— Est-ce qu'il y a un endroit que tu ne veux pas que je touche ?

— Un endroit ?

— Ta bouche, ton sexe, ton cul ?

Elle écarquille les yeux.

— Euh, je… je n'ai jamais…

Elle s'interrompt pour se passer la langue sur les lèvres.

— Je n'ai jamais essayé le sexe anal.

— Mais tu voudrais essayer ?

— Pas tout de suite.

Quelque chose à remporter… Mes bourses se contractent. Je veux remporter sa confiance tout entière. J'ai besoin de puiser dans mes réserves de patience, mais j'ai du mal.

— Tu dois trouver un mot de sécurité.

— Grain de café.

— Grain de café ?

Elle hoche la tête.

— C'est quelque chose que je n'aime pas.

Je ne peux pas m'empêcher de rire. Elle est parfaite.

— D'accord, dis-je. Grain de café.

Je lui tends la main.

Elle la prend et la serre. Puis elle fait un pas en arrière.

— Est-ce qu'on… fait la transition d'une certaine façon ?

— Tu le sauras.

— Comment ?

Je laisse ma voix adopter ce ton bas et autoritaire qui la fait trembler.

— Tu le sauras.

Et effectivement… Ses mamelons dardent. Elle acquiesce en inclinant la tête. C'est comme si son corps répondait avant que son esprit ne le fasse. Cela dit, elle me résiste.

— Tu crois vraiment que je vais t'implorer ?

— Oui.

— Je vais t'implorer de me toucher, dit-elle en se rapprochant. Et toi, tu ne vas pas m'implorer de te toucher ?

Je hoche la tête.

Elle me rend mon regard, en attente.

J'aime la faire gamberger.

Je laisse mon regard parcourir son corps. Je ne l'ai pas vue de la sorte depuis des années.

Elle est plus vieille, maintenant. C'est une femme, pas une fille. Mais toujours, comme elle le disait, longiligne. Quoique légèrement plus pulpeuse. Ses seins sont plus gros, ses hanches sont plus rondes, ses fesses plus généreuses.

Ses cheveux sont plus courts, maintenant. Généralement, ils frôlent ses épaules en un carré droit. Mais pour l'instant, ils sont rabattus en arrière. Une barrette brillante empêche ses mèches noires de tomber sur son visage.

C'est parfait.

Je fais un pas en arrière. La regarde dans les yeux.

Elle frissonne. Sa langue glisse sur ses lèvres. L'anticipation rend sa respiration houleuse.

— Que désires-tu, Princesse ? lui demandé-je.

Ses ongles raclent ses hanches.

— Tu veux jouir sur ma main ? Ou bien tu aimerais que je te porte jusqu'à mon lit, que je t'attache au cadre et que je te baise jusqu'à ce que tu me supplies d'arrêter ?

Son inspiration profonde fait tanguer sa poitrine.

Je m'assieds sur le canapé beige. Le tissu est trop plastique, son confort est sacrifié pour l'étanchéité, mais il remplit correctement sa fonction.

Je m'empare d'un autre coussin et le place sur le sol devant moi.

Ses yeux se posent sur le tissu vert.

— Mets-toi à genoux, dis-je.

— À genoux ?

— Ne me force pas à me répéter, Princesse.

— Ou bien ?

Je songe sincèrement à la punir. À la faire basculer sur mes genoux. À lui donner la fessée jusqu'à ce que ses fesses deviennent rouges et que son sexe dégouline.

Je le ferai.

Mais pas encore. Pas aujourd'hui.

— Ou bien tu n'auras pas ce que tu désires, dis-je.

— Et qu'est-ce que je désire ?

Je désigne le coussin.

— À genoux.

Elle manque tomber sur le coussin. Puis elle s'assied sur ses talons et lève les yeux vers moi, attendant l'ordre suivant.

— C'est ce que tu veux, n'est-ce pas, Princesse ?

Elle écarquille les yeux.

— Tu veux mon sexe.

Elle hoche légèrement la tête.

Mon sang se précipite vers mon entrejambe. J'ai déjà besoin d'elle. J'ai besoin d'elle tout de suite.

— Tu veux que je te plaque à terre et que je te baise ? Ou bien tu veux que je jouisse dans ta jolie bouche ?

Sa langue vient humecter ses lèvres.

— Oui.

— Oui ?

— Oui, Monsieur.

Je me redresse pour pouvoir la regarder de haut. C'est ce qu'elle veut.

L'impression d'avoir un minimum de contrôle.

Ou peut-être veut-elle avoir l'impression que je l'utilise. Elle veut peut-être sentir qu'elle est le réceptacle de mon plaisir. Je n'en suis pas encore certain. Mais bon sang, je vais adorer le découvrir !

— Tu veux sentir mon sexe, Princesse ?

Je me rapproche assez pour pouvoir lui prendre la main.

Elle tend les doigts en avant pour m'atteindre.

Je resserre ma prise sur elle, si fort qu'elle étouffe un cri.

— Quand je te pose une question, tu réponds.

Elle lève les yeux vers moi.

— Tu veux mon sexe ?

Elle me regarde dans les yeux.

— Oui, Monsieur.

Je rapproche légèrement sa main, presque à l'endroit où j'ai besoin qu'elle soit.

Mince, je tremble déjà.

Elle lève les yeux vers moi, son expression déchirée entre la confusion et le désir.

Puis son regard descend le long de mon corps, et la confusion disparaît de ses prunelles.

Laissant entièrement la place au désir.

— Tu veux goûter à mon sperme ?

Ses yeux se remplissent de surprise, mais elle n'hésite pas.

— Oui, répond-elle en s'humectant les lèvres à nouveau. Oui, Monsieur.

— Tu veux que je baise ta ravissante petite bouche ?

— Oui, Monsieur.

— Demande-moi.

— Que je te demande ?

Je hoche la tête.

— Demande-moi : « s'il vous plaît, veuillez baiser ma bouche, Monsieur ».

Ses yeux sombres s'écarquillent. C'est comme si elle s'apprêtait à dire pour qui diable te prends-tu ? Ou peut-être tu triches, connard.

C'est vrai. Ce n'est absolument pas fair-play.

Mais je ne joue jamais franc-jeu. Elle devrait le savoir.

Elle inspire profondément.

— S'il vous plaît.

— S'il vous plaît ? dis-je en haussant un sourcil.

— S'il vous plaît (elle soutient mon regard), Monsieur.

C'est prononcé comme un défi. Je ne vais pas t'implorer comme ça. Résiste-moi si tu peux.

Je pose sa main sur mon membre.

Elle soupire alors qu'elle me prend dans sa paume par-dessus mon pantalon. Elle fait courir son pouce sur toute ma longueur, pressant le tissu contre ma peau.

Mince, c'est déjà tellement bon.

Elle redresse le dos, puis elle pointe les seins vers moi dans un geste qui exprime à moitié la fierté et à moitié l'envie de me montrer ses seins parfaits.

Je veux les toucher, les goûter, les sentir autour de mon sexe, les peindre avec mon sperme.

Je veux tout faire avec elle.

Une fois qu'elle aura obéi.

C'est ce qu'elle veut aussi. Elle veut le mériter.

Je lui offre à nouveau ma main. Quand elle place ses doigts dans ma paume, je réitère ma demande.

— Dis-le, Princesse. Dis : veuillez baiser ma bouche, Monsieur.

Elle lève les yeux vers moi.

— Est-ce que je peux vous toucher, Monsieur ?

Un compromis. Je devrais peut-être répondre oui. Mais je ne peux pas. Ce soir, j'ai besoin de son obéissance.

— Dis-le.

Ses yeux s'illuminent, se remplissent de feu. Elle inspire profondément et exhale lentement.

— S'il vous plaît, veuillez baiser ma bouche, Monsieur.

Bon sang. Je suis déjà trop excité. Je ne vais pas durer longtemps. Mais ça vaut mieux. Je ne veux pas trop la pousser. Pas la première fois.

— *Ouvre la bouche, Princesse.*

Elle hésite.

— *Et si c'est trop ? Trop difficile ?*

Elle a raison. Elle ne sera pas vraiment en mesure d'utiliser son mot de sécurité.

— *Ma montre.*

Elle braque les yeux dessus.

— *Tire dessus.*

Elle comprend et hoche la tête.

Je reprends mon rôle. Ma posture se fait plus raide, ma voix plus basse, mes yeux restent braqués sur elle.

— *Ouvre la bouche, Princesse.*

Elle s'exécute.

— *Davantage.*

Elle ouvre la bouche plus grand.

— *Couvre tes dents avec tes lèvres. Ne remonte pas ta langue. Garde-la pressée contre moi pour que je puisse baiser ta gorge.*

— *Merde, souffle-t-elle.*

Je pose une main à l'arrière de sa tête. Je vais ébouriffer sa ravissante coiffure. Je vais m'assurer qu'elle ait l'air d'avoir été baisée bien correctement.

— *Les mains derrière le dos. Ou bien sur mes hanches.*

Je ne lui donne pas le temps de réagir. Je défais mon pantalon, écarte mon caleçon.

J'attire sa tête vers ma verge.

Oh… Ses lèvres frôlent mon gland. Puis c'est sa bouche douce et chaude.

Je ne lui laisse aucun répit. Je m'enfonce profondément dans sa bouche.

Elle grogne contre mon sexe et pose les mains sur ses cuisses, puis sur mes hanches.

Je lui attacherai les poignets la prochaine fois.

Mais pour le moment…

Bon sang ! Je me retire et la pénètre à nouveau.

Mes paupières se referment. Pendant un moment, je m'imprègne de la sensation de sa bouche soyeuse. Je lui donne quelques secondes pour s'habituer à ma longueur.

Puis je me recule et la pénètre à nouveau.

Elle me regarde avec des prunelles enflammées.

Ses mamelons se durcissent. Ses cuisses tremblent. Ses ongles raclent ses paumes.

Elle mouille. Elle en a envie autant que moi. Elle veut être à moi.

Je peux la pousser plus fort, plus loin, plus près de ce dont elle a envie.

Je resserre ma prise sur ses cheveux, lui retire une épingle, puis une autre.

Ses mèches sombres tombent sur ses joues. J'y glisse ma main et tire suffisamment sur sa tête pour lui arracher un grognement.

Puis j'abaisse sa tête sur mon membre. À peine. Assez pour qu'elle le sente.

Puis un peu plus.

Encore.

Mon Dieu !

Je tiens sa tête en place des deux mains. Une pour la tenir. L'autre pour lui tirer les cheveux si fort qu'elle gémit.

Je m'enfonce en elle encore et encore. Des mouvements rudes et rapides qui étirent ses lèvres.

Elle garde la langue pressée contre moi alors que je la comble avec des coups de reins réguliers.

Ses grognements gagnent en intensité. La vibration me fait trembler. Bon sang, elle est déjà super douée. Et elle sait qu'elle est à moi. Elle sait qu'elle m'obéit.

Encore quelques coups de reins et je jouis. Je la pénètre fort, me déversant dans sa ravissante bouche jusqu'à ce qu'il ne me reste rien à donner.

Puis je me retire. Je la regarde déglutir fort.

— Gentille fille, je lui dis.

Ses pupilles se dilatent. Elle aime ce terme. Beaucoup. Je vais beaucoup m'amuser avec elle.

Même trop.

Le reste va peut-être être un bazar pas possible. Je ne connais peut-être pas cette Jasmine âgée de vingt-quatre ans.

Je ne connais peut-être ni sa tête ni son cœur.

Mais je connais son corps.

Je sais comment lui donner exactement ce dont elle a besoin.

Chapitre Vingt

Jasmine

C'est officiel. Je suis vraiment folle.

Personne de sensé n'agirait de la sorte. Personne de sensé ne s'agenouillerait sur un balcon ni ne prierait son ex-petit ami de lui baiser la bouche.

Mais je viens de le faire. Et je me retrouve debout sous la douche, à le refaire encore et encore.

Shep est dans sa chambre. On a des chambres séparées. Il a baisé ma bouche, a prononcé quelques mots sur nos conditions et sur ce qui se passera demain, des choses que je n'ai pas entendues, puis il m'a renvoyée dans ma chambre et a regagné la sienne. Pour travailler, se doucher ou se branler. Je ne sais pas.

Ça devrait me faire quelque chose. Et une partie de moi s'en inquiète. Une partie de moi s'écrie *qu'est-ce qui ne va pas chez moi ?*

L'autre partie ?

Je glisse ma main entre mes jambes. L'eau qui coule rend la friction étrange. Trop lisse.

Ce n'est pas la même chose que de me toucher sans qu'il soit là. Je veux qu'il soit là.

Je veux qu'il regarde. Je veux qu'il m'ordonne de me mettre à genoux, ou sur le dos, ou bien sur le ventre.

Mais il n'est pas là. Je suis seule, sous la douche, parce qu'il m'a congédiée après en avoir fini avec moi.

Je suis seule, sous la douche, à ôter de moi les vestiges de cette journée : la laque à cheveux, le maquillage, le ruban adhésif qui a maintenu ma robe en place. Tout ça parce qu'il a exigé que je donne le change.

Je suis seule, sous la douche, sans tous ces accessoires de fille riche. Et certes, cette douche est impressionnante, pour New York. Elle est de la taille de mon ancienne salle de bains, avec du carrelage brillant, des équipements raffinés et une pression parfaite.

Certes, le shampooing et le savon sont le top du top, et la pièce tout entière sent le lilas.

Mais ça reste une douche. Comme toutes les autres douches. C'est l'endroit le plus normal que j'ai visité de toute la journée.

Je devrais penser à ma vie et à ce qu'elle est devenue, mais au lieu de cela, je ferme les paupières et rejoue la scène dans le vestiaire et sur le balcon.

Je me représente toutes ces promesses coquines et je me caresse jusqu'à l'orgasme.

Je jouis rapidement. Trop rapidement. La vague est tellement intense qu'elle fait trembler mes jambes. Je presse le dos contre le mur afin de rester debout.

Même avec toute cette intensité, ça ne suffit pas. J'ai besoin de lui. J'ai besoin de lui encore et encore et encore.

Quand ai-je autant souhaité quelque chose pour la

dernière fois ? Quelque chose d'autre que de la nourriture, du confort ou la santé ? Je ne m'en souviens pas.

Je me lave les mains. Je savonne mon corps.

Puis je me lave les cheveux, passe une couche d'après-shampooing et me rase rapidement.

Et alors que je sors de la douche, m'enveloppe dans une serviette et me rends dans ma chambre…

Je rejoue la scène encore et encore.

Je devrais m'intéresser davantage à cette chambre nouvellement décorée. Elle est, comme l'avait promis Lock, particulièrement à mon goût. Des meubles sophistiqués. Du linge de lit dans des teintes rouges et pourpres : écarlates, violettes, aubergine, cramoisies. Des murs blancs ornés d'affiches de films en noir et blanc. Des rideaux transparents qui laissent entrevoir le magnifique ciel bleu de New York.

Je ne sais pas ce que je vais faire demain. Je ne sais pas ce que je vais faire la semaine prochaine.

Mais pour le moment, peu m'importe.

Je me délecte de cette sensation de satisfaction. Je m'y raccroche aussi fort que je peux. Aussi longtemps que j'y parviens.

Jusqu'à ce que je m'endorme et que je rêve de toutes les choses que Shep aurait envie de me faire.

Pour la première fois de ma vie d'adulte, je fais la grasse matinée un jour de semaine. Il n'y a même pas d'alarme à éteindre. Mon téléphone est toujours dans mon sac, dans le salon.

Ce n'est rien que moi, cette grande chambre magnifique et la lumière délicate du matin.

Ma chambre donne à l'ouest. Sur l'Hudson, le soleil

couchant, le New Jersey. Mais même ce cliché de New York, (tout sauf Jersey !) ne parvient pas à émousser mon excitation.

Je cuve toujours le plaisir de la nuit dernière. Le reste est sans importance.

Après avoir effectué ma routine du matin, je vérifie mes commodes. Mes vêtements sont là, ainsi que plusieurs nouvelles tenues que je n'ai pas choisies. C'est Shep qui les a achetées. Ou bien son équipe.

Je devrais être contrariée par cette intrusion, mais mes pensées s'enflamment rapidement.

De la lingerie en dentelle, des nuisettes en soie, des basiques qui coûtent mon budget nourriture. Autant d'accessoires qu'il pourra déchirer en mille morceaux.

J'enfile une robe de chambre écarlate. Elle est douce et fluide, elle me couvre tout en restant fraîche. Puis je me rends dans la pièce principale.

J'entends du jazz qui provient de la cuisine. Je ne reconnais pas ce que c'est. Je ne parviens pas à visualiser la structure. Mais c'est le but du jazz, après tout : défier les autres conventions musicales.

Shep est peut-être fan. Ça lui irait bien. Quelque chose qui défie les classifications.

— Mademoiselle Lee, dit Key d'une voix remplie de surprise. Je ne m'étais pas rendu compte que vous étiez réveillée.

Elle rougit presque.

— Je peux éteindre la musique.

— Non. Ça me plaît.

— Vous en êtes certaine ? demande-t-elle avec un air incrédule. Je peux mettre autre chose, si vous préférez. Aalock me dit que vous aimez les musiques de spectacles.

— Les comédies musicales, oui. Ou plutôt l'énergie du théâtre. Je préfère les pièces.

— Celles où on ne chante pas ?

Je hoche la tête.

— Imaginez-vous qu'il y a des gens qui payent encore sept cents dollars pour aller voir Hamilton ? Je sais que ce n'est rien pour M. Marlowe. Et bientôt rien pour vous non plus. Cela dit…

— Je ne l'ai pas vu.

Elle secoue la tête pour exprimer sa déception.

— Je n'ai pas vu grand-chose, dernièrement, dis-je. J'avais l'habitude d'aller m'acheter des billets au guichet des réductions, le dimanche, pour trouver une matinée pas chère, mais maintenant, je passe ce temps-là avec mon père.

— Ah oui, votre père. Il a laissé quelque chose pour vous.

Elle me fait signe d'attendre un instant et se rend dans la cuisine et revient avec un mot.

— Est-ce que passer quelques chansons de Chicago serait trop évident ?

— C'est gentil, mais je ne pense pas pouvoir supporter d'entendre All That Jazz pour la énième fois.

Son sourire est presque chaleureux, et même taquin.

— Amy Winehouse, peut-être ?

Elle m'offre une option plus populaire, mais qui se rapproche du jazz.

— Ou bien préférez-vous un autre interprète moderne ?

— C'est très bien. Vraiment. Je vous le promets.

Elle place le mot sur la table.

— Qu'est-ce qui vous ferait plaisir pour le petit-déjeuner ?

— N'importe quoi me conviendra parfaitement.

Elle me regarde sans cligner des paupières.

— Bien sûr, n'importe quoi, Jasmine. Je peux préparer n'importe quoi. Si vous souhaitez que je décide pour vous…

— Oui. Surprenez-moi.

— De l'oolong, je présume ?

— C'est parfait.

Je la remercie du menton et prends la note de Papa. C'est drôle d'avoir quelqu'un pour me servir. Même si je pense qu'il existe un mot moderne pour ça. Une assistante. Une chef. Une gouvernante.

Mais qu'importe la désignation du boulot de Key, le titre ne change pas ses fonctions.

Enfin, tant qu'il la paye correctement… Ce n'est pas comme si j'avais choisi d'être là.

Mais je suis là. Et j'ai des choix, à présent. Une journée entière sans rien de prévu.

Que diable suis-je censée faire ?

Ça fait longtemps que je n'ai pas eu d'options, et encore moins une multitude.

Je baisse les yeux vers le mot de Papa. Ce n'est pas un mot, d'ailleurs. Plutôt une carte pour nous remercier pour le traitement, Shepard et moi.

C'est son écriture. Il va assez bien pour écrire lui-même. Mes épaules s'affaissent de soulagement.

Je jette un œil à mon portable. De nombreux messages de mes connaissances qui me félicitent pour mes fiançailles ou me demandent des détails croustillants.

Un message de Papa qui vient aux nouvelles. Comme d'habitude. Un peu de normalité au sein de cette folie. Quoique, au point où nous en sommes, je suis quasiment certaine que c'est moi, la folle. Parce que, en repensant à hier soir…

Hum.

Comme par magie, mon téléphone vibre alors que je reçois un message de Shep.

Shep : Il y a de la lingerie dans ton tiroir. Envoie-moi une photo de ce que tu portes sous tes vêtements aujourd'hui.

Jasmine : Ou alors ?

Shep : Tu n'auras pas ce que tu veux.

Je ne devrais pas trouver ça aussi excitant.

Jasmine : Je vais rendre visite à mon père, aujourd'hui.

Techniquement, je lui demande sa permission, mais j'essaye de ne pas y songer.

Shep : Lock peut t'y emmener. J'ai enregistré son numéro dans ton portable. Mais s'il fait déjà une course pour moi, Key peut t'appeler une voiture.

Je prends ça pour un oui, fais ce que tu veux. Ou quelque chose qui s'en rapproche.

Shep : Envoie-moi une photo avant de partir.

Jasmine : Tu vas y penser au travail ?

Shep : Bien entendu.

Jasmine : Tu vas te toucher ?

Shep : Non, Princesse. Je te le réserve.

Mince.

Je change le mot de passe de mon téléphone. J'en trouve un que Papa ne devinera pas. Je ne veux pas qu'il lise ça. C'est trop embarrassant. Et je ne suis pas certaine qu'il comprenne cette histoire de… jeu.

Key revient avec une tasse d'oolong, encore une fois infusé à la perfection.

C'est fort, savoureux et très légèrement sucré. Mais c'est étrange ; je ne suis pas certaine d'aimer que quelqu'un me serve le thé.

Je préfère le faire moi-même. Je préfère m'occuper de moi toute seule. Pour que je puisse me sentir autonome, indépendante, aux commandes de ma vie.

Ça signifie sans doute quelque chose, mais je ne veux pas y penser pour le moment. Plus que trois cent soixante-quatre jours. Après quoi, une fois que j'aurai récupéré l'argent, je pourrai songer au sens de cette année.

Pendant que j'attends que le petit-déjeuner soir prêt, je m'occupe en consultant le programme des représentations de Broadway. Key a raison. Un billet à sept cents dollars n'est rien, pour Shep. Il connaît probablement quelqu'un qui serait capable de nous offrir un billet à mille dollars gratuitement.

Nous nous installerions dans un balcon privé. Il me demanderait de retirer ma culotte et glisserait sa main sous ma jambe avant de…

Même si cette pensée m'excite, c'est hors de question. Certaines choses sont sacrées. Le théâtre, notamment. Je crois que je devrais ajouter ça à mes limites. Ça va le faire rire, puis sourire. De ce sourire qu'il avait quand on était jeunes. Quand on arrivait à se comprendre.

Ou alors on ne s'est peut-être jamais compris… C'était peut-être une illusion. La naïveté de la jeunesse ou quelque chose dans ce genre. Mais ça ne fait rien.

Cette fois, je ne me fais pas d'idée. Il peut posséder mon corps.

Et je peux posséder le sien.

Mais il n'y a rien de plus.

L'amour n'entre pas en ligne de compte.

Chapitre Vingt-Et-Un

Jasmine

Le couloir sent la sauce au poisson. Je suis certaine que ça contrarie les voisins, mais moi, ça me fait sourire. Ça sent la maison, le bonheur. Papa se sent assez bien pour faire la cuisine.

Je suis déjà bien rassasiée par des pancakes au chocolat et aux framboises fraîches, un autre mariage parfait de thé et de nourriture, mais je ressens toujours une certaine faim. Pas de nourriture, mais de confort, d'amour, de famille.

De la façon dont les choses étaient autrefois.

J'entre dans l'appartement.

Papa me regarde depuis le comptoir de la cuisine.

— Jasmine, ma chérie, goûte ça.

Il me tend sa cuillère. C'est une sauce qu'il est en train de préparer sur la cuisinière. Il y a des nouilles en train d'égoutter dans l'évier. Il prépare du bun cha, un de ses plats préférés.

— Bien sûr.

Je referme la porte, salue du menton le soignant de garde, un homme en combinaison bleue, et me dirige vers la cuisine.

L'appartement me semble encore plus petit après mon séjour dans celui de Shep, mais il ne me semble pas inférieur.

Qu'on se comprenne bien. J'apprécie l'espace dans l'immense propriété de Shep à Hell's Kitchen, mais j'apprécie plus la sensation confortable d'être en famille.

Je goûte la sauce. Elle est assez forte pour me faire oublier le petit-déjeuner fruité.

— Ouah !

— Ouah ? dit-il en secouant la tête. Tu es devenue trop américanisée.

— C'est de ma faute, si ça fait cinq ans que tu n'as pas cuisiné ?

Il ne mentionne pas sa maladie qui l'a tenu éloigné des fourneaux pendant cinq ans. Il se contente d'acquiescer.

— Tu es assez vieille pour te préparer à manger toute seule. Tu n'as même pas de sauce au poisson dans ton réfrigérateur, me dit-il en secouant la tête d'un air taquin.

— Mes voisins se plaignent.

Il fait un geste de la main pour dire ridicule !

— Invite-les la prochaine fois que tu prépares de la soupe pho. Ils arrêteront de se plaindre.

C'est probablement vrai, mais c'est peu probable que ça arrive. Ça fait longtemps que je n'ai pas tenté de préparer une soupe pho, qui demande une journée entière. Certes, le bouillon ne requiert pas d'être véritablement actif, mais je n'ai pas l'énergie mentale pour planifier un bouillon d'os de bœuf qui prendra douze heures.

Ou même une visite chez le boucher pour acheter lesdits os.

Je sais que Papa mentionnera un épicier à Chinatown situé dans une allée spéciale, bien dissimulée, qu'il faut connaître pour trouver, mais c'est trop d'efforts à fournir.

Même les dix pâtés de maisons à parcourir sont trop de chemin.

L'endroit à l'angle de la rue n'a certes pas beaucoup de choix, mais les prix sont corrects pour cette ville, et c'est sur le trajet pour rentrer.

Ça suffit.

Cela dit, je n'ai plus besoin que les choses soient passables. Je peux demander au personnel de Shepard (il a du personnel !) d'acheter tout ce que je veux. Je peux faire tout un bazar à concasser de l'anis étoilé avec un mortier et un pilon, et demander que quelqu'un d'autre nettoie après moi.

Non pas que je veuille effectuer une tâche aussi ardue. On en vend déjà concassé, et c'est presque aussi bon.

Ça ne serait pas du goût de Maman, mais hé ! Elle aimait les Beach Boys.

Je souris quand la chanson suivante est « California Girls ». Puis je me rappelle que Papa disait toujours à Maman que ça parlait de ses petites femmes favorites (vous êtes de vraies Californiennes, maintenant, mes chéries, quand allez-vous apprendre à surfer ?) et mon sourire s'estompe.

Elle me manque toujours. Mais plus encore, je ne suis pas prête à ce qu'il me manque aussi.

Mais je n'ai pas besoin d'y penser pour l'instant.

Il est debout, il cuisine. Les choses vont bien et elles peuvent rester comme ça. Du moins pendant un moment.

Quant au reste de ma vie… les possibilités sont infinies. Je peux profiter. Point barre.

Je jette un œil à mon téléphone, et effectivement, j'ai les numéros de Lock et de Key. Je peux leur demander n'importe quoi.

Est-ce que je m'imposerais an agissant ainsi ? Ou bien ça leur faciliterait peut-être le travail si je me montre spécifique ?

Après tout, dire à Key de me surprendre avec un petit-déjeuner signifie qu'elle a dû autant trouver une idée que l'exécuter.

Je lui envoie un texto rapide.

Jasmine : Pourriez-vous trouver du Milky Oolong pour plus tard ?

Elle répond immédiatement.

Key : Bien sûr, Mademoiselle Lee. Vous voulez que je prépare un goûter basé sur le profil des saveurs ?

Pourquoi pas ?

Jasmine : Oui, merci. Je vous préviendrai quand je rentrerai à la maison.

C'est étrange d'appeler l'appart de Shep « la maison », mais je ne possède pas de terme plus adéquat.

Jasmine : Pourriez-vous acheter une deuxième boîte ? Pour mon père ?

Key : Je la lui ferai envoyer.

Tu n'es pas censée travailler ?

Papa braque son attention sur la casserole posée sur la cuisinière. Il touille avec précaution, comme s'il préparait un dîner pour un roi.

— M. Billings m'a congédiée.

Il émet cet horrible petit hum.

— Apparemment, ça ne convient pas que je sois fiancée à Shep.

Il le refait, plus bas et plus longtemps.

— C'est une des raisons pour lesquelles on a tenu tout ça secret.

C'est une bonne explication qui est quasiment vraie.

— J'aime mon travail.

Certes, mon boulot avait des inconvénients, et oui, je ne l'aurais pas fait gratuitement. Mais être occupée me fait des choses, c'est agréable.

Je veux être productive, utile, autonome.

J'ai besoin d'expliquer la chose d'une façon qui remportera l'approbation de Papa.

— J'avais peur que ça arrive. J'ai pensé que M. Billings comprendrait, mais je crois qu'en affaires, on ne croit pas à l'amour. Shep possède une boîte d'investissement concurrente. Ça a suffi.

Il refait à nouveau cet horrible hum.

— Je vais chercher autre chose. Mais je ne sais pas vraiment quoi. Je ne pense pas que d'autres boîtes souhaitent m'embaucher. Ou alors… ce sera parce que je suis fiancée à l'ennemi, et qu'ils voudront me faire parader comme un symbole. Regardez, c'est la femme de Shepard Marlowe. On peut se servir d'elle contre lui. On est importants. Quelque chose comme ça.

Il toussote à nouveau.

Je veux glisser mes mains dans mes poches, mais je ne porte pas de manteau. Il fait chaud, aujourd'hui. Un temps magnifique, même. Ma robe-pull, celle que j'ai achetée en soldes à Nordstrom comme cadeau personnel pour mes vingt et un ans, est déjà trop chaude pour la saison.

Mais j'aime l'épaisseur du tissu ainsi que le coloris sombre. Ce sont des boucliers afin de dissimuler les choses qui me trottent dans la tête.

— J'ai fait la grasse matinée, aujourd'hui, dis-je. Je ne me souviens pas de la dernière fois où ça m'est arrivé.

Il a fini de touiller la sauce et allume un feu, puis il passe à la préparation du porc haché.

— Comment te sens-tu dans l'appartement ? lui demandé-je.

— Ça doit être cher.

— C'est Shep qui paye.

Encore ce hum.

— C'est lui qui a proposé.

On va dire ça comme ça…

— Je… je voulais que ça soit plus facile pour moi de te rendre visite. Ce n'est pas plus facile ? On peut aller au parc.

Bon, c'est trop loin pour aller à Battery Park, Central Park ou au jardin botanique de Brooklyn, mais on peut se rendre à Browne Park ou un peu plus loin.

— J'aime cet appartement, dit-il.

— C'est bien.

— C'est notre appartement.

— Oui.

— Tu devrais y rester. Jusqu'à ce que tu te maries.

J'en ai envie, terriblement envie. Mais je ne peux pas le lui dire. Il aurait de fausses idées.

— Ça ne sera pas dans très longtemps. On est en train de tout préparer.

— Vous vous mariez bientôt ? demande-t-il en se retournant vers moi pour étudier mon expression.

Je dis oui du menton.

— Tu es enceinte ?

— Papa !

— Il y a une autre raison ?

Je ne dis rien, mais peu importe. Il le voit bien sur mon visage. Oh, pas le mensonge ou le contrat que j'ai passé avec Shep, non… La raison pour laquelle j'ai accepté.

C'est parce que Papa est malade, qu'il risque de mourir. Parce que je veux qu'il m'escorte jusqu'à l'autel.

— Jasmine…

— Tu ne me feras pas changer d'avis.

— Il te rend heureuse ?

— Oui. Mais je serais plus heureuse avec une tasse de thé.

Il hoche la tête, fait chauffer de l'eau et commence à se laver les mains.

— Tu ne me donnes pas le change.

— Je sais.

— Le thé n'arrange pas tout.

— On verra ça.

Et, encore une fois, ce hum. Il reste silencieux le temps de remplir la bouilloire, de l'allumer et de verser une cuillerée de feuilles dans la théière. C'est le même oolong. Celui que Maman préférait.

Il ne me plaisait pas, au début. Je préférais toujours la force du thé noir. Les variétés parfumées. L'Earl Grey. Le thé à la vanille. Le Tchai.

Mais tous les jours, Maman me préparait une tasse de gaba oolong. Et tous les jours, je l'appréciais davantage.

— En fait, je voulais te parler d'autre chose, dis-je.

— Quelque chose d'autre que ton mariage soudain ?

Il fait chauffer une poêle sur la cuisinière.

— Euh… ça concerne plutôt l'organisation.

Je tire mes références de mon sac. Deux magazines de mariage. Trois catalogues. Une tablette remplie de boutiques, de coiffeurs, de photographes.

— Je n'ai absolument aucune idée pour la robe.

La poêle grésille quand une boulette de porc touche la surface. Papa hoche la tête, mais sans son enthousiasme habituel.

Lui aussi est en train de réfléchir, de se dire que Maman devrait être là, que c'est elle qui devrait m'aider.

Mais au lieu de se replier sur lui-même et de s'enfoncer jusqu'au plus profond d'un puits de tristesse, il se tourne et m'adresse un léger sourire.

— Thien aurait insisté pour avoir un grand mariage américain. Une robe tirée d'un film de Disney. Pas celui que tu aimes. Le préféré de Tante Mai.

— La Petite sirène ?

Il hoche la tête, reconnaissant le nom.

Je me remémore l'image d'Ariel dans sa robe de mariage. Une jupe géante avec des volants et une touche de rose.

Papa sourit.

— Elle t'aurait encouragée à te sentir comme une princesse. Ou bien à porter quelque chose de moderne, qu'on verrait sur une célébrité. Mais en vérité, elle t'aurait imaginée dans une robe traditionnelle. Quelque chose de rouge et doré avec des manches longues et un chapeau assorti.

Je n'en suis pas si certaine. Maman m'a toujours poussée à m'assimiler autant que possible. Elle aurait aimé que je porte une robe très américaine. Mais c'est plus facile pour Papa de faire connaître ses propres souhaits par l'intermédiaire de ce que Maman aurait voulu.

— Ça serait ravissant.

— Elle a toujours eu bon espoir pour toi et Shepard. Elle pensait…

— Qu'il était riche ?

Ça le fait ricaner.

— C'est bien plus facile de vivre avec de l'argent que sans.

Et c'est là tout le problème, n'est-ce pas ? Shep a de l'argent. J'ai besoin d'argent. Ce qui signifie que j'ai besoin de lui.

L'argent ne couvre pas seulement le loyer, la nourriture et les médicaments. Il permet également d'acheter la liberté.

La bouilloire siffle. Papa se lave les mains et verse de l'eau sur les feuilles. Me fait signe de m'asseoir.

Je m'exécute. Je commence à feuilleter le premier magazine de mariage, mais tout se ressemble. De jolies femmes blondes dans des robes ivoire qui se découpent sur des fonds bleu ciel.

Key les avait laissés dans la voiture. Pour moi. De la part d'elle ou de Shep, je ne sais pas. Ça m'aide, mais c'est également présomptueux, comme si je ne pouvais pas réussir à gérer ça toute seule.

Cela dit… Je ne suis pas capable de gérer ça toute seule. Planifier un mariage demande trop d'efforts. Particulièrement un mariage digne d'un homme qui possède la moitié de Manhattan.

Je devrais suivre les conseils de Shep, laisser son équipe s'occuper des détails.

Mais pas de la robe. Ils ne pourront pas me prendre la robe.

Papa se concentre sur la cuisine jusqu'à ce que les boulettes de viande soient prêtes. Il allume un autre feu, prépare une seconde tournée de thé et vient me rejoindre à table.

J'en suis déjà à mon second catalogue, mais je n'ai rien absorbé.

Les tissus se mêlent dans mon esprit. De la dentelle, de l'ivoire, de la soie, du tulle, de la mousseline. Couleur ivoire, blanc, crème, rose et même, à l'occasion, bleu clair.

Tellement de robes différentes. Tellement de modèles magnifiques. Tellement de détails recherchés. Des perles, des sequins, des plumes, des fleurs de mousseline.

La robe a-t-elle besoin de signifier quelque chose ?

Est-ce que ça ne peut pas tout simplement être une robe ?

Toutes ces informations expriment la même chose.

C'est le meilleur jour de votre vie. Ne faites jamais de compromis. Ce sont vos désirs qui comptent.

Mais ce n'est pas le meilleur jour de *ma* vie. C'est juste un autre jour passé sous la coupe de Shep. Et la robe…

La question n'est pas de trouver quelque chose d'approprié pour l'occasion. Pas exactement.

Il faut plutôt m'accrocher à la petite part de contrôle que je possède. Porter quelque chose qui proclame : *Je suis Jasmine Lee et je suis plus que l'épouse d'un homme riche. Je suis…*

Quelque chose.

Papa tapote la page de droite. Un fourreau en soie.

— *Ça t'irait bien.*

Peut-être. C'est beau. Élégant. Sexy, même.

Est-ce l'image que j'ai envie de renvoyer de moi ?

Je n'ai jamais véritablement pensé à mon mariage. Même lorsque j'étais jeune, quand Shep et moi étions des adolescents amoureux.

Quand je pensais à l'avenir, c'était toujours à l'université, à mon propre appartement, aux spectacles en ville. Pas à l'amour, aux enfants ou au mariage. Je savais que ça m'arriverait un jour. Ce n'était même pas un choix. C'était simplement ce que j'étais censée faire.

À présent…

— *Bois ton thé.*

Papa fait glisser le mug vers moi.

Je resserre les mains autour de la tasse en céramique chaude. J'avale une longue gorgée. C'est apaisant, comme toujours.

— *Merci.*

— *Sans vouloir te vexer, ma chérie, pourquoi est-ce que tu me demandes à moi ?*

— *Je ne suis pas censée demander l'aide de mon père pour mon mariage ?*

J'essaye de me souvenir des mariages de mes copines ou de ce que j'ai pu voir à la télévision. Ce sont généralement les mères, les sœurs ou même les tantes.

— Tu vas appeler Tante Mai ?

Quyen serait plus douée pour les vêtements, mais il admire Mai pour son sens pratique.

— Et lui demander de fermer le restaurant pendant une semaine pour qu'elle puisse faire le voyage ?

Ça le fait rire.

— Shepard peut se le permettre.

C'est vrai. Et il en est capable. Tout compte fait, ce n'est pas une idée si terrible.

— Tu les invites déjà pour le mariage, alors pourquoi pas pour les préparatifs ?

— J'y songerai.

C'est la meilleure idée que j'ai eue jusqu'ici. Quoique… connaissant mes tantes… Ce sont deux femmes autoritaires et exigeantes. Elles s'approprieront ce mariage tout autant que l'équipe de Shep. Elles seront de mon côté, mais elles suivront également leur vision.

Il avale une longue gorgée d'oolong.

— Je sais que tu apprécies mon style, dit-il en désignant son t-shirt et son pantalon de jogging, mais tu dois bien avoir des copines qui sont presque aussi sophistiquées.

— Je ne suis pas certaine que quiconque puisse t'égaler, Papa.

Je ne peux m'empêcher de sourire. J'aimerais avoir son optimisme. Mes enfants l'auront peut-être. Ça saute peut-être une génération.

Ou peut-être est-ce trop, trop tôt.

La nuit dernière a été phénoménale, mais se lancer dans tout un mariage…

C'est beaucoup.

— Ceci dit, ça ne fera pas de mal d'avoir un peu de soutien moral, dit-il.

C'est vrai. Je tourne la page et tombe sur une robe de princesse aberrante. C'est la copie conforme de celle de Belle dans La Belle et la Bête, sauf qu'elle est crème et non jaune canari. Elle est un peu plus subtile, mais seulement un peu.

Il rit et émet une réflexion sur les mariages américains. Ce qui est ridicule, puisque les mariages vietnamiens représentent un énorme symbole de statut social. Peut-être encore plus qu'ici.

Tout le monde, partout sur terre, veut avoir l'occasion de se pavaner. De dire regardez ma ravissante fille, ma ravissante épouse et la vie magnifique dans laquelle elle va s'embarquer.

Jusqu'ici, l'équipe de Shep ne m'a pas forcée à me rendre à des rendez-vous spécifiques. Je peux passer les deux prochaines semaines, ou le temps qu'il me faudra pour démêler tout ça, à essayer des dizaines de robes. Ou bien je peux en choisir une dans un magazine. Ou bien appeler une couturière et lui demander de créer quelque chose d'original.

Mais je comprends l'urgence. J'ai besoin de décider rapidement, sans quoi son équipe le fera à ma place.

— *Si tu ne veux pas appeler tes tantes, emmène une amie. Ça t'aidera.*

Son sourire est prévenant, mais légèrement triste. C'est parce qu'il n'est pas assez bien pour m'aider. Ou bien parce que Maman n'est pas là. Ou alors les deux.

— *Je n'y manquerai pas.*

Sauf que je n'ai pas d'amies proches. Plus maintenant. Durant ma première année d'université, je me suis épanouie. J'ai rencontré tellement de gens qui partageaient mes intérêts, qui voulaient parler de film, de théâtre ou bien des merveilles de New York.

Mais quand Papa est tombé malade et que j'ai dû abandonner mes études pour travailler à temps plein…

C'était trop dur d'expliquer ma décision, de subir les regards de pitié qu'offraient ces gens. C'était trop dur de gérer les attentes qu'on avait de moi. Même auprès d'autres personnes dans ma position… ou placées dans une situation encore pire.

Elles pensaient qu'elles comprenaient parce qu'elles avaient subi des épreuves similaires. Et c'était peut-être vrai. C'était peut-être moi qui ne comprenais pas.

Je suis en bons termes avec beaucoup de gens, mais il y en a très peu en qui j'ai sincèrement confiance.

Papa. Et Nick.

C'était déjà compliqué avant que Shepard ne me demande de l'épouser. Alors maintenant…

— Et pourquoi pas Lizzy ?

Il mentionne la fiancée de Nick, qui était autrefois sa subordonnée dans la boîte où je bossais en tant qu'assistante de Nick. En y repensant, c'était un véritable champ de mines.

— Elle est toujours bien habillée.

Il a raison. Lizzy a beaucoup de style. Et elle n'est pas le genre de personne qui attend quelque chose de moi. Elle n'a pas suivi de parcours traditionnel non plus. Elle a quitté Stanford pour une université new-yorkaise que personne ne connaît afin de pouvoir rester plus près de sa sœur.

Mais elle a dix-neuf ans. Bientôt vingt, peut-être. C'est une gamine. Une gamine qui va épouser le frère de mon fiancé.

Si nous étions des gens normaux, ça signifierait qu'elle est sur le point de devenir ma future sœur et qu'on devrait gambader la main dans la main ou bien commérer sur nos beaux-parents.

— Tu sais que les choses sont tendues entre Nick et Shep, dis-je.

— La vie est trop courte, Jasmine.

— C'est sa vie, pas la mienne.

Il secoue la tête comme pour dire que c'est ridicule. Puis il avale une gorgée de thé.

C'est attendrissant de voir qu'il condamne certains des choix de mon fiancé. Il me protège à nouveau. Nous sommes en train de déjeuner normalement, comme on l'aurait fait s'il n'était pas malade.

— Je ne vais pas m'immiscer.

C'est déjà assez difficile de gérer cet accord sans que Shep pense que je suis du côté de son frère.

— Tu ne vas pas les inviter au mariage ?

— Bien sûr que si.

Il tend la main comme pour dire : c'est l'occasion idéale.

C'est vrai, mais…

— Ils ont besoin de temps.

— Pourquoi ?

Je croyais le savoir, mais maintenant… ce n'est plus vraiment le cas. Nick sait garder des secrets mieux que personne, et Shepard est on ne peut plus discret.

— C'est à cause de la cure ? Parce que Nick a forcé Shep à rester sobre ? demande mon père.

Ma surprise doit être évidente, parce qu'il clarifie :

— C'était dans les journaux.

Certes, quelques lignes dans plusieurs sections business. Mais seulement la partie sur la cure. Rien sur le reste. Même moi, je ne connais pas les détails. Mais Nick a réussi là où j'avais échoué : il a convaincu Shep de rester sobre. Et à présent, ce dernier le déteste de toute son âme.

Est-ce simplement une question de chantage ? Nick a-t-il retiré à Shep la seule chose qu'il aime ?

Ou bien est-ce que cela a quelque chose à voir avec notre accord ?

Non… ce n'est pas le genre de Nick. C'est un mec direct qui ne joue à aucun jeu. À part le fait qu'il a couché avec une stagiaire de dix ans de moins que lui, il est obsédé par les convenances.

Je me creuse les méninges pour trouver une explication qui pourrait relier ces deux choses : Nick qui a convaincu Shep de rester sobre et Shep qui me paye pour l'épouser, mais je n'en vois qu'une.

Moi.

Je ne ferais pas tout ça s'il buvait toujours. Il doit bien le savoir.

Mais un an s'est écoulé. Il n'a certainement pas attendu pendant aussi longtemps.

— Jasmine ?

Papa refait ce petit hum.

— Il y a quelque chose que tu ne me dis pas.

— Ce n'est rien d'important.

— Je sais que je suis vieux…

— Tu n'es pas vieux.

Il n'a même pas cinquante ans.

— Mais je me souviens de certaines choses. Et je me souviens de ton fiancé.

Son message est clair. Il buvait toujours. Toujours saoul, même lorsque la situation ne s'y prêtait pas.

Je ne peux pas vraiment le nier, mais je peux changer de sujet.

— Ça ne m'aide pas à choisir une robe.

Il ne mord pas à l'hameçon.

— Nick fera bientôt partie de ta famille. Tu devrais aussi composer avec lui, dit-il.

Peut-être, mais je ne veux pas me mettre au milieu.

Je tire mon portable pour envoyer un texto à Shep.

Pour lui dire… quelque chose. Je ne suis pas certaine de vraiment souhaiter l'aide de Lizzy, mais je veux savoir ce qu'il en dira.

Est-il toujours furieux ?

Parce qu'il pense que Nick a couché avec moi ? Ou bien à cause de la cure ? Ou alors c'est autre chose, quelque chose que je ne vois pas.

Il y a déjà un message de Shep.

Shep : Je viens de parler à un collègue. Il faut qu'on fasse une fête de fiançailles samedi. Ça te pose problème ?

Jasmine : Non.

Shep : Super.

Jasmine : J'allais demander que Lizzy me conseille pour trouver une robe.

Shep : Vous êtes en contact ?

Jasmine : De temps en temps.

C'est une exagération, mais je connais bien cette programmeuse impertinente. Elle sera super contente de me voir… et encore plus impatiente de me donner des conseils mode.

Elle va à l'encontre du stéréotype disant que les nerds portent seulement des jeans et des t-shirts à motifs.

Shep : Juste à Lizzy ?

Jasmine : À qui d'autre ?

Shep : Ça fait longtemps que tu es amie avec Nick.

Jasmine : Il n'est pas une fashionista, à ce que je sache.

Shep : Uniquement Lizzy. Et je ne veux pas que tu le voies seule.

Alors il croit bel et bien qu'il s'est passé quelque chose. Ou alors il est jaloux.

J'aimerais lui dire d'aller se faire voir et insister sur le fait que je vois qui je veux.

Mais ce n'est pas ce que j'ai accepté. Je ne dois pas paraître infidèle, et donc pas dîner avec la fiancée de son frère…

Ça va être un casse-tête, pour expliquer tout ça.

Non pas que j'aie le choix.

Shep a le pouvoir de me faire ployer, poser et rompre.

Mais aujourd'hui, je ne vais pas laisser tout ça me ronger. Aujourd'hui, je vais profiter des avantages et aspirer la moindre goutte de liberté.

Même s'il n'y en a que quelques gorgées.

Chapitre Vingt-Deux

Shepard

Mon téléphone vibre contre ma cuisse.

C'est Jasmine. Mon assistante filtre les autres appels.

Ça doit sûrement être un autre message concernant mon frère. Pour me tenter. Pour m'aguicher. Pour me rendre fou.

Si jamais il l'a touchée…

Je regarde la femme assise en face de moi. Elle est en train de me parler de sa start-up. Une technologie médicale qui va sauver la planète. C'est une idée géniale, mais qui va demander beaucoup d'argent.

Et même avec, c'est un pari risqué.

Mais ça en vaut quand même la peine, et je lui fais une proposition.

Elle me regarde fixement, bouche bée, avec des yeux surpris. Elle est nouvelle dans ce monde-là. Tout est encore excitant. Tout est encore secondaire comparé à sa vocation.

— Bien sûr, Monsieur Marlowe. Vous n'aurez qu'à envoyer les papiers à notre avocat.

Elle sourit, enthousiaste mais prudente.

Elle me plaît. Si les choses étaient différentes, je l'inviterais à dîner. Ou bien je sauterais le repas, et on passerait directement au sexe. J'avais l'habitude de jouer, oui. Mais j'appréciais également le sexe normal. Quoi que normal puisse vouloir dire.

Tant que les femmes comprennent mes conditions, que c'est toujours moi qui dirige le scénario, je passe un bon moment.

Mais maintenant…

Elle est intelligente, éloquente, belle. Une brune élancée avec des vêtements à la mode et des atouts appuyés. Si elle n'était pas étudiante en médecine, elle aurait pu faire mannequin. Je suis sûr que tout le monde se retourne sur son passage. Je suis sûr que la plupart des hommes l'imaginent dans leur lit.

Mais pas moi. Je ne vois que Jasmine. Déjà, je ne pense plus qu'à ses petits gémissements. Ses cuisses bronzées. Ses lèvres rouges.

J'en ai encore besoin.

J'ai besoin qu'elle soit attachée à mon lit.

J'ai besoin qu'elle se trémousse tant de plaisir qu'elle me prie d'arrêter.

— Bien sûr.

Je me redresse et serre la main de la fondatrice de la start-up avant de la raccompagner jusqu'à la porte.

Mon assistante commence à me parler d'un autre rendez-vous, mais je lui demande d'attendre. Elle me propose un café et, quand je refuse, elle me dévisage comme si j'étais fou.

C'est fou, en effet. Je ne refuse jamais un café. Je suis

un véritable cliché. L'ancien alcoolique devenu accro au sexe et à la caféine.

Cela dit, je crois que j'ai déjà ma drogue favorite.

— Un espresso, oui, dis-je en la remerciant d'un geste de la main. Dans dix minutes. Je dois prendre un appel.

Elle prend un air entendu presque aussi acéré que ceux de Key. Bon sang, quand Key et Lock se retrouvent dans la même pièce…

Je suis certain que Jasmine lèverait les yeux au ciel à l'idée d'une troisième assistante. C'est ridicule, mais j'ai besoin de tout séparer. J'ai besoin de lignes bien tracées entre tous les segments de mon existence. C'est la seule chose qui me convienne.

Je ferme la porte et descends les stores qui donnent sur le couloir. Puis je me tourne vers la fenêtre.

La matinée est déjà bien avancée. Il est presque midi. Le ciel affiche une teinte de bleu extraordinaire. Le soleil brille. La surface de l'eau étincelle.

Je suis assez au sud pour pouvoir voir l'endroit où l'Hudson et l'East River se rejoignent. J'entrevois les arbres verdoyants de Battery Park.

Il y a deux mois, ils étaient d'un rose délicat. À présent, ils sont d'un vert vivace. Une teinte qui exprime l'arrivée prochaine de l'été.

De l'espoir.

Pour une fois, j'apprécie.

Je tire mon portable de ma poche. Mais ce n'est pas une autre photo de Jasmine dans son ensemble de lingerie violette.

Jasmine : Juste Lizzy. Mais il risque d'être là. Pour la déposer. Ou bien il sera à leur appartement.

Mon sang ne fait qu'un tour. Mon putain de frère. Je n'ai pas besoin qu'on me rappelle son existence.

C'est déjà suffisant que ce bâtard me rappelle le délai qui pèse sur moi. Assez de devoir brusquer l'annonce du mariage, puis le mariage en lui-même. Et tous ces foutus préparatifs.

Et maintenant, voilà que je me représente mon frère en train de faire jouir Jasmine.

Même si je doute des intentions de Nick, je crois qu'il aime sa fiancée. Il ferait n'importe quoi pour Lizzy. Il ne songerait jamais à toucher une autre femme. Plus maintenant.

Mais avant d'avoir rencontré Lizzy…

J'ai besoin d'effacer cette époque de mon esprit. Et puis, ce n'est pas comme si j'étais un moine. J'ai couché avec beaucoup de femmes. Alors si Jasmine a couché avec un autre homme, même mon putain de frère…

Je n'ai aucun droit de me plaindre.

Mais mon corps ne m'écoute pas. Mes paumes se contractent, mes oreilles s'enflamment, mon ventre se noue.

J'ai besoin d'elle sur mon bureau, avec sa jupe retroussée sur sa taille, les jambes écartées, le dos cambré quand elle jouit.

Bon sang ! Je n'arrive pas à contrôler mes pensées pendant suffisamment longtemps. Il faut que je me reprenne.

Ce mariage devrait être un événement joyeux. Certes, je n'aimerai jamais Jasmine, mais je l'apprécie. Si je devais avoir une épouse, ce serait elle.

Seulement, ce n'est pas mon choix. Et même la promesse de ses cuisses tendres contre mes joues chaque jour pour le reste de ma vie n'est pas suffisant pour effacer tout ça.

Rien ne peut effacer la vérité.

Ce bâtard tire encore les ficelles. Quoi que je fasse, je ne me libèrerai jamais de son emprise. Et si je ne le pensais pas capable de me contrôler depuis l'au-delà, je le tuerais de mes propres mains.

Il mérite pire que ça. Il mérite une vie de tourments abjects.

Mais je n'ai pas réussi à le faire. Je n'ai pas réussi à lui rendre un soupçon de la douleur qu'il m'a fait subir.

Un jour.

Un jour, je le ferai souffrir.

Pour l'instant, j'ai envie de réduire à néant son défi pourri.

Jasmine : Ce sera une fête sans alcool ?

Shep : Non.

Jasmine : Tu penses que c'est une bonne idée ?

Peut-être pas, mais je ne suis pas près de dévoiler ma sobriété au monde entier. Particulièrement alors que je cours le risque que ce bâtard soit présent. Je n'ai pas besoin qu'il pense qu'il m'a fait subir ça aussi.

Shep : Aux dernières nouvelles, tu bois du gin. Du Bombay Sapphire.

Jasmine : Ai-je besoin de te demander comment tu le sais ?

Shep : Ian vient, alors j'aurai cinq variétés de tonic.

Jasmine : Ça semble excessif.

Shep : Apparemment, il y a des dizaines de variétés de Fever Tree. Et la plupart des bars de Londres en ont au moins trois.

Jasmine : Tu te fous de lui ? Ou bien est-ce le contraire ?

Shep : Un peu des deux.

Jasmine : Il n'a pas bu du bourbon, pour le dîner ?

Shep : Comme je l'ai dit, un peu des deux.

Jasmine : Je suis contente que tu aies un ami que tu puisses taquiner.

Euh. Je ne considère pas réellement Ian comme un ami. Je ne tiens pas à avoir des amis, mais je pense que ce mot lui convient.

Jasmine : Nick va-t-il être là ?

Les gens trouveraient étrange qu'il ne vienne pas.

Mais ça me pose un problème. Un énorme problème.

Mon frère a réagi différemment face à ce bâtard. Il préfère être honnête et exprimer les choses, du moins quand ça concerne les gens en qui il a confiance.

Il a confiance en sa fiancée.

Et il fait confiance à Jasmine.

Ce qui signifie que…

Il existe une possibilité que j'ai besoin d'étouffer dans l'œuf.

Shep : On devrait passer un moment avec eux avant la fête. Pour dîner.

Jasmine : C'est ce que j'allais suggérer.

Shep : Les grands esprits se rencontrent.

Je suis sûr que ses motivations sont différentes. Je suis sûr qu'elle veut que Nick et moi redevenions meilleurs amis.

« Amis » est peut-être un mot un peu fort.

Mais j'ai besoin de sa coopération. Son accord. Son silence.

Je vais le convaincre de garder le silence. Quoi qu'il m'en coûte.

Chapitre Vingt-Trois

Jasmine

Après avoir fait quelques parties de Rami, regardé pour la millième de fois *Le Da Vinci Code* et subi l'incrédulité de mon père devant mon incapacité à apprécier le génie de ce film (*comment peut-on ne pas aimer quelque chose avec Tom Hanks ?*), on va déjeuner dans le parc.

Le parc. Dehors. À l'air frais.

C'est génial de voir Papa marcher sur l'herbe. Ça fait longtemps qu'il ne s'est pas senti assez bien pour venir ici.

C'est une belle journée. Chaude et ensoleillée. Je ne suis même pas gênée par ma robe trop épaisse. Ça ne me fait rien d'avoir trop chaud sur le chemin du retour vers notre appartement et quand je serre Papa dans mes bras.

La voiture attend, bien sûr. Avec la clim à fond. Le temps que je revienne chez Shep, je suis glacée.

Et puis je vois le goûter que Key m'avait promis et qui n'attendait que moi. Je crois que Lock l'avait appelée pour l'informer de notre heure d'arrivée.

Qu'est-ce ça fait d'avoir quelqu'un d'autre pour gérer la logistique ?

Je crois que je devrai m'y habituer.

Le Milky oolong est parfait. Crémeux et sucré. Avec des biscuits au beurre et des pêches fraîches.

C'est presque relaxant de rester assise sur le balcon de Shep à profiter de cette belle journée.

Non, ça l'est, pendant un moment. Alors que je bois une autre théière et feuillette une pièce que j'avais lue au lycée. C'est drôle de la revisiter avec des yeux d'adulte. Il y a tellement plus de détails, des choses que je n'avais jamais comprises.

Je ne vois plus *Le songe d'une nuit d'été* comme une joyeuse pitrerie. Certes, ça l'est, mais il a un autre sens. Après toute cette débauche, tout le monde se marie, s'engageant dans une vie normale et rangée.

Les personnages payent un prix pour leurs aventures.

Je crois que je le comprends aussi.

Le soir, j'essaye d'attendre Shep, mais je n'y parviens pas. Au matin, je me réveille dans un appartement vide. Il est déjà au travail.

Je me régale d'un petit-déjeuner luxueux, cette fois, les crêpes sont aux pépites de chocolat, et d'innombrables tasses de thé. Je me plonge dans une autre pièce célèbre.

Cette fois, c'est *Un Tramway nommé Désir*.

Seigneur, les pièces de théâtre sont-elles toutes aussi dépressives ? Pourquoi ne l'avais-je pas remarqué quand j'étais au lycée ? Je crois que ça correspondait à mon humeur de l'époque. Après avoir perdu Maman, j'ai eu du mal à voir la beauté du monde.

Mais maintenant…

Il est difficile de croire que je suis plus douée pour trouver de la joie, mais c'est vrai.

Je demande à Lock de m'emmener au Jardin botanique de Brooklyn. Il doit sans doute être contraint de demander la permission à Shep, mais je ne m'y attarde pas. Je marche et discute avec lui. Je lui demande de me raconter sa vie, son enfance à Londres et ce qui l'a décidé à s'implanter aux États-Unis.

Et si les rumeurs ne mentent pas, je l'interroge sur sa sexualité… plus qu'inclusive.

Il reste gentleman. Il me taquine un peu, mais les choses demeurent professionnelles. Même lorsqu'il m'emmène boire du thé. Puis on passe la soirée à faire du shopping, j'ai apparemment besoin de quelque chose pour notre fête de fiançailles, et il n'a de cesse de ramener la conversation à moi.

Ce que je veux faire.

Ma pièce préférée.

Si je préfère les drames ou les comédies.

Quand M. Marlowe m'emmènera voir la dernière et la meilleure représentation. Sans quoi, c'est peut-être lui qui le fera.

Il applaudit quand je choisis une robe, me régale d'anecdotes concernant le dernier voyage de Shep à Londres et me taquine à propos de mon désir de faire un tour à Dunkin Donuts.

Key est capable de préparer quelque chose de bien meilleur. Et non, il ne permettra pas qu'un donut bas de gamme pénètre dans l'appartement. Surtout s'il n'est même pas frais.

C'est drôle. Il est drôle. Et j'ai l'impression que nous sommes des amis de longue date.

La journée me semble facile. Jusqu'à ce que je rentre à la maison et que je dîne seule.

Cette fois, je reste assez longtemps pour voir Shep. Mais il me dit à peine bonjour. Il hoche la tête, enfile ses vêtements de sport, marmonne qu'il a besoin de se défouler.

Il me parcourt rapidement du regard, comme s'il songeait à une autre façon de se défouler.

Mais il ne passe pas à l'action et s'éclipse.

Même après une journée très bien remplie, déjeuner avec Papa, goûter, une comédie musicale, je ne trouve pas le sommeil. Shep est juste là. Dans la chambre d'à côté. Seul.

Moi aussi, je suis seule.

Pourquoi m'évite-t-il ?

Je tente de ne pas y penser, mais c'est impossible. J'essaye de compter les moutons, mais ça ne sert à rien. J'essaye de lire un des livres que Papa m'a achetés, mais ce n'est pas assez intéressant.

La question résonne à travers mon esprit.

Je me repasse notre dernière soirée, laisse ma curiosité aborder des situations plus sulfureuses.

Mais même si je me caresse jusqu'à l'orgasme, ce n'est pas suffisant. C'est seulement satisfaisant.

Effectivement, je m'endors, mais je ne me réveille pas reposée.

Je me réveille pleine de désir.

Chapitre Vingt-Quatre

Shepard

— Shep ?

Le ton de Jasmine est doux, mais quelque chose filtre à travers. Elle utilise sa voix d'assistante. Celle qui masque ce qu'elle a vraiment à l'esprit.

— Oui ?

Mon corps se tourne vers elle. C'est une simple impulsion. Je suis trop connecté sur sa fréquence. Trop intéressé.

Elle ne veut pas de moi dans sa tête ni dans son cœur. Je ne devrais *pas* être dans sa tête ni dans son cœur.

Et je ne peux pas l'inviter dans les miens.

Elle se tourne, désignant la fermeture éclair de sa robe de cocktail.

C'est un vêtement magnifique. Un imprimé floral complexe qui ne fait qu'effleurer sa poitrine avant de retomber sur ses hanches.

Elle a les cheveux détachés, ce soir, avec son carré habituel, celui qui lui donne un air plus moderne que traditionnel.

Je remonte la fermeture dans son dos et laisse mes doigts frôler ses omoplates.

— Tu es censée porter du blanc ?

Key m'en a parlé, mais c'est flou. Les jours qui viennent de s'écouler sont flous.

Ça consume toute mon énergie mentale… cette perspective horrible que mon frère puisse tout détruire.

Ça n'a même pas encore commencé, et j'ai déjà besoin d'un foutu verre.

Un bourbon. Sec. Suffisamment pour émousser toutes les pensées qui me tourbillonnent dans le crâne.

C'est hors de question. Ce bâtard ne me verra pas saoul et débraillé. Je ne lui laisserai pas croire qu'il l'a emporté.

Et je ne vais pas perdre Jasmine…

— Certaines personnes le font, répond-elle en se tournant pour me regarder. Tu vas me demander de me changer ?

— Non.

Je ne suis pas certain des règles. Il faudrait que je les connaisse. Ça rendrait les choses plus faciles.

— Tu es ravissante.

— Ravissante ?

Elle cambre suffisamment le dos pour que sa poitrine se rehausse. C'est à moitié par fierté, à moitié pour me défier de la regarder.

— Ai-je le droit de te demander si tu vas bien ?

— Ça va.

— C'est la tête que tu tires quand tu vas bien ?

— Et toi ?

Elle fait un geste vague de la main.

— C'est un peu beaucoup.

— Tes tantes sont bien arrivées ?

Je ne sais pas pourquoi je lui demande ça. Lock est allé

les chercher à l'aéroport il y a plusieurs heures de cela. Il les a déjà déposées à l'hôtel et leur a suggéré quelques boutiques, restaurants et spa.

— Tu ne le sais pas ?

— C'était pour faire la conversation.

— Shepard Marlowe qui essaye de faire la conversation ? C'est une première, dit-elle avec un demi-sourire.

Elle m'invite à lui parler.

Mais converser ne va rien arranger.

— Je suis un peu…

Mes yeux descendent vers sa poitrine. Le décolleté incurvé la moule assez pour inviter mes mains. Je voudrais lui retirer ce vêtement. Je voudrais déchirer en deux ce tissu délicat. L'utiliser pour lui ligoter les poignets.

— … distrait.

C'est trop pour elle. Il faut que je reste à l'écart. Je ne me fais pas confiance.

— Et toi ? lui demandé-je.

— Si je suis… distraite ?

Elle passe un regard rapide sur mon costume cintré, puis elle se rapproche afin d'ajuster ma cravate.

— Ça va bien ensemble.

— Trop ?

— Tu ne me demandes généralement pas mon approbation.

— Comme je l'ai dit…

— Distrait ?

— Oui.

Je laisse mes yeux se poser sur la fenêtre. L'après-midi n'est pas terminé. Le soleil brille encore.

Je le trouverais beau si je voyais la beauté du monde. Au lieu de cela, je compte les minutes qu'il nous reste avant de retrouver mon frère et sa compagne.

Bon sang ! J'avais à peine pensé à sa copine. Je ne

regrette pas ce que j'avais exigé d'elle l'année dernière. C'était nécessaire. Mais je suis sûr qu'elle m'en veut.

Certaines personnes…

La plupart des gens ne voient pas le monde à ma façon. J'obtiens ce que je veux à n'importe quel prix, quoi que cela puisse signifier pour les autres. C'est peut-être égoïste, mais je m'en contrefiche. Si quelque chose menace la sécurité de Jasmine, je n'userai pas de politesse.

C'est à peu près la seule chose que je puisse lui promettre.

Je ne peux pas lui offrir le bonheur ou l'amour…

Ces concepts me sont inconnus.

Les gens disent qu'ils sont heureux quand ils possèdent certaines choses ou atteignent certains paliers. Mais le sont-ils vraiment ou bien se racontent-ils des histoires ?

Elle est ici, elle vit dans mon espace, elle m'appartient en théorie, mais pas sur les points qui comptent vraiment.

C'est très déconcertant. Des choses ridicules commencent à me trotter dans la tête. Je commence à désirer des choses ridicules. Comme son cœur.

Comme de vouloir qu'elle accepte le mien.

C'est impossible. Il n'y a pas de cœur dans ma poitrine. Il y a un trou noir qui aspire la douleur et qui la communique à mon corps tout entier.

Je ne peux pas lui offrir de l'amour.

Je ne peux pas lui offrir le bonheur.

Mais je peux la faire jouir.

Je peux défaire sa robe et la faire glisser à terre, puis renverser Jasmine sur la table…

— Ça va ? me redemande-t-elle.

Cette fois, c'est elle, et pas sa voix d'assistante.

— Non.

— Oh.

Ses yeux croisent les miens.

— On a le temps, poursuit-elle. Avant de partir pour aller retrouver ton frère.

— On a le temps ?

— Oui, dit-elle avec un ton séducteur. Ça fait plusieurs jours.

Je hoche la tête.

— Tu m'as évitée.

— Je suis occupé.

Elle me regarde sans me croire.

— On a au moins une heure, selon mes calculs. Il doit bien y avoir une raison pour que tu sois prêt en avance.

Oui, j'ai envie de lui faire sauvagement l'amour, mais c'est trop pour elle. Elle n'est pas prête pour ça.

— Tu ne sais pas ce que tu me demandes.

— Ah non ?

— J'ai été patient, l'autre jour. Je ne le suis plus.

— Et alors ?

— Je ne peux plus faire attention. Je ne peux pas te promettre de respecter tes limites.

Elle me transperce du regard, me fixant comme si elle cherchait quelque chose.

Je suis certain qu'elle a beaucoup de choses en tête, entre son père et le reste de sa famille. C'est beaucoup pour elle aussi. Il y a simplement trop de choses en jeu pour elle.

Elle veut une distraction, elle aussi.

Je lui ai promis de m'occuper d'elle.

Je braque toute mon attention sur elle.

— Je ne peux pas te promettre que je garderai le contrôle.

— Qu'est-ce que cela signifie ?

Je ne sais pas. Je ne laisserai pas cela arriver.

— Je risque de te faire mal.

— Non, tu ne le feras pas.

Si. C'est ça qu'elle ne comprend pas. Elle voit toujours

le garçon qu'elle a aimé. Pas l'homme qui a accepté l'obscurité au plus profond de lui.

— Je ne peux pas te le promettre, dis-je en soupirant, les dents serrées. Je ne veux pas te faire de mal. Tu comptes pour moi.

— Je compte pour toi ?

— Oui.

Elle éclate de rire.

— Je crois que c'est beaucoup, venant de toi. Toi aussi, tu comptes pour moi, ajoute-t-elle en se tournant vers moi.

Puis elle pose la main sur ma poitrine, avec précaution.

— Et tout ceci compte pour moi. J'ai envie de jouer. Je… Ça me plaît que tu ne te retiennes pas.

Mes bourses se contractent.

— Je ne veux pas que tu te retiennes, dit-elle, les joues enflammées. Je veux que tu sois rude.

— Tu te souviens de ton mot de sécurité ?

— Grain de café.

Elle se passe à nouveau la langue sur les lèvres.

J'inspire profondément. Comprend-elle vraiment ce qu'elle vient d'accepter ?

Je ne veux pas lui faire de mal.

Mais je ne peux pas non plus refuser ça.

— Tu en es certaine ?

— Oui.

Sa voix est confiante.

Je m'avance vers elle.

Puis je fais glisser mes doigts sous son collier. Je tire dessus fort, rapproche son corps du mien.

— Tu ne sais pas dans quoi tu viens de t'engager, Princesse.

Chapitre Vingt-Cinq

Jasmine

Shep serre mon corps contre le sien. Ma tête contre son cou, mon dos contre sa poitrine, mes fesses contre sa verge.

Il bande déjà. Je le sens même à travers les couches de mousseline, à travers la laine italienne de son costume.

Il tire à nouveau sur mon collier. Assez fort pour que la chaîne en argent s'enfonce dans ma peau.

Quand je me penche en avant, il tire sur la chaîne jusqu'à ce qu'elle se brise.

Les chaînons de métal cliquettent sur le sol. Je devrais être contrariée qu'il vienne de briser un collier qui coûte plus de mille dollars, mais je ne le suis pas. Et ce n'est pas parce que c'est son argent et qu'il l'a probablement acheté spécialement dans ce but.

Peu m'importerait si c'était mon argent ou si bien un bijou de famille précieux que j'avais juré de protéger.

Seul son contact ferme m'importe. Le tranchant de sa voix. La sensation de son souffle sur mon cou.

Il resserre les doigts sur ma gorge. Pas assez fort pour me couper la respiration. Mais suffisamment pour me faire savoir qu'il peut me faire du mal.

Et Shep est capable de me faire du mal de bien des façons. Il peut claquer des doigts et détruire ma vie tout entière. Ça me terrifie.

Ceci…

Ceci fait vibrer mon corps tout entier.

J'aime savoir qu'il a le pouvoir de me faire du mal. Ça ne devrait pas m'exciter autant. Il y a une part de moi qui voudrait que je m'inquiète, mais c'est bien trop ténu, bien trop flou.

Je veux cette menace. Je veux ce pouvoir. Je veux son autorité.

J'arque le dos, étirant mon corps sur le sien, poussant mes fesses contre son sexe.

— Tu essayes de m'aguicher, Princesse ?

Sa voix est rude, colérique même. Mais en sous-entendu, il me défie.

— Pourquoi pas ?

Il agrippe ma fermeture éclair pour toute réponse. Ce n'est pas le geste lent et doux de tout à l'heure.

Il la fait descendre brusquement le long de mon dos et tire sur ma robe pour dévoiler mon torse.

Mes seins émergent du tissu.

Il garde une main autour de mon cou et met l'autre sur ma poitrine. Puis il fait courir son pouce sur mon mamelon.

Seigneur ! Ça fait tellement longtemps qu'il ne m'a pas touchée. C'est la première fois qu'il me touche vraiment. Ça me fait palpiter tout entière et ça réveille quelque chose au plus profond de moi, une partie de moi restée endormie depuis bien trop longtemps.

— Merde, dis-je dans un souffle.

Il fait courir son pouce sur mon cou avec une main, et de l'autre, il fait rouler mon mamelon entre son pouce et son index.

— Tu aimes quand je joue avec toi, Princesse ?

— Oui, Monsieur.

— C'est pour ça que tu portes cette robe ?

J'inspire violemment par le nez.

Ses caresses se font plus fermes ; assez pour que ce soit douloureux, même si la douleur est agréable.

— Tu as mis ça pour m'aguicher ? Pour attirer l'attention sur tes mamelons parfaits ?

— Non... Peut-être.

J'inspire assez fort pour que ma poitrine tangue.

Il presse sa paume contre mon cou, m'attirant plus près de lui. C'est ferme, brusque.

Pendant une demi-seconde, j'ai du mal à respirer. Ça devrait me terrifier, et j'ai peur, mais d'une façon qui ne fait qu'accroître mon désir.

Chaque molécule de mon corps hurle de désir pour lui.

Il passe au majeur qui trace des cercles lents autour de mon mamelon avant d'accélérer l'allure, de se faire plus insistant.

— Tu sais ce qui se passe si tu me défies, Princesse ?

— Non.

Je manque ajouter *Monsieur*, mais je ne le fais pas. J'ai envie de le chambouler. J'ai envie de le défier. Je veux qu'il se montre rude.

— Non ?

— Non, dis-je à nouveau, plus fermement, afin que mon intention soit claire.

Il pince mon mamelon tellement fort que ma vision se trouble.

D'un mouvement rapide, il me fait basculer en avant, me plaquant contre la table du dîner.

Mon front cogne contre le bois. Aïe.

Je tourne la tête pour plaquer ma joue sur la surface en cerisier. C'est étrange, inconfortable et terriblement sexy.

Shep n'attend pas de réponse. Il fait descendre ma robe sur mes hanches et mes fesses, puis jusqu'à mes cuisses.

Le tissu est léger, mais assez serré pour m'emprisonner. Je parviens à peine à remuer les jambes.

Je suis à sa merci.

— Shep…

Je tends le bras en arrière vers lui afin de me raccrocher à quelque chose. Je ne sais pas vraiment ce que j'exige de lui, seulement que je n'ai jamais eu aussi envie de quelque chose de toute ma vie.

— Tu sais ce qui se produit quand tu me défies, Princesse ?

Sa voix reste rude et autoritaire.

Je tourne suffisamment la tête pour pouvoir lever les yeux vers lui. Il se tient au-dessus de moi, entièrement habillé, pas un seul cheveu ne dépasse. Mais ses yeux bleu clair sont embrasés.

Tout est là, dans ses yeux. Quelque part, il a perdu le contrôle et le garde tout à la fois. C'est ce dont il a besoin.

Et quelque part, c'est ce dont j'ai besoin aussi.

Je devrais probablement contacter un thérapeute pour lui demander ce qui ne va pas chez moi. Mais il n'y a plus que ce jeu qui compte.

— Devrais-je prendre ton silence pour un non ?

Sa voix se fait plus rude, plus ferme. Plus maîtrisée. Il se glisse dans ce rôle. Dans ce jeu auquel nous jouons.

Je ne comprends pas toutes les règles, mais je sais qu'il me plaît. Il me plaît vraiment beaucoup.

— Tu le sais ?

Il place sa paume entre mes omoplates. Ce n'est ni fort ni léger, mais assez pour que je sente la pression. Assez pour que je sache qu'il pourrait me caresser doucement ou bien me plaquer contre la table.

— Non, dis-je en oubliant à nouveau le « Monsieur ». Qu'est-ce qui va se passer ?

Sans crier gare, sa main s'abat sur mes fesses. Sa paume frappe ma chair assez fort pour qu'elle me brûle.

Mon sexe se contracte. Mes mamelons dardent. Mes ongles s'enfoncent dans la table. Je vais y laisser une marque. Ça attisera mon désir à chaque fois que je la verrai.

L'endroit que j'ai désigné quand Shepard m'a donné la fessée. C'est tellement cochon que c'est débauché. Mais c'est tellement bon d'être débauché.

Il le refait. Plus fort. Assez pour me tirer un halètement.

— Merde, dis-je dans un souffle.

Je pourrais lui demander d'arrêter, l'implorer d'arrêter, utiliser le mot de sécurité. Mais je n'en ai pas envie. Je veux qu'il continue.

Il le refait. C'est le même impact. Assez pour que ma joue rebondisse sur la table.

Encore.

Mes mamelons me tiraillent.

Encore.

Mes cuisses frissonnent.

Encore.

Mon corps en réclame davantage.

Je suis à moitié dévêtue, pressée contre la table de la salle à manger, à recevoir la fessée d'un homme assez puissant pour me détruire.

Et j'adore chaque seconde de cette expérience.

Que diable m'est-il arrivé ? Et pourquoi est-ce que cela ne me fait rien ?

— Petite coquine, grogne-t-il.

Chez quelqu'un d'autre, ça aurait eu l'air ridicule, comme un mauvais dialogue de porno, mais dans la bouche de Shep ?

Punaise !

— Oui.

Je me force à prononcer ce mot, les dents serrées.

Il tire sur mon string, fait courir ses doigts sur le tissu délicat, traçant les contours de l'élastique, puis la ligne qui passe sur mes fesses et mon sexe. Enfin, ses doigts effleurent mon clitoris à travers le tissu.

C'est doux. Trop doux. J'ai besoin de *ses* mains sur ma peau. J'ai besoin qu'*il* me touche réellement.

Mais je ne l'ai toujours pas imploré. Attend-il toujours que je l'implore ? Quelque chose au plus profond de lui en a-t-il besoin ?

Je ne peux pas affirmer le comprendre, mais je peux quand même jouer. Lui donner ce qu'il veut.

— Tu as mis ça pour me tenter.

Et encore une fois, sa main s'abat violemment sur mes fesses.

— Shep…

— Oui ?

— Je… Oui. C'est vrai.

Il me donne une autre fessée.

— C'est ce que tu voulais, Princesse ?

— Oui.

— Quoi d'autre ?

Clac. Sa main frappe ma chair.

— Toi.

— Comment ?

— Tes mains sur ma poitrine. Mes fesses. Mon clito. Ton sexe. Dans mes mains. Ma bouche. Mon sexe.

Bon sang ! C'est comme si une version non censurée de moi était aux commandes.

— J'ai envie que tu me baises.

— Tu y penses ?

— Oui.

— Souvent ?

— Tout le temps.

— Tu te touches ?

— Oui.

— Je ne t'en donne pas assez ? Tu en veux plus ? demande-t-il.

— Oui.

— Oui ?

J'essaye de lire sa voix. Il ne veut plus de cette défiance. Il veut de l'obéissance, mais il ne m'a pas encore contentée. Il m'en faut plus.

— Oui.

Il me donne une bonne claque sur les fesses. La brûlure de la douleur cristallise le désir au fond de moi. Ça rend tout plus acéré, suffisamment du moins pour que mon corps tout entier en réclame davantage. Tout devient plus clair.

Je m'attends à une autre fessée. Une menace. Un ordre. Mais il me surprend. Il écarte mon string et enfonce deux doigts dans mon sexe.

Je hoquette.

— Shep…

— C'est ce que tu veux ?

Je hoche la tête, plaquée contre la table.

Puis il me pénètre à nouveau de ses doigts.

— Encore, dis-je dans un souffle.

Alors il recommence, encore et encore. Un rythme régulier qui exacerbe la tension qui monte en moi.

— Tu auras ce dont j'aurai envie, Princesse.

C'est déjà tellement bon. Ses doigts en moi. Son corps à l'intérieur du mien.

— Quand je déciderai que tu le désireras suffisamment.

Il enfonce à nouveau ses doigts en moi, encore et encore, me pénétrant un peu plus profond, un peu plus brutalement.

Ça fait mal un moment, mais la douleur se transforme en pression, puis en plaisir. Si fort que je dois fermer les yeux. Si fort que je suis contrainte de me mordre la lèvre.

Je voudrais émettre une réaction, un défi, quelque chose. Mais la seule chose que je trouve est un gémissement.

Les mots sont troubles. Lointains. Le reste du monde est trouble et lointain.

Ma seule expérience est le moment présent.

La table en bois de cerisier verni. La lumière orangée qui baigne l'appartement. Le froissement de la mousseline sur ma peau.

La main de Shep sur mon dos.

Ma robe sur mes chevilles.

Ses doigts puissants qui me pénètrent, me donnant de plus en plus de plaisir.

Encore et encore.

Presque…

— Jouis pour moi, Princesse.

Il plaque sa paume dans mon dos un peu plus fort. Assez pour savoir que je suis à lui.

Puis son pouce remonte sur mon clitoris et monte et descend avec des mouvements très légers et doux jusqu'à ce que…

— Oh !

Encore une caresse de ses doigts, et je bascule. La tension en moi se déploie et se répand à travers mon pelvis, mon torse et mes membres.

J'enfonce les ongles dans la table, dans mes cuisses.

Je gémis son nom dans la jouissance.

Je m'attends à ce qu'il me libère, m'ordonne de me mettre à genoux, fourre son sexe en moi. Mais non. Il continue d'activer son doigt sur mon clitoris.

Encore et encore.

Mon sexe gémit. Il en veut davantage, mais je ne peux pas le supporter. La pression est trop intense.

Encore.

C'est trop peu et trop à la fois.

Mais c'est également l'extase.

Il enfonce ses doigts dans mon dos, puis quand je gémis, il gronde :

— Gentille fille.

Ça me fait basculer. Tout devient trouble. Tout à part le plaisir qui s'abat sur mon corps et fait ressortir la beauté et la pureté du monde.

Cette fois, il me caresse jusqu'à ce que mon plaisir retombe.

Une fois que j'ai fini, il s'écarte de moi, mais seulement pendant une seconde. Le temps pour lui d'ajuster ses vêtements.

Il enroule quelque chose autour de mon poignet. Sa cravate.

— Mets une paume sur l'autre, m'ordonne-t-il.

Je m'exécute, et il fait un nœud, pas trop serré, mais suffisamment pour que je sache que je suis attachée.

Sa cravate retient mes poignets. Ma robe entrave mes cuisses. Mon corps tout entier est étendu sur la table.

Je suis entièrement à sa merci. À lui. Et il peut m'utiliser à son gré.

Et Seigneur ! J'en ai tellement envie ! Même si j'ai déjà joui deux fois, j'en veux encore plus. Je suis pleine de désir, vide, et j'ai viscéralement besoin de lui.

— Shepard, dis-je dans un souffle. Je t'en prie.

— Quoi, Princesse ?

— Baise-moi. Je t'en prie.

Je ne parviens pas à me souvenir de notre jeu, de ce à quoi je joue. Si j'essaye de le tancer ou bien de l'apaiser. Mais peu m'importe. J'ai seulement envie d'avoir son sexe en moi.

— Je t'en prie ?

— Je vous en prie, Monsieur. J'ai envie de vous sentir en moi. J'ai envie de vous sentir jouir.

Il descend la main et défait son pantalon.

— Tu veux me sentir jouir ? redemande-t-il.

Mais sa voix est plus claire cette fois, presque comme s'il sortait de son personnage.

Je mets quelques secondes à comprendre ce qu'il veut dire. On a parlé du fait qu'on soit sains. Qu'on n'a pas besoin de capote. Mais on n'a pas spécifiquement parlé de ça.

— Oui. Rien d'autre. Uniquement vous.

Mon sexe se contracte.

— S'il vous plaît, Monsieur.

Il me soulève plus haut alors qu'il se rapproche un peu plus. Sa verge frôle mon sexe. À peine.

Mon corps tout entier gémit. Je ne me suis jamais sentie aussi vide. Je n'ai jamais eu autant besoin de quelque chose.

Il se retire et recommence.

Et encore.

Puis, sans prévenir, il me pénètre tellement fort qu'il me plaque contre la table.

J'essaye de me raccrocher à quelque chose, mais j'ai les poignets attachés. Je tente d'écarter les jambes, mais ma robe entrave mes cuisses. J'essaye de cambrer le dos, mais il a déjà recommencé à me pénétrer.

Bon sang ! C'est tellement bon.

Ses ongles me raclent une hanche, puis l'autre. Il me maintient en place alors qu'il me donne des coups de reins.

Mon sexe en demande davantage. Mais la table sous mon visage ? Aïe. Je tourne la tête de l'autre côté, mais ça n'aide pas. C'est toujours la même surface plane.

Shep se décale, triture ses vêtements.

Il tire sur mes poignets, tenant le nœud qui les retient, puis il glisse sa veste de costume sur la table avant de me rallonger sur le tissu.

— Tourne la tête.

Je lui obéis.

Il fait bouffer sa veste pour qu'elle amortisse un peu plus.

Puis il me repose doucement.

Et me pénètre violemment.

Comment peut-il être aussi tendre et rude à la fois ?

Comment puis-je autant souhaiter les deux ?

Comment puis-je…

Seigneur !

Son sexe me pousse jusqu'à mes limites. Entre la pression et la promesse de ses paroles…

C'est déjà plus de pression que je ne saurais le supporter.

Il continue à onduler contre moi.

Mon corps s'étire pour l'accueillir. C'est beaucoup. C'est presque trop. Mais ce n'est toujours pas assez.

Il recommence.

De plus en plus fort.

Jusqu'à ce que je gémisse assez fort pour réveiller les voisins.

Il conserve le même rythme parfait. Il me remplit avec des coups de reins profonds et réguliers. Ça avive encore plus la tension dans mon sexe.

Mes yeux se referment. Mes ongles s'enfoncent dans mes paumes. J'ai les jambes qui cèdent.

Encore et encore.

Puis j'y suis.

Je grogne son nom alors que je jouis. Je tends les bras vers lui, sans véritable but, mais la cravate m'empêche de bouger les poignets.

Ça me pousse davantage, attise le plaisir qui envahit mon corps et que je ressens alors dans chacune de mes molécules.

Shep me pilonne de coups de reins réguliers jusqu'à ce que mon orgasme s'atténue, puis il y va de plus en plus fort, de plus en plus rapidement.

Ses grognements ne discontinuent pas, comme s'il était à moitié animal. Comme s'il avait complètement perdu le contrôle.

Puis il jouit, se déversant en moi, rugissant mon nom.

Quand il a fini, il dénoue la cravate qui retient mes poignets et descend ma robe sur mes jambes. Puis il me soulève, serre mon corps contre sa poitrine et me porte jusqu'à la salle de bains dans le couloir.

Il m'aide à me débarbouiller. M'aide à me rhabiller.

Il m'embrasse profondément, m'embrasse comme s'il m'aimait autant qu'il a besoin de moi.

J'ai la tête qui tourne. Mais, pour le moment, peu m'importe. Présentement, mon monde tout entier est un endroit d'extase pure.

Parce que je suis à lui. Et qu'il est à moi. Seulement comme ça, mais c'est tout ce que je veux.

C'est tout ce que je veux. Parce que c'est tout ce que je peux avoir.

Je retrouve mon équilibre alors que je lui prends la main et le suis jusqu'à l'ascenseur puis à la limousine.

Et je souris quand il remonte la vitre qui nous sépare du chauffeur et me regarde avec une lueur enflammée dans les yeux.

— À genoux, Princesse. Je vais jouir dans ta jolie bouche.

Chapitre Vingt-Six

Jasmine

— Tu es tellement jolie.

Lizzy se redresse d'un bond, puis elle me rejoint d'un pas sautillant, pour de vrai. Elle tend les bras vers moi.

— Toi aussi, dis-je en la serrant fort. Adulte.

Elle s'écarte de moi avec un sourire. Elle lisse sa robe. C'est tout elle. Une robe sirène violet foncé à la fois mignonne et sexy.

Elle est également… abordable. Elle vient de ces sites à la mode qui vendent des vêtements d'inspiration vintage pour quelques centaines de dollars seulement.

Certes, ça dépasse le budget de la plupart des étudiants d'université. Mais ce n'est pas exactement la facture d'un millier de dollars que ma robe a coûté.

Nick ne paraît même pas le remarquer. Ou bien il s'en fiche. Je ne sais pas. Il a pourtant toujours cultivé les apparences et suivi les règles.

Quand je travaillais pour lui, il était particulièrement à

cheval sur le besoin de séparer le privé du professionnel. Il refusait de discuter de problèmes personnels au bureau, ou bien de discuter du boulot hors du bureau.

Il m'avait offert ce poste dans sa boîte parce qu'il savait que j'en avais besoin. Mais une fois arrivée, il m'avait traitée comme n'importe quelle autre employée et pas comme une vieille amie. Pas comme l'ex-copine de son frère.

Lizzy était l'une de nos stagiaires en programmation. J'ai été surprise quand il a commencé à devenir son mentor personnel. Ça ne ressemblait pas à Nick. Il évitait généralement ce genre de choses et ne s'intéressait assurément pas aux jeunes et jolies étudiantes.

Je n'avais jamais cru une seule fois qu'il franchirait cette limite. Ce n'est pas son genre.

Mais quand je me suis rendu compte qu'ils baisaient…

J'étais en colère. Déçue, même.

Il valait mieux que ça. Il n'allait quand même pas tout risquer pour un coup de queue. Il n'allait quand même pas tirer profit d'une subordonnée.

Puis je les ai vus ensemble et … je ne sais pas. Ils vont trop bien ensemble pour que ce soit négatif.

Il a besoin d'elle, et elle a besoin de lui. Je ne sais pas ce qui s'est passé, mais le magnat solitaire de l'informatique est terriblement amoureux.

Ses yeux s'illuminent quand Lizzy pivote sur ses talons… enfin, ses talons compensés noirs. Elle est encore plus petite que moi, mais elle a des problèmes de dos résultant de l'accident de voiture qui a tué ses parents. Elle se déplace sur des talons compensés ravissants mais pratiques.

Et elle…

Je crois qu'elle et Nick ont beaucoup de choses en commun. Ils ont perdu quelqu'un. Ça doit être bien de se retrouver avec quelqu'un qui comprend, quelqu'un qui accepte de partager cette douleur, qui ne vous regarde pas comme si vous aviez un problème parce que vous avez perdu votre mère.

— Kat dit toujours ça.

Elle parle de sa sœur, une artiste qui étudie à Columbia.

— Elle doit venir ?

J'ai supervisé la liste des invités, mais j'ai l'esprit toujours un peu trouble, émoussé par le plaisir.

Lizzy hoche la tête.

— À une fête de fiançailles ?

Elle remonte ses lunettes sombres sur son nez. Elles sont parfaites pour elle. Elles lui donnent un genre *geek de l'informatique* super cool.

— Tu plaisantes ? Kat ne rate jamais l'occasion de célébrer l'amour.

Elle pose une main sur son cœur, imitant sa sœur.

— N'est-ce pas magnifique ? dit-elle en se penchant en arrière. Deux personnes qui unissent leurs vies pour toujours ?

Nick se précipite alors vers elle pour la redresser.

Elle lui décoche un regard entendu. Un de ces regards de couple.

Quelque chose passe entre eux. Quelque chose qu'ils sont les seuls à comprendre.

Ça me tiraille le cœur. Je suis contente pour eux. Vraiment. Je ne sais pas si j'aurais pu être aussi contente pour quelqu'un d'autre. Nick est comme un frère, et je l'aime comme un frère. J'ai envie qu'il ait tout ce qu'il désire.

Lizzy… À ses yeux, elle est pratiquement tout ce qu'il désire.

Elle est son opposée. Vivace, pas discrète, n'ayant pas peur d'exprimer ce qu'elle veut. Elle ne se préoccupe pas des limites, des règles ou de l'ordre.

Elle le traîne constamment au cinéma pour voir des films de science-fiction, au parc pour se promener ou en boîte pour danser toute la nuit.

Et puis, comment dire ? Les murs à Odyssey étaient plus fins qu'ils le pensaient.

C'est étrange d'entendre un homme qu'on considère comme son frère ordonner à sa subordonnée de retirer sa robe. C'est simplement…

C'est étrange que Shep et Nick partagent les mêmes goûts. Si je m'y connaissais davantage en psychologie, je suis certaine que je pourrais trouver une bonne explication. C'est peut-être une coïncidence. Ou alors une histoire commune, la douleur d'avoir perdu leur mère si tôt. L'abandon de leur père biologique.

Quelque chose que leur beau-père…

— C'est bon de te revoir, Jasmine.

Nick, toujours gentleman, me tend la main.

— Tu es ravissante.

Il jette un regard à son frère et hausse un sourcil. *Ravissante… et qui vient de se faire culbuter.*

Mais je m'imagine peut-être des choses.

Je serre la main de Nick. Si c'était quelqu'un d'autre, j'insisterais pour le prendre dans mes bras. Mais Nick est très ferme en termes de convenances.

— Toi aussi. Tu es particulièrement ravissant, dit Nick en se tournant vers son frère avec un sourire.

C'est toujours étrange d'entendre Nick plaisanter. Il le fait tout le temps, maintenant qu'il est avec Lizzy, mais je ne sais pas si je me m'y habituerai un jour.

— J'essaye.

Le ton de Shep est presque amical. Il se tourne vers Lizzy et la salue du menton.

— Mademoiselle Wilder.

— Monsieur Marlowe, répond-elle en hochant la tête.

Je crois qu'on va se mélanger les pinceaux, puisque vous êtes tous les deux là.

— Bébé, quand m'as-tu appelé Monsieur Marlowe pour la dernière fois ? demande Nick.

Elle se met sur la pointe des pieds pour lui murmurer quelque chose à l'oreille. Il est tellement plus grand qu'elle qu'il est obligé de se pencher pour que sa bouche atteigne son oreille.

C'est adorable. Puis elle rougit, et il affiche une expression qui signifie *je vais te prendre bien correctement plus tard*, et c'est…

Eh bien, ce serait chaud si c'était quelqu'un d'autre. Mais en l'état, Nick est pratiquement mon frère. Le frère que je n'ai jamais eu.

— Oui, c'est vraiment ravissant.

Shep désigne la table. Nous sommes dans une pièce privée au-dessus d'un restaurant exclusif. Elle est suffisamment grande pour accueillir vingt personnes. Mais pour le moment, elle ne contient qu'une petite table ronde et quatre chaises.

Lizzy et Nick ont déjà à boire. Un liquide sombre avec de la glace. Du soda… ou bien du soda et de l'alcool sombre ?

Je ne pose pas la question. Même après avoir surfé partout sur Internet pour trouver des conseils quand on vit avec d'anciens alcooliques, je ne sais pas vraiment ce qui est approprié. Vaut-il mieux s'abstenir en présence de Shep ? Ou alors le traiter comme une personne normale qui sait s'occuper de lui-même ?

Shep tire ma chaise. Je m'assieds. Puis Nick fait la même chose pour Lizzy, et les hommes s'asseyent. Nous renvoyons l'image d'une famille heureuse.

Du moins, vu de l'extérieur.

Avant qu'on puisse discuter de quoi que ce soit, le

serveur arrive pour prendre notre commande. De l'eau minérale pour Shep. La même chose pour moi, même lorsqu'il insiste en disant que ce n'est pas nécessaire.

L'espace d'une seconde, je songe à commander un gin-tonic. L'excitation du plaisir s'estompe à chaque seconde, et j'ai besoin de calmer mes nerfs, de faire taire cette voix dans ma tête qui me demande si c'est vraiment une bonne idée.

Mais ça sonnerait faux. Pas alors qu'il est si proche et dans un espace aussi réduit.

— Simplement de l'eau, merci.

Après le départ du serveur, je me tourne vers la table. Vers mes vieux amis. Croient-ils en ces fiançailles ou bien soupçonnent-ils des motifs ultérieurs ?

Ils ont l'air… amicaux. Enthousiastes. Heureux. Pour nous. Et simplement heureux en général.

— Je sais ce que vous pensez, dis-je. Mais je ne suis pas enceinte.

— J'y ai songé, confirme Lizzy en éclatant de rire.

— Tu avais l'intention de lui poser la question ? s'enquit Nick.

— C'était cinquante-cinquante, dit-elle.

Il secoue la tête.

— Cent pour cent, tu veux dire, rétorque-t-il en la regardant avec des yeux pleins d'amour. Est-ce que quelqu'un va réussir à t'enseigner les bonnes manières ?

— Oui, vous êtes charmants, dit Shep, mais j'apprécierais que vous gardiez vos sous-entendus d'amoureux pour plus tard.

— Très bien, lui accorde Nick en ricanant.

Lizzy rougit et me souffle un *désolée*. Elle coule un regard à Shep. L'étudie. Cherche quelque chose que je n'arrive pas à déceler.

Ont-ils eu beaucoup d'interactions ? Ou bien est-elle simplement curieuse envers le frère de son fiancé ?

Shep n'est pas vraiment un chic type. Il est protecteur, certes, à sa façon, mais il est également coupe-gorge. Si elle s'était mise entre lui et quelque chose qu'il désirait…

Je crois que je devrais lui poser la question, mais ce n'est pas vraiment le bon moment. Il faut qu'on donne l'air d'être une grande famille joyeuse devant ma grande famille joyeuse et les amis et collègues de Shep.

— J'ai entendu dire qu'on t'avait renvoyée, dit Lizzy.

Quand Nick lui souffle *bébé, tu es incorrigible*, elle le fait taire d'un geste de la main avant de poursuivre.

— À cause de tes fiançailles. Tu sais que Nick a failli me virer à cause de ma sœur ?

— Tu habitais avec elle, dit-il. Et avec son mari, qui possède une boîte concurrente.

— De simples détails, dit-elle. C'étaient des conneries à l'époque, et ça l'est toujours. Je suis désolée que ça te soit arrivé. Vous vous rattrapez ? demande-t-elle à Shep.

Il hausse un sourcil.

— Me rattraper comment ?

— Pas avec votre membre, dit-elle. Même si vous devriez vraiment assurer sur ce plan. Personne ne manque de respect à ma future belle-sœur.

Shep éclate alors de rire. Un vrai rire. Chaleureux. Sincère.

— C'est bon à savoir.

— Alors ? dit Lizzy en se penchant en avant. Vous vous rattrapez ?

— J'essaye. Je ne suis toujours pas certain de savoir ce que Jasmine souhaite faire de son temps, dit-il en se tournant vers moi.

Son regard rencontre le mien, et il me contemple comme s'il m'aimait. Comme s'il voulait tout pour moi.

Je le ressens partout.

— Moi non plus.

— Je peux te trouver un emploi dans une de mes sociétés, dit-il en me tendant la main, paume en l'air. Mais quelque chose me dit que tu préfèrerais dégoter quelque chose par toi-même.

Je place ma main dans la sienne.

— Oui.

— Accepte le travail qu'il t'offre, dit Nick. Tu sais comment sont les choses.

Il a raison. Dans ce monde, tout dépend des connexions qu'on a. Mais je ne souhaite pas rester dans cette trajectoire de carrière en particulier.

— Non, je ne pense pas retourner dans la finance.

Shep ouvre de grands yeux surpris.

— Ah non ?

— Non.

Ça me tourne dans un coin de l'esprit depuis un bon moment. Et depuis la proposition de Shep, ça affleure la surface.

— Hier soir, Lock m'a emmenée voir une pièce, off Broadway. C'était une petite pièce, montée par un étudiant de maîtrise, avec trois acteurs, dans une salle avec une clim pourrie. Et j'en ai adoré la moindre seconde.

Les yeux de Shep ne quittent pas les miens.

J'ai des papillons dans le ventre. Ce n'est pas simplement lui. C'est tout le monde. Toutes ces attentions. Je suis censée faire de grandes choses. Pas des pièces off Broadway que six personnes iront voir.

Mais c'est ce que je veux. Et après tout…

Je ne sais pas si Papa va comprendre. Mais il voulait vraiment savoir si j'aimais Shep. Peut-être… peut-être qu'il comprend.

Cette discussion est facile. Une sorte de répétition générale. Le défi sera d'en parler à ma famille.

— J'ai envie de jouer. Je sais que je suis un peu vieille pour commencer et que je manque terriblement d'une formation. Mais c'est ce que je veux. J'ai envie d'être actrice.

Les yeux de Lizy s'illuminent.

— C'est génial.

— Ça t'irait bien, acquiesce Nick.

Mon ventre se serre. Puis Shep fait courir son pouce sur l'espace entre mon pouce et mon index, et mon anxiété disparaît.

Je crois vraiment que tout va bien se passer.

— Tu seras géniale.

Il me regarde avec tout l'amour du monde, puis il se penche et presse ses lèvres contre les miennes.

J'ai l'impression que c'est réel. Comme s'il m'aimait et que je l'aimais.

Comme avant, j'ai la tête qui tourne. Seulement, c'est encore pire que tout à l'heure, parce que ce n'est pas dilué dans une vague de plaisir.

C'est simplement mon cœur qui bat dans ma poitrine, criant *Shep* !

Si je n'y prends pas garde, je vais tomber amoureuse de lui.

Chapitre Vingt-Sept

Shepard

Nick est moins réservé que d'ordinaire. Il taquine Jasmine. Il s'extasie sur Lizzy. Il raconte une histoire bête de notre enfance sur la fois où j'avais trop peur pour sauter dans l'océan.

Maman nous avait lu un livre à propos d'un garçon qui tombe d'un bateau et rencontre toutes sortes de créatures marines étranges. Certaines étaient gentilles, d'autres, méchantes. J'avais cru que c'était celles-là qu'on rencontrerait.

Mais Nick y est allé en premier. Il m'a montré que ça allait bien se passer, que je n'avais pas à m'inquiéter d'une pieuvre géante ou d'un crabe qui parle.

C'était amusant de courir dans les vagues, de s'éclabousser, de nager.

À l'époque, je l'aurais suivi partout. Je me serais jeté dans l'océan même si j'avais su qu'il existait un danger. C'était mon grand frère. La personne la plus intelligente, cool et courageuse de toute la terre.

À l'époque, je pensais qu'il avait raison. Qu'on ne risquait pas de se faire attaquer par un animal.

Il y avait un risque plus important : l'océan lui-même. Le courant, les eaux sombres, les profondeurs sans limites.

Mais c'était Nick. Il ne m'a jamais prévenu du véritable danger.

Mon thérapeute me dit que je ne devrais pas le lui reprocher. Pas *ça* et pas la cure. Nick essayait toujours de m'aider. À sa façon à lui. Je devrais respecter ça.

Je devrais lui pardonner. Pour mon bien.

Cela dit, je parle seulement à ce foutu thérapeute à cause de Nick. Alors je suppose que c'est ce qu'il est censé me dire.

C'est un dîner agréable. Et Nick est plus doux. Il a bu deux verres, et Lizzy trois.

Elle pouffe, devient amicale et un peu trop ouverte. Elle nous fait accidentellement part de certains des détails de leur vie sexuelle. De ce qu'ils ont fait avant de partir.

Généralement, ça devrait me contrarier. Aujourd'hui, ça me fait penser à Jasmine. Ses halètements, ses cris, ses gémissements. Le petit son ravissant qu'elle émet quand elle jouit.

Je devrais inviter ce stupide panel à nous regarder baiser. Pour qu'ils puissent nous observer en train de nous donner exactement ce dont on a besoin.

Ce bâtard aimerait ça. Une autre occasion de me faire tourner en bourrique. Une autre preuve qu'il a laissé une marque.

Je hoche la tête au fil de la conversation, raconte mes propres anecdotes concernant Nick, fais tellement rire Lizzy et Jasmine qu'elles n'y tiennent plus.

Puis on a fini. Lizzy propose d'emmener Jasmine jusqu'à la salle pour qu'elles aident à tout préparer. Pour que Nick et moi puissions discuter.

Il lui rend son geste du menton, un geste entendu qui indique clairement qu'ils avaient planifié ça à l'avance.

Ça ne devrait pas me contrarier, j'ai besoin de lui parler en privé, mais je ne peux pas m'en empêcher. Pour qui se prend-il, à planifier des conversations ? Est-ce qu'il pense qu'il a regagné le droit de se comporter comme un frère aîné ?

Parce que ce n'est pas le cas.

Il attend qu'elles soient parties, puis il termine sa dernière gorgée de rhum cola. Il se redresse et se dirige vers la fenêtre.

— C'est ce que tu as toujours désiré.

C'est une façon de tourner la chose.

— C'est vrai.

— Tu ne sembles pas heureux.

Je me redresse, fais le tour de la table.

C'est une grande pièce, mais elle manque quand même cruellement d'espace. Je n'ai pas envie d'être près de ses implications.

Je vais à l'autre fenêtre. Je contemple le panorama. Des lumières jaunes contre le ciel bleu. New York de nuit. Une ville qui ne dort jamais. Elle est principalement vivante la nuit.

— Shep ? me demande-t-il.

— C'était une question ?

— Oui.

— Je suis heureux.

Je déteste savoir qu'il a raison. Je ne suis pas capable d'être heureux, mais j'ai besoin de faire semblant. J'ai besoin de convaincre tout le monde que je suis follement amoureux de ma fiancée et qu'elle est follement amoureuse de moi. J'ai besoin d'avoir ce rayonnement qu'exsudent Nick et Lizzy. Celui-ci qui dit : *on est amoureux et le monde nous aime à cause de ça.*

— Tu n'as pas à me mentir.

Sa voix est douce et ferme à la voix. Cette voix parentale qui signifie : *tu peux tout me dire, parce que je m'occuperai de toi.*

— Je n'en parlerai à personne.

— Ça fait très longtemps que tu as perdu le droit de dire des conneries comme ça.

— Je sais. Je suis désolé.

Ma poitrine se serre. Il est désolé ? Il pense que ça fait une différence ? Il pense que je ne l'ai pas entendu les trois mille premières fois ?

Ça ne suffira pas, d'être désolé.

Ça n'effacera pas ce qu'il s'est passé.

Être désolé ne fait que raviver la situation.

Je n'en ai pas besoin. J'ai besoin que ça disparaisse, que ça se dissolve.

Il m'a ôté ça. La seule chose qui m'aidait.

Qu'ils aillent se faire foutre, lui et son « désolé ».

— Je sais que ça ne veut rien dire, mais je le suis. Si j'avais su… je l'aurais tué, dit-il.

— Je ne veux pas t'écouter.

— Je sais. Mais tu en as besoin.

— Va chier.

Il fait un pas vers moi.

— Il sera présent au mariage ? demande-t-il.

Je me tourne vers mon frère. Évalue sa posture.

Elle est détendue, réconfortante, comme s'il croyait vraiment qu'il était en train de veiller sur moi.

— Tu vas en parler ? lui demandé-je.

Son visage se plisse de confusion, il considère que c'est une question ridicule.

— Non, répond-il.

— Lizzy est au courant.

— Oui.

— Et elle va en parler ?

Il secoue la tête.

— Elle ne le ferait pas.

— Elle a bu.

— Ce n'est pas la première fois qu'elle boit.

— C'est encourageant.

Il essaye de soutenir mon regard.

— Elle ne dira rien. Je le promets.

— Tu ne peux pas faire des promesses à la place des autres.

— Tu veux lui parler ? Elle te le promettra.

Ça me rebute. Non, je ne veux pas lui parler. Lizzy ne me dérange pas. J'irais même jusqu'à dire que je l'aime bien.

Elle correspond bien à Nick. Elle fait bien la conversation. Elle est futée, intelligente et est un dictionnaire ambulant en ce qui concerne les films, la télévision ou la technologie.

Elle est capable de parler d'affaires, de culture ou de nourriture. Ou bien de la vie.

Mais je refuse de penser, pendant une seule seconde, à l'horrible vérité.

Quelqu'un d'autre est au courant de ce qui s'est passé.

Quelqu'un d'autre pourrait en informer la terre entière. Sa sœur est-elle au courant ?

Les amis de sa sœur ? Ses camarades ? Tous les étudiants de Columbia ?

Chacun de leurs parents ?

Tous les employés de toutes les boîtes que possède un de leurs parents ?

Les rumeurs vont bon train. Particulièrement quelque chose comme ça.

— Ceci a-t-il quelque chose à voir avec lui ? demande Nick.

— C'est la raison pour laquelle tu voulais me parler ?

— Pas exactement.

Il fait le geste de se rapprocher, mais se ravise.

— Je sais que tu es encore en colère contre moi et que tu le seras toujours. Je ressentirais la même chose, à ta place.

Génial, un autre discours qui se termine sur un *je suis désolé.*

— Il s'est passé des tas de trucs. Tu as merdé. Tu n'étais qu'un gamin. Tu m'as forcé à entamer une thérapie parce que tu t'inquiétais. Tu t'inquiètes toujours. Maintenant, je suis un alcoolique en rémission. J'ai déjà entendu ce baratin. On ne va pas recommencer.

— Tu as quasiment fait le tour en dix secondes.

J'ai du mal à m'empêcher de lever les yeux au ciel.

— Je suis désolé, poursuit-il. De ne pas t'avoir protégé. De n'avoir rien dit. De ne pas l'avoir arrêté. Je suis désolé, mais je ne vais pas te redemander pardon.

— Super.

— Mais je ne vais pas m'en aller non plus.

— Qu'est-ce que tu essayes de me dire ?

Je me tourne vers la fenêtre et presse la paume de ma main contre la vitre froide. Mais ça ne fait rien pour tempérer la colère qui fait monter la température de mon corps. J'ai envie de jeter une putain de chaise à travers cette fenêtre. Puis de jeter mon frère à travers.

Qu'il aille au diable avec ses *je suis désolé.*

Qu'il aille au diable avec cette conversation.

Que le monde entier aille se faire voir.

— Je connais Jasmine, Shep. On est toujours en contact. Je vois son père une fois par semaine. Je l'aurais su, si vous sortiez ensemble.

— Et ?

— Je me souviens de vous deux. De comment c'était quand vous étiez amoureux.

Je pousse un profond soupir et regarde mon frère comme s'il était la personne la plus stupide de la terre. Parce que présentement, il l'est. Il sait ce que je m'apprête à dire. Et je le déteste de m'obliger à le dire.

— Je n'en suis plus capable.

— C'est ce que je m'étais dit.

— C'est bien pour toi. Maintenant, si tu n'as rien d'autre à ajouter, je vais partir.

J'ai besoin de boire quelque chose. Un bourbon. Sec. Une bouteille entière.

Immédiatement.

Je ferme les yeux et presse mon front contre la vitre. Croise les doigts pour que ça me rafraîchisse, que ça me calme.

Mais ça ne me calme pas. Ce n'est pas du bourbon. Ce n'est pas une femme attachée à mon lit. Ce n'est pas Jasmine qui se plie à ma volonté.

Ce n'est qu'une vitre.

Ça ne sert qu'à faire entrer la lumière.

— Il a quelque chose à voir dans tout ça ? demande à nouveau Nick.

Il prend mon absence de réponse pour un oui.

— Quoi qu'il en soit, poursuit-il. Tu ne remportes rien en jouant à ce jeu-là. Tu ne gagneras jamais. Tu ne feras que prouver qu'il te contrôle.

— Merci, monsieur le psychologue.

— Tu crois que je ne ressens pas la même chose ? Vraiment, Shep ? Tu ne crois vraiment pas que je le tuerais si tu me le demandais ?

Je ne dis rien.

— Demande-le-moi tout de suite. Je le ferai. Peu m'importe de passer le reste de ma vie en prison. Ça en vaudra la peine.

— Tu n'as jamais fait de mal à personne.

— Peu importe.

Je ne doute pas qu'il le ferait. Et je ne doute pas que ce bâtard trouverait quand même le moyen de s'en sortir.

— Il contrôlerait toujours ta vie.

— Certes. Mais si j'étais convaincu que ça te libèrerait, si tu étais enfin libre, je le ferais.

— Tu resterais sous sa coupe pour le reste de ta vie.

Il acquiesce.

— Tu y as songé aussi.

— Bien sûr.

— Et tout ça… c'est à cause de lui ?

— Tu vas énumérer des faits évidents comme si c'étaient des questions ?

— Lizzy m'a parlé de ce qui s'est passé l'année dernière. Tu étais prêt à en faire beaucoup pour Jasmine.

— J'étais en colère.

À propos de la cure. Et de tout le reste.

— Tu as des sentiments pour elle.

— Bien sûr.

Si je pouvais aimer n'importe qui, ce serait elle.

— Alors pourquoi lui fais-tu ça ?

— Elle a ce qu'elle veut aussi. Son père…

Il hoche la tête, comprenant immédiatement. Elle veut que son père meure heureux. En croyant un mensonge. Comme l'avait fait notre mère.

— Lizzy croit que vous vous êtes revus après tout ce temps, et elle se déteste d'apprécier autant la chose. Elle n'est pas vraiment ta plus grande fan.

— J'imagine bien.

Son petit rire évacue la tension dans ses épaules, mais

seulement l'espace d'une seconde. Sa mâchoire se contracte dès qu'il se remet à parler.

— Je ne lui dirai pas que tu… Quoi ? Tu la payes pour t'épouser ?

— C'est le meilleur outil à ma disposition.

Il acquiesce.

— Et je ne dirai rien de… ce que tu fais afin de remporter ses faveurs.

— Je ne veux pas de sa faveur.

— Si. Et c'est exactement ce qu'il pensera : qu'il te contrôle toujours. Parce que c'est le cas.

Je serre les poings.

— La seule façon que tu as de t'en sortir est d'arrêter de jouer à son jeu. Il faut que tu l'admettes, que tu intègres ce que ça signifie.

— J'ai passé toute l'année dernière à l'intégrer. Merci de m'avoir retiré la seule chose qui m'aidait.

Il hausse un sourcil pour me demander si c'est vrai.

— Comme tu viens de le dire, on a déjà eu cette conversation. Je ne te l'imposerai pas une nouvelle fois.

Ce n'est clairement pas le cas.

Il poursuit.

— Je dirai simplement une chose.

— Oui ?

— Tu devrais en parler à Jasmine. Elle mérite de savoir. Et c'est une femme intelligente. Elle le découvrira tôt ou tard.

Non. Je ne permettrai pas que ça arrive. C'est hors de question.

— C'est mieux si elle l'apprend de ta bouche. Sans quoi… ce serait une autre façon pour lui de te contrôler.

— J'apprécie ce conseil.

Il secoue la tête pour dire *on sait tous les deux que ce sont des conneries*, mais il me tend quand même la main.

— On y va ?

Je secoue la tête.

— Donne-moi une minute.

Il acquiesce et jette un œil vers la table, s'assurant que les verres soient vides.

Connard.

Je ne vais même pas prendre la peine de le maudire quand il s'en va. Je prends simplement un verre et le jette contre le foutu mur.

Il éclate en morceaux par terre. De petits éclats de verre qui couperont quiconque essayera de remédier à la situation.

Des petits éclats de verre qui ne pourront jamais être recollés.

Que Nick aille se faire foutre… particulièrement parce qu'il a raison.

Je n'en parlerai pas à Jasmine. Je refuse qu'elle soit au courant.

Je ne peux pas la protéger de grand-chose, mais je peux la protéger de ça. Et je le ferai.

Quoi que je fasse, je la protègerai de la terrible vérité.

Chapitre Vingt-Huit

Jasmine

Lizzy fait des bonds tout autour de la pièce, tenant la main de sa sœur aînée. Elle hoche la tête pour dire *oui, bien sûr, écoutez-la,* alors que Kat aide les traiteurs à tout installer.

Plusieurs années à travailler dans un restaurant. Puis plusieurs autres, mariée à un homme riche.

Je suppose que je ne devrais pas être aussi cynique. J'ai passé des années à bosser dans un resto et je vais bientôt être forcée d'être l'épouse d'un homme riche.

En fait, je devrais lui demander conseil. *Comment gère-t-on le fait d'avoir soudain assez d'argent ? Comment est-ce qu'on ravale son ressentiment envers son époux, alors qu'il a tout tandis qu'on n'a rien ?*

Qu'est-ce qu'on ressent, à l'idée qu'il a le pouvoir de nous détruire ?

Est-ce qu'on sait vraiment qu'il ne le fera pas ?

— Mademoiselle Lee.

Lock me tire de mes pensées. Il est comme moi, l'ancien moi : il sait se rendre invisible. Je ne me rends jamais compte de sa présence avant que son accent anglais ne me titille les oreilles.

— Vos tantes seront bientôt là.

Oh.

— Elles sont au vestiaire, dit-il en désignant l'entrée. J'ai pensé que je ferais mieux de vous prévenir avant de les laisser entrer. Au cas où vous auriez besoin d'un moment. Ou bien d'un verre ?

— Puis-je vous poser une question stupide sur l'Angleterre ? demandé-je.

— Comme le dit le dicton, il n'y a pas de questions stupides, acquiesce-t-il.

— Attendez de l'avoir entendue.

Il se contente de sourire. Le même sourire qu'il arbore toujours. Comme s'il trouvait ma compagnie charmante. Je crois que c'est vrai… ou alors c'est une mascarade, puisqu'il est payé pour trouver ma compagnie charmante.

— Est-ce que tout le monde sait y préparer un bon gin-tonic ? Ou bien c'est une façon pour Shep de se moquer d'Ian ?

Lock part d'un rire facile.

— M. Marlowe et M. Hunt ont le sens de la répartie.

— Alors c'est vrai ?

— Nous avons des standards un peu plus élevés, oui. Mais c'est la même chose qu'ici. Certains étudiants boivent de la vodka qui coûte quatre livres la bouteille. D'autres ne boivent que de la Belvedere. Votre fiancé…

— Ça ira.

Je ne sais pas ce qu'il voulait dire de Shep, qu'il a toujours eu des goûts de luxe, qu'il peut boire tout ce qui lui tombe sous la main, qu'il ne boit plus, mais je ne veux pas l'entendre. L'espace d'une heure, j'ai envie de faire semblant que tout ceci n'est pas aussi compliqué.

— Vous en voudriez un ?

— Oui. Le meilleur que vous avez. Si vous savez ce que c'est. Ou alors… est-ce qu'Ian est dans le coin ? Je peux le lui demander.

Lock secoue la tête.

— Laissez-moi faire.

Il me salue de la tête puis se dirige vers le bar.

Il me remercie de lui demander de m'apporter un verre.

Être riche est vraiment étrange.

Je m'éclipse un instant dans la salle de bains pour être tranquille et observe mon reflet, cherchant des indices de notre moment de passion.

J'ai quelques mèches folles, mais la barrette sertie qui les retient rend la chose intentionnelle. Une autre couche de maquillage et quelques points de correcteur et j'ai l'air…

Eh bien… de la fiancée d'un homme riche.

Heureusement, Lock m'attend derrière le mur. Il me tend un petit verre à cocktail, me salue du menton et guide mes tantes dans la pièce.

Nous sommes toujours en plein milieu des préparatifs. Une douzaine de traiteurs. Lizzy et sa sœur. Quelques employés de la boîte de Shep.

Et maintenant, Mai et Quyen.

— Ma chérie, tu es ravissante !

Mai tend les bras pour m'étreindre. Elle n'attend pas ma réaction et se lance, me serrant contre elle.

— Trop mince, par contre, dit Quyen.

J'avale une longue gorgée de ma boisson. Les saveurs sont riches. De la quinine, du citron vert, du gin. Ce n'est pas simplement du sucre.

Mai la fait taire d'un geste de la main.

— Tu penses que tout le monde est trop mince.

Elle désigne la robe jaune rectangulaire de sa sœur.

— Si ça te plaît tellement, pourquoi est-ce que tu ne pavanes pas tes propres courbes ?

Quyen lui répond en vietnamien. Elles se disputent toujours à propos de la mode. Mai est terriblement pratique. Elle préfère dépenser son argent pour la famille, la nourriture, l'éducation. À ses yeux, la mode est du gaspillage.

Quyen est prof d'arts plastiques. Elle aime tout ce qui est visuel. Elle considère la mode comme une autre extension de sa personnalité.

Elles se disputent à propos de leurs enfants. Lequel est le plus intelligent, qui a le meilleur futur devant soi. Elles en ont chacune deux, mais ils sont plus jeunes. Ce sont à peine des ados.

Je leur pose une question sur Van, et elles se lancent dans une discussion à propos d'un camp d'été plutôt coûteux, me disent que Van souhaite suivre un cours de cinéma mais que ce n'est pas un bon usage de son temps. Faire des films est un hobby onéreux, pas une compétence pratique. Van n'est pas comme Allison (qu'on appelle à présent par son prénom américain), une adolescente intelligente et responsable qui va entamer des études d'optométrie.

Elle le savait depuis qu'elle était petite. Comme certaines personnes savent qu'elles veulent jouer, chanter ou bien écrire, elle savait qu'elle voulait étudier les yeux. Mais ce n'était pas tant une histoire de passion que de sens pratique.

Ça rend Quyen folle de savoir qu'elle a eu la fille pratique de la famille. Ça rend Mai folle aussi. Cela dit…

Elles sont tout simplement folles.

Je ne peux pas m'empêcher de rire de leur dispute.

C'est tellement bête. Comme si elles étaient des adolescentes, et non des femmes de quarante ans.

— Où est ce séduisant fiancé ? demande Quyen.

Mai se penche vers moi.

— Dis-moi la vérité. C'est pour l'argent ? murmure-t-elle d'une voix dramatique, même si je pense qu'elle essayait vraiment d'être discrète. Ou bien pour le sexe ?

— Quoi ?

Je manque m'étrangler sur mon gin-tonic.

— S'il te plaît, Jasmine, dit-elle en vietnamien. Il faut qu'on en parle avant l'arrivée de ton père. Mais c'est évident. Tu as l'éclat d'une femme contentée.

Quyen acquiesce aussi.

— Ces choses sont importantes, chez un époux.

Oh, Seigneur ! Faites qu'elles ne continuent pas !

— Je sais que tu penses que je suis vieille et traditionnelle, mais ça n'a pas toujours été comme ça.

— Tu as la quarantaine, dis-je.

Elle hoche la tête pour dire *je sais, je suis tellement vieille*, se méprenant complètement sur ce que je viens de dire.

— J'ai eu ton âge. J'étais même plus jeune que toi, dit Mai.

— Je… euh… merci. Pour les conseils.

J'avale une autre gorgée et me force à ne pas rougir. Elles ne m'ont jamais parlé comme ça, quand j'étais plus jeune. Je devine qu'un billet d'avion en première classe et un après-midi dans un hôtel de luxe changent la donne. Ou c'est peut-être le fait d'avoir perdu Maman. Elles veulent peut-être s'assurer que je reçoive de solides conseils maternels.

— On est… compatibles sur ce point-là.

Elles rient et échangent des murmures.

Ma rougeur s'accentue. Au moins… enfin… est-ce si terrible qu'elles pensent que je l'épouse pour le sexe ? C'est mieux que de penser que je me précipite à l'autel afin que Papa soit présent lors de mon jour spécial.

Ou alors que je fais tout ça en échange d'un million de dollars.

Mais je ne peux pas considérer ces possibilités pour le moment.

C'est… Peut-être que ce soir, il ne sera pas si terriblement difficile de mentir. Je pourrai peut-être rire avec mes tantes et mon père. Je peux peut-être célébrer l'amour et le mariage pour toujours.

J'ai envie de connaître ce jour-là. Un véritable amour, un véritable mariage, une famille à moi. C'est simplement… une répétition générale.

Elles commandent leurs boissons habituelles et entament une compétition pour départager qui saura me donner les meilleurs conseils de mariage.

Ne va jamais te coucher en colère.

Ne va jamais au lit en pyjamas de flanelle, porte toujours quelque chose de sexy.

Ne va jamais au lit avec quelque chose de sexy, laisse-le toujours s'imaginer des choses. En plus, la flanelle est très pratique. Et le tissu écossais est mignon.

Et elles continuent encore et encore.

Je hoche la tête en les écoutant tandis que la pièce se remplit des collègues et des amis de Shep.

Nick trouve immédiatement Lizzy. Ça ne faisait qu'une demi-heure, une heure peut-être, mais il l'embrasse quand même comme si ça faisait une éternité. Comme s'ils n'en auraient plus jamais l'occasion.

Mon cœur se réchauffe. Mes pensées deviennent troubles. Ou c'est peut-être le gin.

Je commande quand même une autre tournée. Je ne veux pas songer au fait que Shep ne m'aimera jamais, et que je suis destinée à passer un long moment avec un homme qui ne me donnera jamais son cœur.

Nous avons passé un accord généreux. Je m'en tirerai avec des avantages. Même si ce sera avec le cœur brisé.

Hum. Le second verre est meilleur. Il met en sourdine la voix qui murmure *c'est une mauvaise idée.* Puis mon regard se pose sur lui.

Shep entre avec mon père. Papa porte un costume et une cravate, et il marche très bien tout seul. Certes, il est un peu pâle, mais il a l'air bien. En bonne santé.

Et Shep… il a l'air heureux. Ravi, même. Ses yeux trouvent les miens. Il sourit, et mon cœur fond.

Mai murmure que Shep est beau.

— Tu as de la chance, en convient Quyen. S'il est aussi bon amant qu'il est beau…

Elles pouffent comme des écolières.

Je laisse Shep et mon père nous retrouver ici. Je ne proteste même pas lorsque mon père commande un whisky. C'est une fête. Il a le droit de s'amuser un peu, lui aussi.

— Je ne savais pas que tu avais prévu d'aller chercher Papa, dis-je.

Papa secoue la tête.

— Il m'a envoyé une limousine. Très chic. À Shepard, qui s'occupera bien de ma fille, dit-il en levant son verre.

— Je vous promets de faire de mon mieux, dit Shep en m'offrant sa main.

Quand je la prends, il me presse la paume. Ce n'est pas le geste assuré de tout à l'heure. C'est frénétique. Pressé. Comme s'il essayait de se raccrocher à quelque chose de stable.

Ou bien je m'imagine des choses.

Les yeux de Shep se posent sur mon verre. Ils se remplirent d'une sorte de désir, puis ils passent le long de mon corps, et ce désir se change en quelque chose de plus viscéral.

— Elle a de la chance, répète Mai.

Mais cette fois, c'est une question adressée à Shep.

— … d'avoir un homme aussi dévoué, achève-t-elle.

Relevant son défi, il lui répond alors :

— Non, c'est moi qui ai de la chance. Je me le répète tous les jours, dit-il en m'attirant contre lui.

Mon corps fond contre le sien. Mes mains se posent sur ses épaules.

Est-ce qu'il a toujours été aussi grand ? Ou bien semble-t-il plus grand aujourd'hui, comme s'il prenait plus d'espace, exsudait plus de charisme ?

Je laisse mes doigts se replier contre son cou. Ce n'est pas comme ses caresses rudes. C'est doux. Prévenant. Engageant.

Son regard croise le mien, et il me contemple comme s'il était fou amoureux de moi. Puis il place sa paume sur ma peau et me prend la joue tout en se penchant pour m'embrasser.

Pendant une seconde, le reste du monde s'estompe. J'oublie que ma famille est derrière moi. J'oublie que les collègues de Shep sont en face de moi.

J'oublie notre accord, le délai, ce qui rend tout ça compliqué.

Pendant un moment, je suis plongée dans un baiser parfait. C'est comme tiré d'un conte de fées. Le moment où le prince fait la princesse sienne. Quand le couple déclare qu'ils seront amoureux pour toujours.

Le véritable amour.

Pour toujours.

Mes lèvres s'écartent.

Sa langue glisse dans ma bouche.

Ce n'est pas comme avant. Il me fait toujours sienne,

mais ce n'est pas simplement mon corps. C'est mon cœur, mon âme, tout de moi.

Mes doigts se replient contre sa peau. Puis dans ses cheveux courts.

Ses mains volent jusqu'au creux de mes reins.

Il tient mon corps contre le sien alors qu'il m'embrasse un peu plus profondément, un peu plus longtemps.

Puis il se recule avec un sourire. Un sourire qui crie *je t'aime.*

Mes genoux s'entrechoquent. Ma tête tourne. Ça semble tellement réel. Tellement vrai. Tellement pur.

Mes tantes jubilent. Mon père secoue la tête.

Le regard de Shep se dirige vers la porte. Vers deux hommes qui se tiennent près de l'entrée et nous observent attentivement.

Deux hommes plus âgés. L'un porte un simple costume gris. Le genre d'hommes qui se fond dans la masse. Ou qui le ferait, s'il n'était pas assez riche pour que les gens le remarquent.

Et un homme que je n'aurais jamais pensé revoir un jour.

Le beau-père de Shep : Lucien.

Que diable fait-il ici ?

Chapitre Vingt-Neuf

Shepard

La pièce devient chaude, étouffante.

Jasmine lève les yeux vers moi, ses prunelles sombres pleines de confusion. Elle ne sait pas pourquoi ce bâtard est là. Elle ne devine pas qu'il a quelque chose à voir avec tout ça.

Elle ne l'a jamais aimé, et elle n'a jamais su expliquer pourquoi. C'était un mauvais pressentiment. Une intuition.

J'avais essayé de la convaincre que ce n'était rien. Qu'elle s'imaginait des choses.

J'ai essayé de me convaincre.

Ça a raté sur les deux plans.

Elle sait que quelque chose cloche. Elle ne devrait pas avoir le moindre doute : la plupart des gens invitent leurs parents à leur mariage. Ce bâtard ne m'a jamais adopté officiellement, mais c'est l'homme qui a épousé ma mère.

La plupart des gens le considèreraient comme mon père.

Elle aurait dû s'attendre à sa venue.

Mais quelque part, elle sait que ça sonne faux.

Les paroles de Nick résonnent dans ma tête. *C'est une femme intelligente. Elle le découvrira tôt ou tard. C'est mieux si elle l'apprend de ta bouche.*

Je ne doute pas de cette dernière affirmation. Mais il a tort pour les autres.

Elle ne reconstituera jamais le puzzle.

Elle ne découvrira pas la vérité.

Pas dans un futur proche et pas à l'avenir.

Pas tant que je serai en vie.

Je hausse les épaules, essayant de dénouer la tension dans mon dos.

Peine perdue.

J'essaye d'adoucir mon expression, de la regarder dans les yeux comme si je l'aimais.

Mais ce n'est pas suffisant non plus.

C'est toujours là. Dans ma tête. Il est là. Il nous regarde. Ça l'excite probablement.

Je ferme les yeux. Je pense à des choses plus positives. Comme d'entraîner Jasmine vers le vestiaire, la plaquer contre le mur, lui arracher sa robe.

La lécher jusqu'à ce qu'elle jouisse tellement de fois qu'elle me prie d'arrêter.

Je lui ordonne de se mettre à genoux et de…

Je l'attire dans un baiser profond. Ce n'est pas comme avant. Pas le baiser doux et patient d'un futur époux.

Présentement, je ne suis pas un fiancé aimant.

Je suis une putain de bête. Et elle est ma proie. Et je vais la posséder de toutes les façons possibles.

Ses lèvres s'écartent pour ma langue.

Elle grogne, fondant contre moi alors que je conquiers son corps. Elle aime quand je suis rude. Elle aime quand je suis agressif. Elle aime quand je suis complètement en décalage avec mes limites.

Elle ne devrait pas. Ça devrait lui faire peur. Elle devrait réaliser que certaines choses dépassent les limites de son contrôle.

Certaines choses dépendent de la destinée.

Et je…

Mon frère sera peut-être en mesure de trouver le bonheur. Il parviendra peut-être à se libérer de cette malédiction. Mais je connais la vérité. Je sais ce qui arrive à des hommes comme moi quand les femmes leur font confiance.

Elle se retire avec un soupir capiteux. Son corps tout entier est ajusté à moi, comme si j'étais la seule autre personne dans l'univers.

Ça apaise quelque chose à l'intérieur de moi. Quelque chose de sauvage et de primaire.

Nick a raison. Elle mérite mieux. Elle mérite quelqu'un qui l'aimera vraiment.

Mais je suis égoïste. Je la désire, de toute façon. Je la prendrai quoi qu'il arrive.

— On va quand même en garder pour la lune de miel, hein ?

La tante Mai pouffe. Elle dit quelque chose en vietnamien, certainement à mon propos.

Tout le monde éclate de rire, même Jasmine.

Peu m'importe de n'être pas dans la confidence. Peu m'importe la langue qu'elles parlent. Je ne les comprendrais pas, de toute façon.

Cette famille heureuse qui déborde d'amour…

C'est très éloigné de ma compréhension.

— Malheureusement, je dois vous emprunter ma fiancée.

Mes doigts se referment autour de son poignet. Plus fermement que j'en aurais eu l'intention. C'est un geste visiblement trop possessif.

Mais personne ne semble s'en offusquer. D'ailleurs, les tantes de Jasmine approuvent. Elles murmurent autre chose. Je ne sais pas ce qu'elles disent. Seulement que leur ton est positif.

Jasmine prend congé de sa famille, puis me suit à travers la pièce. Ses yeux passent de sa famille à la mienne : d'abord ce bâtard, puis Nick et Lizzy qui se tiennent dans un coin.

Il jette un œil à notre beau-père. Puis à moi. Son regard veut tout dire. *Tu commets une erreur. Tu le laisses te contrôler.*

Puis il se tourne vers Lizzy. Il fait semblant. Il veut la protéger de ça.

Elle ne sait pas à quoi Lucien ressemble. Elle ne sait pas qu'il est toujours vivant. Qu'il infecte toujours le monde.

Elle ne sait pas qu'il est là. Et il essaye de le lui cacher.

Pourquoi Nick se donne-t-il le droit de me faire la leçon sur l'honnêteté ?

Trouduc.

— Mai me disait que tu lui donnes l'impression d'être un tigre au lit. Enfin, ça sonne un peu différent en vietnamien, mais c'est la meilleure traduction.

La voix de Jasmine est nerveuse.

— Elle… je crois qu'elle a reconnu Lucien. Mais ça fait longtemps.

— Oui, dis-je.

— Je ne savais pas que vous étiez toujours en contact.

— Sporadiquement.

C'est une façon de le dire.

— Oh. J'avais cru que… Je ne sais pas, pour être honnête. Mais je comprends. Il a été comme ton père pendant très longtemps. Alors c'est normal que vous soyez restés en contact.

Son regard croise le mien. Il est doux, aimant. Comme si elle m'invitait à lui dévoiler mon cœur.

Elle peut toujours attendre.

— Oui.

Ce n'est pas toute la vérité, mais c'est suffisant.

Malgré l'incrédulité dans ses yeux, elle hoche la tête.

— Et cet accord ?

— Il a besoin d'y croire. Tout le monde ici a besoin d'y croire. Nick est le seul…

— Oh ! dit-elle avec un air de surprise. Il n'en a rien laissé paraître.

— Il est doué pour le bluff.

— Tu as déjà joué au poker contre lui ? demande-t-elle. C'est une bête.

Mon frère est effectivement un expert au poker. Il se retrouve tout le temps classé dans des tournois. Certains présentent de forts enjeux, d'autres ne se jouent que pour quelques centaines de dollars. Je suis certain qu'il me détruirait, si on faisait une partie.

Il connaît ses chances de l'emporter.

Et il bluffe mieux que moi. Il est plus posé, plus calme. Il a subi toute cette douleur et l'a intégrée, tandis que pour ma part, je suis prêt à jeter une foutue table par la fenêtre.

Je presse la main de Jasmine, qui me la presse aussi. C'est réconfortant. Plus que ça devrait l'être, compte tenu des circonstances.

— Monsieur Marlowe.

Charles, le second de mon beau-père, tend la main.

— C'est toujours un plaisir de vous voir.

Techniquement, Charles compte parmi les membres du conseil que je suis capable d'impressionner. Mais c'est peu probable qu'il vote en ma faveur si ce bâtard ne le fait pas. Il vaut mieux mobiliser mes ressources ailleurs.

Comme sur le fait de jeter ce bâtard par la fenêtre.

J'inspire profondément, revêts mon masque.

— Vous aussi.

Je lâche Jasmine pour lui serrer la main, puis je me tourne vers elle comme si j'étais prêt à l'épouser. Non, je suis prêt. Et je suis fier de la présenter. C'est la femme la plus remarquable que je connaisse. La personne la plus remarquable que je connaisse.

— Vous connaissez ma fiancée ?

— Jasmine Lee, dit-elle en lui serrant la main. Je suis toujours ravie de rencontrer des amis de Shep. Mais je dois admettre qu'à présent que j'ai quitté la finance, je ne supporte plus d'en entendre parler.

— Vraiment ? lui demandé-je.

Elle hoche la tête, se penchant pour m'expliquer.

— C'est tellement ennuyeux. Tous les termes, toutes les règles, tous les chiffres. C'est comme un jeu de société qui n'a aucun sens.

Elle se tourne vers moi et me regarde comme si j'étais la seule chose dans l'univers qui avait le moindre sens.

— Ça ne va certainement pas me manquer.

— Jamais ?

Elle secoue la tête.

— Jamais.

Puis elle se tourne vers Lucien.

— Désolée. Je ne devrais pas être aussi impolie. C'est simplement que lorsque je commence à parler à Shep, je ne m'arrête pas. Ça fait longtemps, achève-t-elle en lui tendant la main.

— Je vous en prie.

Il ignore la main qu'elle lui offre et tend les bras, l'invitant à l'étreindre.

Elle cherche mon approbation du regard, mais il est trop rapide.

Il s'avance et la serre contre son corps. Il l'étreint comme s'il n'allait jamais la laisser partir.

Mon sang ne fait qu'un tour. Ce costume est trop serré. Ma cravate m'étouffe.

J'ai besoin de l'enlever, de l'enrouler autour de son cou, de serrer fort. Pour qu'il ne respire plus jamais.

Mais Nick a raison. Si je le tue, je resterai sous sa coupe toute ma vie durant.

Il l'emportera à nouveau.

Ce bâtard trouvera toujours un moyen de l'emporter. Il connaît des règles que j'ignore. Il en invente d'autres.

J'attends qu'il l'ait lâchée pour recommencer à respirer. Puis je la serre trop fort. Je l'attire trop près de moi. Je la serre de trop près.

— Fais attention, dis-je d'une voix menaçante. Je suis jaloux.

Je n'hésiterai pas, s'il lui fait du mal. Ce sera la dernière erreur qu'il commettra. Peu importe ce qu'il m'en coûtera ou ce jeu stupide auquel il joue.

Personne ne lui fera du mal tant que je la protègerai.

— Vous avez toujours été une jeune fille si ravissante.

La voix de Lucien est un défi. *Qu'est-ce que tu vas faire ? On sait tous les deux que tu n'as pas les couilles de m'arrêter. C'était déjà vrai à l'époque, et ça l'est toujours.*

— Et voilà que vous êtes devenue une jeune femme ravissante.

Charles hoche la tête.

— Ma femme adorerait cette robe.

Jasmine sourit et nomme une boutique du centre-ville.

— Dites-leur que Jasmine vous envoie. Elle vous fera peut-être une ristourne, la prochaine fois.

Charles hausse un sourcil.

— Vous manquez d'argent ?

— On n'est jamais trop riche pour faire une bonne

affaire. N'est-ce pas, bébé ? dit-elle en se tournant vers moi.

Ce petit nom fait se contracter mes bourses. Elle ne m'a pas appelé comme ça depuis qu'on était ados. Et à cette époque…

Mince, c'est déroutant !

J'ai envie de la prendre dans mes bras.

J'ai envie de la baiser.

J'ai envie de le tuer.

— Et intelligente, aussi, dit Lucien. J'ai toujours aimé ça, chez vous. Je n'arrivais pas à croire que mon fils soit prêt à se caser aussi jeune.

Depuis quand se donne-t-il le droit de m'appeler son fils ?

— C'était surprenant, mais je voulais que ce soit vous.

Ses yeux rencontrent les miens, et il poursuit :

— Je ne pensais pas, Shepard, que tu sois capable de reconquérir une femme qui t'a fait tellement de mal.

Elle répond avant que je ne puisse le faire.

— On commet tous des erreurs. Shep s'en est rendu compte. Et il… eh bien, en vérité, je n'ai jamais cessé de l'aimer.

Elle se tourne vers moi et fait courir ses doigts dans mes cheveux.

— Il m'a fait du mal. Il m'a brisé le cœur. J'aurais voulu arrêter de l'aimer, arrêter de penser à lui, arrêter de savoir qu'il existe.

Elle me regarde dans les yeux, demandant quelque chose.

Je ne sais pas ce que c'est, mais je hoche quand même la tête.

Et elle poursuit.

— J'ai essayé. Je suis sortie avec d'autres hommes. Je suis même tombée amoureuse de l'un d'eux. Mais quand j'ai revu Shep… quand il est entré dans les bureaux d'Odyssey avec son costume gris et sa cravate bleu marine qui mettait en valeur ses adorables yeux bleus…

Ses doigts frôlent mon cou. C'est doux. Réconfortant.

— Alors j'ai su que j'allais toujours l'aimer.

— Pendant tout ce temps ?

J'essaye de lire la vérité dans ses yeux, mais je peux à peine respirer. La vérité est au-delà de mes capacités.

— Toujours.

Elle se dresse sur la pointe des pieds et plaque ses lèvres sur les miennes. C'est rapide. Un baiser de scène. Pour le bénéfice de ce bâtard et de son ami.

Ça ne m'apaise pas. Ça retourne le couteau dans ma poitrine.

Il faut que je me recule. Que je m'éloigne d'elle.

Je ne peux plus rester ici. Je ne peux pas le voir sourire et se dire *regardez comme je l'ai fait s'aplatir. Regardez ce que je l'ai forcé à faire. Regardez toutes les ficelles que je tire.*

— C'est plus facile quand on a de l'argent, n'est-ce pas ? demande Lucien.

Jasmine sourit, absolument pas déboussolée.

— C'est plus facile quand une femme est belle. Quelle est la différence ?

Charles hoche la tête pour dire *c'est vrai.*

Lucien se contente de sourire. Ce sourire pervers qui signifie *je sais ce que tu as fait, et tu ne vas pas t'en tirer comme ça.*

— Oui, c'est vrai. C'est mieux quand on trouve quelqu'un qui est également intelligent et éloquent. Que faites-vous, Jasmine, à présent que vous n'êtes plus dans la finance ? J'aimerais vous aider autant que faire se peut.

— Je suis actrice, sourit-elle. Enfin, en formation. J'étais étudiante, mais j'ai dû arrêter. Maintenant… je suis toujours en train d'arranger les modalités, mais j'aimerais y retourner.

— Actrice. Comme c'est intéressant, dit Lucien d'une voix entendue. Je me demande ce que les gens vont en penser.

— Je sais, réplique-t-elle du tac au tac. Les hommes riches achètent toujours la carrière de leurs femmes. Je ne vais pas refuser les contacts de Shep. Mais je ne vais pas le laisser tout faire pour moi non plus.

— Il ne va pas vous acheter un théâtre ? demande Charles.

— Je suppose que je ne peux pas l'en empêcher, mais je n'espère pas. Je ne veux pas que quiconque me place sur un piédestal simplement parce que je suis la femme de Shepard Marlowe.

Elle se force à sourire. Je suis certain qu'elle pense tout à fait ce qu'elle est en train de dire, mais je ne parviens pas à saisir les implications.

Je parviens à peine à respirer.

— Pardonnez-moi, Messieurs.

Je ne vais pas le laisser me regarder avec ce sourire suffisant. Je ne vais pas le laisser l'emporter.

— Princesse, il faut qu'on commence.

— Princesse ? dit Lucien en haussant un sourcil.

Lui et Charles échangent un regard sur lequel je ne souhaite vraiment pas m'attarder.

Je n'attends pas que Jasmine réponde. Je la prends par la main et la guide vers l'estrade.

La salle est à présent pleine de monde. Quelques dizaines de personnes. Sa famille. Mes collègues. Quelques amis communs.

Et la presse.

Tous les gens qu'on a besoin de convaincre. Et le bâtard qui a la certitude de me contrôler.

Je me dirige vers le micro.

— Merci à tous d'être venus. Je sais que c'est soudain, mais parfois, il n'y a pas de doute à avoir.

Je presse la main de Jasmine.

— En vérité, je l'ai toujours su. J'aime Jasmine depuis notre premier baiser, voilà tant d'années. J'ai toujours voulu l'épouser.

— Alors pourquoi tu ne l'as pas fait ? l'interpelle une voix.

Je ris. Je joue mon rôle.

— J'ai essayé, mais aujourd'hui, je l'ai convaincue.

Je me tourne vers elle et la regarde dans les yeux comme si elle était vraiment tout ce que je désirais.

— Je t'aime, ma chérie. Tu es la femme la plus intelligente, la plus belle et la plus tenace que j'ai jamais rencontrée. J'ai de la chance de t'avoir. Et j'ai hâte que tu deviennes ma femme.

Elle me regarde comme si elle n'avait véritablement envie que de moi.

— J'ai hâte que tu deviennes mon mari.

Quelqu'un lance un hourra. Quelqu'un d'autre applaudit.

Je me lance avant que l'assistance ne devienne incontrôlable.

— Et quand je dis que j'ai hâte, je suis sincère. Notre mariage est prévu pour dans deux semaines exactement. Et vous êtes tous invités, dis-je en me tournant vers la foule. Alors si vous voulez bien vous joindre à moi pour fêter la femme la plus extraordinaire que j'ai jamais rencontrée… Il faut que j'agisse vite, ajouté-je d'une voix taquine. Avant qu'elle ne change d'avis.

Tout le monde éclate de rire.

Jasmine aussi.

Elle sourit à la foule comme si elle s'était attendue à mon annonce surprise.

Tout le monde lui rend son sourire, montre son bonheur, est amoureux de notre amour.

Et puis il y a Lucien. Content… que je joue à son putain de jeu stupide.

Heureux. Ferme dans son assurance que tout ceci n'est qu'une mascarade.

Ce bâtard se débrouille toujours pour tout savoir.

Chapitre Trente

Shepard

Jasmine sourit alors qu'on fait le tour pour serrer des mains et accepter des félicitations.

Elle joue très bien l'épouse rougissante. Ou bien elle est nerveuse ou embarrassée par mon discours. Je ne sais pas.

Il est toujours là.

Je suis toujours incapable de respirer.

Je joue mon rôle du mieux que je le peux. Je prétends que l'amour me noue tellement la gorge que je n'arrive pas à parler.

Mes collègues y croient. Ou alors, ils ne s'en préoccupent pas assez pour le nier.

Elle est belle, intelligente, déterminée. Qui ne souhaiterait pas l'épouser ?

C'est plus facile quand on rencontre sa famille. Elle refuse un autre verre, mais elle ne proteste pas quand son père commande un autre verre de whisky. Elle se contente de rire avec ses tantes, de les laisser la taquiner sur ses devoirs d'épouse. Elles parlent de la lingerie qu'elles vont lui acheter pour sa lune de miel, du besoin de leur donner beaucoup de petits-enfants.

C'est une perspective étrange, d'avoir des enfants avec Jasmine. Autrefois, j'en avais envie. Une famille à moi. Une vie normale. Un travail, une voiture, un pavillon de banlieue.

Puis ce bâtard a tout chamboulé. Maintenant, c'est impossible de me le représenter.

Et si jamais je suivais son exemple ?

C'est hors de question, mais ça ne fait rien. La famille de Jasmine n'a pas besoin de connaître les termes de notre accord.

Alors, je hoche la tête et dis que nos enfants seront très beaux s'ils ont les yeux de leur mère.

Et elle me rétorque qu'ils seront impitoyables, s'ils sont aussi fins négociateurs que leur père.

Puis ses tantes disent qu'ils seront vraiment mignons. Les premiers enfants métis de la famille ! Elles veulent les accueillir, les inviter à participer aux deux branches de leur culture.

Qu'est-ce qu'on ressent à grandir en étant scindé en deux, sans savoir où est sa place ?

Je n'ai aucune raison d'y songer. Je ne peux pas avoir d'enfants. Je ne peux pas courir le risque de transmettre cette malédiction.

Enfin, la fête se termine. Lucien et Charles s'éclipsent sans un mot. Dieu merci !

Jasmine me donne un baiser d'adieu. Elle insiste pour raccompagner son père en voiture afin de s'assurer qu'il rentre bien à la maison.

Je leur propose la limousine et je renvoie ses tantes à l'hôtel en compagnie de Lock.

Connaissant Lock… Je suis certain qu'il acceptera, si

elles l'invitent à monter.

Non, il tient trop à son travail pour ça. Ou du moins, c'est ce que j'aimerais croire. L'argent achète quasiment toujours la loyauté, mais ce n'est jamais à cent pour cent. Certaines choses ne sont pas à vendre.

Ian essaye de m'inviter à aller boire un verre pour fêter ça. Il dit que je peux bien faire péter le Champomy pour l'occasion, mais je refuse. Il est vraiment sincère, pour le Champomy.

Il ne me laissera pas commander un bourbon.

Mais il ne peut pas m'en empêcher. Personne ne peut m'empêcher d'entrer dans le bar du premier hôtel que je trouverai pour commander un double bourbon.

Personne ne pourra m'empêcher de gâcher cette opportunité.

Il n'en faudrait pas davantage. Un verre, et elle a le droit de partir.

Un verre, et elle partira.

Ça ne doit pas arriver. Quel que soit le besoin que je ressens d'arrondir les angles.

Je repousse cette idée en rentrant chez moi, mais je n'y parviens pas. Le temps que je parvienne à mon appartement, ça occupe toutes mes pensées.

J'ai besoin d'un verre.

J'ai besoin d'un verre.

J'ai besoin d'un verre.

Cette voix crie dans ma tête. Tout devient plus acéré. Mes pensées prennent un tournant sombre.

Je dois trouver quelque chose pour arrêter ça. N'importe quoi. Quelque chose qui me fera oublier que je suis toujours sous la coupe de ce bâtard.

Mon personnel est trop efficace. Il n'y a rien dans la cuisine et dans mon bureau.

La chambre de Key est fermée à clé.

Celle de Jasmine est vide.

Mais ce lit écarlate me donne des idées… pour trouver un moyen d'effacer ces pensées. Une façon de me sentir aux commandes.

La seule façon.

Je vais dans mon bureau.

C'est plus facile d'y respirer. Il infecte moins la pièce.

Mais il l'infecte toujours.

Sachant qu'il est là, à trouver des façons de tirer les ficelles, des moyens de dominer…

Je ne sais pas ce qui est le pire. Qu'il l'emporte et prouve qu'il me contrôle encore.

Ou bien qu'il décide que Jasmine m'aime vraiment, qu'il croie que je l'aime réellement.

S'il sait qu'il peut se servir d'elle pour me faire du mal…

Il le fera.

Je ne sais pas où Nick se positionne. Je suis sûr qu'il dirait que je laisse ce bâtard me contrôler et que lui-même refuserait de faire une chose pareille.

C'est une bonne idée, mais il a tort. On ne peut pas s'y soustraire. Ce bâtard me contrôlera jusqu'au jour de ma mort. Puis encore après.

Il trouvera le moyen de le faire.

J'essaye de travailler, mais ça ne sert à rien.

Ma tête est trop pleine. Mes pensées sont trop présentes.

Je ne ressens un instant de soulagement que lorsque la porte s'ouvre.

Des pas légers s'approchent, puis on frappe.

— Je peux entrer ? demande Jasmine.

— C'est moi qui sors.

Personne n'entre dans mon bureau.

Je me relève et éteins mon ordinateur. Referme le tiroir où je garde ce terrible contrat.

Elle se tient là, dans la pièce principale, les rayons de lune faisant naître des reflets clairs sur sa peau mate.

Elle est magnifique. Mais elle a l'air inquiète.

— Ça va ? demande-t-elle.

— Ce n'est rien.

Ses yeux cherchent les miens.

— Tu ne m'avais pas demandé, pour la date. Je sais bien que notre contrat ne t'oblige pas à me consulter, mais…

— Je me suis laissé emporter.

C'est toujours là, dans ma tête, l'image de son odieux sourire. Il infecte toujours la pièce.

— On dirait presque des excuses.

— Je suis désolé.

Ses yeux se remplissent de confusion.

— Merci.

Elle me regarde comme s'il venait de me pousser des cornes.

— Quoi ?

Je me tourne vers la fenêtre, essayant de trouver du réconfort dans les eaux bleues profondes. Mais c'est sans succès. Il n'y a pas de clarté dans l'eau. Ni dans le ciel, ou bien dans l'immense lune argentée.

— Quelque chose te tracasse.

Sa voix reste douce, curieuse.

— C'est une question ou bien une affirmation ?

— Plutôt une invitation.

— Je pensais ce que j'ai dit, Jasmine. J'ai de la chance de t'épouser. Et je ne mérite pas quelqu'un comme toi. Mais je ne peux pas t'aimer. Je ne suis pas capable d'aimer qui que ce soit.

Ses yeux se remplissent de douleur, mais elle ne dit rien.

— Je ne suis pas capable de partager mon cœur avec toi. Si c'est ce que tu désires…

— Ce n'était qu'une question, Shep. Tu as le droit de répondre que tu ne préfères pas en discuter.

Ce n'est pas entièrement vrai, mais je ne vais pas prétendre lui faire la morale, alors je hoche la tête. Je joue selon ses termes.

— Je préfère ne pas en discuter.

— Très bien, alors… si tu changes d'avis, on verra. Je vais prendre une douche, dit-elle en désignant sa chambre de la main.

Ses yeux croisent les miens. C'est une invitation d'un tout autre genre.

Elle veut de l'intimité, à n'importe quel prix.

Ou alors c'est peut-être mon ego qui s'exprime. Elle ne désire peut-être que mon corps. Elle ne veut peut-être rien de plus que de la satisfaction.

Quoi qu'il en soit…

Je ne vais pas le lui refuser.

— Tu devrais.

Enfin, mes épaules se détendent.

La pensée d'attacher Jasmine à son lit… Je n'ai pas besoin d'autre chose.

— Après quoi, mets ton peignoir violet, sans rien au-dessous.

Je raffermis ma voix afin qu'elle comprenne exactement ce que je veux dire.

— Puis assieds-toi sur ton lit et attends.

— Attendre ?

— Oui. Que je sois prêt. C'est ce que tu veux, dis-je en la regardant dans les yeux.

Ce n'est pas une question, mais elle hoche quand même la tête.

— Oui. Mais… tu es sûr que ça va ?

— C'est ce que tu veux, oui ou non ?

— Oui.

— Alors vas-y. Avant que je perde patience.

Je laisse ma voix se faire plus ferme.

— Tu n'aimerais pas que je perde patience, Princesse.

Chapitre Trente-Et-Un

Jasmine

C'est officiel, je ne suis pas seulement folle, je… Comment disent les hommes ?

Je pense avec ma bite.

Je pense avec mon clito.

J'ai complètement perdu la tête.

Mais je m'en contrefiche.

Tout est teinté de plaisir.

Ma douche est sulfureuse ; les jets d'eau chaude m'évoquent ses doigts. Comme si c'étaient ses mains dans mes cheveux. Comme s'il se tenait sur le carrelage, à me dévorer du regard.

Je devrais me demander pourquoi il avance le mariage, ce que son beau-père faisait à notre fête, et si mon père se sent vraiment bien…

Mais je ne le fais pas.

Je vibre d'anticipation.

Je pense *plus, plus, plus*.

C'est ma seule pensée.

Et, mince, c'est tellement bon. Je ne vais pas écouter ma raison, ou mes inhibitions, ou cette voix qui me murmure avec insistance de m'assurer que Shep va bien.

Il ne va peut-être pas bien.

Mais alors moi non plus.

Et il ne peut pas m'en offrir davantage.

Je ne suis toutefois pas une imbécile. Je vais accepter ce qu'il me donne.

Je referme le robinet et m'avance sur le carrelage froid. Puis j'enroule une serviette violette autour de ma poitrine.

Le tissu est doux contre ma peau. Épais. Résistant.

C'est comme si c'était lui qui me touchait.

J'exhale profondément en avançant dans ma chambre à coucher.

L'air crépite d'électricité. Tout est chargé.

Le plancher est plus poli. Le peignoir en soie plus coulant. Le ciel nocturne plus bleu.

Je serre les genoux, essayant de contenir l'anticipation qui me parcourt.

Ce n'est pas suffisant.

Mon sexe palpite déjà de désir.

C'est dur de croire qu'on a déjà couché ensemble aujourd'hui. Le souvenir de l'extase est clair comme de l'eau de roche, mais je ressens toujours un besoin désespéré.

C'est comme si ça faisait un million d'années que personne ne m'avait touchée convenablement.

Je descends un peu plus mon peignoir sur mes cuisses et je le serre légèrement plus.

Mais je n'ai pas envie de me couvrir.

J'ai envie d'être exposée. J'ai envie de le rendre fou, comme il le fait pour moi.

Je défais la ceinture, laisse le tissu découvrir mes cuisses et mes seins.

Il s'ouvre jusqu'à mes hanches, offrant mon corps à ses yeux. Mes seins, mon ventre, mon pubis, mes cuisses.

Puis j'écarte les jambes un peu plus pour pouvoir tout lui montrer.

Ça attise mon désir et mon impression de vide. J'ai besoin qu'il me touche, qu'il me tienne, qu'il me baise.

J'ai besoin qu'il me regarde, ses yeux bleus écarquillés, ses lèvres s'écartant pour laisser échapper un gémissement.

C'est étrange. Auparavant, je n'ai jamais eu besoin que quelqu'un me regarde de la sorte. Mais j'en ai maintenant tellement besoin que je le ressens dans mes veines.

L'air vibre alors que des pas se rapprochent.

On frappe fort.

La porte s'ouvre.

Shep entre. Il traverse le petit couloir et pénètre dans la pièce principale.

Plus près du lit.

À moins de deux mètres.

Il porte son costume et sa cravate, mais il n'est pas un homme d'affaires coincé. Pour l'heure, il est sauvage et féroce.

Il se contient à peine.

Prêt à se servir de moi à sa guise.

Ça devrait m'effrayer, mais au lieu de ça, mon sexe se contracte.

Sers-toi de moi, bébé. Fais de moi ton jouet. Baise-moi jusqu'à ce que je ne puisse plus respirer.

Mes inhibitions ont disparu. Je ne sais pas si c'est à cause du gin, de la nuit ou de la lueur dans les yeux de Shep. Mais peu m'importe.

Je veux simplement obtenir ce qui est à moi.

Et lui donner ce qui est à lui.

— Petite coquine, dit-il d'une voix qui déborde d'approbation. Tu cherches à m'allumer.

— Tu n'aimes pas ?

Ma voix se brise. C'est un ton que je n'ai jamais entendu avant. Un ton dont j'ai besoin.

Ses yeux parcourent lentement mon corps. Ils commencent par mes épaules et descendent le long de ma poitrine, de mon ventre, de mes hanches, de mes jambes.

Ils descendent jusqu'à mes pieds nus, puis ils remontent. Son regard s'arrête sur mon sexe. Puis sur mes seins.

— Tu veux me montrer ce qui est à moi ? demande-t-il.

— Ce qui est à toi ?

— Ton corps, dit-il d'une voix plus ferme. Il est à moi.

— Ici.

— Oui, ici.

Il reprend son rôle et devient plus ferme, plus autoritaire.

— Ton corps est à moi, et je vais en faire ce que je veux.

Ça devrait me terrifier, mais ça me remplit plutôt de désir.

— Que veux-tu que je fasse, Princesse ? Tu veux jouir sur ma main ? Mon visage ? Mon sexe ?

Il se rapproche jusqu'à ce qu'il se retrouve assez proche pour placer sa main sur ma joue.

Il m'effleure le menton du bout des doigts. Puis ils descendent plus bas. Sur mon cou, le long de mes clavicules, jusqu'à ma poitrine.

— Tu veux que je jouisse en toi ? Ou peut-être ici ?

Il fait courir son doigt sur mon mamelon.

— Sur tes seins parfaits ?

— Oui, Monsieur.

— Oui pour quoi ?

— Tout. Tout. Tout ce que vous voulez bien me donner, dis-je, mes yeux trouvant les siens.

Ses pupilles se dilatent. Son contact se fait plus ferme. Assez pour être douloureux, de la meilleure des façons.

Il fait rouler mon mamelon entre son pouce et son index. Puis il trace des cercles lents avec son pouce. Encore et encore. De plus en plus fort.

Jusqu'à ce que je sois contrainte de fermer les yeux.

Jusqu'à ce que je sois contrainte de grogner.

Il glisse son autre main dans mes cheveux et la plaque sur l'arrière de ma tête. Il est plus doux que je l'espérais, plus aimant, même.

J'ouvre lentement les paupières, essayant de déchiffrer son expression, de deviner à quoi il pense. Ce qu'il veut. Qui il est vraiment…

Je ne vois pas le garçon que j'ai aimé, l'homme que j'ai détesté ou même quelque chose entre les deux.

Au lieu de cela, je vois l'animal sauvage qui se retient dans son costume cintré, attendant de se libérer.

Il ne s'est pas mis nu avec moi. Il n'a pas encore eu le temps de me jeter sur le lit, de plaquer mes genoux sur les draps et de plonger entre mes jambes.

Est-ce qu'il me désire ? Est-ce qu'il veut me faire jouir ? Ou bien souhaite-t-il simplement m'utiliser comme un jouet sexuel qui n'existe que pour son plaisir ?

Cette pensée ne devrait pas m'exciter, mais c'est irrépressible. Je veux être son jouet.

— J'ai envie de vous sentir, dis-je en levant les yeux vers lui. J'ai envie de refermer les mains sur vous. De vous branler, de vous prendre dans ma bouche.

Ses doigts s'enfoncent dans mes cheveux.

— Tu veux me sucer ?

— Oui, Monsieur.

J'étudie son expression, essayant de déterminer ce qu'il

désire, mais je n'y parviens pas. Cependant, cette promesse, ce défi qu'il a lancé… il m'enflamme toujours.

— Je vous en prie.

Je cambre le dos, laissant mon peignoir tomber le long de mes épaules.

— Je t'en prie, Shep. Baise ma bouche. Jouis sur moi.

Sa prise se resserre.

— J'ai envie de ta queue. Je veux ton sperme. Je te veux. Toi et tout ce que tu me pourras me donner.

Plus fort encore.

Jusqu'à ce que je jouisse.

— Seigneur !

— Ce n'est pas toi qui décides des termes, dit-il dans un grondement. C'est moi.

— Oui, Monsieur, mais vous m'avez posé la question.

Il se retient de sourire.

— C'est vrai.

— Je voulais vous offrir une réponse approfondie.

— C'est bien.

Il trace un autre cercle autour de mon mamelon, puis fait remonter sa main le long de mon cou, sur mon menton et ma lèvre inférieure. Puis il glisse son pouce dans ma bouche. Je l'encourage du menton.

Je suce son doigt. C'est étrange comme j'ai envie de sucer son pouce. Le goût délicieux qu'il a. Le désir désespéré que je ressens d'en avoir plus.

Je me suis toujours considérée comme une amante généreuse, mais je n'ai jamais eu le besoin viscéral du sexe de quelqu'un. Je n'ai jamais eu une envie aussi désespérée de refermer mes lèvres autour de lui.

— Gentille fille.

Il retire son pouce, puis fait un pas en arrière. Juste assez pour me donner de la place.

— Mets-toi à genoux.

Je me laisse glisser du lit.

— Garde ton peignoir.

Il le fait remonter sur mes bras et l'enroule sur mes épaules.

— J'aime quand tu es à moitié déshabillée.

Je hoche la tête.

— La prochaine fois, je te prendrai comme ça en public.

Seigneur Dieu !

— Je t'emmènerai dans un restaurant avec un balcon isolé. J'écarterai ta robe et je jouerai avec tes seins jusqu'à ce que tu me pries de te laisser me monter dessus.

Lui monter dessus, le regarder dans les yeux, me retrouver si près de lui ? Oui ! J'en ai tellement envie que ça me terrifie.

Mais il ne peut pas me le promettre. Il a très explicitement refusé de me le promettre. Alors je ne vais pas le lui demander.

C'est tout ce qu'il est en mesure de m'offrir.

Et pour l'instant, c'est tout ce que je veux.

J'ajuste mon peignoir afin qu'il révèle à peine mes seins.

— Oui, Monsieur, dis-je en levant les yeux vers lui. J'aimerais être exposée à vos yeux. J'aimerais être votre jouet.

Ses pupilles se dilatent. Présentement, c'est moi qui l'ai où je souhaite qu'il soit. C'est moi qui le fais réagir.

Puis il noue sa main dans mes cheveux et tire suffisamment fort pour que j'oublie l'idée de le contraindre à faire quoi que ce soit.

C'est lui qui est aux commandes.

C'est moi qui suis ses ordres.

Il me lâche les cheveux le temps de retirer sa veste de costume.

Puis sa ceinture.

Il se déboutonne.

Descend sa braguette.

— Prends ma queue, Princesse.

Il le dit comme une promesse, pas un ordre. C'est comme un cadeau que j'aurais voulu depuis très, très longtemps.

Et c'est le cas. Je pose les mains sur son pantalon. J'écarte le tissu.

Il se libère.

Je referme immédiatement la main autour de lui. La peau est douce, mais il est tellement dur. Et c'est tellement bon. C'est le seul mot qui me vient pour le décrire.

Ce n'est pas la première fois que je le touche, mais quelque part, j'ai l'impression que c'est plus intime que d'ordinaire. Comme s'il me donnait quelque chose.

Je lève les yeux vers lui, lui demandant sa permission.

Il hoche la tête, et je fais glisser mon pouce sur lui, testant ses réactions, explorant tous les centimètres de sa peau.

Là. En bas. Un peu à droite. Je glisse à nouveau mon pouce sur lui. Puis plus fort. Suffisamment pour qu'il frissonne.

Encore et encore.

Jusqu'à ce que sa main se pose à l'arrière de ma tête et qu'il me tire les cheveux.

— Ouvre la bouche.

Je m'exécute.

Il me prend la main, la fait glisser sur sa verge afin que je serre la base.

— Plus fort.

Je resserre ma prise.

— Garde-là ici, Princesse. Je ne vais pas être doux, mais je ne veux pas t'épuiser avant d'en avoir fini avec toi.

Mon sexe se contracte. Il est trop doué pour ça. Je vais

me consumer, avec toutes ces étincelles qui volent à travers la pièce…

C'est dangereux.

C'est la chose la plus dangereuse que j'ai jamais faite. Offrir mon corps à Shepard est une chose.

Mais mon cœur ?

Il presse sa paume à l'arrière de ma tête. Juste assez fort pour dire *tu es à moi*.

Je ne devrais pas en avoir autant envie.

Mais je n'y pense pas pour le moment.

Lentement, il pénètre ma bouche.

Bon sang, il a tellement bon goût ! Ça a le goût du sel et de Shep. Je n'attends pas qu'il me donne des instructions et fais glisser ma langue autour de son gland. Puis j'atteins l'endroit qu'il aime…

Il grogne quand je le taquine de la langue.

Puis une deuxième fois.

Encore.

Jusqu'à ce qu'il tremble.

Jusqu'à ce que ce soit moi qui sois aux commandes.

Ses paupières se ferment un instant, et ses doigts se resserrent sur ma tête. Ses lèvres s'écartent dans un grognement.

L'espace d'un instant, il s'abandonne à moi.

Sans prévenir, il appuie fort sur ma tête, poussant ma bouche sur sa verge.

Il y va profondément, assez pour m'étouffer, même avec ma main enroulée autour de lui.

Il n'attend pas, se retire et recommence.

Sa main reste ferme. Il me tient en place, me rappelant que c'est lui qui commande.

Ça fait se serrer mon sexe.

Ça me remplit d'un pouvoir féminin.

Oui, c'est lui qui décide, mais c'est moi qu'il veut, et c'est ce que je veux aussi.

Je ne sais pas lequel des deux se plie à la volonté de l'autre.

Non, ce n'est pas comme ça.

On se satisfait mutuellement. C'est parfait. C'est la seule fois où on a jamais été parfaits ensemble.

Bon sang ! C'est la relation la plus parfaite de ma vie.

Un gémissement tombe de mes lèvres alors qu'il pénètre violemment ma bouche, assez fort pour me faire mal. Assez fort pour m'étouffer. Mais ça ne fait que m'exciter davantage.

Je déglutis pour détendre ma gorge. Au coup de reins suivant, je l'accueille un peu plus facilement.

Puis plus facilement encore.

Il me tire les cheveux.

— Putain, Princesse, dit-il en ondulant à nouveau en moi. Tu es vraiment trop douée avec ta jolie bouche.

Je dissimule mes dents derrière mes lèvres.

Il pose la main sur ma joue. Un geste doux et tendre alors qu'il donne des coups de reins dans ma bouche.

Puis il pose la main sur mon épaule, mon cou, ma poitrine. Il joue avec mon mamelon alors qu'il me pénètre. Mon sexe se contracte à chacune de ses caresses, à chaque ondulation de ses hanches.

C'est tellement sexy d'être à genoux pour lui, de m'abandonner à ses exigences, sa force, son corps.

Il plisse le front. Toute cette tension qui se contracte en lui. De plus en plus fort…

À cause de moi.

C'est moi qui le fais jouir.

Je le rends fou.

Il ondule encore une fois, et je suce son gland.

— Seigneur ! gronde-t-il avant de me pénétrer à nouveau de plus en plus fort, de plus en plus vite.

Tellement vite que je parviens à peine à garder le rythme.

Shep me tire les cheveux, retirant ma tête de son sexe. Il grogne mon nom alors qu'il se déverse sur ma poitrine.

Ça éveille un désir douloureux dans mon sexe, de le voir jouir, de le sentir me marquer.

Une fois qu'il a fini, il m'aide à me redresser, m'essuie et me ramène vers le lit.

Je m'attends à ce qu'il parte, mais non. Il se dirige vers le coin du lit et en tire quelque chose que je n'ai encore jamais vu…

Des menottes.

Puis il me désigne le centre du lit.

— Allonge-toi, Princesse. Je vais te faire jouir jusqu'à ce que tu me supplies d'arrêter.

Chapitre Trente-Deux

Shepard

Jasmine frissonne alors que je resserre la menotte autour de son poignet.

Elle lève les yeux vers moi, attendant que je réagisse, que je la plaque sur le lit, que je grimpe sur elle, ou bien que je la baise sans plus attendre.

Des idées excellentes.

Je fais glisser mes jambes sur ses hanches et me hisse à califourchon sur elle.

Lui mettant les deux mains sur les épaules, je la presse contre le lit. Pas assez pour lui faire mal. Pas même assez pour la menacer.

Mais assez pour la mettre en haleine.

Elle me regarde avec des yeux pleins de désir. De désir et de nervosité. C'est beaucoup, pour elle.

Je progresse vite. Un peu trop, peut-être.

Il faut que je fasse attention.

Je m'empare de l'autre menotte et la fais glisser autour de son autre poignet. Je la serre fort.

Mes doigts effleurent sa peau satinée. Elle cherche à attirer mon contact, et je la regarde pendant que je fais courir mon index sur le dessus de son pouce.

Puis il redescend sur la menotte, le long de son avant-bras, autour de son coude et le long de son biceps.

Elle tremble violemment quand je presse mes lèvres sur sa clavicule. C'est doux. Pas comme moi. J'ai besoin de la préparer à ça.

Je fais glisser mes lèvres le long de son torse. Je prends son mamelon dans ma bouche et suce doucement.

Puis de plus en plus fort…

Jusqu'à ce qu'elle émette le grognement le plus parfait du monde.

Elle veut tendre les bras vers moi et elle découvre que les menottes la retiennent. Elle grogne encore plus fort.

Mes bourses se contractent. J'ai encore du mal à croire qu'elle accepte d'être attachée à mon lit. Qu'elle aime quand c'est violent.

La gentille Jasmine un peu guindée aime quand je lui baise la bouche.

Quand je l'attache à mon lit.

Quand je taquine son mamelon avec ma langue.

Quand je racle mes dents contre le tendre bourgeon…

— Bon sang ! dit-elle en essayant encore de me toucher. Shep… je t'en prie.

— Je t'en prie quoi, Princesse ?

Je commence doucement. Je suce sa peau sucrée. Puis je trace des cercles autour, d'avant en arrière, de gauche à droite.

Je la mordille.

Et lui tire un autre grognement.

Une fois encore, elle cherche à me toucher.

Une fois encore, les menottes la retiennent.

Ce sont des liens noués sous le lit. Elle est attachée aux

coins supérieurs. Ce n'est pas particulièrement sophistiqué, mais ça l'est suffisamment pour qu'elle sache qu'elle est impuissante.

Assez pour qu'elle accepte tout ce que je vais lui donner.

Je l'allume avec des coups de langue puissants. Encore et encore, jusqu'à ce qu'elle enfonce les ongles dans mes paumes.

Puis je la mords doucement.

Plus fort.

Assez fort pour que son grognement oscille entre la douleur et le plaisir.

Puis plus fort.

— Mon Dieu !

Ses poumons se vident brusquement, et elle inspire violemment.

— Shep, je t'en prie.

— De quoi ?

Je la mords à nouveau, et elle ne peut s'empêcher de grogner.

Sa tête bascule d'un côté, et ses cheveux mouillés suivent le mouvement.

Elle est tellement belle, comme ça. Débordant d'anticipation. Perdue dans ce monde de plaisir.

Où tout ce qu'elle désire est le plaisir.

Je la mords encore. Puis je passe à l'autre mamelon. Je l'allume tout aussi impitoyablement.

Elle a bon goût, celui de son savon pour la douche. Du sel. Et de Jasmine.

Ce goût qui n'appartient qu'à elle, qui me ramène tant d'années en arrière.

Je refuse d'y revenir.

Je suis là. Dans ce moment où je contrôle tout. Où je

comprends exactement ce qu'elle veut. Où je suis le seul qui puisse lui donner exactement ce qu'elle désire.

Ses orteils se referment sur les draps quand je racle sa peau avec mes dents. Elle ondule des hanches, essayant de trouver la moindre forme de contact.

Je presse la paume contre l'os de sa hanche, la plaquant contre le lit.

Ce qui ne fait que rendre son grognement encore plus fort.

Je la tiens en place alors que je joue avec son mamelon. La douleur et le plaisir se mélangent jusqu'à ce que les sons qu'elle émet deviennent délicieusement incompréhensibles.

— Shep, redit-elle. Je t'en prie, baise-moi. Je t'en prie.

Mon sexe me fait mal. Il a envie d'être en elle, de sentir sa tendre douceur.

Mais je suis avide.

J'en veux davantage. Tellement plus.

— Non, Princesse, dis-je en la mordant à nouveau. On est loin d'être prêts.

Elle inspire avec un gémissement, une supplique, un *baise-moi tout de suite*.

Mais je ne cède pas. Après l'avoir mordillée à nouveau, je fais descendre mes lèvres le long de son ventre, sous son nombril, au-dessus de son pelvis.

Sans prévenir, je presse mes paumes contre ses cuisses et la plaque sur le lit.

Elle sursaute quand ses genoux entrent en contact avec les draps écarlates.

— Mon Dieu !

— Tu es belle.

Je prends un moment pour savourer ce spectacle. Jasmine, attachée à mon lit, les jambes écartées, prête à m'accueillir.

C'est la perfection incarnée.

Elle est parfaite.

Je pose mes lèvres sur sa cuisse. Elle est tellement douce, accommodante… mienne.

Présentement, en cet instant, elle est à moi.

Présentement, en cet instant, nous sommes complètement libres.

Présentement, en cet instant, le plaisir est la seule chose qui compte.

Le reste du monde n'existe pas.

C'est la meilleure sensation de tout l'univers.

Elle frissonne alors que je fais remonter une traînée de baisers le long de sa jambe. De plus en plus haut, jusqu'à ce que je parvienne presque à…

— Shep, dit-elle alors que ses poignets tirent sur les menottes. S'il te plaît…

Je ne lui donne pas l'opportunité d'achever sa phrase et pose mes lèvres sur son clitoris.

Un doux frôlement.

Puis plus fort.

Assez fort pour qu'elle essaye à nouveau de me toucher.

Je lui plaque les jambes sur le lit alors que je la lèche de bas en haut. Elle a tellement bon goût. Celui du miel et des pêches. Celui de Jasmine.

Je prends mon temps pour goûter le moindre centimètre de sa personne. Explorer ce qu'elle veut. Je suce son clitoris. Je racle mes dents contre sa vulve. Je plonge ma langue à l'intérieur d'elle.

Puis ce sont des petits mouvements doux de la langue contre son clitoris. Assez pour l'allumer. Pour l'exciter. Pour maintenir son impatience.

Je recommence, encore et encore.

Jusqu'à ce qu'elle halète, tremble et tire sur les menottes.

Jusqu'à ce que je sois la dernière chose qu'elle voie.

La seule chose qu'elle désire.

Puis je trouve l'endroit où elle a besoin que je sois. Un peu plus haut. À gauche. Puis plus fort.

Plus fort.

Là.

— Seigneur !

Elle grogne quand je la lèche pile à l'endroit parfait.

Et encore et encore.

Je la rapproche de plus en plus du rebord du précipice.

Puis elle bascule.

Encore une caresse de la langue, et elle jouit, ne cessant de gémir mon nom, de se tendre sous mes mains, d'onduler contre ma bouche.

Seigneur, ça a bon goût. C'est sucré.

Mon sexe en veut davantage. Il a terriblement envie d'être en elle. J'ai terriblement envie d'être en elle.

Mais d'abord…

Je ne la laisse pas souffler et continue de la faire surfer sur son orgasme. Puis je racle les ongles contre ses cuisses.

Assez fort pour qu'elle hoquette.

— Shep.

Elle essaye de me toucher et gémit quand les liens la retiennent.

— Bon sang !

Je la tiens plaquée contre le lit alors que je lui fais subir un autre orgasme.

Cette fois, elle jouit vite, fort.

Elle ondule contre ma bouche, laissant échapper un gémissement déchiré entre la douleur et l'extase.

C'est de la musique. Mieux que de la musique. Car quel intérêt a une simple mélodie quand les grognements de Jasmine existent ?

— Mon Dieu ! dit-elle d'une voix essoufflée. Baise-moi, je t'en prie. J'ai envie de jouir sur ta queue.

Mes bourses se contractent.

— Je t'en prie.

Elle me regarde, rend sa voix plus douce, obéissante.

— Je vous en prie, Monsieur.

Bon sang. Je ne peux pas résister à ça. C'est impossible.

Cela étant… je la fais attendre. Je me redresse le temps de me déshabiller. D'abord, mes chaussures et mes chaussettes. Puis la cravate. Ma chemise.

Elle m'observe avec attention alors que je fais glisser mon pantalon sur mes hanches.

Puis mon caleçon.

Elle regarde mon sexe comme si c'était son dessert favori. Ça l'est peut-être. Elle ressent peut-être la même chose que moi. J'ai besoin de la faire jouir. De la regarder, de la sentir, de la goûter.

Je me déplace sur le lit. Je place mon corps entre ses jambes. Mais je ne la baise pas.

Je glisse un doigt à l'intérieur d'elle. Puis deux. Puis trois.

Elle grogne alors que je l'étire profondément.

Elle veut baiser avec moi. J'ai envie de baiser avec elle.

Mais d'abord, elle doit le mériter.

— Tu vas jouir sur ma main, Princesse.

— Je… ne sais pas si je peux, Monsieur.

J'arque un sourcil.

— Physiquement, poursuit-elle. Je ne sais pas s'il m'en reste la possibilité.

— Bien sûr que si.

— Vraiment ?

Je hoche la tête. Je le vois bien, à la façon dont elle palpite.

Je retire mes doigts puis les plonge à nouveau en elle.

Elle arque les hanches, se redressant juste assez pour venir à ma rencontre. M'enfonçant un peu plus en elle.

Encore quelques va-et-vient, et je pose mon pouce sur son clitoris. Je trace des cercles lents exactement là où elle a besoin de moi.

Sa tête bascule en arrière.

Ses lèvres s'écartent avec un grognement.

Ses ongles s'enfoncent dans ses paumes.

— Mon Dieu ! Shep…

Elle soupire alors que je plonge mes doigts plus profond.

Quelque chose dans sa posture change. Elle arrête de penser et commence à fondre sous mes caresses. Elle me confie son corps tout entier.

Elle sait que je vais lui donner ce dont elle a besoin.

Je trace ces cercles lents.

Enfonce mes doigts en elle.

Encore et encore.

Alors que je l'excite de plus en plus.

Elle ne halète pas ni ne m'en demande davantage.

Elle laisse ses paupières se refermer. Elle laisse ses cheveux tomber sur ses yeux. Elle laisse ses cuisses coller aux draps.

Puis elle y est, grognant mon nom alors qu'elle jouit sur ma main, levant vers moi des yeux voilés, certaine que je vais enfin la libérer.

Je lui écarte les jambes, puis l'attire vers moi. Plus près encore.

Jusqu'à ce que son sexe frôle ma verge.

Ce contact la fait grogner. C'est la promesse de l'extase. De l'union de nos corps.

De l'univers tout entier qui trouve soudain son sens.

Je la pénètre lentement. Un délicieux centimètre à la fois, elle m'enveloppe de sa douceur.

C'est comme une évidence.

Je suis là où je suis censé être, où nous sommes tous les deux censés être.

Elle s'abandonne à moi. Elle n'a même pas besoin des menottes. Elle y est déjà.

Elle est déjà à moi.

Je me retire et la pénètre à nouveau. Avec lenteur et régularité. Ressentant chaque centimètre carré de son corps.

Elle me regarde, ses yeux sombres voilés de plaisir, d'affection, de confiance.

Là, je la comprends parfaitement.

Je m'empare d'un coussin, lui soulève les hanches, le place sous ses fesses.

J'enfonce les doigts dans ses cuisses.

Elle replie les jambes autour de ma taille.

Puis je la pénètre avec des coups de boutoir lents et réguliers, sans discontinuer, jusqu'à ce que le plaisir saisisse chacun de mes sens.

Jusqu'à ce que l'extase lui fasse tourner la tête.

Jusqu'à ce qu'on soit complètement connectés.

Je la garde là, tellement proche de la libération, terriblement excitée, jusqu'à ce qu'elle grogne de tourment et d'extase. Puis plus de tourment que d'extase.

Plus seulement de tourment. Ce n'est qu'une supplique. *Je t'en prie, Shep, par pitié.*

Cette fois, je cède.

Je la prends exactement comme elle a besoin que je le fasse. Je m'enfonce aussi profondément en elle que j'y parviens.

À la vitesse parfaite.

Là.

Elle grogne tandis que je m'enfonce en elle. Un gémissement exprimant l'anticipation à l'état pur. Une extase totale.

Mes paupières se ferment d'elles-mêmes. Mes doigts s'enfoncent dans ses cuisses. Plus fort. Assez pour qu'elle pousse un glapissement.

Je lui griffe la peau tandis que je la pénètre.

Tandis qu'un orgasme me fait chavirer.

Bon sang !

Ma verge palpite tellement que je vois des étoiles. Aucun signe de la pièce autour de moi. De la beauté allongée devant moi. Rien d'autre qu'une extase entière, à l'état pur.

Puis elle jouit, son vagin palpitant autour de moi, me serrant davantage, plus profond.

Et enfin, elle s'abandonne, totalement et complètement vidée.

Je dénoue nos corps, l'aide à retirer les menottes, m'allonge à côté d'elle.

Elle se blottit contre ma poitrine, posant la tête sur mon épaule, passant son bras autour de ma taille.

C'est bon de l'avoir aussi près de moi. Ça ne devrait pas être aussi bien.

Sur l'instant, j'ai l'impression que notre relation pourrait réellement être plus que tout ça.

Chapitre Trente-Trois

Jasmine

Je me réveille seule. Et endolorie.

Mon corps palpite toujours. Mais la froideur du lit vide…

C'est déroutant.

Non, c'est simple. Shepard va me baiser. Il ne m'aime pas. J'ai besoin de trouver le moyen de le comprendre.

Certes, il le répète sans cesse, mais…

J'ai besoin d'y croire. De le savoir comme je connais le climax de Macbeth. Comme je sais que j'aime mon père.

Je me lance dans ma routine du matin, revêts des vêtements confortables, me déplace dans la pièce principale.

Key m'attend avec le petit-déjeuner et du thé. De l'Oolong, parfaitement infusé, avec un nouvel assortiment qui rehausse la saveur de tous les éléments. Des œufs avec des échalotes. Des toasts au fromage de chèvre parsemé de ciboulette.

C'est simple, fort, crémeux.

Elle me donne également un mot. Il est de Shep. Il sera

occupé toute la journée, à faire Dieu seul sait quoi. Mais il veut que je choisisse une destination pour notre voyage. On doit visiter une des chocolateries de Jeff et Marcus. Pour leur montrer qu'on apprécie leur cadeau.

Et il faudra aussi qu'on rende ça crédible. Qu'on donne l'impression d'être le couple de fiancés le plus heureux qui existe.

Il va falloir qu'on se dépasse.

Mais je pense que ce n'est pas si mal, de choisir entre Londres, Paris, Rome et Tokyo.

Notre arrangement présente certains avantages.

Des orgasmes. Du bon thé. Des voyages à l'étranger.

La seule chose qui manque est l'amour.

Rien que cette petite chose.

— Jasmine, il te reste treize jours, dit Mai. Il faut que tu trouves quelque chose tout de suite.

— On ne se marie qu'une seule fois, argumente Quyen. Elle ne peut pas porter une robe qui ne va pas.

Elles se fient à moi pour prendre parti, mais je ne sais pas pourquoi. Ça fait vingt minutes qu'elles se disputent à ce sujet. Depuis leur hôtel (ma première escale après le petit-déjeuner) jusqu'à cette allée de magasins.

C'est la première boutique parmi de nombreuses options. Et à en juger par le statut actuel de la conversation… la journée va être longue.

— Celle-ci est ravissante.

Mai désigne l'une des robes dans la vitrine. C'est une robe sirène en dentelle, d'un créateur connu. Elle coûte plusieurs milliers de dollars.

— Mais tant d'argent… c'est du gâchis.

— Son mari gagne ça en une journée, rétorque Quyen.

— Plutôt en quelques heures, dis-je.

Elles me regardent avec des yeux écarquillés. C'est comme si elles étaient des personnages de dessin animé, avec des points d'exclamation au-dessus de leurs têtes.

— Tant que ça ?

Elles ne s'en sont pas rendu compte ?

— Je savais que Shepard venait d'une bonne famille, mais… ouah !

Mai regarde l'étiquette. Sa posture change alors qu'elle fait le tour du magasin. Ce n'est plus hors de prix. Tout est désormais à sa portée.

L'argent change les choses. Il change toujours les choses. Je ne veux pas que cela change l'image qu'elles ont de moi, mais je crois que je n'ai pas le choix.

— C'est son argent, dis-je. Pas le mien.

— Son argent que tu peux dépenser pour une robe. Pour ton mariage.

Puis la réalisation s'empare du visage de Mai.

— Qui le planifie ?

— Une de ses assistantes.

Je ne sers pas ma cause.

Quyen secoue la tête.

— Une assistante ? Jasmine. Tu places ta confiance en ses assistants pour planifier le jour le plus important de ta vie ?

— C'est le jour le plus important de ma vie ?

Elle hoche la tête pour dire *bien sûr*. Puis elle choisit une robe qui est bien plus travaillée. Avec un corsage apparent couvert de fleurs de dentelle, elle présente une jupe évasée et un nœud à la taille. Un vêtement de créateur, haute couture, particulier.

— Tu es audacieuse, dit-elle en désignant une cabine d'essayage. Tu mérites une robe audacieuse.

Mai proteste d'un geste de la main.

— Audacieux est une autre façon de dire laid. Est-ce qu'on complimente vraiment quelqu'un en disant que sa coiffure est audacieuse ?

Elle me regarde, et je lis toutes ses pensées sur son visage. *D'ailleurs, personne ne pense que Jasmine est audacieuse. C'est une fille gentille. Elle étudie sagement, ne se plaint jamais, se sacrifie pour sa famille.*

— Pourquoi ne pas porter ça ?

Elle désigne une autre robe dans la vitrine. Celle-ci présente un design encore plus… hum… audacieux.

Un corsage ajusté, une longue traîne et pas de jupe. C'est comme si un superhéros portait un costume de mariage absolument pas pratique.

Mais Quyen adore.

— Elle a de jolies jambes.

Mai rit pour dire que c'est vrai. Elle parcourt des yeux la rangée de robes, cherchant quelque chose de plus… normal.

Elle en déniche une qui est agressivement normale. Un simple fourreau ivoire sans le moindre détail.

Quyen secoue la tête pour dire *tu peux toujours rêver*, puis elle rejoint sa sœur devant le présentoir. Elle trouve une version plus excitante de la même robe.

C'est toujours un simple fourreau, couvert de dentelle épaisse.

— Tu as choisi un style ? demande-t-elle. Ou un endroit ? On a besoin de savoir ce qui est approprié.

C'est une bonne question, à laquelle j'aurais dû penser. Où va-t-on se marier ? Si j'avais tout le temps du monde, je choisirais…

Je ne sais pas. Je n'ai jamais pensé au lieu *où* j'aimerais me marier. Je pensais plutôt à avec qui et à ce qui se passerait ensuite.

Immédiatement, ma tête se remplit d'images de Shep

quand nous habitions en Californie. Le parc où nous passions notre temps. Les forêts de séquoias où on se rendait plusieurs fois par an.

L'hôtel huppé de San Francisco où l'on avait essayé de commander de l'alcool.

Les photos du mariage de mes parents. Une simple cérémonie dans le parc, en costume traditionnel vietnamien.

C'est le printemps.

Mais le parc représente-t-il une partie profonde de moi ? Et quel parc ? Lequel dirait *Jasmine Lee est plus que la femme d'un homme riche* ?

Est-ce que ça compte vraiment ?

Ce n'est pas un véritable mariage. On n'est pas vraiment amoureux. On ne professe pas réellement notre désir de rester ensemble pour toujours.

— On est toujours en train de décider, dis-je.

Mes tantes échangent un regard qui dit que *ça ne présage rien de bon*.

— Tu es sûre que tu n'es pas enceinte ? demande Mai.

— Ce n'est pas grave si tu l'es, ajoute Quyen. Tu ne serais pas la première…

— Ton père serait tellement heureux, l'interrompt Mai.

— Je sais, dis-je en riant malgré ma gêne. Il a vraiment hâte d'avoir des petits-enfants.

Elles échangent un autre regard que je connais bien. Celui-ci signifie *est-ce que ça va vraiment arriver ? Ou disparaîtra-t-il avant ?*

Ce n'est pas quelque chose que je suis en mesure de prendre en compte pour le moment. Ce n'est pas suffisant pour ce mariage.

— Qu'est-ce que tu veux, Jasmine ?

Mai prend les deux robes et nous précède, Quyen et

moi, vers le vestiaire. Mes tantes congédient l'employée d'un geste de la main.

Quyen entre dans la cabine avec moi. Le mot cabine ne rend pas justice à cette pièce. L'espace est immense, de la taille de mon ancienne chambre, avec un miroir à trois panneaux et une demi-douzaine de crochets.

— Je vais choisir quelques options supplémentaires, dit la vendeuse. Vous avez des sous-vêtements ?

— Elle n'a pas besoin d'un soutien-gorge spécial, avec sa silhouette, dit Quyen en vietnamien.

Mai éclate de rire et dit à la vendeuse qu'on a tout ce qu'il faut. Puis elle part avec elle, sans doute pour l'aider à choisir des robes qui n'attirent pas trop l'attention.

— Ma sœur est une bonne sœur et une bonne tante.

Quyen m'aide à retirer mes bottes, mon pull, mon jean.

— Tu es comme elle. Intelligente. Avec l'esprit pratique. Mais tu es aussi comme moi. Romantique. Mais plus que tout, ajoute-t-elle avec un sourire, tu es comme ta mère. Pragmatique, avec un idéalisme que tu n'admets pas posséder.

— Je n'en suis pas certaine.

— Tu vois, dit-elle en ouvrant la fermeture du fourreau de luxe. Tu ne veux pas l'admettre, mais je sais que c'est là. Ce mariage précipité… c'est parce que… eh bien, si tu me demandes mon avis, c'est parce que tu aimes le sexe.

— Oh, mon Dieu !

Je deviens rouge comme une pivoine.

Elle me fait signe de lever les bras. Quand je m'exécute, elle monte sur la chaise et tire la robe au-dessus de ma tête.

— C'est bon. Ça commence toujours comme ça. Ton oncle… il est plutôt…

— Je t'en prie, n'achève pas cette phrase.

Elle éclate de rire.

— Ça a commencé comme ça. De façon physique. Mais ce n'est pas possible que ça reste comme ça. Vous devez apprendre à vous comprendre. À vous faire confiance. À vous aimer.

— Je…

Eh bien, je ne peux pas lui répondre que *non, il ne m'aimera jamais, mais tu as raison, le sexe est super*.

— On se comprend.

À notre façon.

Elle m'aide à enfiler la robe, descend de la chaise, remonte la fermeture.

— C'est la passion qui te motive. Et ton sens pratique qui te fait t'accrocher. Tu es une femme intelligente, Jasmine. Tu reconnais que tu as trouvé une bonne chose. Tu es ravissante, dit-elle en me tournant vers le miroir.

— Que veux-tu dire ?

— Tu as la silhouette qu'il faut. Avec des talons plus hauts.

— Non. Quand tu dis que c'est une bonne chose.

— Il est riche, beau et te regarde comme si tu étais une princesse. Ce n'est pas surprenant que tu l'épouses.

— Je…

Je ne peux certes pas lui dire *non, non, c'est pour l'argent, mais pas comme tu crois*.

— Il me regarde comme si j'étais une princesse ?

Elle hoche la tête.

— C'est peut-être ton corps. Il pense peut-être à ce qu'il aimerait te faire plus tard…

— Oh, mon Dieu.

Je parviens à devenir encore plus cramoisie.

— Il le fait. Quand personne ne le regarde…

— Tu le regardes…

— Quand il pense que personne ne le regarde.

— Oh.

J'essaye de me concentrer, de juger la robe de façon objective. De songer seulement à l'image que renvoie la situation.

— Vraiment ?

Elle hoche la tête.

— Je ne sais peut-être pas grand-chose, mais je connais la façon dont les hommes regardent les femmes.

— Tu sais beaucoup de choses.

— C'est vrai, dit-elle en éclatant de rire. J'en sais beaucoup. Tout. Y compris ça.

— Je, euh…

Est-ce possible ? Que Shep me regarde vraiment avec dévotion ? Qu'il ne fasse pas simplement semblant ?

Elle voit peut-être ce qu'elle souhaite voir.

Elle est peut-être une meilleure menteuse qu'elle n'en donne l'impression.

Il pense peut-être avec sa bite.

Il a terriblement envie de me faire jouir. Et ce n'est pas si mal. Vraiment pas.

Je me tourne. Me concentre sur la robe. Élégante. Simple. Ennuyeuse.

— Je ne crois pas.

Pile au bon moment, l'employée frappe à la porte.

— Nous avons d'autres options, Mademoiselle Lee.

— Entrez, dis-je.

Quyen ouvre la porte. L'assistante suspend deux robes aux crochets. Puis quatre autres. Elle place des chaussures blanches sur le tapis, à côté d'une des chaises au design travaillé (c'est plus un trône qu'une chaise, pour être honnête).

— Pour voir comment ça va avec des talons. Mais vous pouvez porter des chaussures plates sous l'ourlet. Certaines femmes veulent lever les yeux vers leur mari.

— Il est très grand, dit Mai. Elle n'y coupera pas.

— Il n'est pas si grand que ça, argumente Quyen.

— Tu ne trouves personne grand.

Mai secoue la tête et raconte l'anecdote d'un joueur de basketball qui est venu dans son restaurant. Il était tellement grand qu'il s'est cogné la tête à la porte. Mais Quyen ne l'avait quand même pas trouvé grand.

Celle-ci se défend en lui rappelant le jour où elles ont rencontré un célèbre acteur, connu pour monter sur une caisse afin de se retrouver à la hauteur de ses partenaires de scène. Mais Mai l'avait trouvé grand.

Ça réchauffe l'atmosphère, apaise la tension de mon esprit. J'ai entendu ces anecdotes tellement de fois qu'elles me sont familières.

Et cette histoire de ne pas savoir où je vais me marier… Je peux vivre avec.

Non, je peux choisir un endroit. Je ne suis pas certaine de savoir ce que je veux, quelque chose qui dise que Jasmine Lee n'est pas uniquement l'épouse d'un homme riche, mais il y a bien une idée qui me vient à l'esprit.

L'endroit qui a été mon sanctuaire au cours de ces dernières années.

Je retire cette robe et repêche mon téléphone dans mon sac. J'envoie un message Shep.

Jasmine : On peut parler de l'endroit où le mariage se tiendra ?

Shep : J'ai réservé un théâtre.

Jasmine : Un théâtre ?

Shep : Oui, avec deux mille places. Il faut qu'on le fasse un lundi, pendant un jour de congé. Mais ce n'est pas un problème.

Jasmine : Oh.

Shep : Oh ?

Jasmine : Oui. Oh.

Shep : Tu n'aimes pas ?

Jasmine : Si. Mais depuis quand aimes-tu le théâtre ?

Shep : Vois-tu un endroit qui me plaise ?

Jasmine : Hormis la chambre à coucher ?

Shep : À moins que tu ne veuilles y convier nos invités.

Jasmine : C'est presque assez grand.

Shep : Ils se feront des idées.

Jasmine : C'est ce que pense ma tante. Que je t'épouse pour le sexe.

Shep : Le fantasme de tous les hommes.

Jasmine : Vraiment ?

Shep : Je sais que ce n'est pas à cause de ma personnalité de rêve.

Je ne peux m'empêcher de sourire. Il me taquine. C'est rare. Précieux.

Jasmine : Ce n'est pas pour l'argent.

Shep : Il existe d'autres hommes riches.

Jasmine : Il existe d'autres hommes doués.

Shep : Tu t'aventures en terrain dangereux.

Jasmine : Ça va blesser ton ego ? Si je te suggère que tu n'es pas le meilleur que j'ai jamais eu.

Shep : À ton avis ?

Jasmine : C'est probablement la seule façon que j'ai de te faire du mal.

Shep : Tu peux me faire du mal de beaucoup de façons.

C'est dur à croire. Shep est tellement réservé. Il garde son cœur dans un coffre-fort.

C'est sa décision.

Je la respecte.

Je veux la respecter.

Il ne va jamais m'aimer. Ça ne sert à rien de rêvasser de discussions sur l'oreiller et de balades sur la plage.

Shep sur une plage… c'est une image drôle.

Jasmine : C'est parfait pour le théâtre. Tu as un plan pour la lune de miel ?

Shep : C'est une surprise.

Jasmine : Ça va me plaire ?

Shep : Je ne suis pas certain que ça compte, puisqu'on passera tout notre temps au lit.

Jasmine : Ça veut dire que non ?

Shep : Tu n'as pas répondu à la question.

Jasmine : Laquelle ?

Shep : Si je suis le meilleur que tu as jamais connu.

Jasmine : Ne me dis pas que tu n'es pas sûr de toi.

Shep : Non. Mais si tu ne réponds pas, je vais devoir te forcer à l'admettre.

Jasmine : C'est censé me faire parler ?

Shep : Non.

Hum.

Oui.

Vraiment oui.

Entièrement oui.

— Tu enverras tes textos cochons plus tard, dit Quyen. Tu viens à peine de commencer.

La rougeur se répand à ma poitrine. C'était si évident que ça ? Comment est-on passé aussi vite aux conversations coquines ? Je crois que c'est notre seule connexion.

— Excuse-moi.

Je laisse tomber mon téléphone dans mon sac et enfile les chaussures à talon. Je la laisse m'aider à passer la robe suivante.

C'est elle qui l'a choisie. Une énorme robe de princesse dont la jupe fait la taille de mon ancienne cabine de douche. Le corsage est moulant et se termine même en pointe.

Le tissu léger tourbillonne quand je tourne sur moi-même. C'est le genre de robe qui exige du mouvement.

— Comment parviendra-t-il à t'embrasser ? rit Mai. Elle fait vraiment barrière.

Elle essaye de s'approcher pour me prendre les hanches, mais la jupe lui bloque le passage.

— Elle est belle. Laisse-le se débrouiller, dit Quyen.

Elle est belle, et j'ai l'impression d'être une princesse, mais ça ne me ressemble pas.

— Ce n'est pas la bonne.

Elles échangent un regard de victoire. Quelque part, toutes les deux considèrent ça comme un point positif.

Elles m'aident à la retirer, puis elles se dirigent vers le mur, vers quelque chose placé derrière l'amas de robes.

— C'est une simple idée, dit Mai. Je crois que tu devrais rester moderne et porter quelque chose de nouveau, de pratique. Mais ton père…

— Il adorerait, dit Quyen.

Elle brandit un sac à vêtement noir. Quand elle l'ouvre, il révèle une robe de marié vietnamienne traditionnelle. Comme celle sur les photographies de Maman.

Elle n'est pas moderne. Pas ici, et pas même au Vietnam. De nos jours, la plupart des femmes portent une robe blanche occidentale, pour la cérémonie. Elles enfilent parfois leur Ao dai plus tard, mais pour les photographies, elles préfèrent l'opulence.

Cela dit… ça ressemble tellement à ce qu'avait porté Maman.

Je hoche la tête. Je l'aide à me l'enfiler.

Ça ressemble tellement au fourreau. Un tissu rouge soyeux qui effleure ma peau. De longues lignes élégantes.

C'est beau. Traditionnel. Audacieux.

— C'est trop modeste, proteste Quyen.

— Et tu ressembles à une de *ces* filles.

Mai marmonne quelque chose à propos d'une amie à elle qui refuse tout simplement de s'intégrer.

— Mais tu es aussi comme ta mère, ajoute Quyen en ravalant une larme. Tu lui ressembles tellement.

— Elle aurait voulu quelque chose de moderne, dit

Mai. Elle voulait que tu t'intègres, comme une fille américaine normale.

— Elle aurait voulu quelque chose de magnifique. De grand. Quelque chose qui te donne l'impression d'être une reine.

Quyen se tourne vers moi.

— Qu'est-ce qui te donne l'impression d'être une reine, Jasmine ? C'est ta robe. C'est ta journée. C'est ta chance de te présenter devant tout le monde pour déclarer ton amour à ton fiancé. Fais-le d'une façon qui te semble honnête.

Pour une fois, Mai est d'accord.

Je ne peux pas me redresser et crier *c'est un véritable mariage, vraiment !* Ou bien *pour l'amour de Dieu, arrêtez de me dire ce que je devrais ressentir à propos de ma robe de mariée. Et n'ajoutez pas en plus la pression de faire plaisir à ma défunte mère.*

Enfin, si, je peux le faire. Mais je préférerais ne pas entendre leur frustration.

Je peux trouver un compromis. Quelque chose qui honorerait mon histoire et ma mère, sans donner l'impression de porter un costume.

— J'ai une idée.

Pour la première fois, je ressens une bouffée d'enthousiasme en songeant au mariage. C'est parfait.

— Je crois que vous allez adorer.

Chapitre Trente-Quatre

Jasmine

Lock se met immédiatement à l'œuvre. Il m'emmène rencontrer un créateur à qui j'explique précisément ce que je veux.

Mes tantes commencent à donner des ordres au designer. Après tout leur mère, ma grand-mère, était couturière. Je les laisse faire. À la seule condition qu'elles me promettent qu'elles n'en parleront pas à mon père tant que ce ne sera pas prêt.

Le couturier me promet un délai de trois jours.

Je passe la plupart de mon temps avec elles. On fait le tour du Met, on va voir Times Square et on assiste à des représentations de *Wicked* et du *Fantôme de l'Opéra*.

On mange une véritable pizza de New York. Des bagels délicieux. Un café glacé vietnamien et une soupe pho dans un resto de Chinatown. Bien sûr, Mai déteste. Elle déteste tout ce qui ne vient pas de son restaurant.

On parvient même à faire sortir Papa pour la journée. Et à faire le tour du parc avec lui, le voir rire avec ses belles-sœurs, les entendre se souvenir de son mariage avec ma mère…

Ça vaut tout l'or du monde.

Les dîners que je passe en silence avec Shep ne me font rien.

Le voyage de trois jours à Rome que nous planifions est…

Je ne le redoute pas vraiment. Même si je préfèrerais ne pas quitter ma famille. Même si je ne sais absolument pas pourquoi on doit faire tout un cinéma pour impressionner quelqu'un d'aussi insipide que Jeff.

Je ne m'imagine pas que son partenaire en affaires, le fameux Marcus, est plus intéressant.

Qu'ont-ils à faire de notre opinion ?

Je crois que je n'ai pas à le savoir.

Et pour une fois, je ne m'en inquiète pas. Je profite de l'air frais, du thé fort, du grand soleil.

Pour une fois, la vie est belle.

Facile.

Et quand la robe arrive enfin, je l'apporte à l'appartement de Papa pour la lui montrer.

Il pleure, me serre dans ses bras et dit :

— Ta mère serait tellement fière de toi.

Et je le crois.

Si elle connaissait la vérité… C'est comme Quyen l'a dit : elle aurait été fière que je suive mon sens pratique, même si elle aurait secrètement voulu que je suive mon cœur.

Mais le cœur est une chose bien bête.

Parfois, il vaut mieux l'ignorer.

Chapitre Trente-Cinq

Shepard

— Tu as une mine affreuse.

Ian lève son mug comme s'il portait un toast.

Je laisse ma tasse d'espresso exactement où elle se trouve. Affreuse n'est pas le mot juste. Dire que je suis déchiré en deux conviendrait mieux. Une trop grande partie de moi a un besoin viscéral de la compagnie de Jasmine. À chaque fois que je crois que tout va devenir plus facile, ce bâtard me rappelle que non.

Ces informations constantes sur Marcus et sa foutue usine…

Comme si je me préoccupais de l'argent qu'il soutire aux touristes dans une dizaine de villes différentes ! Même si je sais que ses barres ne valent pas le prix qu'il annonce. Elles ne sont pas confectionnées avec un seul chocolat d'origine locale, comme il l'affirme.

Elles sont bonnes, cela dit.

Je suis peut-être aveuglé par ma haine.

Je ne suis peut-être plus capable de reconnaître un bon chocolat. J'ai peut-être perdu la capacité de véritablement savourer de la nourriture.

Ça ne semble pourtant pas vrai… Je reconnais la qualité du goût de ce café. Un peu brûlé, trop acide, pas assez fort.

Médiocre.

Mais je sais qu'il y a du bon dans le monde. J'ai goûté du bon, avant.

Et Rome…

Je souris en m'imaginant boire un espresso tandis que Jasmine secoue la tête pour dire *c'est horrible, comment peux-tu boire ça ?*

Puis je pense à la raison pour laquelle nous allons à Rome, et…

— Ce n'est pas le manque de sexe, dit-il d'une voix taquine. Je sais à quoi tu ressembles quand tu ne couches pas. Ce n'est pas joli.

Il n'a pas tort. Même si *coucher* ne fait pas vraiment partie de mon vocabulaire.

— Parce que toi, tu l'es, peut-être ?

— Tu essayes de me dire que je ne suis pas joli ? demande-t-il avec un grand éclat de rire.

C'est ridicule. Ian est un homme attirant, mais personne ne le qualifierait de joli. Beau lui conviendrait mieux, comme Key aime me le rappeler.

Comme Lock aime me le rappeler.

Parfois, ils se disputent même pour trouver les mots qui conviennent le mieux à Ian. Les rumeurs sont-elles vraies ? Fait-il vraiment une fixation sur les vierges ? Aime-t-il introduire les femmes à la domination ? Ou bien embarquer des effeuilleuses et leur offrir du liquide pour une nuit à l'hôtel ?

Je ne gâche pas leur petit jeu en leur disant la vérité. Ou du moins ce que j'en sais.

— Jeff a envoyé votre itinéraire, dit Ian. Vous allez à Rome ce week-end ?

Je ne vais même pas lui demander comment il le sait. Ian sait toujours tout.

— Tu as envie de me dire quelque chose ?

— C'est une ville romantique.

— C'est le centre du catholicisme.

— Et des pâtes.

— Et du vin.

Vraiment, le monde entier tourne autour de l'alcool. Le Mezcal au Mexique, le Souchu en Corée, le vin en Italie.

— Vous auriez dû aller à Londres, dit-il.

— Pour que *tu* puisses lui faire la cour ?

— Tu es incapable de gérer un brin de compétition entre amis ?

Il s'adosse au mur et contemple le bureau vide. Il est tôt. Nous sommes les deux seuls présents.

Nous sommes toujours les deux premiers arrivés. Je ne sais pas comment il fait. Si mes sources sont exactes, et je suis quasiment certain qu'elles le sont, Ian se couche souvent très tard. Mais il arrive toujours ici à la première heure, en pleine forme.

— Un homme de ton âge ne devrait pas trop se fatiguer, le taquiné-je en retour.

Il éclate de rire, un autre rire facile.

— C'est un coup bas.

— Tu parviendras quand même à le bloquer ? Ou bien tu as des problèmes de dos ? J'ai entendu dire que ce genre de choses arrivent.

Son sourire se fait entendu. Il n'a que dix ans de plus

que moi, mais ça suffit pour que je puisse le taquiner à ce sujet.

— C'est elle qui a choisi Rome ou bien toi ?

— C'est Marcus.

Il hoche la tête, pas surpris.

— Je suis certain qu'il existe une raison à la con.

— Tu veux que je la découvre ?

J'y réfléchis un instant. Ian a ses recours bien à lui, et ils ne sont pas tous légaux.

Si Jeff et Marcus planifient une visite surprise de ce bâtard, j'ai besoin de le savoir.

Mais ça n'arrivera pas. Jeff le déteste et déteste jouer à ces petits jeux-là.

— Je me rends compte que je suis mal placé pour te donner des conseils de mariage, dit Ian, mais je connais les femmes, et je vois que Jasmine te fait confiance.

— J'en ai conscience.

— Quoi que tu cherches… elle pourra peut-être te le donner.

— Tu as raison, je ne t'ai pas demandé tes conseils.

— Partez à Londres après. On ne trouve pas de bons thés, à Rome.

Il me dit au revoir du menton, se tourne et part.

Je crois qu'il a raison à ce sujet. Je ne parviendrai pas à contenter la plupart des besoins de Jasmine, mais je peux m'assurer qu'elle ait du thé à boire, de la nourriture à se mettre sous la dent et un endroit confortable où résider.

Je ne peux rien faire pour son cœur.

Mais je sais comment m'occuper de son corps.

Chapitre Trente-Six

Jasmine

Voler en première classe est un vrai luxe. Des sièges larges, des coussins moelleux ; le ciel bleu que vantent tant de compagnies aériennes.

L'hôtesse sourit comme si elle rêvait d'exaucer le moindre de mes désirs. Elle est contente de m'apporter de l'eau pétillante. Son unique souhait est que j'apprécie mon dîner. Et est-ce que je souhaite un dessert glacé ? À la vanille ou au chocolat ? Peut-être du café ou du thé pour aller avec ?

Elle aimerait pouvoir en faire davantage pour m'aider. Ils n'ont qu'un seul thé, appelé « Thé ». Elle comprend qu'il existe d'autres options, mais elle ne les connaît pas vraiment. En Italie, la culture tout entière tourne autour du café.

C'est étrange.

Voilà trois semaines, j'étais cette femme qui souriait aux étrangers, à faire semblant que ma seule raison de vivre était de satisfaire leurs besoins.

Qu'on se comprenne… J'aimais être utile. J'ai toujours aimé rester active. Même pour des choses triviales, comme aller chercher un américano dans un café bien précis plutôt que dans un autre. Parce qu'il faut que tout soit parfait.

Mais le faire avec le sourire, faire semblant que ça ne demande aucun effort, comme si je contentais véritablement mes désirs les plus profonds…

Ça ne me plaisait pas.

Ça ne me plaît toujours pas.

Et toute cette histoire de voyage à Rome…

Je ne sais pas vraiment ce qu'on va y faire. Shep sait ce que je ressens. Il sait que j'apprécie son aide. Il sait que cette obligation me contrarie.

Mais ça ne sonne pas vraiment juste.

Certes, les raisons de ce voyage à Rome ne sont pas claires. J'aimerais savoir. J'aimerais qu'il me fasse suffisamment confiance pour m'expliquer tout ça.

Mais pour le moment, je ne lui en veux absolument pas.

Pour l'instant, je suis… heureuse.

Peu m'importe ma gêne de me retrouver en première classe, le thé un peu pourri ou l'explication vague.

Je pense seulement au fait que Shep est assis à côté de moi, ses lèvres formant un demi-sourire, les yeux brillants.

Il est tellement beau.

Et je suis tellement dans la panade.

Parce qu'il me plaît vraiment. Plus encore.

Le discours que j'ai tenu sur le fait que je n'avais jamais cessé de l'aimer…

C'était criant de vérité.

Mais ça n'est pas si terrible que ça, parce que je suis vraiment contrariée par ce thé pourri. Il n'a aucun goût.

— C'est vraiment ce qui passe pour du thé, ici ?

— Ian dit que tu n'auras pas de chance en Italie.

Une fois encore, je lui tire la langue, comme si j'avais à nouveau seize ans et que je me plaignais de la cuisine de mon père.

— Tu peux essayer un espresso.

Je lui tire à nouveau la langue. Le café m'émousse les sens. Certes, j'apprécie le café glacé vietnamien que Mai sert dans son restaurant… si je veux quelque chose qui donne l'impression qu'un Frappuccino est subtil. Mais du café noir… pas question.

— Trop fort ?

— Bien trop fort.

— Ils ont du lait et du sucre.

C'est… vrai. Et il y a quelque chose dans son ton décontracté… ça sonne parfaitement juste.

Tout ceci est trop facile. Comme si on était deux gamins amoureux. Comme si nos problèmes les plus importants étaient les examens et ce qu'on allait porter au bal du printemps.

Ses doigts frôlent les miens alors qu'il prend la tasse pour la porter à ses lèvres pulpeuses. Il avale une petite gorgée.

— Ça a le goût du thé.

Je secoue la tête.

— C'est une abomination.

— Qu'est-il arrivé à l'Oolong ?

— Je l'ai bu.

— Tout entier ?

Je hoche la tête.

— Les sachets sont à peine meilleurs. Il n'y a pas de place pour que les feuilles respirent.

Son sourire s'élargit légèrement.

— C'est vrai ?

— Oui.

Je cherche à lui montrer la preuve, mais ma tasse a disparu depuis longtemps. L'hôtesse me l'a retirée à la seconde où je l'ai terminée. Elle est exactement comme je l'étais avant. Partout et nulle part à la fois. Seulement visible quand les gens veulent la voir.

— J'ai quelque chose pour toi, dit-il.

— C'est approprié ?

Le sourire en coin de Shep illumine ses yeux bleus. C'est ce sourire charmant et coquin qui dit *je ne sais pas ce que je vais faire de toi, Princesse.* Puis c'est autre chose. Quelque chose de plus profond.

Mais je me fais peut-être des idées. C'est le manque d'oxygène. L'absence de thé. L'incapacité de penser clairement à cause de la proximité de Shep.

Il ne porte pas de costume, aujourd'hui, mais un jean et un t-shirt bleu marine.

Un jean.

Je n'ai pas vu Shep en jean depuis des années. On est allés dans une école privée. On portait des uniformes. Il ne portait des jeans que le week-end, c'est tout…

Et à présent…

Shep est en osmose avec son costume. Comment peut-il avoir l'air tout aussi séduisant dans une tenue décontractée ? Ce n'est pas juste. Ça sonne faux.

Mais je devine que c'est en ma faveur. Alors je ne peux pas vraiment me plaindre.

Il défait sa ceinture, se redresse, prend quelque chose dans le compartiment en hauteur.

Son t-shirt suit le mouvement de ses bras et révèle quelques centimètres de peau ferme. Des abdos. Ce V parfait. Des poils doux qui disparaissent sous le jean.

C'est le jean. C'est ça qui me perturbe, qui me transforme en une obsédée du sexe.

Ou peut-être suis-je devenue une obsédée du sexe tout court, à présent.

On dort dans des chambres séparées. Et on a été occupés. Lui par son travail, la domination mondiale ou bien ce qu'il fait quand il est au bureau.

Mais moi aussi. Par ma famille, mes cours de théâtre, mes soirées passées à regarder des films.

Ça fait des journées entières qu'il ne m'a pas touchée.

Quatre jours.

Quatre jours sans son sexe, et je suis prête à faire l'amour dans cet avion.

Je suis vraiment pire que folle.

Son t-shirt retombe quand il baisse les bras. Il me tend quelque chose pour me l'offrir.

Une boîte de thé. Des sachets de Milky Oolong. Pas celui que j'avais demandé à Key de m'acheter. Une autre boîte.

Mes doigts frôlent les siens quand je l'accepte. C'est une chose tellement insignifiante. Ça ne devrait pas avoir autant d'importance. Mais ça en a.

Il essaye de faire des compromis. À sa façon.

— Merci.

J'ai des papillons dans le ventre. C'est comme si j'étais redevenue adolescente. Comme si j'attendais qu'il m'embrasse pour la première fois.

— Tu veux que je commande de l'eau chaude ?

Je hoche la tête, puis je le regrette immédiatement. Je n'ai pas envie que l'hôtesse soit là. Même si elle sait comment se rendre invisible.

Je ne veux pas me rappeler comment étaient les choses. Comment les choses redeviendront pour moi si tout ça ne fonctionne pas. Je ne suis pas naïve. J'ai vingt-quatre ans et je ne suis pas blanche. Même si j'obtiens très vite des compétences, je n'aurai pas beaucoup d'options.

Le monde me considère comme une servante.

Même une fois que j'aurai épousé Shep, le monde me considèrera toujours comme la servante. Une servante d'un type différent. La jolie femme trophée qui remplit son rôle en échange de la sécurité.

Toujours souriante, toujours naturelle, disant toujours *merci, je m'en occupe immédiatement, Monsieur.*

Je ne veux pas me souvenir de ça. Pendant quelques jours, je ne veux pas avoir l'impression d'être coincée dans cette case. Je veux croire que ma vie est comme les cieux…

Lumineuse, large et pleine de possibilités.

L'hôtesse dépose l'eau bouillante avec un sourire.

— Votre mari est vraiment gentil d'avoir amené votre boisson favorite. J'aimerais que le mien soit aussi prévenant.

— Je ne suis pas encore son mari, dit-il. Mais bientôt.

Son regard se pose sur la bague énorme que je porte au doigt.

— Une lune de miel anticipée.

Elle sourit.

— Très bien pensé. Ne le laissez pas filer, me dit-elle. Il faut le garder.

— C'est vrai.

Je referme les doigts autour de mon verre en carton.

Shep tourne son corps vers le mien, bloquant le reste de l'avion. Il a le siège côté couloir. J'ai le hublot. Il m'a demandé lequel je voulais. Il a demandé où je voulais m'asseoir.

Il déballe la boîte et l'ouvre. Tire le sachet de son emballage en plastique.

Il fait attention, comme si c'était un chargement précieux.

Lentement, il glisse le sachet dans ma tasse d'eau.

— Merci.

Mes yeux trouvent les siens. Je ne parviens pas à détacher le regard de lui. Ses yeux sont tellement beaux. D'un beau bleu profond qui attire toute mon attention.

— Elle a raison. Je dois te garder.

— Elle veut dire que je suis riche.

— Elle te trouve peut-être beau.

Il sourit. Un véritable sourire.

— C'est vrai ?

— Ou bien elle perçoit ton... énergie sexuelle débridée.

Est-ce que je viens vraiment de dire ça ?

Son sourire se fait taquin.

— Princesse, tu sais ce qu'il se passe quand on me défie.

— Précisément ?

Il hoche la tête. *Juste ici.*

— Sous une couverture.

— Ils nous jetteront dehors.

— Comment ? On est en plein milieu de l'Atlantique.

Seulement à un quart du trajet, mais je ne le corrige pas. C'est tellement bon de le laisser me taquiner.

— Tu es contente ?

— Contente ?

C'est une question importante.

— Concernant l'organisation du mariage ?

— Ton équipe s'en occupe très bien, dis-je avec un rire nerveux. Est-ce qu'on s'y habitue un jour ? D'avoir une équipe ?

— On finit par s'y habituer.

— Je ne me l'imagine pas. C'est étrange d'avoir du thé et le petit-déjeuner à son réveil. Key contente mes moindres besoins. C'était mon rôle, autrefois.

— Je sais.

— Quand on est là pour servir… les gens te regardent, mais ils ne te voient pas.

— Je sais ce que tu veux dire.

Mais est-ce vrai ? Shep a toujours eu de l'argent. Il a toujours retenu l'attention.

— Je sais que tu n'y crois pas, mais je t'ai toujours vue, Jasmine. Le premier jour d'école, en cours de littérature américaine avancée. Tu mordillais le bout de ton crayon en lisant *Huckleberry Finn*.

— Tu te souviens de ça ?

— Je me souviens de tout. La façon dont tu levais les yeux au ciel en me regardant. Puis tu rougissais, parce que tu ne pouvais pas t'empêcher d'éviter mon regard. Tu pensais que je te voyais comme une boursière, mais ce n'était pas vrai.

— Tu pensais à ce que tu voulais me faire ?

Il hoche la tête pour dire *exactement*.

— Je te revois encore dans ta jupe crayon. Je suis certain qu'il y a des gens qui te trouvent transparente. Mais moi je pense simplement que j'ai besoin de retrousser ta jupe jusqu'à ta taille.

— Oh.

Ma poitrine se réchauffe. Ma langue s'embrouille. Il est tellement beau. Et sexy. Et cette lueur dans ses yeux… Il y a du désir, oui, mais aussi de l'affection.

— Je voulais plutôt dire que… les gens ne pensent pas qu'on compte. On n'est pas une personne pour eux. Plutôt un objet. Comme un programme d'ordinateur ou une machine à café. C'était la même chose quand je travaillais au restaurant de Mai.

— Tu es invisible.

Je hoche la tête.

— Je pensais que je détestais ça. Mais ça…, dis-je en

levant la main gauche. C'est un défi d'une tout autre nature.

— On attire beaucoup l'attention, quand on se tient sous les projecteurs.

Je hoche la tête.

— Ça passera. On va se marier, les gens en parleront pendant quelques semaines, puis ils passeront à autre chose.

— Et nous, on…

— On vivra.

— Mais ça ressemblera à quoi ?

Je plonge mon sachet de thé à trois reprises. L'eau devient un peu plus sombre. Légèrement plus brune. Avec plus de goût.

J'avale une gorgée. C'est bon, mais pas super. L'eau n'est pas assez chaude pour une véritable infusion. Le thé n'est pas prêt à se déployer. Il n'est pas prêt à se révéler à moi.

J'avale une autre gorgée.

— Tu vas continuer à travailler tard ?

Ses yeux restent braqués sur les miens. Il étudie mon expression, cherchant quelque chose.

— Je travaille toujours tard.

Je ne suis pas vraiment certaine de ce que je veux. Si c'était réel, je souhaiterais tout avoir. Les dîners pleins de joie, les longues balades dans le parc, les après-midis paresseux sur le canapé. Une famille.

Mais ce n'est pas réel. Je n'ai pas passé du temps à me représenter mon faux mariage parfait.

— Est-ce qu'on dormira dans des chambres séparées ? Tu viendras me voir pour baiser quand ça te conviendra, et après tu repartiras ?

Son regard s'adoucit.

— Je ne veux pas que tu te fasses des idées.

— Tu peux passer la nuit dans mon lit sans que je me fasse des idées.

Il étudie mon expression, réfléchissant pour voir s'il est d'accord.

— D'accord.

— D'accord ?

Il avale une gorgée de café.

— Ça me plaît.

— Oh.

Mon cœur bat la chamade. Ça lui plairait. Ça ne devrait pas signifier autant pour moi, et pourtant, si.

— Et je… tu vas seulement m'emmener quelque part quand tu auras besoin de me pavaner ?

— Tu aimerais faire autre chose ?

— Ce serait bien de pouvoir dîner sans m'inquiéter de l'image que je renvoie.

Il hoche la tête pour dire *bien sûr*.

— Ou bien on pourrait aller au théâtre. Passer l'après-midi à Central Park. Tu vas au parc ? Ou bien il y a trop de boue ?

Il affiche un demi-sourire.

— Je ne sais pas si je t'ai déjà vue couverte de boue.

C'est vrai. Ça n'a jamais été mon genre, de faire du jardinage, de randonner ou de jouer avec de la peinture.

— Je ne suis pas certain de t'avoir déjà vue porter des chaussures plates.

Il désigne mes sandales à semelles compensées.

— Je suis petite.

— Tu ne l'es pas, rétorque-t-il en secouant la tête. La taille moyenne pour une femme est un mètre soixante-cinq.

— Je suis moyenne ? Je n'ai jamais entendu un tel compliment !

Je lui tire un petit ricanement naturel.

— Légèrement au-dessus de la moyenne.

— Arrête. Tu vas me faire rougir.

Il affiche un air que je n'arrive pas à reconnaître. Un air qui exprime l'amour et l'affection.

— On sera bientôt à l'abri des regards indiscrets. Alors, on pourra en faire plus. Je… je veux te protéger autant que j'en suis capable.

Il désigne l'allée centrale et les sièges qui se trouvent de l'autre côté.

— Généralement, j'aurais affrété un avion privé. Plus de temps pour moi. Pour nous.

Son intention s'infiltre dans sa voix. *Plus de temps pour t'arracher tes vêtements et te baiser furieusement.*

Ou bien c'est la maniaque du sexe qui a pris le contrôle de mon cerveau.

— Tu as déjà fait ça ?

— Tu veux vraiment que je te réponde ?

C'est comme s'il venait de répondre oui. Je me mords la langue.

— J'aime quand tu es jalouse. Je ne t'avais jamais vue comme ça.

— Je ne suis pas…

— Oh, si, dit-il. Moi aussi. J'ai envie de tuer tous les hommes qui ont pu te toucher.

— Oh.

Mes joues rougissent. Sa possessivité ne devrait pas m'apaiser...

— Tu étais ma première relation.

— Toi aussi.

Son sourire change. Il se fait nostalgique et même triste.

— Quand j'ai arrêté de boire, le sexe était la seule chose qui avait du sens. Ce n'était pas simplement physique. Pas vraiment. Mais ce n'était pas personnel non plus.

— Tu n'as pas à t'expliquer. Tu ne me dois rien.

— Mais tu es quand même jalouse.

Je hoche la tête.

— Mes goûts ont toujours été là. Mais j'avais peur de m'y abandonner. Je craignais de te faire peur. Ou de me faire peur à moi-même.

Je ne sais pas quoi répondre. Aurais-je accepté son besoin de contrôle à l'âge de seize ans ? J'en doute. Même si j'avais été intéressée, et je l'aurais été, j'aurais été trop timide.

— Avec d'autres femmes… c'était plus facile. Je me fichais de ce qu'elles pensaient de moi. Et il y en avait tellement qui en avaient envie. Qui m'ont aidé à comprendre les choses.

Je me mords la langue.

— J'ai eu des sentiments pour certaines. Mais pas comme avec toi.

— Oh.

— Je pensais toujours à toi. À t'attacher à mon lit. À te plaquer contre le mur. À serrer mes mains autour de ta gorge pendant que je te baisais.

Un frisson me parcourt les cuisses.

— Tu te moques ?

— Un peu.

— Pour me distraire ?

— C'est pour moi. Je ne veux pas penser aux autres hommes. Je déteste savoir qu'une autre personne t'a fait jouir. Je déteste savoir que quelqu'un d'autre t'a entendue gémir.

— Tu penses toujours…

Je déglutis fort. Je devrais m'y accrocher. Le faire mariner. Mais je ne peux pas.

— Je n'ai jamais couché avec Nick. Je n'en serais pas capable. Même si j'avais envie de me venger. C'est comme un grand frère pour moi.

Ses yeux restent braqués sur les miens.

— Je… j'aurais dû te le dire plus tôt…

— Mais tu voulais que je reste jaloux ?

Je hoche la tête.

Il sourit, impressionné.

— Tu as toujours été rusée.

Je ne sais pas si son compliment devrait me flatter. En substance, il me dit que je suis manipulatrice. Mais je suis flattée.

— Merci.

— Alors, j'imagine que je n'ai pas à te l'expliquer. Qu'on a dû laisser Marcus payer pour ce voyage, acheter nos billets, choisir notre hôtel, organiser notre emploi du temps.

Je hoche la tête. Je ne connais peut-être pas les détails, mais je connais les hommes riches. Ils cherchent toujours à montrer qui est le plus fort.

— J'aimerais que ça soit plus facile. J'aimerais qu'on soit dans un avion privé. J'aimerais que ton père soit en bonne santé. J'aimerais qu'on se marie parce qu'on est follement amoureux. J'aimerais que ça ne soit pas aussi compliqué. Mais ça l'est.

— Je sais.

Tu penses que c'est possible ? Que tu pourrais m'aimer ? Que ça pourrait être aussi simple que ça ? C'est une question bête, mais elle ne cesse de résonner dans ma tête.

— Je vais avoir besoin de te faire pavaner.

Shep ne fait rien pour masquer le désir dans sa voix.

— Je suis certain que tu auras parfois l'impression d'être une femme-objet. Les hommes voient une belle femme et se font des idées. Ils s'attendent à des choses. Je te protègerai autant que faire se peut, mais je ne peux pas les empêcher de penser.

Sa voix adopte une certaine honnêteté. Une vulnérabilité, même.

— Parfois, j'oublie que tu es là seulement parce que je te paye.

— Ce n'est pas exactement…

— Je sais. Mais je sais aussi comment va le monde.

Il se cale contre le dossier de son siège, les yeux braqués sur celui de devant.

— Au fond, tu es romantique. Tu veux épouser quelqu'un qui t'aimera. Tu veux avoir des enfants que ton père puisse prendre dans ses bras. Et tu voudras leur montrer ce que ça signifie de suivre ses rêves. Mais tu es une femme intelligente. Tu comprends que le monde ne le permet pas toujours.

Depuis quand tout le monde pense-t-il que je suis romantique ?

Il me regarde.

— Je ne peux pas te donner ça. Mais je peux me montrer… plus doux. Je peux essayer, du moins.

— Merci.

Ses doigts glissent sur sa tasse en carton. C'est un geste inconscient. Il ne s'en rend pas compte.

— Il faut que tu me promettes quelque chose.

J'acquiesce immédiatement.

— Tu dois me dire que tu comprends que je ne suis pas capable de t'aimer. Ça n'a rien à voir avec toi, Jasmine. C'est moi. Cette malédiction qui me poursuit…, explique-t-il en secouant la tête. J'aime ta compagnie, ton esprit, ta beauté, ta détermination. J'aime la façon dont tu réagis à mon contact. Mais je ne tomberai jamais amoureux de toi.

— Bien sûr, je comprends tout à fait.

Mais c'est un mensonge.

Chapitre Trente-Sept

Shepard

Le décalage horaire ne joue pas en notre faveur. On arrive quelques heures après minuit.

Toutefois, quelqu'un est là pour nous accueillir à notre appartement, souriant comme si nous étions au beau milieu de l'après-midi, et heureux de nous faire faire le tour.

C'est plus beau que ce à quoi je m'attendais de la part de Jeff et Marcus. Un appartement dans un vieux bâtiment. Rome ne contient d'ailleurs que de vieux immeubles de trois ou quatre étages. Une chambre à coucher, un salon, une petite cuisine avec les accessoires que nous avions demandés.

Quand Jasmine voit la bouilloire électrique, celle dont son père a secrètement envie, elle manque me sauter dans les bras.

J'attends que notre hôte s'en aille, puis je transforme l'image que j'ai dans la tête en réalité.

Je la soulève dans mes bras, la porte jusqu'au lit et retrousse sa jupe jusqu'à sa taille.

Elle se contorsionne sous moi alors que je la caresse jusqu'à l'orgasme. C'est tellement beau de voir le plaisir remplir ses yeux sombres. De voir son dos se cambrer, ses orteils se contracter, ses lèvres s'écarter.

C'est encore mieux quand elle se détend après coup. Elle referme les doigts autour de mon poignet, s'enfonce dans les draps, s'endort.

Je reste avec elle pendant un moment en regardant sa poitrine se soulever quand elle respire. Puis je l'aide à retirer sa robe fluide et son soutien-gorge en dentelle.

Enfin, je défais nos valises, prends une douche et vais la rejoindre dans le lit.

C'est tellement bon d'être allongé à ses côtés. Ça remplit une partie de moi qui était vide.

Je m'endors en paix.

Je me réveille quelques heures plus tard, aux prises avec un cauchemar. Tous ces angles aigus. Toutes ces raisons pour lesquelles ça ne marchera jamais.

C'est bon de croire que je suis capable de l'aimer, mais c'est un conte de fées.

La vérité est bien trop laide.

Après un petit-déjeuner rapide, on se rend à pied à la chocolaterie de Jeff. Ce n'est toutefois pas le bon terme. Ça ressemble plutôt à une usine. Un endroit qui vend des barres hors de prix à des touristes.

Elle est située aux abords de la zone commerciale de la ville. Jasmine reste près de moi pendant la longue marche. Elle me presse la main tout en regardant autour d'elle.

Des rues pavées, des places ouvertes, des bâtiments de

quatre étages avec de la peinture écaillée et des balcons larges.

Des ruines à quelques pâtés de maisons de distance.

Des rangées entières de restaurants de pâtes, de cafés, de glaciers.

Des choses nouvelles dans de vieux bâtiments. Des ruines remplies de groupes de touristes. Un musée géré par l'Église catholique, avec une file d'attente qui s'étend sur une centaine de mètres.

Mon travail me permet de faire le tour du monde. Même si ça me contrarie de l'admettre devant Ian, Londres est l'une de mes villes préférées. L'ancien et le nouveau y sont en parfait équilibre. La ville a une histoire, mais paraît tout de même moderne.

Rome est prisonnière du passé. Tournée vers les souvenirs. Vers hier. Vers les reliques des temps anciens.

Même si elles sont en ruines.

C'est la destruction qui attire les gens. Venez voir ces piliers qui s'effondrent. Ces vestiges de ce qui était autrefois grandiose.

Qui voudrait voir ce genre de choses ?

J'essaye de repousser cette pensée, mais elle s'attarde. Ce voyage correspond bien à Rome. Marcus et son partenaire sont là pour la même raison.

Pour qu'ils puissent s'extasier à la vue de quelque chose en ruines. Quelque chose qui sera à jamais préservé dans un état de semi-destruction.

Jamais reconstruit. Jamais réparé. Jamais libéré.

— C'est là.

Jasmine me presse la main alors qu'elle s'arrête devant un bâtiment en hauteur. La boutique de Marcus et Jeff. Elle a été repeinte. Elle est d'une teinte crème plus lumineuse que la plupart des bâtiments et légèrement décalée. Assez pour se faire remarquer.

— Tu crois qu'il a du thé ?

— Non.

— Je, euh…

Elle prend un air penaud.

— Je suis désolée de m'être endormie, hier soir. J'avais envie de…

— Ne le sois pas. On ne peut pas me faire de meilleur compliment.

Ses joues s'empourprent.

— C'est simplement que… je crois qu'on devrait avoir l'air heureux ici, non ?

Non, on devrait baiser contre ce mur. Enlève ta culotte. Tu vas jouir sur mon sexe. Maintenant.

— On peut donner le change en étant fatigué.

— D'accord.

Elle me dévisage lentement des pieds à la tête. C'est différent de la façon dont les autres personnes me regardent. Elle donne l'impression qu'elle me voit. Comme si elle voyait quelque chose au-delà d'un homme d'affaires impitoyable.

— J'ai apprécié la bouilloire. Merci.

— De rien.

— Et cet Oolong. C'est mon père qui l'a recommandé ?

Je hoche la tête.

— Tu lui as parlé ? Rien que vous deux ?

— Seulement à propos de toi.

Elle hausse un sourcil.

— Et de Mariah.

— Il mérite mieux…

— Elle est veuve.

Oh.

— Son mari est décédé. Elle n'a pas été capable de…

Elle hoche la tête, comprenant immédiatement.

— Tu crois qu'ils sont… Oh, mon Dieu ! C'est correct pour elle, de travailler pour lui ? Ce n'est pas tabou ? Est-ce qu'on devrait trouver quelqu'un d'autre ?

Je ne peux m'empêcher de sourire.

— Ne gâche pas son fantasme de l'infirmière sexy.

— C'est mon père !

Son visage devient rouge comme une tomate. Elle est comme une adolescente, embarrassée de voir ses parents qui s'embrassent.

— On discute principalement de toi.

— Il couche probablement avec elle.

— C'est si mal que ça ?

Elle me regarde comme si j'étais fou. *Comment peux-tu demander une chose pareille ?*

Ça dénoue la tension dans mes épaules. Ça me ramène à un dimanche après-midi paresseux, sur le canapé, à regarder un de ces vieux films qu'elle aime bien.

— Il m'a rebattu les oreilles et m'a dit de bien te traiter.

— Euh… d'une façon normale ? Pas sexuellement ?

Je ne peux m'empêcher de ricaner.

— Il n'a pas spécifiquement mentionné ce point.

Elle me regarde comme si elle allait me tuer.

— Tu es méchant.

Je replace une mèche derrière son oreille.

Elle secoue la tête comme pour dire que je suis le diable incarné, puis elle tire sur la clochette.

La douceur disparaît immédiatement. Plus de souvenirs d'après-midis tranquilles, de baisers sincères ou de ciels bleus.

On y est. On se prépare à impressionner les autres membres du conseil.

Si on n'y parvient pas, j'ai perdu.

Pire encore, ce bâtard l'emporte.

On a besoin de les impressionner. Quoi qu'il nous en coûte.

Quelques secondes plus tard, une assistante ouvre la porte. Elle nous sourit et nous demande de la suivre.

Je fais signe à Jasmine de me précéder et l'aide à grimper les marches.

Elle reste ébahie face à l'intérieur du bâtiment. C'est magnifique. Comme une église. Des plafonds hauts, des sols de marbre, des murs recouverts de tableaux.

Un peu trop, pour une usine.

Et puis il y a Marcus et son bras droit, Diablo.

Ses parents se sont-ils rendu compte qu'ils lui avaient donné un nom particulièrement adapté ? Non, ce n'est pas entièrement vrai. Diablo est un saint, comparé à mon beau-père.

Je suppose qu'il ressemble davantage à Charles. Un gentil toutou qui fait tout ce que lui ordonne son maître.

Ça, je peux le comprendre.

Ce que je ne comprends pas est : pourquoi Marcus et Jeff ? Qu'est-ce que ça peut leur apporter de jouer à ces jeux-là ?

Ce bâtard a peut-être des infos sur eux.

Ou alors ce sont des connards qui aiment voir leur proie se débattre. Je les en crois capables.

Marcus sourit. *J'ai hâte de te regarder souffrir.* Il me tend la main.

— Shepard.

Il ignore les formalités malgré la nature de notre relation.

— C'est toujours un plaisir de vous voir.

— Moi de même.

Je lui serre la main aussi fermement que possible, mais je n'en ai pas la force. La pièce tourne autour de moi.

— C'est cependant un peu tôt.

— Le décalage horaire est une plaie, dit-il en me lâchant la main. Vous aimeriez peut-être un espresso ?

— Oui.

J'inspire par le nez et souffle entre mes dents. Puis la main de Jasmine se pose sur mon poignet, et je suis capable de respirer librement.

— Mais ma fiancée préfère du thé.

— Je vais voir si j'ai quelque chose, dit-il comme s'il allait personnellement faire le tour de toutes les pièces pour en trouver.

Comme si c'était lui, et non son assistante, qui faisait tout le travail.

— Vous devez être sa fiancée, dit Diablo en lui tendant la main.

— Effectivement, répond Jasmine en me lâchant le poignet pour la lui serrer. Jasmine Lee.

— Ravie de vous rencontrer, Mademoiselle Lee, sourit-il. J'espérais que vous auriez choisi Madrid.

Il se lance dans une discussion qui vante les mérites de la sangria authentique.

Elle écoute avec attention ou, du moins, parvient à l'en convaincre.

J'essaye de continuer à participer à la conversation, mais c'est impossible. Que diable fait Marcus ? Il est peut-être en train de téléphoner à ce bâtard.

Ou bien il est allé chercher du thé.

Je n'ai aucun moyen de le savoir. Jeff est plus facile à lire. Marcus…

Je n'ai aucune idée de ce qu'il veut.

— Je suis certain que vous aurez beaucoup de succès en tant qu'actrice, dit Diablo. Une femme aussi belle que vous n'aura aucun mal à trouver du travail.

Elle se tourne vers moi, cherchant quelque chose, mais je ne sais pas ce que c'est.

— Elle était fantastique dans le rôle d'Ophélie, au lycée, dis-je.

— Votre lycée a joué *Hamlet* ? demande-t-il.

Elle éclate de rire.

— C'était une école pour surdoués. Nous étions très compétitifs.

— Et vous aviez joué Juliette l'année d'après ? demande-t-il, très intéressé… ou faisant semblant de l'être.

Elle sourit.

— Si seulement… Mais je n'ai pas été sélectionnée. J'avais joué la nourrice.

Il hoche la tête d'un air entendu.

Mais je ne sais pas ce qu'il sait, et peu m'importe. Je déteste ces connards.

Je ne peux pas le laisser voir. Je ne peux pas le sentir, le penser, le voir.

Il doit bien exister une solution. Une façon pour moi de n'avoir ne serait-ce qu'un quart de son charme.

C'est ça…

— Elle était meilleure que l'actrice principale. Mais je suis partial.

Je tourne mon corps contre elle. Lui prends une main. Puis l'autre. J'inspire plus facilement. Puis je l'attire plus près de moi et exhale sans même y penser.

— Je ne parviens jamais à retirer les yeux de toi.

— Shep…, dit-elle d'une voix épaisse. Ce n'est ni l'endroit…

— Je m'en fiche.

Je plaque son corps contre le mien. Son pelvis, son ventre, sa poitrine, ses lèvres.

Elle a le goût du thé et du miel.

Elle met les mains sur mes épaules, replie l'une sur ma nuque tandis que ses doigts s'enfoncent dans mes cheveux.

Son toucher est doux. Tendre. Aimant.

Bon sang.

Mon corps se fait léger.

Elle s'écarte avec un soupir profond.

Pendant un instant, nous ne sommes que tous les deux. Le désir ruisselle entre nous.

Mais il y a quelque chose de plus. Le besoin de quelque chose de profond en elle. Pas simplement son admiration, son respect, son obéissance.

Son amour.

Puis Marcus m'interrompt, et je suis à nouveau une masse de plomb.

— On a trouvé quelque chose, dit-il en pressant les mains l'une contre l'autre. Est-ce que de l'Earl Grey conviendra ?

Il le dit comme s'il s'agissait d'une sorte de thé exotique et pas le mélange de thé noir parfumé le plus populaire qui existe.

— Oui, merci.

Elle sourit, prend ma main, puis se tourne vers la pièce principale.

— La visite commence-t-elle ici ?

— Bien sûr, rayonne Marcus. C'est l'un de mes endroits préférés.

Il lui fait signe de le suivre.

Diablo reste derrière nous.

Jasmine reste collée à moi.

Je laisse Marcus parler alors qu'il nous fait descendre, puis tourner à l'angle du couloir, vers la pièce où ses employés font fondre le cacao.

Une énorme machine argentée, une sorte de bol de mixage surdimensionné, brasse de lentes spirales de chocolat noir. La pièce tout entière sent le chocolat. Une odeur savoureuse, sucrée, légèrement florale.

Ce n'est pas l'endroit où ils confectionnent la masse

chocolatée en elle-même. Non, ils font fondre de gros blocs venus d'une usine belge. Ils prennent des blocs de cacao purs, ajoutent du sucre et en font des barres agrémentées de sucreries, de noisettes et d'extrait de fleurs d'oranger.

Parfois, ils réalisent des formes. Des cœurs, des roses, de petits Colisées.

— On va confectionner des barres, s'exclame-t-il comme un professeur qui essaye de convaincre ses étudiants que leurs devoirs sont amusants. Mon assistante m'a bien briefé hier soir et je suis prêt à vous faire la démonstration.

Diablo acquiesce.

— Ma femme adore votre chocolat.

C'est comme s'il tombait à genoux pour lécher les bottes de Marcus.

— Oh, j'ai honte de dire que je ne connais pas votre marque.

Jasmine bluffe parfaitement. Même si le logo est placardé dans tous les endroits imaginables, elle vend bien son manque de familiarité avec la société.

— Je dois admettre que j'ai une petite préférence pour une marque locale.

Elle nomme un chocolat de San Francisco.

— Vous connaissez ? Enfin, c'est local pour cette région de la Californie. Ça fait un moment que je n'y ai pas été.

— Je connais, dit Marcus un fronçant les sourcils. Ils font des tablettes excellentes. Beaucoup de saveurs uniques. Vous avez une préférée ?

— Oh, je ne suis pas sophistiquée. J'aime tout, dit-elle en souriant. Tant que c'est noir.

— Aussi noir que mon âme, dis-je pour détendre l'atmosphère.

Elle suit mon exemple.

— Vous vendez du 100 % cacao ?

— Oui.

Marcus se force à sourire. Ça ne l'amuse pas vraiment, mais il nous regarde différemment, comme s'il nous croyait.

— Mais seulement pour cuisiner.

— Il a quelque chose de différent qui empêche les gens d'en manger ?

— Seulement son amertume, dit-il.

— J'ai l'habitude.

Elle rit et me presse la main.

Je lui rends son geste.

— Tu ne parviens même pas à boire du café et tu veux goûter du cacao pur ?

Elle se tourne vers Marcus.

— On peut faire une dégustation. Qu'en pensez-vous ? Qu'est-ce qui est le plus amer : un espresso ou du chocolat ?

— Je vais demander à mon assistante d'apporter un espresso quand on aura fait les barres, dit-il. Quoique selon moi, c'est l'espresso. Je tolère le cacao à l'état pur bien plus facilement.

— Va-t-on vous chasser de Rome pour ça ? Vous mettez du sucre dans votre café ? demande-t-elle à Diablo.

— J'aime mon café comme mes femmes, sourit-il. Aussi douces que possible.

Elle se tourne vers moi.

— J'aime les hommes… grands, ténébreux et forts… Mais je ne supporte pas le café. Avec du lait et du sucre, c'est tolérable. Mais je dois en ajouter tellement que ça a à peine le goût du café.

— Forts ? je demande.

— Tu ne l'es pas ?

Elle referme les doigts autour de mon poignet et

désigne mon bras, me disant de faire une démonstration de force physique.

Je hoche la tête et déplace mon bras pour qu'il se retrouve au milieu de son dos tandis que l'autre est sous ses genoux.

Là.

Elle pousse un petit cri quand je la soulève dans mes bras.

— Gardez-en pour la nuit de noces, sourit Marcus.

Est-il vraiment charmé ? Ou bien est-ce autre chose ?

Diablo et lui échangent un regard.

Je tiens Jasmine contre ma poitrine.

— J'aime bien te tenir comme ça.

Elle lève les yeux vers moi avec un sourire. Mais est-ce pour moi ou bien pour eux ?

— À ma merci.

Je me penche suffisamment pour l'embrasser, puis je la repose. Je la prends dans mes bras. Je la serre contre moi alors que je l'embrasse fort.

Elle grogne contre ma bouche, se retire avec une expression timide.

— Je suppose qu'on devrait garder quelque chose pour la lune de miel ?

— Où vous rendrez-vous ? demande Marcus. Je suis certain que je peux vous dénicher un bon plan. J'ai des stations partout dans le monde.

C'est tout ? Il veut se vanter ? Nous impressionner ? Nous forcer à dire *oh, vous êtes vraiment un homme fantastique. Je suis tellement content de vous connaître et de vous avoir de mon côté.*

Si c'était aussi simple…

Je ne suis pas certain de savoir lécher les bottes. Mais je peux le remercier pour sa proposition. Quant à Jasmine…

Elle a l'habitude de convaincre les hommes riches qu'elle les trouve fascinants. Elle est douée pour ça.

— Vous avez un chocolat favori, Shepard ? demande Marcus. Je préfère les grains de l'Équateur. Mais beaucoup de gens préfèrent ceux du Pérou.

Diablo hoche la tête.

— Je ne peux pas dire que je connais la différence. Mon assistante achète toute ma nourriture, dis-je. Principalement des mélanges.

Marcus secoue la tête, horrifié.

— Je vais vous envoyer un kit tout de suite. Vous méritez mieux.

— J'apprécie, dis-je avec un sourire que j'espère sincère. Merci.

— Rien de trop amer, dit Jasmine. Enfin, quelque chose de noir pour Shep, pour aller avec son âme. Mais quelque chose de plus sucré pour moi.

— Du chocolat au lait ? demande-t-il.

— Non, j'aime simplement la douceur du sucre, dit-elle. Je ne suis pas fan du lait.

Elle ne met jamais de lait dans son thé. Mais n'est-ce pas comme ça qu'on boit l'Oolong ? Ou bien choisit-elle des thés qui se passent de lait ?

Je veux connaître tous les détails.

Je veux tout savoir d'elle.

J'ai toujours voulu le faire, mais à présent, c'est différent. Plus profondément. Plus pleinement.

Marcus nous guide dans sa salle d'assemblage.

Il nous fait signe de prendre place derrière une des longues tables blanches. La pièce contient deux tables et un étalage de présentation paré pour une démonstration.

Je presse la paume contre le bas du dos de Jasmine et la guide vers l'une des tables.

Diablo murmure quelque chose à Marcus, puis prend place derrière l'autre table.

Jasmine me regarde. *Je devrais... ?* Elle désigne l'emplacement à côté de Diablo.

Je n'en suis pas certain, je ne parviens pas bien à le lire. Je me penche pour lui murmurer.

— Tu crois que c'est ce qu'il veut ?

Elle hoche la tête.

Je fais confiance à son intuition.

— Vas-y.

Elle sourit.

— Et si je me joignais à vous ? propose-t-elle en désignant sa table. Puisqu'on aime tous les deux le sucré.

— Les hommes amers, mais le chocolat plus adouci ? taquine-t-il.

— Peut-être pas amer… simplement… doux à leur façon.

Elle me sourit.

Il murmure quelque chose dans son oreille.

Elle part d'un grand éclat de rire, mais ça semble réel. Authentique.

Ou alors je n'arrive pas à savoir si elle fait semblant.

Je crois que ça ne fait rien. Elle les charme. Bien entendu.

Qui serait capable de résister à Jasmine ?

Chapitre Trente-Huit

Jasmine

Les hommes riches et le pouvoir.

Laquelle des deux est apparue en premier ? La soif de pouvoir ou de richesse ?

Les trois hommes se disputent la première place. Je ne sais pas pourquoi. Ça a quelque chose à voir avec notre accord.

Je souris comme si je ne remarquais rien. Je laisse Diablo me taquiner sur la réputation de Shep. Je souris et hausse les épaules comme pour lui dire que je ne lâcherai pas le morceau.

C'est mon travail.

Je souris. Je charme. Je suis ravissante.

Honnêtement, ça ne me fait rien. Ça se rapproche plus d'un rôle d'actrice que de mon ancien boulot. Et on doit lécher moins de bottes, aussi.

Les hommes respectent une fiancée trophée bien plus qu'ils respectent une assistante.

Marcus se lance dans un discours interminable sur le processus de récolte de cacao. C'est intéressant, en fait, ce processus de cultivation et de décorticage du fruit, de fermentation des grains, de concassage en plus petits morceaux. Ce qui me rebute, ce sont les vantardises constantes de Marcus.

Sa ferme est la meilleure et ses fermiers sont les meilleurs et ses grains sont les meilleurs.

Au moins, il soutient qu'il paye correctement ses employés. Même si ce n'est que pour se vanter.

Je dois l'admettre. Le chocolat fondu est génial. Je n'en ai jamais goûté d'aussi bon. Il est sucré et savoureux, avec la texture parfaite.

Je me perds dans la sculpture de formes adorables, ajoutant des huiles essentielles, créant une tablette signature.

Du gingembre et des airelles séchées.

Bien sûr, ce n'est pas ce que je souhaite vraiment. Ce dont j'ai vraiment envie est d'un Oolong au chocolat. C'est possible aussi.

Comme Marcus me l'explique, je dois garder une tablette dans un récipient en verre avec les feuilles. La graisse du chocolat absorbera la saveur à travers l'air.

Apparemment, c'est facile de donner du goût au chocolat.

Il absorbe même le parfum des gens.

Je crois que lui et moi sommes similaires sur ce point, à absorber tout autour de nous, à nous y accrocher, à le laisser filer plus tard.

Mais ça…

Je ne veux pas me raccrocher aux souvenirs des balivernes d'un homme riche. Non, je m'accroche à la vision de Shep avec ses manches roulées sur les coudes, ses gants couverts de chocolat fondu.

Une larme de cacao sur son nez.

Le goût de sa peau sous le cacao.

La façon dont il sourit quand je l'ôte d'un coup de langue.

C'est parfait.

Le reste, tout ce qui nous entoure, est compliqué. Mais je suis à Rome avec mon fiancé, à déguster du chocolat haut de gamme.

C'est bien.

C'est vraiment super bien.

APRÈS TROIS BARRES, ON PREND CONGÉ.

Marcus nous raccompagne jusqu'à la porte. Il nous tend des sacs-cadeaux remplis de douceurs au chocolat. Des truffes, des savons, des lotions, des barres, des en-cas.

Il me serre la main, puis celle de Shep.

Puis il se tourne vers Shep d'un air entendu, comme s'il m'offrait son approbation.

— Vous avez beaucoup de chance.

Shep se tourne vers moi et me sourit comme s'il était follement amoureux de moi.

— Je suis l'homme le plus chanceux du monde.

Je secoue la tête et essaye de trouver quelque chose d'original. Je me décide pour…

— C'est moi qui ai de la chance.

Diablo et Marcus échangent un regard.

Ils murmurent quelque chose. Diablo nous serre la main, puis il nous salue du menton et retourne dans l'usine.

Marcus se penche vers moi, assez près pour pouvoir murmurer :

— Je suis sûr que vous avez envie de voir beaucoup de

choses à Rome, alors je ne vais pas monopoliser votre séjour. Mais j'insiste sur un point.

Il tire quelque chose de sa poche. C'est une petite enveloppe rouge avec un nœud doré.

— Faites-moi confiance. Vous ne le regretterez pas.

Je prends l'enveloppe et vais pour l'ouvrir.

Mais Marcus m'interrompt.

— Ne le laissez pas voir. Gardez la surprise.

Il m'adresse un clin d'œil, puis fait un pas en arrière.

— Profitez du mariage et de la lune de miel. J'espère qu'après, tout sera… paisible.

Que diable veut-il dire ?

Marcus sourit, tourne les talons et disparaît à l'intérieur du bâtiment.

Je m'écarte de la porte, puis j'ouvre l'enveloppe.

Shep sourit.

— Tu es impatiente.

— J'ai le droit d'en voir le contenu, dis-je en la plaquant contre ma poitrine. C'est toi qui es censé attendre.

Le pli qui barre son front s'estompe. La frustration dans ses yeux disparaît. Il se sent mieux. Plus présent.

— Tu me fais attendre ?

Je hoche la tête.

Sa voix devient plus profonde.

— *Tu* vas *me* faire attendre ?

Hum…

— Oui.

— C'est un défi, Princesse ?

— Oui.

C'est du bluff, parce que ça n'en est absolument pas un. Je ne veux pas attendre. J'ai envie de lui sauter dans les bras et de le posséder ici, au milieu de cette ruelle pavée pittoresque.

Enfin, peut-être pas au milieu.

Plus contre le bâtiment.

Il me plaquerait contre le mur tandis que je…

— Tu ne tiendras pas cinq minutes.

Il pose les mains sur mes hanches, attire mon corps contre le sien.

— En plus, me souffle-t-il à l'oreille. Je sais ce qu'il y a dans l'enveloppe.

— Oh ?

— Il a déjà fait le coup.

— Tu as déjà emmené d'autres…

— À des hommes que je connais. Et à quelques femmes.

Il m'effleure le menton du bout des doigts, puis les fait descendre le long de mon cou, jusqu'à ma clavicule.

— C'est un chèque-cadeau pour La Perla.

— Oh.

— Si tu veux être généreuse, tu pourrais dire qu'il…

— A un grand cœur ?

Il hoche la tête et pose ses lèvres sur mon cou. Un baiser léger. Tendre. Doux, même.

Plus il se fait plus insistant.

C'est toujours tendre, mais sous-tendu par un besoin viscéral.

— Mais si tu veux être cynique, tu peux dire que ça l'excite de savoir qu'il entre dans notre chambre.

Shep m'embrasse un peu plus fort.

— Ou alors tu peux t'aligner sur mon opinion.

— Qui est ?

— Peu m'importent ses motivations tant que je peux te faire l'amour sauvagement dans la cabine d'essayage.

— Oh.

— Princesse ?

Oh, c'est une véritable invitation. Je hoche la tête.

Son sourire se fait coquin. Ce sourire qui veut dire *tu ne sais pas ce que je vais te faire.*

Chapitre Trente-Neuf

Jasmine

Le magasin n'a rien de spécial.

Certes, les vêtements hors de prix sont magnifiques, mais l'endroit ressemble à n'importe quelle boutique de lingerie de Manhattan.

Des peignoirs en satin noir.

Des soutiens-gorge à imprimé floral.

Des culottes avec des papillons en dentelle.

Un string absolument minuscule, mais terriblement cher.

Des combinaisons fonctionnelles couleur beige, nude et noir.

Une jarretière qui coûte plusieurs centaines de dollars.

Elle est apparemment tirée d'un vieux film. Complètement inutile pour le temps local, il fait bien trop chaud et ensoleillé pour porter des bas montants, mais ça reste attrayant.

Elle possède un sex appeal secret. C'est quelque chose à dissimuler sous des vêtements de fille sage.

Je crois que c'est valable pour tout, ici. Personne ne saura que je porte un ensemble noir transparent sous ma robe d'été simple.

Ils sont même d'une couleur identique.

C'est notre secret.

Ou ça le sera.

Shep me murmure un ordre.

— Choisis tout ce que tu veux. Va dans la cabine d'essayage. Enfile-le et attends.

Ses lèvres effleurent mon cou, puis il se retire et se rend vers la vendeuse. Il sourit alors qu'il lui glisse quelque chose dans la paume de la main.

Assez de liquide pour qu'elle fasse semblant de ne rien voir ?

Ou bien est-ce simplement le chèque-cadeau de Marcus ?

Je me demande si ça compte vraiment. Si sa présence fait la moindre différence. Est-ce que je veux qu'elle écoute ? Est-ce que je veux qu'elle s'en aille ?

À la vérité, peu m'importe.

Tant que je l'ai lui, peu m'importe qui d'autre se trouve dans le magasin.

C'est notre secret coquin.

J'essaye de prendre mon temps, de le faire attendre tandis que je réfléchis au moindre vêtement disponible. Mais c'est une boutique chère. Il n'y a pas vraiment beaucoup d'options.

Voilà.

C'est parfait.

J'emporte ma nouvelle tenue dans la cabine. Lentement, je retire ma robe d'été et mon ensemble de lingerie au prix plus raisonnable.

Ce n'est généralement pas mon style. Ça n'irait même pas avec ma robe de mariée.

Mais ça me semble bien d'enfiler de la dentelle blanche transparente.

Une chose qui rappelle une future épouse innocente et virginale. Ça fait longtemps que je ne suis plus innocente, mais j'ai quand même envie qu'il me corrompe.

Mon regard se dirige sur le miroir. Trois panneaux dans le coin, un autre sur la porte. Ça me donne une vue dégagée de mon dos, de mes fesses, de mes jambes.

Je ne me focalise d'ordinaire pas sur l'apparence de mon corps. Oui, je cherche à briller par mes vêtements. Je me coiffe. Je m'assure que mes vêtements soient ajustés.

Oui, je prends soin de mon corps en mangeant sainement et en faisant de longues promenades. Parfois, je parviens même à suivre une vraie séance d'entraînement.

Mais je ne suis pas obsédée par mon apparence. Certes, je suis mince, mais je suis également trop petite, avec une taille à peine marquée et des… euh… arguments plutôt limités.

Quand j'étais plus jeune, je détestais mon absence de courbes. Je voulais ressembler à un modèle de Victoria's Secret. Grande, aux membres allongés, avec une grosse poitrine et des fesses rondes.

Avec le temps, j'ai arrêté de m'inquiéter de ma taille non définie et de mon manque de courbes. Mais je n'aimais pas mon apparence. Quand je me regardais, je ne pensais pas que j'étais géniale.

Mais maintenant ?

Maintenant, je trouve que je suis la femme la plus belle de l'univers.

J'ai toujours la même silhouette, mais j'ai l'air différente. Je me sens différente. Comme un ange qui attendrait qu'un démon vienne la corrompre.

Une vision.

Une déesse.

Et je joue à la gentille fille, le défiant de venir me corrompre…

C'est une bonne chose que j'achète ce string. Je suis déjà humide. Je tremble déjà.

Je rabats mes cheveux derrière mon oreille. J'applique une nouvelle couche de rouge à lèvres. C'est quelque chose qui le rendra encore plus fou.

Il aime quand je marque sa peau. Je le vois à la façon dont il grogne. À la façon dont ses yeux s'illuminent quand il remarque la tache.

Il est là-bas. Dans la pièce. J'entends ses pas. Je peux sentir sa présence. Quelque part, je peux le ressentir. C'est une nouvelle compétence.

Un radar à Shepard.

Ou peut-être que ce n'est pas nouveau. C'est peut-être resté en hibernation pendant un long moment.

Il fait partie de moi. Quoi qu'il arrive après cette année, il fera toujours partie de moi. Bien que pour le moment…

Je suis terriblement folle, parce que pour le moment, je veux plus qu'une année. Je veux le « pour toujours » dont il a parlé.

Je veux tout.

L'amour. Le mariage. La famille.

M. et Mme Marlowe et tous leurs adorables bambins.

Mais ce n'est pas mon destin. Il ne peut pas promettre de m'aimer. Mais il est capable de faire vibrer tout mon corps. Et c'est…

Punaise !

Ses pas se rapprochent. Puis je l'entends toquer à la porte de la cabine.

— Oui.

Ma voix est terriblement aiguë. Je suis légère. Je flotte.

— Ouvre la porte.

Je fais cliqueter la serrure.

Il l'ouvre, puis la referme d'une simple pression. Il me dévisage des pieds à la tête, les yeux écarquillés. Il n'y a plus de tension sur son visage. Il n'y a plus d'incertitude dans son expression.

Seulement du désir.

Un besoin pur, à vif, primal.

— Princesse.

Il presse les paumes de sa main contre le miroir de la porte.

— Ou peut-être devrais-je t'appeler mon ange ?

Je secoue la tête. J'aime quand il m'appelle Princesse. C'est bien à nous.

— Ma future épouse.

Ma poitrine se réchauffe. Mon sexe se contracte.

— Tu porteras ça sous ta robe de mariée ?

— Peut-être.

Ses doigts se contractent sur le miroir.

— Tourne-toi.

Je pivote sur les talons.

Sa voix se fait plus rude, plus ferme.

— Mets les mains par terre.

J'écarte un peu plus les jambes. Puis j'avance les mains vers le sol, un centimètre à la fois.

Il pousse un grognement bas quand mes doigts effleurent le tapis.

— Tu essayes de me faire perdre la tête, Princesse ?

— N'est-ce pas le but de la lingerie ?

Il réagit en se décollant de la porte et fais un pas vers moi. Puis un autre.

Sa verge caresse mon sexe. Son pantalon et ma culotte sont au milieu, mais je peux quand même le sentir. Toute cette chaleur et cette force.

La pression de la dentelle.

Il se penche vers moi, assez pour pouvoir refermer les mains autour de mes bras. Lentement, il me relève, tient mon corps contre le sien.

Mes yeux se dirigent vers le miroir. Ça me fait quelque chose de le voir derrière moi. De voir ses mains sur ma peau.

Mon sexe se contracte.

Mince, j'en ai tellement besoin. C'est difficile de croire que j'ai déjà ressenti un tel besoin.

Ses doigts passent sur l'élastique de mon string, sur mon ventre et mes hanches, puis sur mon autre hanche, encore et encore et encore.

Ses yeux trouvent les miens dans le miroir.

— Attends.

— Oui, Monsieur.

Je ne veux pas le pousser aujourd'hui. Je veux le convaincre de tout me donner.

Il presse ses lèvres contre les miennes avant de se reculer, de me lâcher.

Lentement, il défait le nœud de sa cravate puis revient vers moi, me pousse contre le mur, me lève les mains au-dessus de la tête.

Il enroule le tissu soyeux autour de mes poignets et l'attache à l'un des crochets.

Je suis attachée dans une cabine d'essayage.

Je le regarde…

Peu m'importe ce que je regarde, tant que c'est lui qui me fait ça.

Shep me contemple lentement des pieds à la tête. C'est comme s'il savourait le moindre centimètre de ma peau.

Ses lèvres trouvent les miennes. Il m'embrasse fort. Avec un désir incontrôlé *et* une affection douce.

Ce n'est pas comme nos premiers baisers. C'est plus profond, plus pur, meilleur.

Son besoin se déverse en moi.

Mon besoin se déverse en lui.

Et quelque chose d'autre. Quelque chose qui vient du plus profond de mon être. Je le lui offre. Et je le lui demande en retour.

Je n'ai pas de mot pour le décrire. C'est peut-être de l'amour. Je suis peut-être amoureuse de lui. Je n'ai peut-être jamais arrêté de l'aimer.

Mais sans me donner le temps d'y réfléchir davantage, il interrompt notre baiser. Il pose les lèvres sur mon cou, ma clavicule, ma poitrine.

Mon ventre.

Je le regarde alors qu'il se met à genoux. Alors qu'il écarte ma culotte. Pose ses lèvres sur mon clitoris.

Bon sang ! Pas de préliminaires aujourd'hui. Il me lèche précisément comme j'en ai besoin.

Mes yeux se ferment pendant une seconde. C'est presque trop. Mon corps vibre déjà. Ma peau est déjà sensible.

J'ai l'impression que c'est plus profond, plus dur, plus doux…

Plus.

Il fait remonter sa main le long de mon ventre, sur mes seins. Puis son pouce touche mon mamelon, frottant la dentelle contre ma peau tendre.

Seigneur ! La dentelle est tellement douce, mais comme ça, elle me semble rugueuse de la meilleure des façons.

Il le refait, encore et encore.

Un peu plus doucement. Un peu plus fort. Lentement. Plus vite.

Je me force à ouvrir les yeux.

Le voir à genoux, entre mes jambes, la main sur mon sein…

C'est la chose la plus érotique que j'ai jamais vue.

Il m'a attachée. Il est aux commandes. Mais il se plie également à ma volonté. Il me donne ce que je…

Seigneur !

La pression de sa langue douce et humide exacerbe la tension à l'intérieur de moi. Il me touche exactement comme j'ai envie qu'il le fasse.

Puis un peu plus vite.

Et plus vite encore.

Jusqu'à ce que ça soit parfait.

Je veux lui toucher les cheveux, mais sa cravate me retient le poignet. Je suis attachée. Entièrement à sa merci.

Ça me fait basculer. Encore un coup de langue, et je jouis. Je gémis son nom encore et encore.

Je me fiche de faire trop de bruit ou bien que quelqu'un puisse nous entendre. Ou alors de courir le risque de terminer dans une prison italienne.

Il tire un peu plus fort sur le string en dentelle. Il me rentre dans la cuisse. Puis il me suce le clito, envoyant des vagues de plaisir à travers mon corps.

— Shep…

Je laisse la cravate tirer sur mes poignets. Je sens la soie délicate, la pression légère.

Il écarte le bonnet en dentelle du soutien-gorge. Puis je sens son pouce contre mon mamelon. Des cercles lents qui me rendent folle.

La tension augmente rapidement, jusqu'à ce que ça devienne trop. C'est plus que je ne peux en supporter. Je suis tellement près. Presque là.

Il se retire, me laissant au rebord du précipice.

— Dis mon nom quand tu jouis, Princesse.

Je reste incroyablement tendue. Tellement près de me déliter, mais pas encore là.

Puis il pose sa bouche sur moi, et j'y suis.

Je grogne son nom tandis que je jouis.

Mes yeux se referment. Mon univers devient blanc. Aussi pur et doux que de la dentelle de mariée.

Je suis un ange, il me corrompt, et j'en aime la moindre seconde.

Il fait durer mon orgasme puis se retire. Il ôte sa veste de costume, défait les deux boutons du haut de sa chemise.

Il descend sa braguette.

Son sexe se libère.

Il n'attend pas et met les mains sur mes cuisses. Il écarte mon string sur mes fesses.

Pendant un moment, il reste sur mes genoux. Il soutient mon regard tandis qu'il glisse deux doigts à l'intérieur de moi. Il les enfonce profondément.

Puis il le refait.

Et encore.

Plus fort.

— Shep…

Ma tête bascule en arrière et se cogne contre le mur.

— Je vous en prie, baisez-moi. J'ai envie de vous, Monsieur. J'ai besoin de vous.

— Vous avez besoin de moi ?

Sa voix reste ferme, mais elle contient autre chose. Une curiosité. Comme s'il me demandait à quel point j'ai envie de lui.

Pour l'instant, plus que tout. Mais je ne peux pas vraiment dire si j'ai besoin de ses lèvres, de ses mains, de son sexe, de son respect, de son affection, de son amour.

De tout ça.

Mais particulièrement…

— J'ai besoin de sentir votre sexe en moi, Monsieur.

Il pousse un grognement bas et enfonce à nouveau les doigts en moi. Puis encore et encore.

Je déplace mes jambes pour que le string tombe sur mes chevilles. Puis je l'envoie balader d'un coup de pied.

Il est miséricordieux et met les mains sur mes cuisses. Il les soulève, les enroule autour de sa taille.

Mon poids se décolle du sol. Dans ses mains. Le mur. Le crochet.

Il craque. Il n'est pas fait pour ça.

Il me plaque contre le mur alors qu'il me soulève. Il me décroche, attire ses bras à lui afin qu'ils se retrouvent autour de son cou.

Mes poignets sont toujours attachés, mais je peux sentir sa peau. Il est tellement proche, plus qu'il ne l'a jamais été.

Il soutient mon regard alors qu'il me pénètre.

Seigneur ! Soudain, je suis entière. Je suis pure. Je suis exactement là où j'ai besoin d'être.

Il ondule des hanches, me plaquant au mur, me remplissant à nouveau.

Mes doigts se referment sur son cou. Ses cheveux. Puis ce sont mes ongles contre sa peau. Je suis à sa merci. Il me soutient. Avec l'aide du mur, certes, mais c'est précaire.

Je dois lui faire confiance.

Et il… je suis à peine attachée. Il me fait confiance aussi.

Il se retire et ondule à nouveau contre moi.

Mes pensées disparaissent. Le plaisir s'empare de mes sens. Cette plénitude accablante.

— C'est tellement bon, bébé, dis-je sans pouvoir me retenir. Baise-moi. Je t'en prie. Jouis en moi.

Il ne me corrige pas, ne me demande pas de l'appeler Monsieur. Il me regarde un instant dans les yeux, puis il se rapproche afin que sa tête se retrouve contre mon cou.

Il me pénètre à nouveau.

Je le regarde onduler jusqu'à ce que je ne puisse plus le supporter.

Je dois fermer les yeux.

M'imprégner de chaque glorieux centimètre.

Des va-et-vient profonds et réguliers.

Sans discontinuer.

Jusqu'à ce que je sois assez tendue pour éclater.

Et de plus en plus…

J'y suis.

Je souffle son nom alors que je jouis, et ma tête bascule en arrière. Mes ongles qui s'enfoncent dans sa chair lui tirent un grognement.

Mon sexe palpite, et je l'attire vers moi, l'accueillant plus profondément. Je ressens tellement de sensations si intenses que je suis certaine que je vais l'engloutir tout entier.

Il me pousse jusque dans mes retranchements.

Il ondule à nouveau en moi, puis il jouit.

Il grogne mon nom, ne cessant de me pilonner alors qu'il se répand jusqu'à la dernière goutte.

Il est à moi.

Pendant ce moment parfait, il est à moi.

Et je suis à lui.

Et on se comprend parfaitement.

Quand il a fini, il me repose, défait mes poignets, me nettoie et m'aide à renfiler mes vêtements.

Il remet les siens.

Nous sortons dans la pièce vide. La porte est fermée. Je ne sais pas combien il a payé la vendeuse pour notre intimité.

Et je m'en fiche.

C'est parfait.

Rien ne pourra me faire descendre de mon nuage.

Chapitre Quarante

Jasmine

Techniquement, Rome n'est pas la ville de l'amour, mais c'est l'impression que j'ai.

On passe nos journées à parcourir les rues pittoresques, à manger des pâtes fraîches, à sucer des cônes de glaces, à jeter des pièces dans la fontaine de Trevi.

On trouve le meilleur café à espresso de toute l'Italie. Les arômes chocolatés subtils tirent un grognement à Shep.

J'ajoute un sachet de sucre. Et malgré ça, j'arrive à peine à terminer mon petit macchiato.

Il insiste pour que je réessaye, et le lendemain, je commande un latte en ajoutant un seul sachet de sucre.

Beurk.

Il rit de la tête que je tire et presse ses lèvres contre les miennes. Il dit que c'est la plus belle chose qu'il a jamais vue. Enfin, tant que je porte des vêtements.

Je le force à commander un thé à peine infusé dans le café où l'on déjeune, mais ça ne sert pas vraiment mon argumentation. Le thé est mauvais parce qu'il manque de goût, pas parce qu'il surchauffe les papilles.

Cela dit, je réessaye le café et le laisse m'acheter une glace à la pistache pour se rattraper.

Je le laisse également se rattraper de façons bien plus intéressantes.

J'insiste pour qu'on aille voir le Colisée, mais les immenses ruines ne suffisent pas à me tenir éloignée de l'hôtel. Quand Shep me demande si je souhaite rester ou partir…

On passe l'après-midi au lit.

Il se met nu avec moi.

Oui, il me tient les bras au-dessus de la tête. Oui, je jouis à la seconde où il met sa main sur ma gorge. Oui, j'aime qu'il prenne le contrôle.

Mais il y a quelque chose dans le fait qu'il me fasse confiance de la sorte. Dans le fait de sentir chaque centimètre de sa peau contre la mienne.

De lui griffer le dos.

Alors, quand on rentre après dîner et qu'on retire nos vêtements, je lui offre ma main. Je le laisse prendre les commandes. Je le laisse me montrer où il veut que je le touche.

Puis j'arrête d'attendre sa permission.

Je fais courir mes mains dans ses cheveux. J'enfonce mes ongles dans son dos. Je pose mes lèvres sur son cou.

Je l'embrasse comme si je n'allais jamais avoir assez de lui.

Parce que c'est vrai.

Je n'en aurais jamais assez.

Même notre vol de retour est paradisiaque. Six heures tranquilles, plongée dans un livre.

Certes, le thé reste pourri. Mais il y en a du bon qui m'attend à la maison.

De l'Oolong, des galettes à la framboise… et la réalité.

Les préparatifs du mariage à finaliser. Les détails à mettre en place. La liste des invités à vérifier.

Le beau-père de Shep vient. C'était attendu. C'est quasiment son père.

Ou du moins devrait-il l'être.

Mais quand je parcours Internet pour trouver des détails sur les connexions entre Shep et Lucien, je ne trouve rien. Pas d'affaires en commun. Rien sur les réseaux sociaux. Pas d'interviews où ils mentionnent mutuellement leurs noms.

C'est comme s'ils ne se connaissaient pas.

Et Shep n'était vraiment pas fan de son beau-père.

Alors pourquoi sera-t-il assis au premier rang à notre mariage ?

Pourquoi Shep change-t-il de sujet quand je lui demande s'il vient au dîner de répétition ?

J'ai toujours pensé qu'il y avait quelque chose, une raison qui expliquerait que leur relation soit tendue, mais c'est impossible que…

Ce n'est pas possible.

N'est-ce pas ?

Chapitre Quarante-Et-Un

Shepard

Jasmine attire tous les regards quand elle entre dans le restaurant. Ce n'est pas simplement l'anneau à son doigt ou la barrette sertie dans sa coiffure recherchée, ni même sa magnifique robe en gaze qui souligne sa peau mate.

Son sourire est radieux.

Plus lumineux que le soleil.

Et il m'est adressé.

Certes, nous n'avons pas une relation traditionnelle, mais elle est heureuse. Elle rayonne à la perspective de dire *oui*.

Ian lève son verre pour porter un toast.

— Ta future épouse est trop belle pour toi.

— Il faut que tu trouves d'autres vannes.

Je n'ai rien de mieux à lui rétorquer. Il a raison. Elle est éblouissante. Et elle est ma promise. Aujourd'hui, j'ai l'impression de triompher. De triompher totalement.

Ça ne fait rien de savoir comment on en est arrivés là ou qui a tiré quelles ficelles.

La seule chose qui compte est qu'elle soit à moi.

Pour toujours.

Dans deux jours, ce sera officiel.

Mon corps devient plus léger quand mes yeux rencontrent les siens. Son sourire se fait plus doux. Une expression qui me promet son corps tout autant que son cœur.

Puis son père lui prend le bras, et elle rougit de ses pensées dévergondées. Elle se tourne vers ses tantes, les rejoint pour prendre un verre.

C'est un petit dîner de répétition. Une dizaine de personnes.

Son père, ses tantes, Nick et Lizzy, Ian.

Ça me semble presque normal d'avoir aussi peu de famille.

Mince ! Ian représente la moitié de mes invités. Qu'est-ce que j'ai fait pour mériter ça ?

Je regarde la tante Quyen la convaincre d'essayer un gin-tonic.

— On a quatre variétés de Fever Tree.

— Je sais, dit Ian en trinquant avec son verre de cocktail contre ma bouteille de Pellegrino. Tu me traites bien.

— Je veux ce qu'il y a de mieux pour mon témoin.

Il émet un petit rire.

— Oui, ça n'a rien à voir avec les problèmes que tu peux avoir avec ton frère.

— Il est là, non ?

Il m'adresse ce regard bien à lui qui signifie *arrête de te mentir*.

— Et toi, tu es Monsieur Famille, peut-être ?

— J'ai plusieurs femmes qui m'appellent *Daddy*.

Je ne peux m'empêcher d'éclater de rire. Je le crois sur parole.

— Ne dis pas ça devant Key.

— Elle me trouverait encore plus irrésistible ?

— Ne couche pas avec elle.

— Pour quel type d'homme me prends-tu ?

Je lui décoche un regard dubitatif.

Il sourit et trinque à nouveau.

— D'accord.

Puis il se tourne pour saluer Nick quand celui-ci traverse la pièce pour venir nous rejoindre.

— C'est toujours agréable de vous voir, Phoenix.

Il appelle mon frère par son prénom. Aucun de ses amis ne l'appelle Phoenix. C'est toujours Nick. Mais Ian cherche à démontrer quelque chose : qu'ils ne sont pas amis.

Qu'il est de mon côté.

— Moi de même, répond Nick en lui serrant la main.

Lizzy le rejoint d'un pas pratiquement bondissant. Elle porte l'une de ses robes violettes habituelles qui semblent tout à la fois innocentes et coquines.

Elle doit le rendre fou.

Généralement, songer à la vie sexuelle de Nick m'irriterait. Mais présentement, ça ne me fait rien. Je suis content qu'il soit heureux. Tant qu'il ne commence pas à me donner des leçons du genre *fais ce que je te dis et pas ce que je fais*.

— Vous n'avez pas l'air nerveux, dit Lizzy en me regardant dans les yeux. Vous ne l'êtes pas ?

— Bébé, tu vas lui faire peur, dit Nick.

— Réfléchissez. Tout le monde va scruter votre mariage, et on a tous des attentes différentes. C'est-à-dire, après avoir dit oui. Vous allez rester avec une seule personne pour le reste de votre vie, dit-elle.

— Vous avez quelque chose à lui dire ? ricane Ian.

— Ian ne croit pas aux engagements, dis-je.

— Non, sauf s'ils sont courts, clarifie-t-il.

Nick lui décoche un regard entendu.

— Je crois que vous vous êtes déjà rencontrés. Ian, Lizzy. Lizzy, Ian.

Ian se penche suffisamment pour pouvoir lui serrer la main.

— Vous êtes la jeune femme qui a presque réussi à convaincre le grand Phoenix Marlowe de quitter l'intelligence artificielle pour toujours !

— Je plaide coupable, sourit-elle, ne se laissant pas démonter par son sous-entendu. Même si je pense que Shepard est plus responsable que moi, dans cette histoire.

Ian m'étudie comme un mystère qu'il n'aurait pas encore résolu, comme s'il essayait de comprendre par où commencer pour dénicher des informations.

— Nick est bien trop intelligent, dis-je. Il a refusé de jouer à ce jeu-là.

— Je ne pense pas qu'il se rendait compte qu'il était en train de jouer, dit Lizzy.

Nick se penche pour lui murmurer quelque chose à l'oreille.

Elle acquiesce et se tourne vers moi avec un regard tranchant.

— Sérieusement, Shep. Vous feriez mieux de traiter Jasmine correctement. Ou bien…

Elle passe l'index sur sa gorge comme pour dire *vous êtes mort*.

— Je crois qu'elle est capable de te battre, dit Ian.

— Sans l'ombre d'un doute.

Je lui porte un toast.

Elle trinque avec moi.

— En attendant… la future épouse est bien plus intéressante. Félicitations.

Elle décoche à mon frère un de ces regards qui signifient *retrouve-moi dans vingt minutes pour qu'on s'envoie en l'air*, puis elle rejoint la famille de Jasmine.

— Cette fille est folle de vous, dit Ian en gardant les yeux braqués sur mon frère. Félicitations.

— Ce n'est pas au futur marié qu'on est censé dire ça ? demande Nick.

— Jasmine me semble simplement légèrement intriguée, dit Ian.

— Elle semble heureuse, dit Nick. Tu l'es ?

— Je le suis.

Pour la première depuis longtemps, c'est la vérité. Je suis heureux. Tout simplement. Rien à rajouter.

Je laisse Nick et Ian discuter d'affaires. Nick a un nouveau projet. De l'apprentissage artificiel pour une boîte de biotechnologie. Pour deviner les problèmes de santé des gens avant même qu'ils ne se rendent compte qu'ils en ont.

Ce serait terrifiant, si la technologie commençait à m'inquiéter.

Mais les ordinateurs sont dangereux. Les gens sont dangereux. L'obscurité qui se tapit dans certains cœurs, attendant de consumer tout ce qui s'en approche, est dangereuse.

Quelque part, il a entendu mes pensées. Quelque part, il a deviné qu'on n'attendait plus que lui pour pourrir l'atmosphère.

Parce qu'à la seconde où je rejoins ma future épouse et sa famille, ce bâtard franchit le seuil dans son costume trois-pièces et son sourire facile.

— Désolé d'être en retard.

La voix de Lucien est détachée, comme si tout le

monde s'attendait à ce qu'il soit là. Comme si on l'avait attendu pour véritablement commencer la fête.

— Je déteste devoir faire attendre une belle femme.

Jasmine m'interroge du regard. Ai-je vraiment invité mon beau-père à ce dîner ?

Non, mais Lock ou Key, peut-être… C'est ce qu'aurait fait une personne normale, après tout. Alors je hoche la tête.

— C'est la seule personne qui me fasse office de parent.

J'en ai la nausée. Ces paroles sont vraies. Elles ne devraient pas l'être, mais elles le sont.

Cet homme est la seule figure paternelle que j'ai jamais connue.

La seule figure paternelle qu'il me reste.

Le seul mentor en qui j'ai jamais eu confiance.

Et il est venu, une fois de plus, pour tout gâcher.

Chapitre Quarante-Deux

Shepard

Même avec Jasmine à côté de moi, je n'entends rien d'autre que mon cœur qui bat la chamade.

Ce repas n'est pas pour moi. Il est pour nos familles.

Je ne dis rien tandis que les tantes de Jasmine racontent des histoires sur son enfance. La fois où elle et sa mère ont commencé à jouer des scènes de leur programme télé favori. L'impatience de Jasmine quand sa mère lui apprenait à cuisiner : elle voulait toujours manger immédiatement. C'était impossible pour elle d'attendre que les os de bœuf et le bouillon se mélangent en une soupe appétissante.

Et maintenant, elle est toujours impatiente. Elle se précipite dans ce mariage. Mais pour des raisons qu'elles comprennent.

— Il est tellement beau. Et elle est tellement satisfaite. Je me dépêcherais aussi.

Quyen lève son verre pour porter un toast.

— Au véritable amour.

— Au véritable amour, dit la tante Mai.

Son père lève son verre.

Nick lève son verre aussi. Il est tout seul, à présent. Lizzy a inventé une excuse pour partir.

Il lui a raconté la vérité sur Lucien. C'est bon. Il en a le droit.

Mais quant à lui avoir raconté ce qui *m*'est arrivé…

Je l'ai lu dans ses yeux. Un regard de pitié. Je ne suis plus le monstre qui a essayé de détruire sa relation. Je ne suis même pas un connard qui ferait mieux de rester sur ses gardes.

Je suis une victime.

Une créature pathétique qui ne sait pas se défendre tout seule.

Qui ne mérite pas le même respect que les humains normaux.

Elle ne regarde pas Nick comme ça. C'est différent. Presque tolérable.

Comment y est-il parvenu ? Comment a-t-il réussi à se libérer de cette étiquette dégoûtante ?

— Au véritable amour, dit mon frère. Ou au véritable désir, ajoute-t-il en adressant un clin d'œil à Mai qui pouffe comme une écolière.

Quyen décoche à Nick un regard entendu.

— Vous êtes certain de ne pas être célibataire ?

— Je ne vois pas d'alliance, dit Mai.

— Je ne lâcherai pas le morceau avant de m'avouer vaincue, dit Quyen.

— Et la tienne ? rit Jasmine.

Elle est heureuse. Apaisée. Elle trouve la présence de Lucien étrange, mais ça s'arrête là.

Elle ne sait pas qu'il est là pour me rappeler que je suis

sous sa coupe. Pour s'assurer que je sais que je n'échapperai jamais à cette malédiction.

Même si on se marie, que le conseil vote pour moi et que je remporte cette bataille contre lui, il gagnera la guerre.

Comme toujours.

J'ai besoin d'un verre.

— Mon mari se fait vieux, il ne vivra pas éternellement, dit Quyen. J'ai besoin d'un homme plus jeune, capable de suivre mon rythme.

Jasmine rit avec Mai et Nick.

— Nick est trop lent pour toi.

— Oh ? dit Quyen en haussant un sourcil.

Jasmine hoche la tête.

— Toujours en train de travailler. Derrière son ordinateur. Son seul vice est…

— Sa fiancée, avance Ian.

Il me dévisage d'un air bizarre. Il sait que quelque chose ne tourne pas rond. Il sait que je joue à ce jeu stupide avec Lucien. Mais il ne sait pas pourquoi. Personne ne sait pourquoi. Personne sauf mon frère.

Jasmine rougit.

— J'allais dire le poker, mais effectivement…

— C'est bien. J'ai besoin d'un homme viril, dit Quyen. Mon mari…

— C'est mon oncle ! proteste Jasmine en criant. Abstiens-toi, s'il te plaît.

Mai s'interpose.

— Ton oncle était très…

— Oh, mon Dieu !

Jasmine se dissimule derrière son verre. C'est le troisième de la soirée. C'est bien qu'elle se lâche.

C'est bien qu'elle ne voie pas la situation.

Mais si sa langue en venait à se détendre autant que son sourire…

Je ne peux pas laisser ce bâtard découvrir tout ce qu'on a fait. Je ne veux pas lui donner cette satisfaction.

— Et si on trinquait seulement à l'amour véritable ? demande Jasmine. À l'amour. Qu'on trouve là où on l'attend le moins.

Son regard accroche le mien. Il se remplit de toute l'affection du monde.

Pendant une seconde, j'en oublie les circonstances horribles. Les gens qui nous entourent. Le restaurant à l'étage inférieur. Le compte à rebours au-dessus de ma tête.

Pendant une seconde, je regarde dans les yeux de la femme qui m'aime. Et que je… ce n'est peut-être pas de l'amour, mais je ne peux pas faire mieux.

Pendant une seconde, le monde est beau.

Puis ce connard trinque à son tour.

— À l'amour véritable.

Il lève son verre. Du bourbon. Sec. Sans doute pour me faire rager.

— Liv me manque tous les jours, dit-il pour retourner le couteau dans ma poitrine. C'était une femme extraordinaire. Elle vous ressemblait tellement. Elle voyait la beauté partout et essayait toujours d'en comprendre davantage. De trouver un sens plus profond à un tableau. D'essayer d'apprendre à connaître un collègue. De voir comment vivaient les autres. Elle était toujours en recherche. Elle n'a pas tout trouvé, dit-il en me regardant. Cela étant, certaines choses ne sont pas faites pour être découvertes.

Je serre fort les doigts autour de mon verre.

— Je suis désolé, dit-il avec son sourire sirupeux habituel. Je radote à propos de mon propre mariage alors que c'est ta journée. Je dois simplement m'assurer que tu saches que ta mère serait très fière de toi, Shepard. Et toi aussi,

Phoenix. Elle serait fière des hommes que vous êtes devenus.

— Pardonnez-moi, dit Nick en plaçant son verre sur la table. Je dois retrouver Lizzy à la maison.

Jasmine m'interroge du regard.

Je hausse les épaules comme si je n'en savais rien.

Mais elle n'y croit pas une seconde.

Personne ne croit en mon ignorance.

— C'est difficile d'entendre parler de ma mère, dit Nick. Douloureux.

Dieu merci, il m'aide, pour une fois.

— Shep, j'ai quelque chose pour toi. Un cadeau de mariage. Mais je ne veux pas que la mariée le voie, dit-il en désignant le couloir. Tu as une minute ?

— Bien sûr, répond Lucien de la part de tout le monde. Mais d'abord, poursuit-il en levant son verre un petit peu plus haut. À la famille Marlowe. Elle mérite tout le bonheur du monde, et j'espère qu'elle aura tout ce qu'elle mérite.

Il sourit à travers sa menace. Il arrive à convaincre l'assistance que c'était un putain de compliment.

Nick se redresse.

Je porte un toast, priant pour que mon eau gazeuse se transforme en vin.

Mais c'est peine perdue.

Je la bois quand même et suis Nick vers le couloir. Dans les escaliers. Dans la rue tranquille à l'extérieur.

Nous nous trouvons dans un endroit agréable près du parc. Un quartier tranquille et familial. Un quartier pour les gens respectables.

Il fait chaud, ce soir. Trop pour ce costume. Je ne devrais pas trouver le tissu trop étouffant, puisque je le porte en août quand il fait trente degrés et que l'air est torride, mais c'est pourtant le cas.

J'ai besoin de l'enlever.

J'ai besoin de briser une foutue fenêtre.

N'importe quelle fenêtre. Peu importe, tant que je la détruis.

Nick pose sa main sur mon épaule.

Je suis à deux doigts de lui flanquer un coup de poing.

Il ne se recule pas.

— C'est toujours sensible ?

— Va chier.

— Tu sais ce qu'il est en train de faire.

— Va chier. Tu veux que je te le répète ?

Il fait un pas en arrière, s'éloignant du restaurant.

— J'ai une voiture qui m'attend, dit-il en désignant une berline sophistiquée garée de l'autre côté de la rue. Tu devrais partir.

— Ça va.

— Non, ça ne va pas.

— Je ne partirai pas, dis-je en inspirant entre mes dents. Il va croire qu'il a gagné.

— Il a gagné.

Je me tourne vers le restaurant.

— Si tu n'as rien à dire…

— Pourquoi le laisses-tu avoir une telle emprise sur toi ?

— Le laisser ?

Je vois rouge. Je ne vois plus ni le ciel bleu ni les arbres verts ni le trottoir sombre. Seulement une fureur justifiée.

— Va te faire foutre.

J'essaye de contrôler le volume de ma voix, mais c'est impossible.

Alors je traverse la rue.

Ça ne suffit pas. On est toujours visibles depuis la fenêtre de l'étage. Ce bâtard peut toujours me voir me crisper.

Je dépasse la voiture de Nick.

Il me suit à l'angle de la rue.

— Je suis désolé.

— Non, ne…

— Tu as raison. Ce n'est pas une accusation juste. Tu es la victime…

— Je n'en suis pas une.

Il reste campé à un mètre cinquante de moi, sa posture ferme et contrôlée.

Comment fait-il ? Il devrait s'effondrer, jeter quelque chose ou détruire la voiture la plus proche.

Comment peut-il rester immobile et parler aussi doucement ?

— Quels sont les termes ? demande-t-il.

— Les quoi ?

— Tu crois qu'il n'a pas essayé de me faire ça ?

— Qu'est-ce qu'il a…

— Je n'ai pas voulu l'entendre, dit-il. Alors pour se venger, il a pourri un contrat. J'étais en colère. Mais au bout de quelques mois, ça ne comptait plus.

Je déglutis fort.

— C'est tout ? Une affaire qu'il va détruire ?

Je ne dis rien.

— Il existe un accord ?

— Tu sais que ce n'est pas…

Je crache les mots à travers mes dents. Je veux me raccrocher à quelque chose, n'importe quoi, pour empêcher le monde de tourner. Je trouve simplement un petit arbre. Il n'est ni trop faible, ni trop mince. Mais il ne peut pas supporter mon poids.

— Je ne peux pas le laisser l'emporter.

— C'est tout ?

Non.

Mais je ne veux pas le lui dire.

Je ne veux même pas y penser.

Je presse la fine écorce jusqu'à ce qu'elle se brise. Ça ne m'apaise pas. Ça n'estompe pas la douleur dans mon ventre.

— Il a des photos.

Nick se glace. Il ne bluffe plus. C'est simplement de la peur. Le genre de peur qui obscurcit le monde entier.

— C'est un crime.

— Seulement si on l'attrape.

— Shep…

— Non.

Je laisse l'arbre craquer. Je le laisse se briser en deux. Tomber à terre.

— Je n'ai pas besoin de ton opinion ni de tes excuses ou bien d'un discours de soutien à la noix. On sait tous les deux qu'il trouvera le moyen de les faire circuler.

— Et les métadonnées ? Tu sais que…

— C'est sur négatif.

— Personne ne…

— Si.

— Les gens comprendront, dit-il.

— Oui, ils comprendront. Ils me regarderont comme le fait Lizzy. Et je ne te remercie pas, d'ailleurs.

— C'est ma fiancée.

— C'est mon passé.

Il ne répond rien.

— Ils comprendront que je suis une victime.

— Shep…

— Dis-moi que j'ai tort. Dis-moi que les gens verront au-delà. Dis-moi que ça ne sera pas associé à mon nom jusqu'à la fin des temps.

Il ne répond pas.

— Même si je révélais ce qu'il a fait. Si je le faisais

couler avec moi. Je resterais toujours Shepard Marlowe, l'homme qui a été abusé par son beau-père.

Je regarde fixement mon frère.

— Dis-moi que j'ai tort. Dis-moi que les gens ne raconteront pas de ragots sur la façon dont il m'a touché. Comment il m'a forcé à le toucher. Dis-moi que ça ne planera pas sur moi pour le reste de ma vie.

— C'est déjà le cas.

Qu'il aille se faire foutre.

— Je suis désolé, Shepard. Vraiment. Tu as raison. Les gens parleront. Ils te regarderont comme si tu portais une noirceur qui les infectera s'ils s'approchent de trop près. Mais les gens qui comptent, qui t'aiment… ils seront capables de te voir enfin.

— En tant que victime de viol.

— Ce n'est pas ce que j'ai voulu dire.

Si, pourtant. Il peut me tourner la chose de toutes les façons qu'il veut. On sait tous les deux ce qu'il veut dire.

Je devrais laisser les gens s'approcher. Partager mon terrible passé. Leur dire pourquoi je suis un monstre brisé.

— Je suis content que ça ait fonctionné pour toi.

Je n'attends pas de réponse. Je me tourne et me dirige vers le restaurant.

Mais il y a quelque chose d'affreux à l'angle de la rue.

Lucien est là. Et il parle à Jasmine.

Chapitre Quarante-Trois

Jasmine

— Je ne m'étais pas rendu compte que Shep et vous étiez restés en contact.

J'essaye de lui adresser mon meilleur sourire, mais il ne vient pas. Je suis joyeusement pompette. Mes inhibitions ont mis les voiles. J'ai envie de dire au beau-père de Shep d'aller se faire voir. Je ne sais pas quel est son problème, mais il met clairement Shep mal à l'aise.

Et il est très…

Bizarre.

Il sonne faux d'une façon que je ne saurais décrire.

Trop gentil, trop fier, trop lustré.

Je ne l'aimais pas quand j'avais quinze ans et je ne l'aime pas maintenant.

Mais je ne sais absolument pas pourquoi. Ni pourquoi Shep l'évite.

Lucien n'a peut-être rien fait. C'est peut-être que je ne

peux pas goûter à la gelée au litchi sans me rouler en boule de tristesse.

Lucien rappelle peut-être à Shep la mort de sa mère. Je peux le comprendre.

— C'est… euh…

J'essaye de trouver quelque chose qui parvienne à convaincre Lucien que je suis une fiancée aimante. Et qui le fasse s'en aller.

— J'apprécie le fait que vous soyez venu.

— Bien entendu, dit-il en prenant ma main dans la sienne. Les amours de jeunesse sont tellement belles.

— C'est vrai.

— J'étais plus âgé quand j'ai rencontré Liv. J'avais connu d'autres femmes, mais c'était différent quand je suis tombé amoureux d'elle. Comme si les étoiles brillaient enfin.

Il regarde le ciel avec un geste dramatique.

— Je suppose que c'est difficile d'expliquer ça à une New-Yorkaise. On ne voit jamais les étoiles, ici.

— J'ai l'habitude.

— Vous vous considérez comme une New-Yorkaise, à présent ? Ou bien votre cœur est-il resté en Californie ?

— J'aime cette ville, dis-je en repliant un bras contre moi. Il fait un peu froid, ici.

Je me frotte vigoureusement les bras. Mais il ne fait pas froid, même dans ma robe légère. Il fait chaud, humide même.

— Je devrais rentrer, avant que Mai ne donne à mon père une crise cardiaque.

Il me prend à nouveau la main.

— Je ne devrais pas parler de moi-même. Je suis désolé. Je crois que je… je voulais que vous compreniez. Je ne suis pas fier de ce que j'ai fait.

De quoi diable est-il en train de parler ?

— J'étais dans un trou noir après la mort de Liv. J'avais besoin de le remplir. Nick s'est lancé dans le poker. J'ai fait quelque chose de similaire.

D'accord…

— J'ai fait des paris. Avec des amis. Ça a commencé comme une résolution pour le Nouvel An. Charles essayait de perdre dix kilos. J'ai parié qu'il n'y parviendrait pas. Pour le motiver.

— Ah ?

— Il a parié que je ne parviendrais pas à conclure une affaire à 10 % de plus que le prix proposé. C'étaient des petites choses. Puis elles sont devenues plus importantes. Puis Shep s'est retrouvé impliqué.

Il fourre la main dans sa poche et en tire une liasse de papiers pliés. Un contrat.

— Je ne voulais pas vous le dire, mais vous êtes une jeune femme si gentille.

Il déplie les papiers.

— C'est simplement un jeu pour lui. Vous n'êtes qu'un pion dans son jeu. Vous méritez mieux.

Il me fourre les papiers entre les mains.

— Vous méritez la vérité.

Chapitre Quarante-Quatre

Jasmine

Quand je regagne notre dîner de répétition, la pièce est froide. Ce n'est pas à cause de la différence entre la clim et la soirée de printemps.

Il y a quelque chose d'autre.

Un trou noir qui aspire toute la vie autour.

Mai et Quyen sont toujours en train de rire, ce qui fait rougir Papa.

Ian flirte toujours sans honte avec elles.

Il me regarde et hausse un sourcil pour me demander si ça va.

Je hoche la tête pour dire que oui. Ça devrait aller. Ça ne devrait pas être aussi important. Je ne veux pas croire une seule des paroles de Lucien.

Qu'est-ce que ça fait si Shep a un contrat ? S'il fait simplement ça pour battre Lucien à son propre jeu stupide ?

Je savais pour quoi j'avais signé. Un mariage, vendre le grand amour, vivre une année selon ses conditions.

Les papiers sont signés. Mon destin est scellé. Encore onze mois et demi à lui appartenir.

Seulement, ça ne me paraît plus être une malédiction.

Je veux être à Shep. Être sa femme, son amour, son tout.

Je parviens à sourire alors que je discute avec ma famille, Ian, l'hôte du restaurant.

Même alors que j'aide Papa à monter dans la voiture de Lock.

Je garde le sourire jusqu'à ce que je me retrouve seule. Je regagne à pied l'appartement de Shep, marchant sous le clair de lune.

Puis je relis tous les moindres détails du contrat.

Est-ce vraiment ce que je suis ? Un pion dans le jeu de Shep ?

Est-il vraiment aussi doué pour faire semblant ?

Je refuse de le croire.

Je refuse de croire un seul mot qui sort de la bouche de Lucien.

Mais il y a quelque chose que Shep ne me dit pas. Et j'ai besoin de savoir.

Quoi que ce puisse être, j'ai besoin de la vérité.

Chapitre Quarante-Cinq

Shepard

À la maison, Jasmine est assise à la table de la salle à manger. Elle porte cette même robe blanche. Ces mêmes chaussures à talons argentées.

Mais quelque chose est différent.

C'est dans ses yeux. Le même regard que Lizzy.

C'est impossible. Lucien ne l'aurait jamais admis. Et Nick ne le lui aurait jamais dit.

Elle n'a absolument aucun moyen de le savoir.

Elle ne peut pas le savoir.

Tout sauf ça.

— Qu'est-ce que tu fais ?

Je claque la porte, mais elle ne se ferme pas assez fort. Le monde est trop doux, trop incapable de se faire détruire comme il le mérite.

Elle se redresse, les yeux braqués sur moi. Elle déplie le papier et le pose sur la table.

— Ton beau-père m'a parlé.

— Vraiment ?

— Il voulait me parler de ce jeu auquel vous jouez… Comme quoi tu avais fait le pari que tu serais capable de me conquérir.

Je n'en doute pas.

Voilà qu'il invente des règles que j'ignore. Je suis trop proche du succès, alors il parle de notre jeu.

Je parie qu'il a présenté ça comme un amusement. Mais ce n'est pas un amusement. C'est malsain. Nous n'avons aucune raison d'en discuter.

— Et ?

— J'ai réfléchi.

Sa voix est douce. Elle n'est pas en colère. Elle est compréhensive. Bienveillante. Aimante.

— Pourquoi me dirait-il une chose pareille ? Pas parce qu'il a mes intérêts à cœur, mais parce qu'il veut mettre un froid entre nous.

Je ne dis rien.

— Pourquoi voudrait-il faire une chose pareille ? Pourquoi joue-t-il à ce jeu étrange avec toi ? Tu ne l'aimes pas. Tu ne l'apprécies même pas. Tu pâlis quand tu le vois. Et Nick aussi. Il…

Non.

Elle est trop près de la vérité.

Je ne peux pas la laisser dire ces paroles. Je ne peux pas la laisser y penser.

— Tu as raison. C'est un jeu. C'est drôle de jouer avec les gens. Particulièrement avec toi.

Je sors la bouteille du sac en papier que je tiens dans mes mains.

— Mais j'ai déjà perdu.

Je pose la bouteille de bourbon à moitié vide sur le comptoir.

— Shep…

— J'ai bu. Tu as gagné. Je demanderai à Lock de te faire ton premier virement demain matin.

— Je ne veux pas gagner. Je veux te parler.

— Ça prendra quelques jours pour t'envoyer le reste. Il s'occupera des détails.

Elle traverse la pièce pour venir vers moi, tend les mains.

Je m'éloigne. Quand elle me suit, je la repousse.

Elle titube, mais ne s'arrête pas. Elle tient bon.

J'inspire par le nez. J'ai besoin de conserver mon masque, de la convaincre que je ne ressens absolument rien pour elle.

De faire le nécessaire pour qu'elle parte avant qu'elle ne comprenne le fin mot de l'histoire.

Il ne faut pas qu'elle sache.

Ce n'est possible.

— Tu devrais partir, je lui répète.

Mais elle reste campée sur ses positions.

— J'ai simplement envie de parler.

— Nous n'avons rien à nous dire. C'était un jeu. Et j'ai perdu. Alors pars. Récupère tes gains.

— On est censés se marier dans deux jours.

— Tu auras ton argent. C'est ce que tu voulais, non ? dis-je en passant à côté d'elle. Tu connais la sortie. Je ferai changer les serrures demain.

— Shep…

Je ne réagis pas. Je m'enferme dans mon bureau et mets à fond un groupe de metal que je ne supporte pas.

Elle tambourine à la porte pendant plusieurs minutes. Elle me prie de sortir.

Puis elle réalise que ça ne sert à rien.

Et enfin, elle s'en va.

Chapitre Quarante-Six

Jasmine

À la maison, Papa est sur le canapé, occupé à lire une de ces fictions historiques qu'il adore. Il la pose dès qu'il me voit.

Il ne me demande pas ce qu'il s'est passé. Il se contente de remplir la bouilloire électrique et me fait signe de m'asseoir.

Quand je m'exécute, il va chercher une couverture, se prépare une tasse de camomille et met un film que j'avais l'habitude de regarder avec Maman.

Quand j'essaye de protester, d'insister pour lui préparer quelque chose, il secoue la tête.

— Laisse-moi m'occuper de toi, pour une fois, dit-il. Tu t'occupes de moi depuis bien trop longtemps.

Chapitre Quarante-Sept

Shepard

Key me réveille le lendemain matin. Elle laisse tomber la bouteille vide entre mes cuisses.

— Vous valez mieux que ça.

— Merci du conseil.

La lumière est vraiment trop forte.

Elle secoue la tête.

— Vous savez, on ne peut pas vous aider si vous insistez pour que la maison reste vide.

Je me lève et ferme les rideaux.

— Vous n'êtes pas censée venir dans mon bureau.

— Vous n'êtes pas censé boire, rétorque-t-elle en les rouvrant. Vous vous rendez compte qu'on sait tous pourquoi vous exigez de l'intimité ?

— Oui.

— On est tous au courant pour vos… préférences.

— Vraiment ?

Elle se contente de sourire.

— Qu'est-ce que vous pensez qu'il se passait quand

Lock ramenait ces jeunes femmes à leurs appartements ? Elles avaient des questions… et obtenaient des réponses.

C'est digne d'un vrai gentleman.

— Vous voulez quelque chose ? dis-je.

— Quelqu'un doit se présenter dans quelques heures.

— Dites-leur de partir.

Elle sourit pour dire certainement pas.

— Vous devriez vous débarbouiller, changer de vêtements. Vous ne vous présentez pas sous votre meilleur jour.

— Je ne vais voir personne aujourd'hui.

— Deux heures, dit-elle en laissant la porte ouverte. Il vous faudra au moins ça.

Une douche et des vêtements propres me ragaillardissent. Ainsi qu'un café et un petit-déjeuner. Mais ce n'est pas suffisant.

Ma tête palpite toujours.

La pièce est toujours en train de tourner.

Le monde est toujours sombre et moche.

Une seule chose m'apporte un soupçon de soulagement : elle n'est pas au courant.

Mais ce soulagement m'est arraché dès que Key va répondre à la porte. Parce que le fameux invité n'est pas mon frère, Ian ou bien quelqu'un qui est malheureusement décidé à me convaincre de me remettre sur les rails.

C'est Jasmine.

Chapitre Quarante-Huit

Shepard

— Bonjour.

Jasmine soutient mon regard pendant un moment, puis elle regarde Key.

— Ça va, et vous ?

— Ça va ?

La voix de Key est incrédule.

— C'est une façon de le dire, dit-elle en se tournant vers moi avec son air maternel légèrement réprobateur. Le mariage n'est pas un long fleuve tranquille. Les gens se disputent. C'est normal.

— Vous pouvez dire à Mlle Lee qu'elle peut partir, dis-je. Elle n'a aucune raison de rester ici.

— Vous pouvez le lui dire vous-même, dit Key. Elle est juste là.

— D'accord.

Je serre les poings. Mon personnel devrait pourtant savoir qu'il ne faut pas me défier. Ils savent qu'ils doivent suivre mes foutus ordres.

Non pas que j'en ai le droit pour le moment. J'ai tout perdu la nuit dernière. Et je…

Je ne suis pas en colère qu'elle soit là.

Je voudrais l'être. Je voudrais fracasser cette bouteille vide contre le mur. Pour que le verre brisé tombe à ses pieds. Pour qu'elle sache exactement où j'en suis.

Mais ce n'est pas de la colère.

Je veux qu'elle soit là.

C'est ridicule. Elle en sait déjà trop. Si elle reste, elle va en apprendre davantage. Et je ne peux pas…

Ça ne peut pas arriver…

Je m'éclaircis la gorge.

— Alors dites à Lock…

— Qui a conduit Mlle Lee ici, croyez-vous ? dit Key en se retenant à peine de lever les yeux au ciel. On prendra le thé dans quelques minutes. Du Milky Oolong ? Ou bien du Gaba ?

— Milky Oolong, merci, répond Jasmine.

— Vous avez déjeuné, Jasmine ? Je serais ravie de vous préparer quelque chose. Ou bien vous voulez des galettes ?

— Oui, des galettes.

Elle la remercie d'un autre mouvement de tête et se tourne vers moi. Elle attend que Key soit dans la cuisine pour s'approcher.

Je quitte mon siège et me dirige vers la porte vitrée coulissante.

— Tu devrais t'en aller.

— Peut-être.

— Y a-t-il un problème avec ton chèque ? Une erreur ? Ou bien ce n'est pas assez ?

Ou alors Lock est en train de m'embrouiller la tête. De faire semblant qu'il l'a égaré ou bien que j'ai oublié de signer.

— Oui, répond-elle en faisant trois pas vers moi. Je ne

vais pas l'encaisser.

— Ne sois pas ridicule.

— On a un accord. Un mariage. Une autre année.

— Non. J'ai rompu notre accord. J'ai bu hier soir.

Elle secoue la tête.

— J'ai reregardé. Si tu bois, c'est moi qui suis libre de rompre notre accord. Tu n'as pas ton mot à dire.

Mince. Elle a raison. Je ne pensais pas que ça allait compter. Je ne pensais pas que je serais aussi pathétique.

— Papa se sent mieux, mais ce n'est pas une garantie. Je veux qu'il m'accompagne à l'autel. Je veux qu'il sache que quelqu'un prend soin de moi. Et je ne vais pas piocher un inconnu au hasard dans la rue.

— Tu vas lui mentir.

Elle fait un autre pas vers moi.

— Je sais qui tu es, Shep. Je sais ce que tu peux m'offrir. Ce n'est peut-être pas de l'amour. Mais ça s'en rapproche.

— Ce n'est pas…

— Ça l'est. Et j'en ai envie. J'ai envie de m'endormir dans tes bras. J'ai envie de te taquiner à propos de ton café. J'ai envie qu'on reste sur le canapé à regarder des films.

Elle se rapproche. Assez près pour pouvoir me toucher. Mais elle ne le fait pas. Elle place son corps près du mien. Près de la fenêtre.

— Je veux être ta femme. Peu importe ce qui s'est passé avec ton beau-père.

Je presse ma main sur mon verre.

— On n'a pas toujours ce qu'on veut.

— Je sais. Et je sais que si tu romps le contrat, je ne peux rien y faire. Non, ce n'est pas vrai. Je peux prendre les dix millions. Et je le ferai. Mais je ne vais le dire à personne. Je ne vais pas révéler le moindre de tes secrets. Même si je pourrais te forcer à le faire, je… je ne suis pas toi. Je n'ai aucune envie de le faire.

Ses yeux trouvent les miens.

— Je t'aime.

Je soupire lourdement. Je suis trop plein. Il n'y a pas d'air dans la pièce.

Il fait trop chaud.

C'est trop lumineux.

Le volume sonore est trop fort.

Elle ne peut pas m'aimer. Ce n'est pas bien pour moi. J'ai besoin de lui dire non, d'arrêter, de s'enfuir.

Mais il y a quelque chose qui retient ma langue. Cette partie de moi qui a désespérément besoin de son amour.

Et de plus encore. De sa compréhension, de son acceptation, de sa fierté.

Je veux qu'elle sache.

Qu'elle sache et qu'elle reste.

Mais c'est stupide. Elle ne peut pas savoir. C'est mieux si elle n'en sait rien.

— Je ne te poserai plus de questions à propos de ton beau-père. Je ne l'ai jamais aimé. Il m'a toujours provoqué une horrible sensation dans le ventre. Je n'ai jamais réussi à comprendre pourquoi. Et en y repensant… tu te renfermais toujours en sa présence. Tu me touchais simplement les jours où il n'était pas là. Et quand il nous interrompait… peu importe ce qu'on faisait, tu insistais toujours pour me ramener à la maison.

— Arrête, dis-je. Ne le dis pas.

Son expression reste douce.

— Je ne dirai rien. Je ne vais pas chercher à deviner ce qui s'est passé. Et tu n'as pas à me le dire. J'espère que tu le feras un jour. Quand tu seras prêt. Mais si ça n'arrive pas… c'est bon.

— Je ne le ferai pas.

— D'accord.

Elle se tourne pour me faire face.

— C'est ton combat. Je ne prétendrai pas être en mesure de le mener pour toi. Mais ce n'est pas la raison de ma présence. Je ne suis pas là pour te demander de me confier tes secrets.

Quoi ?

— J'espère que tu le feras. J'espère qu'un jour, tu me feras confiance. J'espère que tu me laisseras porter ce poids avec toi. Mais je peux attendre.

— Tu devrais partir.

— Non. Je t'aime. Je ne veux pas t'abandonner.

— Tu m'as quitté…

— Parce que tu n'arrêtais pas de boire.

— Il fallait que je boive. C'était la seule façon.

Son regard s'adoucit.

— Je… même si c'est la vérité, je referais la même chose. Je ne veux pas être avec cette version-là de toi. Je crois que c'est une porte de sortie facile. Trouve une bouteille et dis-moi que c'est ta nouvelle maîtresse.

Son regard se dirige sur le ciel bleu dégagé.

— Je ne te prierai plus de changer. Je ne te prierai pas de m'aimer. Je vais simplement te demander une chose. Épouse-moi demain. Épouse-moi, comme prévu, et essaye vraiment de tenter le coup. Véritablement. Quand personne ne nous regarde.

— Je ne peux pas.

Elle baisse les yeux.

— Pourquoi ?

— Ce qu'il fait… Tu penses qu'il l'a appris où ?

— Il était…

Je ne la laisse pas terminer sa phrase.

— Ne sois pas désolée pour lui.

— Je ne le suis pas.

— Il m'a transmis cette malédiction. Et à présent, je… je suis un monstre, Jasmine. Tu ne le vois pas ?

Mais elle n'en démord pas.

— Je vais te faire du mal, un jour. Je ne vais pas être capable de m'arrêter.

J'en ai déjà envie. J'ai envie de la plaquer contre le mur, de lui arracher sa culotte, de la baiser jusqu'à ce qu'elle ne pose plus de questions.

Jusqu'à ce qu'elle soit à moi et que ce soit moi qui aie toutes les cartes en main.

C'est le seul point lumineux dans un océan d'obscurité.

— Tu ne le feras pas, dit-elle. Je te fais confiance.

— C'était une décision bête.

— Ce n'est pas un choix. Je ne choisirai pas de t'aimer. Je ne choisirai pas quelque chose d'aussi compliqué. Mais je t'aime. J'ai essayé, pendant très longtemps, d'arrêter de t'aimer. Mais je ne peux pas.

Elle me regarde dans les yeux.

— Tu as peut-être l'impression d'être un monstre, mais tu ne l'es pas. Je peux te voir mieux que tu te voies toi-même. Et tu n'es pas une sorte d'animal incapable de se contrôler.

— Je le suis.

— Même si c'était vrai, insiste-t-elle, si tu étais incontrôlable… c'est mon choix. Je suis libre de te faire confiance ou non.

— Jasmine…

— Tu peux décider que tu n'es pas prêt pour tout ça. Que tu ne veux pas être avec moi. Mais ne me dis pas que c'est pour mon bien. Je sais ce qui est bien pour moi. Je sais ce que je veux. Je veux t'épouser. Et demain, je serai prête. Je serai là.

Elle place sa main près de la mienne. Toute proche. Assez pour que nos petits doigts se frôlent.

— Ne me fais pas attendre trop longtemps.

Chapitre Quarante-Neuf

Jasmine

Je suppose que puisque je suis officiellement folle, il est difficile de décrire mon état mental actuel.

Je me trouve dans une petite pièce dans les coulisses, à faire semblant de contempler mon maquillage, peinant à faire les cent pas.

Cette robe est trop serrée. Ces talons sont trop hauts. Mes cheveux sont trop tirés.

Tout est en place pour le mariage. Tout sauf le marié.

C'est un drôle de drame ! Dans des circonstances différentes, Shep serait fier. Nick me serrerait la main. Lizzy s'extasierait.

Mais en l'état…

Je n'ai toujours pas de nouvelles de Shep. Et tout le monde pense que le mariage va se dérouler comme prévu.

Les hommes ont vraiment de la chance. Ils n'ont besoin que d'un costume et d'une cravate propre. Un coup de peigne. Et voilà, ils sont prêts.

Ce n'est pas le chantier de plusieurs heures que subissent les mariées.

Une femme a-t-elle déjà porté plus de maquillage ?

Mai me regarde faire les cent pas et secoue la tête.

— Tu as bu trop de thé, tu devrais prendre du champagne.

Peut-être. Je tremble. Mais je ne veux pas que Shep puisse sentir l'alcool sur mes lèvres. Pas après la nuit dernière. Jamais.

— Ça va.

Elle jette à sa sœur un regard signifiant *quelle enfant difficile.*

— Tout le monde est nerveux, le jour de son mariage, dit Quyen en me pressant la main. Tu es magnifique. Et tu vas prononcer les vœux normaux. Tu n'as qu'à t'avancer et sourire.

— Peut-être.

Je peine à traverser la pièce. J'en accuse la moquette épaisse, même si en réalité, c'est la faute à mes pensées troublées.

C'est bizarre. Voilà trois semaines, épouser Shep était la pire chose que je pouvais imaginer, mais maintenant, c'est la seule chose que je veux.

Non, ce n'est pas vrai. Je veux que Papa aille bien. Je veux devenir meilleure actrice. Je veux construire une carrière.

Mais pour le moment…

Où diable est-il ?

Je vérifie à nouveau mon téléphone portable. Pas de message de Key ou de Lock. Rien de la part de Nick. Rien du tout.

Personne ne sait où est Shep. S'il vient. S'il est en route pour les îles Caïmans.

J'écris des séries de textos que j'efface immédiatement.

S'il te plaît, viens.

Ne me fais pas attendre.

Je t'aime.

C'est toi qui as passé cet accord stupide, alors ne reviens pas sur ta parole.

Tu n'as pas à venir. Mais parle-moi. Dis-moi qu'on peut le faire.

Allons autre part. Un endroit plus discret. Juste toi et moi.

N'importe quoi.

N'importe où.

Mai me retire mon téléphone. Elle l'éteint et le glisse dans son sac.

— Ce n'est pas le moment de se laisser distraire.

— Tu es belle, sourit Quyen. Exactement comme ta mère.

— Un peu plus vieille, quand même, dit Mai.

— Pourquoi tu le lui fais remarquer ?

— Elle est plus vieille.

— Elle est quand même jeune.

— Pas si jeune que ça. Il ne reste pas beaucoup de temps pour des petits-enfants.

— C'est le jour de son mariage ! Laisse-la en profiter.

— Tu devrais…

Un coup à la porte les interrompt.

C'est la voix de l'officiant.

— Il est temps.

Comment peut-il être temps ? Je ne sais pas s'il est là. Et s'il n'était pas là ?

J'avale une petite goulée d'air. J'ai du mal à la relâcher.

L'officiant ouvre la porte. Mon père se tient là, vêtu d'un costume noir immaculé, affichant le sourire le plus large du monde.

— Jasmine, dit-il en vietnamien. Tu es encore plus belle que ta mère.

Mon cœur fond immédiatement.

— Ah oui ?

— Tu lui ressembles tellement, dit-il en m'offrant son bras.

J'y passe le mien.

— Est-ce qu'il…

Je ne peux pas demander s'il est là. Ça révèlerait trop de choses.

— Il est habillé comment ?

Mai lui décoche un regard qui lui signifie de se taire.

Pour une fois, il l'écoute et fait un pas en arrière pour permettre à Mai et Quyen de passer. C'est mon cortège nuptial. Et le sien…

Mais alors ça veut dire…

Ils ne s'avanceraient pas s'il n'était pas…

La musique ne jouerait pas s'il n'était pas…

Ou alors c'est un canular complet. Ce n'est qu'un jeu ridicule pour voir s'il parviendra à me forcer à l'implorer.

Shep est peut-être le monstre qu'il affirme être.

Peut-être…

Peut-être…

— C'est à vous d'y aller, Mademoiselle Lee.

L'organisatrice appuie sur le *Mademoiselle*, comme pour dire de bien m'en souvenir, puisque c'est la dernière fois qu'on m'appellera comme ça.

Je presse le bras de mon père alors que je m'avance.

« Folle » n'est pas le mot juste. Je suis complètement et totalement incapable de connaître mes limites.

Pourquoi ai-je défié Shep ?

Particulièrement après ce qu'il s'est passé la dernière fois que je l'ai mis au défi. Il n'est peut-être pas plus fort que moi, mais il est un million de fois plus entêté. S'il veut en faire à sa guise…

Il ne sera pas…

Il est…

Oh, mon Dieu…

Papa me tapote la main quand on déboule à l'angle du couloir.

Et il est là.

Shepard. Il se tient au bout de la longue allée centrale. Il attend avec une expression de contentement parfait.

Énormément de gens sont présents, mais je ne les vois pas.

Je ne vois que lui.

Je descends l'allée en flottant sur mon petit nuage.

Il me prend la main et se penche pour me murmurer à l'oreille :

— Je suis désolé.

— Moi aussi.

L'officiant nous dit de nous écarter, nous dit qu'on est trop impatients.

Shep me presse la main.

Je lui murmure en silence que je l'aime.

Il me répond *moi aussi*.

Il n'y est pas encore tout à fait. Mais pour l'instant, c'est plus que suffisant.

Épilogue

CINQUANTE

Shepard

Les mots me traversent rapidement l'esprit. Un éclair. Assez lumineux pour illuminer l'horizon.

Disparu trop vite.

Mais toujours imprimé dans mon esprit.

Pourquoi maintenant ?

Il n'y a rien de remarquable à propos de ce moment.

J'apprécie la moindre seconde passée avec Jasmine, mais je ne vais pas commencer à compter les étoiles, à remercier un pouvoir divin ou à souffler sur des pissenlits.

Elle est à moi.

C'est mon alliance à mon doigt.

Ce sourire sur son visage…

C'est à cause de moi.

Chaque seconde est remarquable.

Ce qui signifie que rien n'est remarquable. Je suis un homme qui comprend les chiffres, pas les mots, mais je le sais. *Spécial* sort de l'ordinaire.

J'aimerais avoir un meilleur mot qu'*ordinaire*. Il n'y a rien d'ordinaire à propos de son sourire. Ou bien de ses jambes croisées. Ou de ce rire qui remplit la pièce.

C'est inestimable.

Même si ça arrive quasiment tous les jours.

Même si c'est une soirée ordinaire.

Nous sommes dans un restaurant tranquille, à regarder le soleil disparaitre à l'horizon. Un autre goûter qui se prolonge. Son rouge à lèvres qui tache une tasse d'un blanc parfait. Ses yeux sombres remplis de joie.

Ses doigts me frôlent le poignet. Elle sourit.

— Tu penses à quelque chose.

Ça revient. Ces trois petits mots. Seulement, ils sont plus lumineux, plus grands. Comme un panneau à Times Square qui attire l'attention de la ville tout entière.

— Shep ? Ça va ? Ou bien je t'ai perdu « off Broadway » ?

Non, je me raccroche toujours à chacune de ses paroles. Je désire toujours connaître toutes les pensées qui lui passent par la tête, tous les sentiments de son cœur, tous les centimètres de son corps.

— C'est ça, non ? Je te jure que j'arrêterai un jour de parler d'auditions. Mais c'est tellement excitant ! J'ai répété pendant six mois. Je suis finalement dans la mêlée, à me faire rejeter continuellement, comme tout le monde. Je sais que je ne suis pas encore géniale…

J'ai hâte. Je pose la main sur sa joue et l'attire pour un baiser lent et profond.

Pendant une seconde, elle se raidit, surprise. Puis elle fond contre moi.

Ma langue glisse dans sa bouche. Je ne la conquiers pas. Pas vraiment. Je lui fais savoir qu'elle est à moi.

Que je suis à elle.

Que je veux que ça reste comme ça pour toujours.

Elle se recule avec un soupir capiteux.

— Qu'est-ce que…

— Je t'aime.

Elle écarquille les yeux et ouvre la bouche pour parler. Puis elle s'interrompt et pianote sur la table du bout des doigts, comptant les petits moments qui ont rendu la chose possible.

C'est là. Dans l'air, la pièce, l'univers. Je l'aime. Je l'ai aimée. Depuis longtemps. Toujours. C'est simplement impossible de l'expliquer. Impossible de l'accepter. Impossible de le comprendre.

Comment un monstre peut-il aimer qui que ce soit ? Ou quoi que ce soit ?

Mais je ne suis pas…

Je ne peux même pas dire ça. Certes, je peux répéter les affirmations de mon psychiatre (*je suis Shepard Marlowe et je ne suis pas un monstre*), mais je ne peux pas le faire avec conviction.

Je n'y crois pas.

Pas entièrement.

Pas principalement.

Je ne suis pas encore guéri et ne le serai peut-être jamais. Cette obscurité vivra peut-être en moi pour toujours. Dans un endroit profond et caché. Quelque part où personne d'autre ne la verra, mais où elle restera quand même présente.

Je sursaute toujours quand Jasmine me surprend. Je bouillonne toujours quand on mentionne le nom de ce bâtard. Je fracasse toujours le premier objet qui me tombe sous la main quand je me rappelle qu'il a…

Je ne le lui ai pas encore dit.

Mais elle le sait. Quelque part, elle est au courant. Elle le sait, et je suis assis là, en face d'elle, à la regarder.

Elle sait, et je ne m'enfuis pas.

Elle sait, et elle est là.

Je ne sais pas quand elle l'a compris, depuis combien de temps ou comment elle a rassemblé les pièces du puzzle.

Quelqu'un le lui a peut-être dit. Je ne lui pose jamais la question.

Ça ne fait rien.

Elle sait, et elle est là.

Elle sait, et elle me désire.

Elle sait, et elle m'aime.

C'est tout ce qui compte.

— Je t'aime.

C'est plus facile la seconde fois. Ça sonne juste. Comme de la musique ou de la poésie. Ou bien autre chose que je voudrais comprendre.

— Plus que tout.

— Je t'aime aussi.

Elle sourit, n'attirant pas l'attention sur ce moment, se délectant de la sensation de ces mots sur ses lèvres.

— C'est une bonne chose, parce que tu vas m'avoir sur le dos pendant longtemps.

Elle tapote son alliance, puis fait courir son doigt sur la mienne.

Cette fois, c'est elle qui m'attire en un baiser lent et profond.

Cette fois, c'est moi qui fonds contre elle.

CINQUANTE-ET-UN

Jasmine

— Viens ici.

Les doigts de Shep effleurent mon peignoir en soie. Puis ils se posent sur mes poignets. Doucement. Puis plus fermement.

Pas assez pour être exigeants.

Assez pour être une requête. C'est sa façon à lui de dire « s'il te plaît ».

— Et pourquoi donc ? dis-je d'un ton taquin.

Parce que je le peux. Parce que même au bout de deux ans, même pour notre anniversaire de mariage, il n'a jamais été aussi doux.

— Pourquoi donc ?

Il me regarde avec de l'affection dans ses yeux bleu clair.

— Pourquoi donc ? répète-t-il d'un ton un peu plus bas, bien plus dominant.

Mon corps gémit. Il n'en faut pas plus. Une légère autorité dans sa voix, et je fonds. J'ai envie d'écarter son peignoir, de me glisser sur ses genoux, de suivre le moindre de ses ordres. J'ai besoin de camper sur mes positions. De profiter de la moindre seconde que je passe à le taquiner.

— Pourquoi donc ?

— Tu veux jouir ?

Mes genoux cèdent. Il est trop sexy. C'est dévergondé, mais c'est moi qui vais en profiter, alors c'est plutôt bien.

— Princesse ?

— Tout de suite ?

Ses lèvres se courbent en un sourire. Je retrouve cette douceur. Lui. Pas un scénario. Uniquement mon mari, assis sur un lit d'hôtel à Londres, qui me sourit.

— Viens ici.

— *Viens* ici.

Son rire profond remplit la pièce. Il illumine ses yeux magnifiques.

Shep n'a jamais été aussi heureux, mais il n'est pas exactement la positivité incarnée. Il est toujours impitoyable au travail. Et quand mon bien-être est en jeu ? N'en parlons pas.

Il a failli tuer la dernière personne qui m'a joué un mauvais tour, et ce n'était pas si grave que ça. Une actrice qui m'avait donné la mauvaise heure pour une audition afin de réduire la compétition.

Ça n'a pas marché. Je me suis présentée en retard et irritée, et j'ai mis tout ça dans ma performance. Tous les membres du spectacle ont pensé que j'étais une garce dure comme de la pierre. Du moins, les quelques premiers jours. J'ai vite craqué. Je ne suis pas douée pour me fondre dans mon personnage à 100 %.

Et je…

Eh bien, je ne suis toujours pas une actrice extraordinaire. Et après deux ans de cours et d'auditions, je ne suis pas certaine de pouvoir le devenir un jour. J'aime toujours la scène, j'adore étudier les scènes, improviser et lire les dialogues.

Mais les auditions sans fin, les refus constants, les gens qui me jugent principalement sur mon apparence…

Ce n'est pas la vie que je souhaite.

Voilà six mois, j'ai réalisé quelque chose. Le monde de la finance me manque. Le business me manque. Ça me manque de ne pas cocher des cases sur ma liste de tâches.

J'avais tout cet argent et une véritable envie d'aider les autres, de faire connaître l'art, d'effectuer des choses.

Alors j'ai fait quelque chose de fou. La chose la plus folle depuis que j'ai exigé que Shep m'épouse.

J'ai fondé un organisme de charité. On enseigne le théâtre à des enfants des classes défavorisées. On les inclut dans des productions. On les aide à apprendre comment s'exprimer. Et comment travailler avec les autres.

Ce ne sont peut-être pas des maths ou des sciences, mais c'est quelque chose qui les aidera à trouver une vie meilleure. Et c'est satisfaisant d'une manière différente. Une façon qui remplit mon cœur d'amour.

Je perfectionne toujours mes compétences. Je vais passer des auditions de temps en temps. Mais principalement, j'essaye de partager mon amour du théâtre à la Terre entière.

Qu'y a-t-il de meilleur ?

— Princesse ?

Il le dit plus doucement, cette fois. Il demande, à nouveau. Il ne veut pas simplement que je m'asseye. C'est quelque chose d'autre aussi. Quelque chose de plus profond.

Ses doigts se referment autour de mon poignet. Il fait courir son pouce sur l'extérieur de ma main. Puis son autre main se pose sur le bas de mon dos, pressant le tissu délicat contre ma peau.

Je le laisse m'attirer sur ses genoux.

Mes mains se posent sur ses épaules, puis je replie l'une d'elles sur sa nuque tandis que l'autre trouve sa joue.

Il se colle davantage à moi alors que je fais courir mes doigts sur son menton.

Mon cœur bat dans ma poitrine. Après deux ans, six continents et d'innombrables orgasmes, j'ai toujours envie de tout ce qu'il veut bien me donner.

Sa douceur et sa dureté. Non, je ne pense pas à sa dureté. Ni à ses mains autour de son cou. Ni à ses lèvres sur mes cuisses.

Je ne…

Mince, c'est important. J'ai besoin de me concentrer sur autre chose que mon envie qu'il me fende en deux.

Ses doigts se referment sur ma taille. Il m'attire un peu plus près de lui et me regarde avec un petit peu plus de douceur.

— J'ai réfléchi.

— Je t'ai forcé à venir voir trop de pièces ?

Son sourire s'élargit.

— C'est possible ?

— Tout le monde n'a pas forcément envie de passer toutes leurs soirées de vacances dans un théâtre.

Je passe la main dans ses cheveux. Ils sont un peu plus longs, à présent, comme lorsqu'on était plus jeunes. Mais cette magnifique teinte de brun qui fait ressortir ses yeux bleus n'a pas changé.

— Je ne m'imagine pas que ce que tu préfèrerais.

— Tu te trouveras dans ce théâtre ?

Je hoche la tête.

— Alors c'est ce que je préfère.

— Mais si tu pouvais m'emmener quelque part…

— À part juste ici ? dit-il en tapotant les draps blancs et propres.

Mes joues rougissent. Quelque part, le personnel sait toujours quand il est temps de changer les draps. Ils le font toujours sans nous prévenir. On baise comme des lapins, on va prendre le thé, et quand on revient dans notre suite, il y a des draps propres.

Au bout de deux ans, je suis habituée aux commodités que m'offre la richesse. Je me suis même habituée à avoir du personnel. C'est bon de dire à Key *je n'ai pas envie de songer au dîner. Vous savez ce que j'aime. Préparez-moi quelque chose de bon*, puis de me faire servir une assiette de poissons et de légumes parfaitement bouillis une heure plus tard.

C'est bon de ne jamais faire mon lit, nettoyer ma chambre ou bien récurer la douche.

C'est vraiment bon de savoir que quelqu'un prend soin de mon père.

Mais c'est aussi... étrange. Au fond, je suis une fille normale, qui sait se débrouiller. Je ne peux pas dire que laver la vaisselle me manque, ou bien voyager en classe éco, mais je tique toujours en voyant certaines dépenses de Shep.

Même si...

Il a tenu sa promesse. Après notre lune de miel, deux semaines en Thaïlande, à passer la moitié du temps au lit et l'autre allongés sur la place, à faire le tour de la ville, à nous péter le ventre de nouilles, Shep a transféré dix millions de dollars sur mon compte en banque.

Je lui ai dit que c'était ridicule et vraiment pas nécessaire. Il s'occupe déjà du moindre de mes besoins. Qu'est-ce que j'allais bien pouvoir faire de dix millions de dollars ?

Il a insisté. Il a dit qu'il me devait cet argent. Il a dit que le contrat était clair, qu'il devait me verser les dix millions et mettre fin à cet accord.

Alors, le mariage est devenu bien à nous.

Pas de conditions, pas de points à démontrer, pas de contrat prénuptial.

Un mariage normal, sain.

Ou du moins, aussi normal qu'on puisse le rendre.

Pendant plusieurs semaines, j'ai refusé carrément de regarder mon compte en banque. C'était trop. Je n'avais pas l'impression de le mériter. Mais quand Papa a entendu parler du virement, il m'a convaincue d'utiliser cet argent pour faire du bien.

J'ai mis du temps à comprendre ce que ça voulait dire, et encore plus longtemps à mettre en place toute la paperasse. Mais maintenant…

Je ne m'imagine pas avoir pu l'utiliser mieux. Je donne aux autres l'opportunité de s'exprimer pleinement. Je leur donne un espace sûr pour trouver leurs émotions, leurs besoins, leurs désirs.

Pour guérir.

Et Papa…

Il essaye toujours de me faire culpabiliser quand il ne me trouve pas assez reconnaissante de la fortune de Shep.

C'est ridicule. Je suis la seule enfant d'immigrés qui se fait culpabiliser par ses parents parce qu'elle ne dépense pas *assez* d'argent.

Pense à ce que ferait ta mère. Est-ce qu'elle voudrait vraiment que tu gâches cette opportunité ?

Je suis contente que Papa soit toujours parmi nous. Parce que si Mai et Quyen pouvaient les utiliser, lui et Maman, pour me faire culpabiliser afin que je fasse les choses à leur façon…

Je suis tellement contente qu'il soit toujours là, et en bonne santé ! Certes, il n'est pas au top. Il ne sera plus jamais au mieux de sa forme. Mais il est en relative bonne santé, heureux et vivant.

Et marié à son infirmière ! Je crois qu'elle n'est plus son

infirmière, d'ailleurs, il n'en a plus besoin. Et je pense que c'est bien d'avoir un membre du corps médical dans les parages.

— Princesse…

Il secoue la tête, prenant un air faussement dégoûté.

— Tu m'imagines sans mes vêtements ?

— Non, dis-je en pinçant les lèvres. Pas exactement.

Il me rend mon regard avec toute sa confiance. Tout son amour.

Ça me réchauffe de partout. Ça me rend légère. Sans ses bras pour me tenir, je flotterais jusqu'au plafond.

Ça risque encore d'arriver.

Je l'aime tellement, et ça augmente chaque jour. J'ai l'opportunité d'être proche de lui, de partager son espace, son temps, sa vie…

Nous ne sommes peut-être pas un couple normal. Nous n'avons peut-être pas résolu tous nos problèmes. Mais peu m'importe.

Nous sommes heureux.

Et il est tiré d'affaire. Il ne me raconte pas tout de son passé. Seulement des bribes. Il y travaille toujours. Il travaillera toujours dessus.

Il essaye de lâcher prise. De pardonner. Pour lui.

C'est à l'opposé du Shepard Marlowe que je connais.

Et c'est… eh bien, je suis contente pour lui. Contente qu'il laisse partir ce poids. Mais moi, je ne pouvais pas laisser filer ou pardonner.

J'ai demandé l'aide d'Ian. Ce génie de l'informatique a trouvé des informations sur Lucien. Rien sur Shep ou Nick. Ou rien de salace.

Non, on a trouvé des preuves toutes bêtes et parfaitement basiques de délit d'initiés.

Je les ai présentées à Lucien. Je lui ai dit que je les rendrais publiques s'il reprenait contact avec Shep. Il a fait semblant de ne pas savoir de quoi je parlais. Mais il a pris le large.

J'ai demandé aux employés de Shep de garder un œil sur lui et de me dire s'ils apprenaient que Lucien avait repris contact. Même une simple carte de Noël.

Je sais, je ne devrais pas espionner mon mari. Mais c'est ce que lui aurait fait. S'il le savait, il serait fier.

D'ailleurs…

Pour une fois, c'est moi qui l'ai sauvé. C'est une sensation extraordinaire.

— Je suis contente que tu aies l'esprit dans la culotte.

Il m'attire plus près de lui, mes pensées se recentrent sur cette pièce, et je m'abandonne sur ses genoux.

— On ne va pas dîner ?

Je fais courir mes doigts le long de son col, jusqu'à la pointe de sa cravate. J'ai envie de le baiser. Enfin plutôt… qu'il me baise. Mais j'ai aussi envie d'un dîner tranquille. Je veux tout. Tout.

— On ne peut pas être en retard.

— On ne peut pas ?

Je secoue la tête sans la moindre conviction.

Il sourit.

— On devrait faire vite.

Je secoue la tête.

Il glisse la main sous mon peignoir.

— J'ai réfléchi.

— Ah oui ?

— À propos de nous. De notre futur. De notre vie.

Je plonge dans ses yeux d'un bleu profond.

— Tu penses à quelque chose en particulier ?

Son regard erre vers la porte. Ses joues rougissent. Il inspire profondément.

Serait-il… timide ?

Shepard Marlowe, un homme qui possède le pouvoir

de détruire tous ceux qui se dresseraient en travers de sa route, un homme qui me fait jouir tellement fort que je vois trente-six chandelles, est timide.

Ça n'est jamais arrivé.

Jamais.

La chaleur se répand à travers mon torse. Ainsi qu'autre chose. Un besoin féroce de le protéger. De tous et de tout.

— Tu as réfléchi ?

Il hoche la tête.

Je caresse sa mâchoire et m'arrête sur son menton. Tendrement, je lui incline la tête pour qu'on se regarde dans les yeux.

— Quoi que ce soit, tu peux me le dire.

Il hoche la tête.

— Je suis prêt.

— Tu es prêt ?

— Oui, dit-il en rougissant davantage. Pour essayer.

— Essayer… Oh.

Oh. Ma tête se met à bourdonner. Mon cœur se remplit. Mon corps s'écrie *oui, on commence tout de suite.*

— Je sais que ta fondation te prend beaucoup de temps. Si tu veux arrêter…

— Non.

— Non ?

— Oui. Tout de suite. On peut commencer. Essayons.

Mes doigts se referment sur ses cheveux.

— Tout de suite ?

Je hoche la tête.

— Ton stérilet ?

— Ne gâche pas ce moment avec des détails pratiques.

Il fait le geste de garder la bouche fermée.

— On peut… s'entraîner. Et puis quand on rentrera à

la maison, on prendra rendez-vous. Et on pourra vraiment commencer…

— Tu penses que j'ai besoin de m'entraîner ?

— Bon…

Cette fois, mes joues rougissent quand je dis :

— Tu ne jouis pas toujours en moi.

Il sourit.

— Tu n'aimes pas ça, Princesse ?

— Tu sais que je…, dis-je en rougissant encore plus. C'est simplement… la biologie.

Il tend le bras, prend ma joue dans sa paume. Sa voix se fait plus douce. Toute cette douceur ! Lui !

— Tu en es sûre ?

— Oui, dis-je en hochant la tête. Si tu l'es vraiment. Parce que, Shep… je t'aime tellement. Ça fait longtemps que j'en ai envie. Quand Papa est tombé malade, je n'arrêtais pas d'y penser. Je me disais que j'avais vraiment envie qu'il rencontre ses petits-enfants, et à quel point j'avais envie d'être mère. Et quand il s'est rétabli, j'ai… j'avais toujours enfin de devenir maman. Mais je te connais…

Bon sang, comment tourner la chose ?

Comment dire *je sais que tu as terriblement peur à l'idée de marcher dans les traces de ton beau-père abusif ? Mais je sais que tu ne le feras pas. Parce que ça fait deux ans que j'ai abandonné la moindre de mes limites, et même si tu as carte blanche, tu es toujours doux avec moi ?*

Je me décide pour :

— Je sais que tu as peur.

— C'est vrai. Je suis terrifié, même, poursuit-il d'une voix douce. Le monde est un coupe-gorge.

— Parfois.

— Parfois, dit-il en me caressant la joue. Parfois, il est beau. Plein d'amour. Et de vie. Avec une femme qui déplacerait des montagnes pour moi.

— J'en suis capable.

— Je sais, Princesse. Je le ferais aussi.

— Tu en es sûr ?

— Oui.

— Vraiment ?

Il tire sur la ceinture qui retient mon peignoir. Puis, au cas où je ne serais pas entièrement certaine de sa réponse, il pose les mains sur ma taille, me retourne et me plaque sur le lit.

Je me perds dans son autorité.

Je m'abandonne à l'homme que j'aime.

Je ne fais plus qu'un avec mon mari.

Commentaire de l'auteure

À vous qui me lisez,

Shepard Marlowe a fait sa première apparition dans *Accord indécent* (qui s'appelait alors *The Billionaire's Control*) en décembre 2015. C'était il y a plus de quatre ans. À l'époque, j'avais prévu d'écrire ce livre immédiatement. Mais *Rock Your Heart Out* a remporté un franc succès, et pas *Accord indécent*, alors…

Shepard m'intimidait. C'était un connard sans cœur. Certes, il a traversé son lot d'épreuves, mais comment pouvais-je l'écrire comme un personnage sympathique ? Pourquoi aurais-je dû vouloir que son histoire se termine bien ? Beaucoup de gens aiment les romans avec des super-connards qui traitent l'héroïne comme de la merde. Ce n'est pas ma tasse de thé. Je suis plutôt branchée sur les aventuriers qui ont du bagout ou bien les trouducs un peu bourrus, tant qu'ils ont un cœur d'or.

Comment diable étais-je censée écrire Shepard Marlowe avec un cœur d'or ? C'est le mec qui… Bon, je ne vais pas vous spoiler *Accord indécent*, mais si vous l'avez lu, vous savez qu'il avait des intentions égoïstes. Un cœur d'or ? Plutôt un trou noir à l'endroit où son cœur est censé se trouver.

J'ai mis du temps à trouver comment amorcer l'histoire. Et quand j'ai commencé, ça m'a pris un moment pour trouver le moyen de rentrer dans la tête de Shepard. J'ai essayé de l'écrire comme ce connard impitoyable que Lizzy avait rencontré dans *Accord indécent*. Mais ça n'a pas fonctionné. Shepard était certes impitoyable, et ça ne lui faisait rien de se comporter comme un connard, mais ses motivations n'étaient pas malintentionnées. Il survivait de la seule façon qu'il connaissait. C'était comme ça que je devais l'écrire. Pas comme un super-connard, mais comme un homme blessé qui se bat pour trouver une façon d'apaiser sa douleur. Après tout, il y a bien une raison pour qu'on m'appelle « la reine des bad boys blessés ».

Shepard est toujours hanté par son traumatisme. Il baigne toujours dans les conséquences, réagissant à travers le prisme réduit de ses expériences passées. Il a tellement mal qu'il n'imagine pas un futur dans lequel il se sentirait entier. Il n'essaye pas de guérir. Il n'essaye pas de trouver la lumière. Il essaye d'avoir un peu moins mal. Point final.

Il n'est pas guéri à la fin du livre. Il ne sait pas s'il se sentira entier un jour. Il a fait un pas en avant, mais il a toujours un long voyage devant lui.

Ce n'est pas la première fois que j'ai pensé à accepter ce moment où « tout est perdu », à creuser les choses, à terminer *ce* livre à ce moment précis et à en écrire un autre. Pour m'exprimer plus clairement, j'ai failli changer ce livre en une duologie. J'ai failli le clore sur Shepard qui annule le mariage. Je ne sais pas quand aurait commencé le livre suivant ni à quoi il aurait ressemblé au-delà de la fin heureuse pour laquelle j'ai fini par me décider, mais ça aurait vraiment été intéressant. Cependant, cette fois, je n'ai pas cédé à cette impulsion, mais j'espère pouvoir le faire à l'avenir. J'espère me plonger dans le processus de guérison et montrer à quel point ça peut être difficile et douloureux. Pour l'instant, je dois simplement espérer que montrer Shepard faire ses premiers pas est suffisant.

C'est une terrible circonstance. De nombreuses personnes subissent des abus de la part de membres de leur famille, tuteurs, amants, partenaires. Beaucoup de gens se font abuser par ceux qui sont censés veiller sur eux.

La plupart des gens ne sont pas des milliardaires qui n'ont qu'à claquer des doigts. Je ne commence jamais mes livres avec un autre objectif que celui de montrer la beauté et la fragilité des relations humaines et à quel point il est important et terriblement difficile mais nécessaire de trouver quelqu'un qui vous comprenne et que vous comprenez. Je n'ai pas entamé ce livre avec des intentions particulières. Mais j'espère que j'ai donné au traumatisme de Shepard la profondeur et le réalisme dont il avait besoin. J'espère que je vous ai offert un héros qui n'en est pas moins masculin ou alpha, même s'il a connu une agression sexuelle. Et j'espère vraiment que vous n'avez jamais subi des abus, mais que si c'est le cas, vous appellerez à l'aide.

Prenez soin de vous et des gens que vous aimez.

Comme toujours, merci de m'avoir lue. J'espère vous revoir pour le roman de Ian, *Dirty Desires*, qui sortira en anglais au printemps prochain. En attendant, vous pouvez jeter un œil à *Accord indécent* ou *Contrat indécent.*

Je vous embrasse,

Crystal

Remerciements

Je remercie avant tout mon mari pour son soutien quand je suis plongée dans mon écriture, et pour être mon soleil en général.

Deuxièmement, je remercie mon père qui a insisté pour que j'intègre la meilleure école de cinéma du pays, quoi qu'il en coûte. Je n'aimerais pas autant les films, l'écriture ou la narration sans tous nos après-midis passés à la librairie ou nos week-ends au cinéma.

Et un gros merci à tous mes bêta-lecteurs. Vous m'avez aidée à avoir la confiance de publier un livre qui est un peu plus triste que d'ordinaire. Merci également à mes chroniqueurs qui m'ont aidée à le faire connaître un peu partout dans le monde.

À tous mes amis écrivains qui me soutiennent quand j'ai envie d'arrêter, me tiennent la main et me disent quand mes idées sont mauvaises ou géniales, je vous remercie.

Merci également à mon éditrice Marla, ainsi qu'à Hang Lee pour la couverture. Et à mes narrateurs fantastiques, Lance et Grace, qui ont donné vie à cette histoire !

Et comme toujours, mes plus sincères remerciements vont à mes lecteurs. Merci d'avoir lu *Alliance indécente*. J'espère que vous reviendrez pour le livre d'Ian, *Désir indécent*.

Du même auteur

Français

Dirty Rich

Contrat indécent - Blake

Accord indécent - Nick

Alliance indécente- Shep

Désir indécent - Ian - bientôt disponible

Anglais

Inked Hearts

Tempting - Brendon

Hooking Up - Walker

Pretend You're Mine - Ryan

Hating You, Loving You - Dean

Breaking the Rules - Hunter

Losing It - Wes

Accidental Husband - Griffin

The Baby Bargain - Chase

Inked Love

Faking It - Forest

The First Taste - Holden

Sinful Serenade

Sing Your Heart Out - Miles

Strum Your Heart Out - Drew

Rock Your Heart Out - Tom

Play Your Heart Out - Pete

Sinful Ever After – series sequel

Just a Taste - *Miles's POV*

Dangerous Noise

Dangerous Kiss - Ethan

Dangerous Crush – Kit

Dangerous Rock – Joel

Dangerous Fling – Mal

Dangerous Encore - series sequel

Standalones

Broken - Trent & Delilah

Come Undone Trilogy

Come Undone

Come Apart

Come To Me

Printed in Poland
by Amazon Fulfillment
Poland Sp. z o.o., Wrocław

90839620R00261